Das Buch

Ende der Dreißiger, in jener aufgeputschten Zeit zwischen den Kriegen: Berlin ist eine Stadt der Nacht, sie pulsiert im Licht der Neonreklamen und im Rhythmus der Jazzmusik, die aus zahllosen Cabarets dringt. Daniel Saporta alias Salazar – ein Sepharde, der als Spanier durchgeht – ist der gefeierte Besitzer des Kaukasus Klub, eines orientalischen Cabarets, das als *das* Berliner Café gilt. Saporta spielt den aufmerksamen Gastgeber für genußsüchtige Berliner, darunter auch hochrangige Nazis, die seine wahre Identität nicht kennen. Saporta versorgt seine Gäste mit erstklassigen Speisen und Getränken, importiert Bauchtänzerinnen aus der Türkei, aus Armenien und Ägypten, dazu schwarze amerikanische Saxophonisten und einen Mulattinnenchor aus Havanna.
Zeitsprung ins Jahr 1943: Saporta hält sich versteckt. In seiner engen, unbeheizten Dachkammer macht er sich an die Niederschrift seiner Jahre in Berlin, der Ereignisse, die dazu führten, daß er sich verbergen mußte. Er beschreibt die fiebrigen Tage im Kaukasus Klub, seine Reisen in den Mittleren Osten auf der Suche nach exotischen Tänzerinnen, die auf dem Rückweg traurige und schreckliche Geschichten von grausamen Ritualen und sexueller Verstümmelung erzählen. Im Mittelpunkt seiner Schilderung steht seine Liebe zu der Tänzerin Samira, die vom britischen Geheimdienst angeheuert wurde, um Dreh- und Angelpunkt in einer Spionageaffäre zu sein, deren Erfolg oder Mißerfolg einzig davon abhängt, daß sie den perversen sexuellen Neigungen eines Nazis nachgibt und ihn gleichzeitig aushorcht.
»Dieses Buch ist perfekt: eine absolut authentische Atmosphäre, faszinierende Figuren und ein wirklich origineller Plot. Das ist der Stoff, aus dem echte Romane sind.« (Billy Wilder)

Der Autor

Harold Nebenzal, ehemaliger Captain im Marine-Corps, arbeitet als Drehbuchautor und Produzent, der sich auf internationale Filmprojekte spezialisiert hat. Er war am Oscarpreisträger *Cabaret* beteiligt sowie an Jorge Amados Film *Gabriela,* den er in Portugal produziert hat. *Café Berlin* ist Nebenzals erster Roman.

HAROLD NEBENZAL

CAFÉ BERLIN

Roman

Aus dem Englischen
von Gertraude Krueger

WILHELM HEYNE VERLAG
MÜNCHEN

HEYNE GROSSDRUCK
Nr. 21/32

Titel der Originalausgabe
CAFÉ BERLIN
erschien 1992 in The Overlook Press, Woodstock, New York

Umwelthinweis:
Das Buch wurde auf
chlor- und säurefreiem Papier gedruckt.

5. Auflage
1. Auflage dieser Ausgabe

Wilhelm Heyne Verlag & Co. KG, München
Printed in Daenmark 1997
Umschlaggestaltung: Atelier Schütz, München,
unter Verwendung eines Gemäldes von
Achille-Jacques-Jean-Marie Devéria
Satz: Franzis-Druck GmbH, München
Druck und Bindung: Nørhaven AS, Viborg

ISBN 3-453-12424-3

ICH SPRECHE DAS ARABISCH MEINER HEIMATSTADT *Damaskus; Hebräisch, die Sprache unserer Religion; Französisch, wie ich es bei der Alliance Israélite gelernt habe; Ladino, das alte Spanisch der sephardischen Juden; hinlänglich Italienisch; soviel Russisch, wie meine Küchenhilfe mir beigebracht hat; Deutsch, die Sprache der offenbar letzten Station meines Weges; und Englisch, die Sprache derer, denen ich – außer meinen Eltern – gute und treue Dienste geleistet habe.*

Bis auf Rechnungen, Frachtbriefe und eine Postkarte hier und da habe ich nie viel in diesen Sprachen geschrieben. Jetzt bediene ich mich der Sprache derer, auf denen die Hoffnung und Erlösung der Welt ruht. Wie es bei uns heißt: Con el pie derecho y el nombre del Dio – *Mit dem rechten Fuß voran und im Namen Gottes –, beginne ich: auf Englisch.*

DANIEL SAPORTA, SOHN DES EZRA
Berlin, 14. November 1943

Die in diesem Buch dargestellten
politischen und militärischen Ereignisse sind
historisch verbürgt und ganz und gar nicht fiktiv

14. November 1943

ICH VERSTECKE MICH JETZT SEIT DEM SECHZEHNTEN *Dezember 1941 – nächsten Monat sind es zwei Jahre. Warum ich mit dem Schreiben so lange gewartet habe, kann ich nicht sagen. Vermutlich dauerte es so lange, bis sich die Erkenntnis durchsetzte, daß mein erzwungener Aufenthalt hier nicht durch ein Zufallsereignis beendet wird. Nun bin ich älter, trauriger, klüger und habe gelernt, das bittere Brot der Geduld zu essen. Daher diese Memoiren, deren unbehagliche Anfänge Sie hier miterleben.*

Lohmann kommt fast jeden Tag, aber seit dem zehnten war er nicht mehr da, und das heißt, daß ich seit drei Tagen nichts gegessen habe und ziemlich benommen bin. Wo bleibt er nur? Er fehlt mir, und die Fütterungszeremonie, wie ich sie nenne, fehlt mir auch. Sie ist mir wichtig geworden, genau wie meine vor kurzem wieder aufgenommenen Morgen- und Abendgebete: Hauptsache, die Eintönigkeit meiner Tage bekommt einen Sinn. Ich habe es auch mit Liegestützen versucht, aus purer Eitelkeit, um mich körperlich fit zu halten. Zur Belohnung habe ich Kopfweh bekommen, das seltsamerweise mit Zahnschmerzen einherging, die ich lieber nicht noch einmal auslösen möchte.

Lohmanns Auftritt bleibt immer gleich. Erst höre ich Schritte auf den hölzernen Dachbodendielen und das

Rücken einer Kommode, dann tritt er in mein Refugium ein. Ein knappes Zücken des Hutes, ein rascher, trockener Händedruck mit einer steifen Verbeugung, und dann kommt aus den Tiefen seiner Manteltasche ein Paket zum Vorschein. Er legt es auf meinen kleinen Tisch. Es ist aus verknittertem Packpapier und fest mit Bindfaden verschnürt.

Dann knüpft Lohmann sorgfältig die Schnur auf, wickelt sie sich um Zeige- und Mittelfinger und legt die Schlinge auf den Tisch. Als nächstes wird das Fleischerpapier – es ist schon wochenlang dasselbe – aufgemacht, und er streicht die Falten und Knitter glatt. Zu einem säuberlichen Quadrat gefaltet, kommt es zu der Schnur auf den Tisch. Er wiederholt den Vorgang mit dem Wachspapier, in das die Ursache dieses Manövers eingewickelt ist: ein Stück graues Roggenbrot mit einer weißen Schicht Schweineschmalz oder vielleicht eine Schrippe, das krustige Brötchen der Berliner, mit einem Stück Harzer Käse oder einer dicken Zwiebelscheibe darin. Anfangs gab es Schnitzel und Schmorfleischbrocken, aber jetzt werden die Lebensmittel knapp, und ich bin dankbar für jede Kartoffel, für jeden Winterapfel, den Lohmann mir bringt.

Dann tut er noch etwas für mich: er schafft meine Abfälle fort. Ohne zu fragen, trägt er den Zinkeimer zu der Gemeinschaftstoilette auf dem Treppenabsatz im vierten Stock und bringt ihn mir ausgeleert zurück. Er sieht sich vor und ist bisher nicht beobachtet worden. Jetzt in den eiskalten Wintermonaten ist das kein Problem; ich lasse den Eimer draußen, wo das Mansarden-

fenster ihn gut verdeckt. Ob ich den Eimer noch brauche, wenn es wieder warm wird, hängt von Lohmann ab. Im Grunde hängt mein ganzes Leben von ihm ab. Wenn er bei den Luftangriffen umkommt oder verletzt wird, wenn er krank wird, wenn man ihn bei den Behörden denunziert, ist damit das Ende der Irrungen und Wirrungen, der wenigen Glanzpunkte und größeren Schandflecken eines Daseins gekommen, das vor zweiunddreißig Jahren in Damaskus begann.

15. November 1943

NACHTS MEIN IMMER WIEDERKEHRENDER TRAUM von Damaskus. Wir sitzen im Hause meines Vaters auf dem Balkon: mein Vater, meine Mutter, mein Bruder Victor, meine Schwestern Fortuna und Sultana. Der Duft von Jasmin und Mimosen liegt schwer in der Luft. Das Mädchen Fawzia ist zu einem Restaurant in der Nachbarschaft geschickt worden; sie ist mit einem Tablett zurückgekommen, auf dem sich gegrillte Täubchen türmen. Sie sind pikant mit Zitronensaft und Petersilienblättern angemacht. Mein Vater hat den Fes auf dem Kopf und spricht den Segen: »Gelobt seist du, Ewiger, unser Gott, König der Welt, durch dein Wort ist alles entstanden.« Wir verschlingen die Täubchen, den ganzen Berg. Im Wohnzimmer spielt das Grammophon *Zourouni kol sana marra* – Besucht mich einmal jedes Jahr – des ägyptischen Komponisten Sayyid Darwisch. Dieses Lied über Liebe und Schmerz ist meines Vaters Lieblingsstück. Die Wehklagen, die Darbukaschläge sind sinnlich wahrnehmbar; die Wiederholung wirkt narkotisch. Das Aufschwingen, Keuchen, Abstürzen des arabischen Liedes ist mit einem des Westens nicht zu vergleichen. Es rührt uns mit rosenduftenden Fingern an Seele und Genitalien. Vor satter Dumpfheit haben wir ganz glasige Augen. Mein Vater trinkt seinen türkischen Mokka. Das winzige Täßchen verströmt die süße Bitterkeit des mit Orangenblütenessenz aromatisierten Kaffeesatzes; der Duft mischt sich mit dem der berauschenden Blüten, die unseren Balkon schier erdrücken. Der Gedanke bleibt unausgesprochen: so möge es weitergehen bis in alle Ewigkeit, *Inschallah.*

18. November 1943

HEUTE HAT LOHMANNS MANTELTASCHE SICH ALS *ein wahres Füllhorn von Köstlichkeiten erwiesen: in Scheiben geschnittener Hackbraten – zum größten Teil Brot natürlich und herzlich wenig Fleisch, von Fett zusammengehalten, aber dennoch köstlich. Es gab ein Glas Kohlrübensuppe und einen halben Laib Brot, ein Stück Hartwurst und schon recht zähe Krapfen.*

Lohmann erklärte, als er über den Nollendorfplatz ging, habe er einen Freund getroffen, einen Kellner von Beruf, der im Ersten Weltkrieg mit ihm in einer Pioniertruppe war. Sie hatten 1916 zusammen in den Schützengräben an der Marne gelegen. Jetzt hat er eine feste Stellung beim Winterhilfswerk, einer von der Nazipartei gegründeten Wohlfahrtsorganisation zur Unterstützung Bedürftiger und vor allem der bei alliierten Luftangriffen Ausgebombten. Das Winterhilfswerk gibt Decken und warme Kleidung aus und verteilt warme Mahlzeiten mit fahrbaren Küchen, die man »Gulaschkanone« nennt. Der ehemalige Soldat und Kellner arbeitet in der Versorgungsstelle, wo die Lebensmittel auf das weitverzweigte Netz des Winterhilfswerks verteilt werden. Dieser Regimentskamerad hatte Lohmann ermuntert, sich zu holen, was noch zu holen war. Außerdem brachte Lohmann Nachschub an alten Zeitungen. Die sind für mich eine lebenswichtige Verbindung mit der

Welt und halten mich, was noch wichtiger ist, in meiner spartanischen Dachstube warm. Wenn man sich Zeitungspapier unter Hemd und Hose um Arme und Beine wickelt, bewahrt es die Körperwärme erstaunlich gut. Ich schlafe auch zwischen Schichten von Zeitungspapier: eine obere Schicht, die von meinem Mantel und der zerlumpten Steppdecke gehalten wird. Jeden Atemzug verdanke ich Lohmann und habe doch, jedenfalls soweit ich weiß, nie etwas für ihn getan, das den Gefälligkeiten vergleichbar wäre, mit denen er mich unter großer Gefahr für sich selbst überhäuft.

Lohmann habe ich 1929 kennengelernt, kurz nachdem Herr Landau mich hinausgeworfen hatte. Landau beschuldigte mich, ich habe das Kindermädchen verführt, das Anzeichen morgendlicher Übelkeit zeigte. Das war eine gemeine Lüge. Ich selbst war verführt worden, nicht von dem Kindermädchen, sondern von Frau Landau. Es gilt immer noch der alte Spruch: Der Ehemann erfährt es stets zuletzt.

So fand ich mich mit achtzehn Jahren auf den Straßen von Berlin wieder und hatte keine Lust, nach Damaskus zurückzukehren, wo der Stern meines Vaters mittlerweile im Sinken war. Die Franzosen hatten König Faisal entthront und Syrien besetzt, was bei der Masse der Araber und Drusen einen leidenschaftlichen Nationalismus wachrief. Dies wiederum führte zur Verunsicherung der Juden, Armenier und maronitischen Christen, die nun ängstlich nach möglicherweise gastlicheren Ländern Ausschau hielten.

Es reizte mich nicht sonderlich, wieder zu dem beschränkten Leben der levantinischen Mittelschicht zurückzukehren, doch im Herbst 1929 sah es auch in Deutschland nicht sehr verheißungsvoll aus. Am neunundzwanzigsten Oktober war die Börse in New York zusammengebrochen. Das stürzte die Vereinigten Staaten in eine Wirtschaftskrise und löste auf der ganzen Welt derartige Erschütterungen aus, daß hier in Deutschland der mühsame Erholungsprozeß von der Inflation, die von 1922 bis 1925 gewütet hatte, zum Stillstand kam. Die Inflation hatte den kleinen Notgroschen von Witwen, Kriegsveteranen und pensionierten Beamten in Luft aufgelöst; ihre armseligen, in die Matratze oder die Zuckerdose auf dem Küchenregal gestopften Banknoten waren jetzt nicht mehr wert als die alten Zeitungen, die in den vereisten Gossen herumwehten. Die Inflation ließ auch die beträchtlichen Ersparnisse der Mittelschicht nicht ungeschoren, doch erst der große Börsenkrach von 1929 mit der darauffolgenden Wirtschaftsflaute brachte den Ruin der Wohlhabenden, der Geschäftsleute und Unternehmer: eben der Schicht, von der die anderen sich Arbeitsplätze und Sicherheit erhofften. Die Arbeitslosigkeit nahm sprunghaft zu und damit zugleich auch die Mitgliederzahl der Nazipartei. Doch mitten in dieser grauen Angst, die das Land einhüllte wie ein tödlicher Nebel, war ich, Daniel Saporta, reich! Reich durch meine Mutter, gesegnet sei ihr Name in Ewigkeit,

Amen. Reich, weil sie mir eine Reihe türkischer Hundert-Piaster-Goldstücke in den Bund meines besten Anzuges eingenäht hatte. Das war so etwas wie *Monnaie de Luxe*, als Schaumünzen in einer besonderen Münzstätte geprägt. Im Osmanischen Reich verteilten Adelige und Reiche sie als Gunstbeweis an wichtige Gäste und Gefolgsleute. In meiner Familie wurden sie zur Bar Mizwa, zur Geburt eines Sohnes und zum Neujahrsfest verschenkt. Sie sollten mir gute Dienste leisten.

Vor meiner unehrenhaften Entlassung aus ihrem Haus hatte ich die Landaus oft begleitet, wenn sie abends ins Theater oder Restaurant ausgingen. Ich wußte, daß es vielen Leuten, auch wenn die Masse der Deutschen grausam zu leiden hatte, in dieser Zeit gutging. Da waren Unternehmer, die ihre Geschäfte mit einer gewissen Raffinesse betrieben, die Konten im Ausland besaßen, die ausländische Währung zurückgelegt hatten, die kauften, wenn andere verkauften, und umgekehrt. Es gab auch Profiteure: Deutsche mit Auslandsbesitz, Ausländer aller Kontinente, die während der Inflation gekommen waren, um ihr Schäfchen ins trockene zu bringen. Dann waren da noch die Händler mit Kokain, Heroin und Cannabis; außerdem die im Import- und Exportgeschäft tätigen Zuhälter. Sie holten Landmädchen von den verarmten Höfen in Pommern und Schlesien und boten ihnen Arbeit als Kellnerin und Verkäuferin an. In Berlin wurden die jungen Frauen dann unter Drogen gesetzt, verführt und verdorben, bis sie gefügig waren und auf der Straße oder in den vielen über die Stadt verstreuten Bordellen gewinnbringend eingesetzt werden konnten. Echte Blondinen, die sich in ihrem neuen Gewerbe gut anließen, wurden nach Kairo und Buenos Aires, nach Port Said und Caracas verfrachtet, wo dankbare Kundschaft auf sie wartete.

Um diese zahlungskräftige Schicht aufzunehmen und ihre Wünsche zu erraten, bot die Stadt eine unglaubliche Vielfalt an Restaurants: deutsche Regionalküche, österreichisch-ungarisch, polnisch, tschechisch, russisch, chinesisch und streng koscher. All das stand in unendlich vielen Schattierungen zur Verfügung, vom Luxus des Adlon, Bristol und Horcher bis zu gemütlichen Imbißstuben und Bier- und Wursthallen. Es gab Kneipen für Rollkutscher und Kohlen- und Kartoffelhändler, für Homosexuelle, Lesben und alle anderen Glaubensrichtungen. Es gab Nachtklubs, wo auf jedem Tischchen ein Telefon stand, mit dem man sich einen Foxtrott bestellen oder Gästen an anderen Tischen Anträge machen konnte. Es gab Klubs mit Frauenimitatoren, Klubs, in denen politische Satire gepflegt wurde, und Klubs, wo man auf der Bühne Unzucht trieb und das Publikum aufforderte, sich an diesem Zeitvertreib zu beteiligen. Was es auch tat.

Ich muß aufhören. Mir tut die Hand weh. Ich kann nur mit Mühe die Finger ausstrecken. Ist das nun Arthritis, oder liegt das an der abscheulichen Kälte?

19. November 1943

ICH LERNTE NACHTKLUBS DURCH MEINEN COUSIN Eli kennen. Eli ist vier Jahre älter als ich und war damals im Handelshaus meines Vaters beschäftigt. Er war zwar ein braver Sohn und sorgte für seine verwitwete Mutter, doch den größten Teil seines Geldes gab er in schäbigen Nachtklubs und für die Prostituierten hinter dem Hejaz-Bahnhof aus.

Meine Mutter pflegte zu sagen: »*Eli est un voyou*« – Eli ist ein Strolch.

Mein Vater verteidigte ihn. »Eli ist ein guter Junge. Er hat ein Gespür für das Geschäft. Er kann sich Pfefferschoten ansehen und dir auf hundert *dunam* genau sagen, wo sie herkommen. Er ist erst siebzehn und läßt im Moment seinen kleinen Kopf über den großen bestimmen.«

»Ezra, ich muß dich bitten, werde nicht ordinär vor den Kindern – und vor mir auch nicht. Du weißt, ich kann das nicht ausstehen.« Das sprach meine Mutter mit Würde in der Manier der französischen Klosterschule, die sie besucht hatte.

Ungeachtet der Proteste meiner Mutter fühlte ich mich zu Eli und seinem üblen Treiben hingezogen. Eli war bereits ein Mann von Welt. Er pomadisierte und kämmte sich das Haar mit Bakerfix, bis seine kohlschwarze Mähne glänzte wie Rabenflügel. Bakerfix war eine französische Haarcreme, die Eli auf dem *souk* kaufte. Sie war nach der amerikanischen Negerin Josephine Baker benannt, dem umjubelten Star von Paris. Meine Schwestern kannten ihren Erfolgsschlager *J'ai deux amours, mon pays et Paris* auswendig. Auf der Pomadentube war ein Bild von La Baker, das die männliche, lacklederartige Erscheinung ihrer Frisur unterstrich. Eli trug auch mit Vorliebe graue Wildlederschuhe mit Lackledeerbesatz. Er versicherte mir, das von ihm kultivierte Erscheinungsbild sei ganz und gar pariserisch.

Am meisten bewunderte ich Eli dafür, daß er bei Erwachsenen schon Beachtung, wenn nicht gar Respekt fand. Auf der Straße wurde er von den Kaffeeverkäufern, die ihre Messingtabletts herumbalancierten, und von den Schuhputzern, die ihre Bürste gegen die Kiste knallen ließen, stets begrüßt. »*Marhaba ya Eli!*« riefen sie. Eli hob zum Gruß die Hand wie ein arabischer Politiker oder gab ihnen von seinen Zigaretten oder den lila *Violettes de Parme* ab, dem kandierten Blütenkonfekt, das er in der Westentasche bei sich trug. Es machte auch Eindruck auf mich, wie der Portier des Semiramis-Nachtklubs Eli begrüßte. Der Portier war ein pockennarbiger Kurde, dessen grimmige Miene ein riesiger Schnurrbart und ein blinder milchigblauer Augapfel zierte. Wenn er Eli erkannte, heiterte sich das gute Auge mit seinem unbarmherzig funkelnden Blick auf. Bei unserem Anblick entbot uns der Portier das traditionelle *Ahlan wa sahlan* – Willkommen – und führte uns nach einer im Flüsterton gehaltenen Besprechung mit Eli in den eigentlichen Klub. Das Semiramis war ein höchstens zweitklassiges Etablissement: dunkel und trotzdem schreiend bunt, mit einer Beleuchtung aus farbigen Glühbirnen, wie man sie im Westen als Weihnachtsschmuck nimmt. Stühle und Tischchen standen dichtgedrängt um eine kaum erhöhte Bühne, auf der das allnächtliche Unterhaltungsprogramm dargeboten wurde. Dieses blieb immer gleich und bestand aus dem Orchester des Hauses: Ud, Kanun, Darbuka und Geige. Das bildete die musikalische Untermalung für die Bauchtänzerinnen, die mit Sängern und Sängerinnen abwechselten. Nach Ablauf einiger Monate traten diese Darsteller allesamt erneut auf und beschlossen damit die Tour, die sie nach Homs, Aleppo, Latakia und Basra oder im Glücksfall bisweilen auch zu einem Ausflug nach Beirut oder gar Bagdad führte.

Dieser spezielle Abend war ein Wendepunkt in meinem Leben. Für mich steht außer Frage, daß dieser Abend im Semiramis mich bewog, vierundzwanzig Stunden nach meinem Auszug aus dem Landauschen Haus in Berlin den Kaukasus Klub zu kaufen.

Wir wurden in einer verdunkelten Loge plaziert, wo wir, vermutlich unseres zarten Alters wegen, von anderen Gästen ungesehen das Unterhaltungsprogramm verfolgen konnten.

Der Kurde brachte uns eine Nargileh, eine Wasserpfeife, mit einer Mischung aus Haschisch und Tabakblättern. Wir pafften, ich zum ersten Mal, und bald spürte ich eine Hitzewallung in den Gliedmaßen, der die von Eli so oft beschriebene entrückte Belustigung folgte. Als die erste Bauchtänzerin auf die Tanzfläche kam, hatte das Semiramis sich schon beachtlich gefüllt. Die Gäste waren meist kleine Geschäftsleute. Ich erkannte Abou Issa, einen Kunden von uns, ein Gewürzhändler vom Attarine-Markt. Da saßen kleine Regierungsbeamte, zwei armenische Goldschmiede mit einem Kunden, ein paar pomadisierte Zuhälter und – dem dunklen Teint und der Art, wie sie die *kefiyeh* trugen, nach zu schließen – ein ganzer Tisch mit Hejaz-Beduinen. Sie tranken als einzige unter den Gästen keinen Fuselarrak. Der stellte im Verein mit Pistazien und Oliven den Champagner und Kaviar einer levantinischen *boîte* dar.

Cousin Eli zufolge hieß die erste Tänzerin Jamila, sie war sechsundzwanzig Jahre alt und kam aus Ägypten. Sie war einmal die Mätresse eines Bankiers in Beirut gewesen. Eli teilte mir dieses Wissen mit, wie ein Europäer über einen bekannten Fußballspieler plaudern würde. Ich war Jamila bereits verfallen. Wie sollte ein vierzehnjähriger Junge sonst auf eine anschauliche Darstellung seiner sexuellen Fantasien reagieren?

Jamila wirbelte endlos herum, dabei hob und senkte sie den aquamarinblauen Schleier, mit dem sie Busen und Unterleib bedeckt hielt. Plötzlich wurde der Trommelschlag schneller und ging in einen schamlos koitalen Rhythmus über, den die Kenner mit gedämpftem Applaus begrüßten. Jamila ließ den Schleier fallen und enthüllte einen vollen Busen in einem bestickten Büstenhalter. Der glatte, weiche, leicht vorstehende Bauch wurde knapp von einem münzenverzierten Gürtel zurückgehalten, der sich abwärts schlängelte und ihre Scham – ihr *lokoum* oder Bonbon, wie Eli es mit Vorliebe nannte – verhüllte. Jamila wand sich, schüttelte die Brüste, stand still, ließ die Brüste beben, setzte ihren Tanz fort und fing dann langsam an, das Becken ruckartig vor- und zurückzubewegen, als sitze es auf dem *zoub* eines unsichtbaren Liebhabers. Ich war mittlerweile voll und ganz geschwollen. Eli, für den ich ein offenes Buch war, stieß mich mit dem Ellenbogen an, griff sich zwischen die Beine und rollte wild die Augen. Er hatte mich so gesehen, wie ich mich selber sah – ein läufiger Hund mit blankem, rotem Glied –, und ich haßte ihn dafür. Aber Jamila war noch nicht fertig. Sie stand jetzt an der Bühnenecke gegenüber unserer Loge, und ihr Geruch nach Schweiß und Patschuli drang bis zu uns herüber. Sie stand ganz still. Nur ihre Bauchmuskeln begannen unmerklich zu vibrieren, was sie zum Rhythmus der Trommel fortführte. Ich sah Schweißtropfen zwischen ihren Brüsten hinunterkriechen und in das Bächlein münden, das zum Bauchnabel rann und dann in das Gürtelband hinablief. Die Vibrationen wurden zu Wellen. Sie ließ den Bauch wogen, als sei er ein selbständiges Wesen. Das ging weiter, während der Trommelwirbel sich steigerte. Dann ließ sie sich mit einem Schrei zu Boden fallen, wölbte den Rücken, spreizte die Schenkel und drehte sich herum, wobei sie den Kopf wie zum Zeichen der Scham und Demut in der Armbeuge versteckte. Das Publikum wußte diese besondere Note zu würdigen. Es gab stürmischen Beifall. Ich wurde von Eli aus meinen Träumen gerissen. »*Ya habibi!*« sagte er. »Diese Jamila hat vielleicht Muskeln in der *kous!* Damit könnte sie glatt Bananen schneiden.«

Als nächstes trat ein Sänger auf: ein weichlicher, pummeliger junger Grieche, seinem ägyptischen Akzent nach wahrscheinlich aus Alexandria. Auch er hatte seine Bewunderer. Ich sah später, wie ein Beduine dem Griechen seine goldene Uhr zusteckte.

20. November 1943

ICH HABE SEHR VIEL GELERNT IN DIESER ERSTEN Nacht. Ich sah Männer, die anscheinend nicht die Miete für ihre Marktbude aufbringen konnten und den Tänzerinnen ihre letzten Piaster in Büstenhalter und Gürtelband steckten. Ich sah, wie Kellner die Tänzerinnen zu den Gästen an den Tisch führten, nachdem Gelder die Hände gewechselt hatten. Ich sah Männer, die schon glasig guckten und denen noch mehr Arrak aufgetischt wurde. Ich sah, wie ein Polizist vom Geschäftsführer sein Bakschisch bekam. Und all dem entnahm ich, daß ein Nachtklub, selbst ein so schäbiger wie das Semiramis, ein Ort ist, wo die Gäste ihre Sorgen am Eingang abgeben können. Geschäftliche Mißerfolge, betrügerische Geschäftspartner, an Krebs sterbende Mütter, fette oder gleichgültige Ehefrauen, liederliche Töchter, dumme Söhne, Wucherschulden bei Geldverleihern auf dem Basar, die Hoffnungslosigkeit einer ungewissen Zukunft: alles, was kleine Leute dem unbarmherzigen Schicksal gegenüber hilflos macht, blieb an der Tür zurück. Ich sah, daß Leute, die etwas zu feiern hatten – einen Geburtstag, einen glücklichen Geschäftsabschluß –, nur sehr wenig vertreten waren. Die meisten waren einsame, von einem harten Leben zermürbte Menschen, die von dem auf der Bühne zur Schau gestellten Fleisch Besitz ergriffen.

Als wir auf die dunkle und windige Straße hinausschlichen, meinte Eli, wir sollten die *scharmutas* hinter dem Bahnhof besuchen. Ich hatte Angst, weil es so spät war und weil mein Vater es entdecken könnte. Auch vor den Huren selbst hatte ich Angst, gewiß, daß sie nicht an Jamilas Reize heranreichen würden.

Zum Thema Huren, seinem Lieblingsthema, vertraute Eli mir als seinem Lieblingscousin seine persönliche Methode zu einer befriedigenden sexuellen Vereinigung an.

»Ich hol' mir einen runter, bevor ich in den Puff gehe«, sagte er.

»Warum das denn?« fragte ich in aller Unschuld.

»Weil es beim zweiten Mal länger dauert, bis es dir kommt, du Esel. Auf die Art bekommst du etwas für dein Geld.«

Eli hatte schon immer einen außerordentlichen Geschäftssinn. Das bewies er 1925, als der Drusenaufstand gegen die Franzosen begann. Er heiratete Yvette Alkalay, die fügsame, aber reizlose Tochter eines wohlhabenden Baumwollhändlers. Er griff auf ihre Mitgift zurück, nahm Frau und ungeborenes Kind und verließ mitten in der Nacht Damaskus Richtung São Paulo, Brasilien. Innerhalb von fünf Jahren war er wahrhaft reich, Besitzer einer Strickwarenfabrik mit Niederlassungen in Recife, Salvador, Rio und Belo Horizonte. Yvette schenkte ihm fünf prachtvolle Kinder, und 1932 unternahmen sie eine Weltreise. Ich habe sie in Paris getroffen. Eli sah immer noch gut aus, war aber korpulent und verschlagen geworden. Yvette war kein schüchternes Mädchen mehr, sondern eine selbstbewußte, zufriedene Matrone. Sie sprachen Portugiesisch miteinander, was sprachlich keine große Leistung war. Als kleinere iberische Sprache ist Portugiesisch mit unserem Ladino verwandt.

»Daniel, *habibi*, mach, daß du aus diesem beschissenen Deutschland fortkommst«, sagte Eli. »Mit dem Hitler da nimmt es ein böses Ende. In meinem Betrieb sind polnische und deutsche Juden, und die holen ihre Familien heraus.«

»Das geht vorbei«, sagte ich. »Die Deutschen, die etwas zu sagen haben, sind viel zu gebildet, um diesen Unsinn mitzumachen.«

»Daniel, du bist immer noch ein Esel und schwebst in den Wolken. Komm nach Brasilien, mach einen Nachtklub auf, tritt in mein Geschäft ein – was du willst. Da kommt jeder zu Geld, nur die Brasilianer nicht. Bitte.«

Natürlich hörte ich nicht auf ihn. Auf der Toilette zeigte Cousin Eli mir Fotos von seinen Geliebten. Er war auf Mulattinnen mit grauen Augen spezialisiert. Sie waren durchweg hübsch und hatten haufenweise glänzendes Haar, einen üppigen Busen mit dunklen Brustwarzen und einen prachtvollen Hintern. Eli bewahrte die Fotos hinten in seinem brasilianischen Paß auf. Ob er beim Grenzübertritt die Zöllner daran teilhaben ließ, weiß ich nicht.

Lohmann, wo bleibst du? Was für altbackene, bröckelige, fettige Leckerbissen halten deine Taschen diesmal für mich bereit?

21. November 1943

GESTERN ABEND IST LOHMANN GEKOMMEN. EIN *paar recht große Kartoffeln beulten seine Taschen, und er wickelte ein fettes Stück geräucherte Schweinelende aus, das offenbar von einem fremden Teller stammte. »Tut mir leid«, sagte er, als würde er meine Gedanken lesen. Oft hätte ich ihn vor lauter Dankbarkeit umarmen mögen, aber mir war klar, daß ihm das furchtbar peinlich gewesen wäre. Ich glaube wahrhaftig, Vorwürfe oder gar ein Verweis wären ihm lieber gewesen: »Lohmann, was bringen Sie mir da für einen Dreck an? Sehen Sie zu, daß Sie in Zukunft etwas Besseres auftreiben.« Dann hätte er sich gerade aufgerichtet und zur Bestätigung »Jawohl, Herr Saporta« gebellt.*

Ich bin Lohmann, wie gesagt, in der Nacht meines Auszugs von der Familie Landau begegnet. Er war vor einem dezemberlichen Schneeschauer in die U-Bahnstation Uhlandstraße Ecke Kurfürstendamm geflüchtet. Ich wollte die U-Bahn nach Halensee nehmen, zu einer Pension, die mir empfohlen worden war. Lohmann hatte sein Reklameschild abgenommen und im gekachelten U-Bahneingang abgestellt. Sein zerschlissener Mantel und die blaue Arbeiter-Schirmmütze paßten ganz und gar nicht zu den verführerischen Versprechungen des Plakats:

KLUB KAUKASUS
Sascha und sein Zigeunerorchester
Kosakentänzer
Schaschlik
Hühnchen Kiew
Unterhaltungsprogramm
Meinekestraße 142 (Hinterhof)

Lohmann schätzte mich richtig ein: ein gutgekleideter junger Ausländer, der nicht weiß, wohin. Ehrerbietig tippte er sich mit dem Zeigefinger, der durch ein Loch in seinem Wollhandschuh guckte, an den Mützenschirm. Er musterte mich einen Moment und zeigte dann auf die Reklametafel. »Das ist alles Quatsch, aber die Küche ist ausgezeichnet, und wir haben noch ein paar gute Flaschen da.« Er hob sein Schild auf, zog es sich über den Kopf und ging die Treppe zur Straße hinauf. Ich folgte ihm.

Stunden später saß ich immer noch in dem gräßlich schmutzigen, widerlich purpurroten Klub. Vor mir stand der Rest eines ausgezeichneten Borschtsch. Ich tunkte den Saft eines Kotelett Poscharski mit einem Stück Brot auf, und wir waren schon längst bei der zweiten Flasche Wein. »Wir« heißt der Besitzer, ein weißrussischer Unternehmer, und ich. Lohmann drückte sich im Hintergrund herum, holte Brot und zündete seinem Herrn auf Verlangen die Zigarre an. Der einzige Kellner hatte sich bereits davongemacht. Der Besitzer erzählte mir von dem Unrecht, das ihm widerfahren war.

Skrupellose und niederträchtige Menschen hatten sich gegen ihn verschworen und ihn wegen Drogengeschäften und sogar Mädchenhandels angezeigt; man denke! Ihn, der für den Zaren gekämpft hatte! Väterchen Zar persönlich hatte ihm eine Auszeichnung verliehen. Und nun war er für acht Uhr früh bei der Polizei vorgeladen. Ich als Ausländer würde das preußische Bürokratentum verstehen, die Neigung der Berliner Polizei, alles nur in Schwarz und Weiß zu sehen, ihre Unduldsamkeit gegen das rein Menschliche. Daß er, ein Unschuldiger, der vor den Greueln der bolschewistischen Revolution geflohen war, der seine Geistesgaben und schöpferischen Fähigkeiten in den Sauerteig dieser Stadt eingebracht hatte, jetzt damit rechnen mußte, den Winter in der Strafanstalt Moabit zu verbringen …

Ich hörte seine Litanei nicht mehr. Ich sah nur noch Jamila, die auf der Bühne eines renovierten Kaukasus tanzte. Ich sah importierte Bauchtänzerinnen aus der Türkei, aus Ägypten, dunkeläugige Armenierinnen, Tscherkessinnen, Sudanesinnen, Ägypterinnen: wie sie bebten und sich schüttelten und die deutschen Gäste zur Raserei trieben. Denn zu dieser Zeit waren die Deutschen närrisch auf Exotisches; saxophonspielende Neger aus Amerika, livrierte Portiers aus dem Senegal, Mulattinnen aus Havanna als Revuegirls waren der letzte Schrei. Mein Entschluß stand fest. Ich entschuldigte mich, steckte mir eine Gabel in die Tasche und ging auf die Toilette, wo ich mich entschloß. Ich streifte die Hose ab. Mit den Gabelzinken öffnete ich den Bund und zog ein paar Münzen heraus.

Der Kaufvertrag wurde auf dem Klavierdeckel aufgesetzt. Der Weißrusse machte sich nach Paris davon, wo seine Schwester ein ähnlich berüchtigtes Etablissement unterhielt, und ich, Daniel Saporta, achtzehn Jahre alt, vor kurzem aus Damaskus eingetroffen, war Besitzer eines Berliner Unternehmens geworden! Ein Federstrich hatte aus einem Gewürzhändler einen Nachtklub-Impresario gemacht.

Die Araber sagen, als man das Kamel nach seinem Beruf fragte, habe es geantwortet, es sei Seidenspinner. Hätte ich an diese Volksweisheit gedacht, säße ich vielleicht heute nicht hier.

Die Köchin, Frau Tatjana Nowikow, Lohmann und ich feierten meine Geschäftsübernahme bis fünf Uhr früh. Wir aßen Rührei mit Schnittlauch, Kaviar auf russische Art löffelweise auf dick mit Butter bestrichenes Brot gehäuft und Räucherlachs mit Kapern und Olivenöl. Ein ordentlicher deutscher Sekt genügte uns vollauf. Frau Nowikow trank auch Wodka, bis sie weinerlich wurde und schluchzte, sie sei monatelang nicht bezahlt worden. Ich sah Lohmann fragend an. Er nickte. Nun war die Köchin an der Reihe und erzählte mir, Lohmann habe überhaupt kein Gehalt bekommen, nur freie Kost und die Trinkgelder, die er fürs Türenaufhalten und Taxenauftreiben erhielt. Ich setzte beiden ein anständiges Gehalt aus. Wir tranken noch ein letztes Mal auf den Erfolg unseres Unternehmens und erklärten, es sei Zeit zum Heimgehen. Frau Nowikow wohnte bei einer Russisch-Orthodoxen Kirche, wo sie und andere Emigranten Kerzen anzündeten, Weihrauch atmeten und für die rasche Wiedereinsetzung des Hauses Romanow beteten. Ihr Arbeitgeber und Lohmann aber waren obdachlos. Lohmann konnte meinetwegen auf den Polstersitzen schlafen, sofern er sie nicht mit Pomade oder Schuhcreme beschmierte. Ich selbst aber zog mit meiner kärglichen Habe in das Büro des Klubs, wo ich ein paar Stunden lang unruhig schlief.

Beim Aufwachen bereute ich meine unüberlegte Entscheidung bereits. Was verstand ich, von heimlichen Besuchen im Semiramis unter Cousin Elis Fittichen abgesehen, schon von Nachtklubs? Ich hatte eine verschwommene Vorstellung von Konzessionsbestimmungen, von Pachtverträgen, die mit einem Hauswirt abzuschließen seien, von Abmachungen mit Handtuch- und Wäschediensten und anderen praktischen Erwägungen. Wer sollte mich in diesen Dingen beraten? Ich war auf Lohmann mit dem Reklameschild angewiesen, dessen Kenntnisse vom Kabarett sich auf Taxenholen und Türenaufhalten beschränkten.

Vor allen Dingen brauchte ich jemanden, bei dem ich mich aussprechen konnte. In Anbetracht meiner Vertreibung schämte ich mich, die Getreuen der

Landaus aufzusuchen, mit denen ich befreundet gewesen war. Vermutlich hätte ich mich an Lotsi wenden können, Herrn Landaus Schwager, doch angesichts seiner Unbekümmertheit um Vorschriften und Verordnungen hielt ich ihn nicht für den rechten Ratgeber. Wer blieb dann noch in dieser plötzlich unfreundlichen Stadt? Ich griff in meine schwarze Glacélederbrieftasche, ein Abschiedsgeschenk meiner Schwester Sultana. Zwischen einem Foto meiner Mutter und einem von meiner gesamten Familie vor den Ruinen von Baalbek zog ich eine Visitenkarte hervor: Prof. Dr. Steinbruch vom Pergamon-Museum. Unverzüglich setzte ich mich mit meinem ehemaligen Reisegefährten aus dem Orientexpreß in Verbindung.

Keine Stunde später empfing mich Dr. Steinbruch in seiner Junggesellenwohnung. Seine Freude über das Wiedersehen war offenkundig. Er nahm mich herzlich auf und tat die unglaubliche Unordnung in seinen Räumen mit einer verächtlichen Handbewegung ab. Er hatte Hunderte von Büchern; sie lagen auf den Tischen, dem Büfett, den Stühlen, sogar den Fensterbänken. Jeder andere Winkel war mit Zeitungsausschnitten, Schreibpapier, Zeitschriften und Zeitungsstapeln angefüllt. Trotz des Durcheinanders war die Wohnung von einem durchaus angenehmen Geruch durchzogen, einer Mischung aus dem Aroma guter Zigarren und Eau de Cologne. Das erinnerte mich an das Abteil, das wir im Schlafwagen miteinander geteilt hatten.

Ich schüttete Dr. Steinbruch mein Herz aus. Hatte ich einen entsetzlichen Fehler begangen? Sollte ich den Schaden hinnehmen und anderswo mein Glück im Gewürzhandel versuchen? Nach Damaskus konnte ich nicht zurück. Die Schande meiner vorzeitigen Rückkehr wäre, auch wenn man die Ursache nicht kannte, für jedermann offensichtlich gewesen. Diese Schmach konnte ich meinen Eltern nicht antun.

Ich hatte Dr. Steinbruch Gelegenheit gegeben, seinem liebsten Zeitvertreib zu frönen: dem Vortrag einer gelehrten, historisch untermauerten Rede. »Mein Junge, da du nun gleichsam aus dem Nest gestoßen wurdest, muß dir die Entscheidung über deinen weiteren Lebensweg selbst überlassen bleiben. Ich kann nichts weiter tun, als dir bei der Beurteilung der Möglichkeiten behilflich zu sein, die dir offenstehen. Wahrscheinlich sollte ich dir zur Rückkehr an das warme Mittelmeer raten, wo du unter dir geistig nahestehenden Menschen jede Laufbahn deiner Wahl einschlagen könntest. Deine vielen Sprachen und die erzieherische Disziplin, der du bei der Alliance Israélite unterworfen warst, kämen dir dabei gut zustatten.«

Er hielt inne und sah mich über den Rand seiner Nickelbrille hinweg an.

»Danach steht dir wohl nicht der Sinn, und so will ich die anscheinend von dir gewählte Alternative näher betrachten. Dein Konzept, ein orientalisches Kabarett aufzumachen, kommt mir vernünftig vor. Die Deutschen haben die düstere Wirtschaftslage, das düstere Wetter, ihr eingeschränktes Leben satt. Anzügliche orientalische Musik und exotische Tänzerinnen mit üppigem Busen und wohlgeformten Hintern führen bestimmt nicht nur die gesamte Berliner Unterschicht zu dir, sondern auch das unterdrückte Bürgertum. Wenn du die Sache geschäftsmäßig angehst, wird der Erfolg nicht ausbleiben. In dieser Hinsicht heiße ich das Vorhaben gut. Du scheinst dich hervorragend dafür zu eignen.«

Er wählte eine Zigarre, schnitt mit seinem Eberzahnschneider die Spitze ab, zündete sie mit einem Streichholz an und kostete einen Moment lang das Aroma.

»Doch wäre es pflichtvergessen von mir, wollte ich nicht auch über meine Besorgnis um die Zukunft dieses Landes mit dir sprechen. Sie ist 1923 in München aufgekommen, als ich dort am Völkerkundemuseum einen Vortrag hielt. Da wurde ich Zeuge des Naziputsches, der im Münchner Bürgerbräukeller ausgeheckt worden war. Ich sah, wie ein Haufen gesellschaftlicher Außenseiter, Krimineller, Entarteter und Rauschgiftsüchtiger, der Abschaum der deutschen Gesellschaft, die verfassungsmäßige Amtsgewalt herausforderte. Diese Mörder haben in nur sechs Jahren eine solche Anhängerschaft gewonnen, daß sie heute, 1929, von dem Tag reden, wo sie an die Macht kommen.«

Steinbruch warf mir einen finsteren Blick zu,

drehte sich zu dem Bücherschrank hinter sich um und nahm eine Zeitung aus dem Regal.

»Du bist jetzt ein Jahr in Deutschland, Daniel. Hast du nichts gehört? Hast du nichts gesehen? Weißt du nichts von Hitler und seinen Nationalsozialisten? Weißt du nicht, was sie mit deinem Volk vorhaben?«

»Natürlich weiß ich das«, antwortete ich. »Bei den Landaus und ihren Freunden ist das ein ständiges Gesprächsthema. Aber sie sagen auch, daß es schon früher antisemitische Phasen in Deutschland gegeben hat; daß das immer wieder vorbeigeht. Daß die Juden durch ihren Beitrag zur deutschen Kultur eine gesicherte Zukunft haben.«

»Ich will dir sagen, wie gesichert ihre Zukunft ist.« Er griff zu der Zeitung auf seinem Schoß. »Das schreibt Julius Streicher, ehemals Volksschullehrer und jetzt Hitlers Judenexperte, in seiner Wochenzeitung ›Der Stürmer‹.«

Der Inhalt dieses Artikels war so unglaublich, daß ich die Höhepunkte behalten habe. Streichers von der Parteigefolgschaft übernommene Theorie besagte, daß das Sperma des Sexualpartners im Schoße der Frau in ihr Blut übergeht. Daher wird die Frau durch ein einziges sexuelles Beisammensein mit einem Juden auf ewig verseucht. Schlimmer noch, sie nimmt mit diesem artfremden Samen auch die Seele des Juden in sich auf. Auch wenn diese Frau später von einem Arier geschwängert wird, kann sie nichts als Bastarde zur Welt bringen.

Daher ist dem Juden, so argumentierte Streicher, jedes Mittel der Verführung recht, um deutsche Mädel im zarten Alter zu besudeln; deshalb betäuben und vergewaltigen jüdische Ärzte ihre arischen Patientinnen. Daher erlauben jüdische Frauen ihren Männern auch den Geschlechtsverkehr mit deutschen Frauen, auf daß diese, von jüdischem Samen verseucht, keine rassereinen deutschen Kinder mehr bekommen können.

Dr. Steinbruch legte den Artikel fort. »Das ist der offizielle Standpunkt der Nazis, die nur darauf warten, die Regierung zu übernehmen.«

»Die meisten Deutschen glauben so einen Unsinn bestimmt nicht«, warf ich ein.

»Das ist unwichtig«, sagte Dr. Steinbruch. »Die Industriellen betrachten die Nazis als eine Möglichkeit, mit den Gewerkschaften und der Linken fertig zu werden. Die Generäle sehen auf den braunen Mob herab, sind aber ganz froh, daß er ihnen den Weg zur Remilitarisierung ebnet. Die Opposition ist hoffnungslos gespalten. Die Sozialdemokraten schreiben Artikel gegen die Nazis, meist zum eigenen Gebrauch; die Kommunisten prügeln sich auf der Straße mit den Braunhemden, aber Sozialdemokraten und Kommunisten können sich nicht über ihre Klassenunterschiede hinwegsetzen und gegen die Nazis zusammenschließen. Und um deine Frage zu beantworten: ja, es gibt Millionen von Deutschen, die Streichers Gewäsch glauben.«

»Soll ich als erster weglaufen, Dr. Steinbruch? Weglaufen, bevor die deutschen Juden gehen? Selbst mit dem Schutz, den mein französischer Paß mir gewährt?«

»Daniel«, antwortete er, »ich will dich nicht unnötig beunruhigen. Ich will deiner möglicherweise erfolgreichen Karriere als Kabarettimpresario nicht im Wege stehen. Ich kann dir nicht genau sagen, wann sie an die Macht kommen; ich bin einfach überzeugt, daß es geschieht. Ich bitte dich nur, daß du dir ein Beispiel nimmst an den Marranen.«

»Den Marranen? Sie meinen die Conversos? Die zum Christentum Übergetretenen, die vom heiligen Bund Abgefallenen?«

»Darum geht es nicht, mein Junge. Die Marranen haben ihr Judentum heimlich ausgeübt, um dem langen Arm der Inquisition zu entgehen. Als sie in moslemischen Ländern in Sicherheit waren, erwiesen sie sich als treue Anhänger Jehovas wie eh und je. Und wenn der Vater nicht zur Thora zurückfand, so doch der Sohn oder sogar der Enkel. Nimm sie dir zum Vorbild, Daniel Saporta, denn du bist vom gleichen Stamm wie die, die Folter und Exil zum Trotz an ihrem Glauben festhielten.«

Er sah das Entsetzen, die Ungläubigkeit auf meinem Gesicht.

»Mein Rat geht dahin, daß du dich von deinen früheren Verbindungen vollkommen fernhältst. Ich schlage vor, daß du, bevor du dein Kabarett eröffnest, einen neuen Namen annimmst und dir dabei gleich eine neue Persönlichkeit zulegst. Viel Glück für dich und dein Kabarett.«

Er gab mir die Hand. Ich wandte mich zum Gehen, doch er hielt mich zurück.

»Noch eins, Daniel.«

»Ja?«

»Du könntest damit anfangen, daß du dieses absurde Symbol arabischer Männlichkeit abnimmst – deinen Schnurrbart.«

22. November 1943

DIE DACHSTUBE, IN DIE ICH EINGESPERRT BIN, SIEHT *genauso aus wie alle anderen hoch oben in den großen Wohnhäusern der Mittelschicht, wie sie im Berlin des neunzehnten Jahrhunderts errichtet wurden. Viele dieser Gebäude sind in zwei Flügeln um einen Hof herum angelegt; so entstehen leicht riesengroße Dachböden, die die gesamte Fläche unter dem Dach einnehmen. Sie stehen in der Regel den Mietern zur Verfügung; jede Familie bekommt einen Platz zugewiesen, wo sie Truhen, Koffer und überflüssiges Mobiliar unterbringen kann. Diese Abstellkammern sind aus rohem Holz gezimmert, das vom Fußboden bis zur Decke reicht und zwischen den Latten Lücken läßt wie bei einem Zaun. Die Dachböden sind in lange Flure unterteilt, die sich im rechten Winkel kreuzen und so einen wahren Irrgarten bilden. Manche Mieter kleiden ihre Kammer innen mit Holzplatten aus, damit neugierige Hausmeister und Dienstmädchen nicht so leicht erkennen können, was darinnen ist. Die Dachböden bieten auch ausreichend Platz für Wäscheleinen, auf denen man bei Regen und Schnee Bettücher und Wäsche trocknen kann. Zum Glück wird dieser Brauch jetzt nicht mehr gepflegt.*

Die großzügige Anlage dieses Dachbodens bewahrt mich vor totaler Klaustrophobie und Verkümmerung. Nachts kann ich meine Kammer verlassen und auf

Strümpfen die Flure entlangwandern und dabei an den Dachfenstern stehenbleiben, die mir einen Blick auf die nächtliche Stadt gewähren. Der Kaltwasserhahn auf dem Wäscheboden leistet mir gute Dienste, und in der Regel habe ich keine andere Gesellschaft als streunende Ratten, die hier herumhüpfen.

Natürlich hat Lohmann diesen Zufluchtsort für mich besorgt. Welchem Mieter die Kammer gehört, weiß ich nicht. Wahrscheinlich jemandem aus dem riesigen Freundeskreis, den er noch »von früher« hat. Das sind meistens Kellner, Türsteher, Prostituierte, Taxifahrer und kleine Ganoven: kurz, Menschen, die sich mehr oder weniger ehrlich durchs Leben schlagen, allesamt so oder so hart im Nehmen sind und sich nicht von der Politik vereinnahmen lassen. Lohmann und ich wollen im Falle einer Ergreifung durch die Behörden unsere leidliche Sicherheit nicht dadurch aufs Spiel setzen, daß wir uns möglicherweise belastende Dinge anvertrauen. Daher weiß ich nicht, wer der Wohltäter ist, dessen Gastfreundschaft ich hier genieße. Ich weiß nur, daß ich in der Charlottenstraße bin, auf halbem Wege zwischen dem Anhalter Bahnhof und dem Spittelmarkt, also irgendwo in der Nähe des Stadtzentrums.

25. November 1943

DIE LETZTEN NÄCHTE HABE ICH WENIG SCHLAF *gefunden. Die Luftangriffe, die bei mir eigentlich Jubel auslösen sollten, waren heftig und machten mir in meiner Einsamkeit angst. Ich hörte das Dröhnen der näher kommenden Flugzeuge und das Sirenengeheul und sah, wie die Flakscheinwerfer mit ihren geisterhaften Strahlen den nebligen Nachthimmel zu durchdringen versuchten. Bald darauf kamen die Bomben. Es war, als ob donnernde Tritte über die Stadtmitte marschierten. Erst waren die Detonationen gedämpft, wurden dann lauter und deutlicher, während sie ganz in der Nähe vorbeizogen, und klangen allmählich ab, als die Bomber die Stadt hinter sich ließen. Durch mein Dachfenster sah ich die Wolken im Widerschein der unten wütenden Brände rötlich leuchten.*

Gestern nacht oder vielmehr gegen vier Uhr morgens wurde Entwarnung gegeben. Ich hatte mich eben in mein Rattennest aus Lumpen und Zeitungspapier eingewickelt, da gab es weiter unten an der Straße eine schwere verzögerte Explosion. Ein Schauer von Dreck und Staub regnete auf mich herab. Er ging mir in Augen und Lunge und löste einen nicht enden wollenden Hustenanfall aus, der mich kraftlos und erschöpft machte. Schlimmer noch, ich wurde von einer Woge von Selbstmitleid ergriffen, so daß ich die Kette der Ereignisse verfluchte, die mich an diesen schauderhaften Ort verschlagen haben.

Die Damaszener Juden wohnten zuerst in dem alten Judenviertel Haret el Yahoud, das gleich unterhalb der Gasse Die Da Heißt Die Gerade lag. Man gelangte dorthin, indem man eine Kaskade unterschiedlicher Ebenen hinabstieg, und landete schließlich in einem Labyrinth uralter Häuser, in dem Werkstätten, Verkaufsstände, Wohnungen und Synagogen auf engstem Raum nebeneinanderlagen. Die Bewohner des Viertels waren zum größten Teil Handwerker: Blech-, Silber- und Kupferschmiede, Schneider, Tuchverkäufer, kleine Schmuckhändler und Bäcker, die das traditionelle Brot backten.

Wie in jedem jüdischen Viertel von der südarabischen Küste bis zum russisch-polnischen Schtetl gab es auch eine Gruppe berufsmäßiger Optimisten: Männer, die weder Gewerbe noch Beruf hatten und dennoch von dem wenigen, was ihre Handelsgeschäfte abwarfen, Weib und Kinder ernähren konnten. Sie verstanden es, Leute, die über Waren verfügten, mit anderen zusammenzubringen, die über das Geld dafür verfügten. So zum Beispiel Abou Moussa, ein entfernter Cousin meiner Mutter. Ohne Gewerbe und Ausbildung war er bei der Ernährung seiner Frau und seiner sechs Kinder auf den Allmächtigen angewiesen, aber er war ja kein Narr. Er wußte, daß bisweilen selbst Gott etwas Nachhilfe braucht.

So fuhr Cousin Abou Moussa ein- bis zweimal im Monat mit dem Zug nach Beirut. Er wanderte von einem Wagen zum anderen, nahm nie einen Sitzplatz in Anspruch und ging so dem Schaffner aus dem Weg. Stellte man ihn zur Rede, bestach er den Schaffner mit ein paar Paras, die der Schaffner begierig einsteckte, da er zweifellos genauso arm war wie mein Cousin. Abou Moussa war kein Geizkragen oder Lump, ganz und gar nicht, aber er brauchte sein Geld für dringendere Angelegenheiten als die korrupte Eisenbahngesellschaft: Brot, zum Beispiel. In Beirut trieb er sich im Hafenviertel herum und schlief auf den harten Bänken der Synagogen. Er fand immer einen barmherzigen *gabbai*, der ihm die Türen aufschloß und morgens ein Glas Tee brachte. Auf diesen Geschäftsreisen hatte er praktisch keine Auslagen. Er aß das einheimische Fladenbrot mit Petersilie oder Lauch und sonst nichts. Er kannte alle Schiffe, die in den Hafen kamen, wie auch ihre Anlaufhäfen. Sein Interesse galt der Ladung und dem Zustand der Waren. Er redete mit den Stauern, die das Schiff entluden. Er knöpfte sich die Zollbeamten vor. Er bot sich ausländischen Seeleuten als Führer an. Er lief den Schiffskapitänen in das Büro des Hafenmeisters nach und las dort die Bekanntmachung über Ankunft und Abfahrt der Schiffe. Oft wurde er unsanft hinausbefördert, aber egal. Daß er nur Arabisch sprach, war kein Hindernis. Er hatte genügend Englisch und Französisch aufgeschnappt, um sich verständlich zu machen. Er warf beides zusammen, und wenn die Kommunikation zusammenbrach, sorgte er mit Händen und Augen für zusätzlichen Nachdruck.

Nach ein paar Tagen hatte Abou Moussa sein Dossier komplett. Noch ehe die Kaufleute in Beirut und Damaskus etwas ahnten, wußte er schon, welche Waren beschädigt waren, was vom Zoll beschlagnahmt worden war, was der Konsignatär zurückgewiesen hatte. Mit diesem Wissen eilte er nach Damaskus zurück, auf die *souks* und in Großhandlungen, zu Kommissionären und Schiebern. Hundert Ballen Baumwolle mit Wasserflecken aus Indien. Ware in Dosen ohne Etikett aus Deutschland. Französische Weine mit undichten Korken. Schrauben und Muttern mit Inch-Maßen, die ein amerikanischer Hersteller einer Fabrik geliefert hatte, die metrische Maße brauchte. Österreichische Weihnachtskarten, die aus Versehen an moslemische Schreibwarenhändler geschickt worden waren. Egal. In der Levante findet sich immer ein Käufer, wenn der Preis stimmt.

Dieses Wissen war Abou Moussas Betriebskapital. Er brauchte keine Büroräume, keine Aktenschränke, keine Telefone, keine Botenjungen. Er trug sein gesamtes Geschäft im Kopf über dem ausgefransten Kragen mit sich herum. Seine Entlohnung hing von der Großzügigkeit oder Knauserigkeit derer ab, die sich seine Erkenntnisse zunutze machten. Doch bescheiden, wie er war, genügte es Abou Moussa, wenn er seine Rolle als Ehemann und Vater mit leidlicher Würde spielen konnte.

26. November 1943

DIE JUDEN VON DAMASKUS HATTEN SEIT 1870 EIN schweres Leben. Die Eröffnung des Suezkanals brachte den einträglichen Persien-Handel, der immer den Weg mit Kamelkarawanen durch die Syrische Wüste genommen hatte, zum Erliegen. Die Juden hatten davon als Mittelsmänner, als Dolmetscher oder Wirtschaftsübersetzer, als Bankkaufleute und Expedienten profitiert. Durch stetige Auswanderung nach Beirut und in die beiden Amerikas sah die Lage des Judentums um die Jahrhundertwende so aus, wie von mir geschildert.

Wir wohnten natürlich nicht alle im Haret el Yahoud. Wohlhabende Familien wie meine bewohnten eine Villa in den Alleen über dem Fluß Barada. Wir lebten in gutem Einvernehmen mit unseren moslemischen Nachbarn und in Verhältnissen, die am ehesten als höflich, ausgeglichen und gesittet zu bezeichnen sind.

Was mich auf meine Bar Mizwa bringt. Monatelang war ich nach der Schule in das Judenviertel gegangen. Ein strenger und bösartiger *haham* – Rabbi im westlichen Sprachgebrauch – hatte mir den Thora-Abschnitt eingepaukt, den ich am Tage meiner Aufnahme in die Glaubensgemeinschaft vor Gemeinde und Gästen verlesen sollte.

Mit dreizehn Jahren wurden wir zum Mann und waren berechtigt, den Tallit zu tragen und unseren Platz unter den zehn Männern einzunehmen, die zur Bildung des Minjan nötig waren, der für den Gemeindegottesdienst erforderlichen Mindestzahl.

Mein Vater gab sich nicht damit zufrieden, nach dem Gottesdienst die übliche häusliche Feier mit Freunden und Verwandten zu veranstalten, und hatte schon Monate vorher einen Saal im Orient Palace Hotel für uns reserviert. Er wollte die Bar Mizwa seines Sohnes unbedingt im europäischen Stil und in luxuriöser Umgebung feiern. Es sollte nicht nur die Familie eingeladen werden, sondern auch Geschäftsfreunde und Honoratioren der Stadt, mit denen er zu tun hatte. Ein halbes Jahr vor diesem hohen Tag hatte meine Mutter auf französisch und in der Schönschrift, die sie bei den Nonnen gelernt hatte, Einladungen an Verwandte und Freunde in Alexandria, Aleppo, Saloniki, Jerusalem und sogar in Deutschland geschrieben. Auch einige moslemische Freunde meines Vaters waren eingeladen, wovon der Leiter des Zollamts und ein hoher Polizeibeamter die bedeutendsten waren. Der *Haham Baschi* oder Oberrabbiner von Damaskus sowie Bankiers von den Bankhäusern Zilkha und Safra führten die Liste der jüdischen Honoratioren an. Der wichtigste Kunde meines Vaters in Europa, Herr Jakob Landau aus Berlin, antwortete telegrafisch:

ES IST MEINER GATTIN UND MIR EINE GROSSE EHRE, IHRE EINLADUNG NACH DAMASKUS AUS ANLASS DER BAR MIZWA IHRES SOHNES DANIEL ANZUNEHMEN. MÖGE GOTT IN SEINER UNENDLICHEN GÜTE SEINEN SEGEN AUF DEM HAUSE SAPORTA RUHEN LASSEN.
IHR ERGEBENER FREUND JAKOB LANDAU.

Die Zusage der Landaus versetzte uns in Aufregung. Obwohl Aschkenasim – deutsche und osteuropäische Juden – uns als Zielscheibe von Gelächter oder gar Spott dienten, bewunderten und beneideten wir sie insgeheim doch. Sie waren Ärzte, Philosophen, Wissenschaftler und große Kaufleute, während wir Sephardim meist kleine Händler und Hausierer in der Provinz des Osmanischen Reiches waren. Natürlich gab es Ausnahmen: die Sassoons, Hardoons und Kadoories von Bombay und Shanghai, die legendären Montefiores von London. Sie waren zwar historisch gesehen nicht aus Spanien ins Exil gegangen, sondern stammten ursprünglich aus Bagdad und Italien, doch wir betrachteten sie als sephardische Granden und nutzten gerne ihre Schulen, Krankenhäuser und Wohltätigkeitseinrichtungen. Daher brachte das Kommen der Landaus für uns in einer Umkehrung der Rollen einen exotischen Glanz in unsere triste Umwelt.

Wären sie nur in der Eiswüste ihrer preußischen Heimat geblieben!

27. November 1943

»UND IHR WERDET VOR EUREN FEINDEN NICHT standhalten können. Ihr werdet unter den Völkern untergehen, das Land eurer Feinde wird euch verzehren. Und die von euch übrig bleiben, werden durch ihre Sünden in den Ländern eurer Feinde verfaulen ... Dann werden sie ihre und ihrer Väter Sünden bekennen, wie sie treulos an mir gehandelt haben ... wenn sie dann ihre Sünden gebüßt haben, dann werde ich meines Bundes mit Jakob gedenken, und auch meines Bundes mit Isaak und auch meines Bundes mit Abraham gedenken, und des Landes werde ich gedenken. Erst aber muß das Land fern von ihnen verlassen daliegen, ... erst müssen sie selbst ihre Sünden büßen, darum, weil sie meine Rechtsvorschriften verschmäht und meine Gesetze verabscheut haben. Und dennoch! – auch wenn sie im Lande ihrer Feinde sind, werde ich sie nicht verschmähen noch verabscheuen ... Ich werde des Bundes mit den Vorfahren gedenken, die ich vor den Augen der Völker aus Ägypten geführt habe, um ihr Gott zu sein; ich bin der Ewige. Dies sind die Gesetze, Rechtsvorschriften und Lehren zwischen dem Ewigen und den Kindern Israels, die er auf dem Berge Sinai durch Moses gegeben hat.«

Das hatte ich ohne einen einzigen Fehler vorgetragen. Ich legte den Zeigestock hin, mit dem ich den handgeschriebenen Lettern auf der Pergamentrolle gefolgt war. Dann sprach ich den Schlußsegen.

»Gelobt seist du, Ewiger, unser Gott, König der Welt, der uns die Lehre der Wahrheit gegeben und ewiges Leben in uns gepflanzt hat. Gelobt seist du, Ewiger, der die Thora gegeben.«

Ich streifte den Gebetsschal vom Kopf, legte ihn mir um die Schultern und drehte mich zu der Gemeinde um. So muß es im Allerheiligsten ausgesehen haben, ein Bild der Reinheit: die Lampen, das Silber, der goldbestickte Samt, die Männer mit ihrem weißen Gebetsschal, der ihre Gesichter und westlichen Anzüge den Blicken entzog. Der Bann wurde gebrochen, als mein Vater mit offenen Armen auf mich zugeeilt kam. Gleichzeitig brachen die Frauen aus ihrer Galerie hervor, wobei sie das typisch arabische wilde Geheul ausstießen. Als sie in Reichweite waren, überschütteten sie mich mit einem Hagel bunteingewickelter Bonbons. Ich war Bar Mizwa.

Im Orient Palace Hotel saß ich mit meinen Eltern, meinen Großeltern mütterlicherseits, meinen Geschwistern und, darauf hatte ich bestanden, Cousin Eli am Ehrentisch. Auch die Ehrengäste, die Landaus, saßen an unserem Tisch. Herr Landau war ein großer Mann in den Vierzigern, der bereits eine Glatze bekam, das aber mit einem schweren schwarzen Schnurrbart ausglich. Er trug einen Kneifer und wirkte mit seinem fahlen Teint in dieser orientalischen Umgebung nicht fehl am Platz. Bei Frau Landau, etwa zehn Jahre jünger als ihr Gatte, sah das ganz anders aus. Sie war wahrhaftig blaßblond. Nicht rötlichblond, wie die Jüdinnen aus Aleppo, sondern hellblond wie eine Engländerin. Das war zumindest unser Vergleichsmaßstab. Ihr Gatte erläuterte, seine Familie komme aus Frankfurt, der Stadt, aus der das Haus Rothschild stammt, seine Frau jedoch sei aus Ungarn oder Rumänien – jedenfalls aus Budapest oder Bukarest, wir konnten das nicht genau unterscheiden. Sie sprachen beide Französisch, nicht gut und mit starkem Akzent. Offenbar kannten diese Aschkenasim, wie meine Großmutter später anmerkte, auch keine Sittsamkeit. Diese Frau trug ein hellgraues Satinkleid, ärmellos und mit einem Dekolleté, das die üppigen Rundungen eines feingepuderten Busens zur Schau stellte. Wenn sie lachte oder sich bewegte, konnte man durch die Seide hindurch ihre Brustwarzen sehen. Cousin Eli war jetzt schon verliebt in sie. Er führte mir dieses überschwengliche Gefühl heimlich vor, indem er den steifen Zeigefinger flink in ein durch die geballte Faust gebildetes Loch stieß.

Nachdem die Gäste gegangen waren, blieben wir an unserem Tisch und tranken Champagner. Herr Landau bat mich auf den Platz zwischen ihm und seiner Frau. Er überreichte mir ein Päckchen, das ich aufmachen sollte. Ein Samtkästchen kam zum Vorschein. Darin war eine Armbanduhr, *fabriqué en Suisse*. Jetzt war meine Freude vollkommen. Damals trugen die Männer meistens noch eine Remontoiruhr in der Westentasche. Ich stand auf, um Herrn Landau zum Dank die Hand zu drücken, und wollte mich dann bei seiner Frau bedanken. Sie ließ meine ausgestreckte Hand unbeachtet und zog mich statt dessen an den Busen, um mich auf den Kopf zu küssen. Ich roch den süßen Duft ihres Reispuders. Ich spürte ihren seidigen Busen an meinem Gesicht. Ich wußte, ich war scharlachrot bis über beide Ohren.

In religiöser Hinsicht war ich zwar nun zum Mann geworden, doch in Wirklichkeit war ich noch ein Kind. Am Tag nach den Festlichkeiten saß ich wieder auf meinem angestammten Platz in der Schule der Alliance Israélite Universelle. Der Unterricht war auf französisch und umfaßte alle erforderlichen Fächer, um uns in das zwanzigste Jahrhundert zu führen. Wir lernten Mathematik und Geometrie, Geschichte und Geographie, Physik und Naturwissenschaften und immerfort Französisch; außerdem Aufsatz, Logik, Grammatik, Dichtung und Vortrag. Unsere Schwestern hatten Musikunterricht und Klavierstunden; für die Jungen gab es eine Werkstatt. Es war eigentlich keine vornehme Schule. Im Gegenteil, die Alliance war in erster Linie zur Unterrichtung der jüdischen Kinder aus dem Volk gegründet worden.

Das verschaffte uns einen Vorteil im Leben, der uns bei den Arabern am Ende Neid und Mißtrauen einbringen sollte. Moslemische Jungen gingen in die *madrasa*, die im allgemeinen nur eine Einklassenschule war, wo ein Mullah ihnen die Spuren des Korans eintrichterte; die Kinder sprachen sie dann aus vollem Halse im Chor nach. Von dem natürlichen Geschäftssinn der Orientalen abgesehen, den sie eher vom Basar als von einem Lehrer haben, war der durchschnittliche Moslem für die moderne Welt schlecht gerüstet.

Als sich in Syrien-Libanon die Franzosen und im benachbarten Irak die Briten niedergelassen hatten, füllten die Juden die Infrastrukturen aus, die diese Kolonialherren brauchten. Juden arbeiteten als Kassierer in der Bank, als Buchhalter im Kontor. Sie waren Schreiber bei Gericht und traten dann als Rechtsanwälte auf. Sie waren amtliche Dolmetscher und Führer. Ohne eigenes Zutun galten sie schließlich bei den Arabern als Handlanger der verfluchten *faranjah*, der ausländischen Besatzungsmächte.

Vor der Abreise der Landaus nach Berlin wurde ich in das Büro meines Vaters gerufen. Es lag in einem Zwischengeschoß, von dem er das Treiben unten im Handelshaus beobachten konnte. Das Haus selbst stand in einer heruntergekommenen Gegend zwischen dem Bab el Faraj, dem Tor der Erlösung, das aus der Altstadt herausführte, und dem moslemischen Friedhof Dahda.

Ich ging sehr gerne in das Handelshaus mit seinem berauschenden Gewürzduft und der Kameradschaft, die die älteren Araber mir entgegenbrachten, die schon seit Jahren für die Familie Saporta arbeiteten. Sie teilten Brot und Sauermilch mit mir. Am Zahltag spendierten sie mir bisweilen eine *sfihah*, eine kleine Fleischpastete, die man auf der Straße kaufen konnte.

Um mir ein Taschengeld zu verdienen, hatte ich seit meinem zehnten Lebensjahr nach der Schule und in den Ferien in dem Handelshaus gearbeitet. Ich kannte den Inhalt jedes Behälters, die Herkunft jedes Rupfensacks.

Ich wußte, wie man Kardamon, Kumin, Kurkuma und Safran jeweils nach ihrer Qualität beurteilt. Ich hatte Koriander, Mastix, Sumach, Zimt und Ingwer abgefüllt und gewogen. Wir hatten Paprika jeder Schattierung, verschiedene Sorten Anis, Kümmel, Fenchel und Cayennepfeffer. Wir hatten Nüsse aller Art, ebenso Samen und Dörrobst und getrocknete Pfefferschoten. Unsere Bestände kamen aus Indien, dem Jemen, Sansibar, der Türkei und Persien. Wir lieferten unsere Waren in den gesamten Orient und hatten besondere Kunden in Europa, unter denen Herr Landau in Berlin an erster Stelle rangierte.

Als ich in das Büro meines Vaters kam, saß dort Herr Landau. Ich küßte meinem Vater die Hand und griff – auf seinen durch Kopfnicken gegebenen Wink hin – nach der Hand von Herrn Landau, um ihm die gleiche Ehre zu erweisen, aber es war ihm unangenehm. Herr Landau ergriff das Wort. Er sagte, er habe mit meinem Vater die politische Situation in der Levante besprochen, und sie seien beide der Meinung, die Lage unseres Volkes könne in den nächsten Jahren nur schlechter werden. Mit der Zerstückelung des Osmanischen Reiches hätten die Briten und Franzosen den Arabern ein nie gekanntes Nationalgefühl eingeflößt, und es gebe bereits vereinzelte Übergriffe auf unser Volk in Palästina.

Das alles war für einen dreizehnjährigen Jungen durchaus nicht zu hoch. Politik war für uns eine Frage von Leben und Tod. Ein neuer König, ein neuer Premierminister, ein geschlossener oder gebrochener Pakt entschieden über Wohlstand oder Elend, Heimat oder Exil. Das war in der Familie, im Büro, im Kaffeehaus und auf dem Basar unser Hauptgesprächsthema, und die Kinder wuchsen damit auf.

Herr Landau fuhr fort, die Zukunft liege im Westen, und er habe sich erboten, mich in seinem Geschäft in Berlin als Lehrling aufzunehmen, wann immer mein Vater es angebracht fand. Wohnen würde ich bei den Landaus. Ich würde es bei ihnen wie zu Hause haben. Mein Vater sagte, wenn ich meine Studien in der Alliance fleißig weiterbetriebe, könne ich an meinem siebzehnten Geburtstag fahren. Die Männer gaben sich die Hand, und ich konnte gehen.

Kaum war ich unten im Handelshaus, suchte ich Eli und erzählte ihm von der Karriere, die man für mich ins Auge gefaßt hatte.

»*Hamdulillah!*« sagte er. »Ich wette, du bekommst mehr als nur ihre Titten zu sehen.«

Ich hätte Cousin Eli nie für einen Propheten gehalten.

28. *November 1943*

GESTERN ABEND HAT LOHMANN EINE FLASCHE *Bordeaux, einen Ring französische Knoblauchwurst, zwei Dosen Ölsardinen und ein Glas Kirschmarmelade mitgebracht. In Anbetracht des Verlaufs, den der Krieg für die Deutschen nimmt, war das ein außerordentlicher Segen. Lohmann erläuterte, wie er dazu gekommen war. Er hatte eine ältere Tante in Zehlendorf besucht, einem besseren Viertel von Berlin. Auf dem Rückweg hatte ihn ein Bombenangriff aufgehalten, und nach der Entwarnung war er weiter durch die verdunkelten Straßen gelaufen. Als er an ein paar kleinen Läden vorbeikam, hörte er hinter sich ein knirschendes, klirrendes Geräusch. Beim Umdrehen sah er, daß die Schaufensterscheibe eines bescheidenen Juwelierladens plötzlich geborsten war: eine Spätfolge des Bombenangriffs. Ohne an die Folgen zu denken – sichere Hinrichtung wegen Plünderei –, griff er sich ein paar Uhren und Ringe. Er konnte zu seiner Tante zurückkehren, wo er die Nacht verbrachte. Am Morgen war er zum Schlesischen Bahnhof gegangen, wo Soldaten auf Heimaturlaub aus Frankreich eintreffen. Viele von ihnen waren auf dem Lande stationiert und brachten eine wahre Fundgrube von französischen Waren und Erzeugnissen mit. Als altgedienter Nachtklubportier konnte Lohmann Rang und Intelligenz eines Menschen mit nachtwandlerischer Sicherheit beurteilen.*

Auf der Suche nach einem potentiellen Kunden hatte er sich einen jungen Kanonier ausgesucht, einen friesischen Hünen von beschränkter Geisteskraft, und die Delikatessen für eine versilberte Uhr und ein paar Ringe eingehandelt.

Lohmann hat mir auch eine Ausgabe des Naziparteiblatts »Völkischer Beobachter« dagelassen. Die Nachrichtenmeldungen darin sind gespickt mit Großsprecherei, Geheimwaffendrohungen, edlen Taten und Opferappellen. Katastrophale Niederlagen werden als strategischer Rückzug dargestellt, dabei weiß jeder, daß die russische Front allmählich zusammenbricht. Die Russen haben Kursk, Charkow, Smolensk und schließlich Kiew zurückerobert. Die Japaner werden im Pazifik zurückgeworfen; die Amerikaner haben die Salomoninseln und die Gilbertinseln wiedergewonnen. Die Deutschen haben in Nordafrika kapituliert, behaupten sich aber noch in weiten Teilen Italiens. Das Ende ist noch nicht in Sicht.

29. November 1943

DIE VIER JAHRE NACH MEINER BAR MIZWA vergingen ohne besondere Ereignisse. Ich setzte meine Ausbildung bei der Alliance fort und verbrachte immer mehr Zeit im Handelshaus meines Vaters. Ich knüpfte bereits selbständig Geschäftsbeziehungen und begleitete meinen Vater bei Ankäufen in der Provinz. Ich trug einen feinen Anzug mit Weste, ein Hemd mit gestärkten Manschetten und hohem Kragen und den unvermeidlichen roten Fes, die traditionelle Kopfbedeckung dieser Gegend, die Moslems, Juden und Christen seit der Osmanischen Zeit trugen. Cousin Eli hatte mich bewogen, gleichfalls ein Anhänger von Bakerfix zu werden, und ich spazierte stolz mit einem spärlichen, seidigen Schnurrbart herum. Während in Europa Jungen meines Alters das Gymnasium besuchten, das Vereinsleben von Ruder- und Tennisklubs genossen und mit jungen Damen aus ihren gesellschaftlichen Kreisen zum Tanz gingen, waren wir im Orient bereits Geschäftsleute. Außer dem Handel blieb nur noch die Ehe, um unser Leben auszufüllen.

Kurz vor meiner Abreise nach Deutschland wurde meine Schwester Fortuna verheiratet. Zu der Zeit wurden Ehen nicht mehr arrangiert, doch die Eltern achteten noch darauf, daß die jungen Leute gleicher Herkunft waren, damit ihre Kinder die gleiche gesellschaftliche Stellung behielten – oder besser noch, durch Mitgift und Position im Familienunternehmen das Familienvermögen vermehrten. Um meine Schwester hatte sich ein junger Mann bemüht, der einige Jahre vor mir seine Ausbildung bei der Alliance abgeschlossen hatte. Er hieß Daoud Saleh, ein ausgesprochen netter junger Mann, dessen Familie ein bedeutendes Textilgeschäft auf dem Großen Basar besaß. Mein Vater mochte ihn und gab seine Zustimmung.

Meine Mutter brachte mißmutige, wenig überzeugende Einwände vor: Daouds Familie seien keine sephardischen Juden; sie hätten nicht wie die Familie Saporta und ihre eigene Sippe, die Toledanos, die Vertreibung aus Spanien von 1492 miterlebt. Die Salehs waren assimilierte Juden, die schon vor dem Eintreffen der Sephardim in Syrien lebten. Sie wurden von den Flüchtlingen aus Spanien verachtet, weil sie angeblich arabisiert waren und unsere literarischen und historischen Ambitionen nicht teilten. Als mein Vater das elitäre Gerede meiner Mutter überhörte, fuhr sie ein in ihren Augen schweres logisches Geschütz auf. »Ezra, mein Lieber. Du hast mir selbst erzählt, daß die Saportas in Katalonien zum Adel gehörten und die Toledanos *scharafbaschis* waren, vom Sultan in Alexandria ernannte Gemeindekämmerer.« Als mein Vater sie fragte, ob sie nicht eher die Provinzstadt Alexandretta meinte als die ägyptische Metropole, wurde sie verwirrt. Sie stürmte mit einem »*Faites comme vous voulez*« – »Macht doch, was ihr wollt« – aus dem Zimmer, nur um ein paar Minuten später zum Zeichen ihrer Kapitulation mit Tee und Süßigkeiten zurückzukehren.

Im Speisezimmer der Landaus sollte ich ähnlich elitäre Gespräche zu hören bekommen, wenn sie ihre engsten Freunde zu Besuch hatten: die Rosenfelds, die Kohnheims, die Wertheimers – Anwälte und Geschäftsleute zumeist. Die Unterhaltung wandte sich unweigerlich den polnischen Juden zu: Ungehobelt und unhygienisch, mit Bart und Schläfenlocken zogen sie mit breitkrempigem Hut und schwarzem Kaftan durch die Straßen von Berlin und vermittelten den Deutschen ein Zerrbild der Juden. Indem Hitler diese Ostjuden als Beispiel hinstellte, konnte er die öffentliche Meinung gegen die Juden Deutschlands einnehmen. So wenigstens legten sich die Landaus und ihre Freunde die Sache zurecht.

Jedenfalls hatte ich kurz nach meinem siebzehnten Geburtstag die Schule der Alliance Israélite Universelle abgeschlossen, und der schicksalhafte Augenblick war gekommen. Zum Abschied hatten sich die Familien Saporta und Toledano in der osmanischen Pracht des Hejaz-Bahnhofes versammelt, von wo ich nach Konstantinopel (seit 1930 Istanbul) und dann weiter nach Westen abfahren sollte. Ich küßte sie alle, etwa fünfundzwanzig an der Zahl. Bei allen flossen Tränen, auch bei mir. Ich verneigte mich vor meinem Vater, der den traditionellen Segen sprach: »Es segne dich der Ewige und behüte dich. Es lasse der Ewige dir sein Angesicht leuchten und begnadige dich. Es wende der Ewige dir sein Angesicht zu und gebe dir Frieden.« Dann stieg ich in den Zug ein. Die Pfeife schrillte, meine Mutter heulte, und als ich mich aus dem Abteilfenster lehnte, sah ich meine Familie kleiner werden, bis sie nicht mehr zu sehen war.

Mein Vater, *alaw ha schalom*, starb 1931. Ich war nicht da, um an seinem Grab das Kaddisch zu sprechen. Im Jahre 1932 zog mein Schwager Daoud mit meiner Schwester und den beiden Kindern, meiner Mutter und meiner unverheirateten Schwester Sultana nach Beirut. Mein Bruder Victor, der nie ein großer Geschäftsmann gewesen war, zog nach Palästina und ließ sich in einem sozialistischen Kibbuz in Galiläa nieder. Im Laufe der Jahre verschwanden die anderen Juden in den Gassen von Haret el Yahoud oder gaben ihr gutgehendes Geschäft und ein behagliches Heim auf und gingen in ein selbstgewähltes Exil. Was von dem Betrieb der Saportas noch geblieben war, wurde von einem entfernten Cousin meines Vaters weitergeführt. Das Handelshaus wurde in den judenfeindlichen Ausschreitungen von 1935 zerstört. Straßenhorden setzten es in Brand, nachdem sie in einer Rundfunksendung des Großmufti Hajj Amin el Husseini gehört hatten, die Juden hätten die Moschee des Jerusalemer Felsendoms niedergebrannt. Obwohl die Behörden wußten, daß das eine Lüge war, taten sie wenig, um die Gewalttätigkeit zu verhindern. Von der Welt unbeachtet, bedeutete dies das Ende einer Gemeinschaft, die seit biblischen Zeiten bestanden hatte.

30. November 1943

LOHMANN KAM UM DIE MITTAGSZEIT, WAS FÜR IHN *ungewöhnlich ist. Ich nahm bei ihm einen rosigen Hauch um Wangen und Nase wahr. Er bestätigte mir bald, worauf das zurückging, indem er eine Flasche Sliwowitz hervorzog, die erst an diesem Morgen im Brotbeutel eines Soldaten angekommen war. Außerdem gab es eine Dose mit gefüllten Paprikaschoten, ein Stück Brot und ein Stück harten Balkankäse. Lohmann nahm kleine Schlucke aus der Flasche und bestand darauf, daß ich mit ihm trank. Gut für die Verdauung, sagte er. Er hatte Neuigkeiten für mich. Frau Nowikow, unsere Köchin, war ausgebombt, und Lohmann hatte sie bei seiner Tante in Zehlendorf untergebracht. Sie hatten sich auf Anhieb gemocht. Und das trotz Frau Nowikows schlechtem Deutsch und obwohl seine Tante, die aus Ostpreußen stammte, Russen und Polen, »das ganze dreckige Pack«, mit Skepsis betrachtete. Wir schwatzten eine Stunde lang über die Frühzeit des Kaukasus.*

Lohmann, Frau Nowikow und ich hatten den Klub beinahe alleine renoviert. Allerdings ging uns Lilo zur Hand, ein homosexueller Strichjunge, der tapezieren und malen konnte. Lilo war Lohmanns Schützling; unsere Gegend war sein Revier. Als Lohmann ihn in mein Büro brachte, verschlug mir seine Erscheinung die Sprache: lange schwarze Haare, ein gespenstisch weiß gepudertes Gesicht, Rimmel an den Wimpern und, wie ich glaubte, ein Hauch von Rot auf den Lippen. Er hielt mir die Hand hin, als erwarte er, daß ich sie küsse. Zum Glück kam Frau Nowikow herein und umarmte ihren heißgeliebten Lilo, der offenbar das Herzblatt des gesamten Etablissements war. Ich merkte, daß auch Lohmann meine negative Reaktion mißbilligte.

Bei den Landaus hatte ich ein Jahr lang vergleichsweise behütet gelebt, und ich trug noch mein Päckchen an orientalischen Vorurteilen mit mir herum. Homosexuelle waren in der moslemischen Literatur wie im jüdischen Gesetz ein Gegenstand der Verachtung, ihre schändlichen und ekelhaften Sexualpraktiken gaben den Stoff für schmutzige Witze in den Marktbuden ab. Wir waren mit einem ganzen Sammelsurium von Tabuvorstellungen aufgewachsen. Dazu gehörte menstruelles wie tierisches Blut, onanistische Samenverschwendung, der Verlust der Jungfernschaft und bei den Moslems das Schamhaar der Frau und die Klitoris.

Ich kam zu einem raschen und vernünftigen Urteil. Wenn Lohmann und Frau Nowikow sich nicht zu schade waren, Lilo liebevoll zu behandeln, konnte ich das auch. Lilo wurde am Ende ermordet, nicht von einem perversen Homosexuellen, wie die Presse lauthals verkündete, sondern Lohmann zufolge von Nazischlägern.

Gleich in der ersten Woche nach meinem Erwerb des Kaukasus putzten wir vier den Klub wie noch nie. Wir rissen das gräßliche Purpurrot von den Wänden. Wir schmirgelten die Tanzfläche ab und versiegelten sie. Lilo verkleidete die Wände mit schweren Silbertapeten, die er von einem Freund am Theater besorgt hatte. Das Holz wurde schwarz lackiert, Sitze und Stühle wurden neu gepolstert. Den letzten Schliff hatten wir ungewollt Frau Nowikow zu verdanken, die erzählte, daß sie beim Putzen der Kirche mit den anderen Gemeindedamen mehrere russische Ikonen entdeckt hatte, die im Keller abgestellt waren.

Ihre Kirche war bitterarm. Die Gemeindemitglieder waren meist ältere Flüchtlinge vor dem bolschewistischen Terror wie sie selbst: einst ehrbare Matronen, Mütter und Ehefrauen, nunmehr Witwen, die als Putzfrauen oder Toilettenfrauen arbeiteten. Die wenigen Männer, ehemals Generäle und Oberste in berühmten Kosakenregimentern, fuhren jetzt Taxis oder arbeiteten als livrierte Türsteher. Diese Übriggebliebenen unterhielten ihre Kirche durch den Glauben und kaum durch Spenden. So konnte ich Frau Nowikow trotz ihrer vehementen Einwände – sie wußte ja, daß ich demnächst Bauchtänzerinnen anheuern wollte – überreden, mir zehn der größten Ikonen für den Kaukasus Klub zu überlassen. Ich zahlte großzügig, und die abwechselnd mit elfenbeinfarbenen Kerzen angeordneten Ikonen verwandelten den Klub aus einer eleganten *boîte* in ein kaukasisches Märchenland. Es war ein Handel, von dem alle Seiten profitierten. Der orthodoxe Priester und seine Kirche machten ein glänzendes Geschäft, Frau Nowikow stieg in der Gemeinde zu einer Vorzugsstellung auf, und die Gäste des Kaukasus würden den Schutz von Madonnen und unbekannten slawischen Heiligen genießen, während sie aßen, tanzten, sich unter dem Tisch betatschten oder bei Geschäftsabschlüssen gegenseitig übers Ohr hauten.

Trotz meiner Skepsis hatte ich früh entdeckt, daß Lohmann weitaus mehr war als ein Portier. Er hatte bei seinem früheren Chef, dem unappetitlichen Weißrussen, mit großem Geschick die Führung eines Kabaretts erlernt, aber nie Gelegenheit bekommen, sein Können zu erproben. Bei seinem neuen Arbeitgeber wollte Lohmann sich beweisen. Daher führte er die Vorstellungsgespräche mit den Kellnern, dem Barkeeper, den Wärtern für die Damen- und Herrentoilette; er handelte die Vereinbarungen mit den Lieferanten von Wein, Bier und Spirituosen, mit dem Fleischer, dem Bäcker und, jawohl, dem Kerzenleuchtermacher aus.

Ich schätzte Lohmann als ehrlichen Menschen ein, doch seine Beziehungen zur Berliner Unterwelt hielt er unbestreitbar weiter aufrecht. *Al hamdulillah!* Als wir einmal spätnachts bei einer Flasche Wein in der Küche zusammensaßen, schnitt ich das von Dr. Steinbruch aufgeworfene Thema an. Ich erzählte Lohmann, ich komme aus einer altmodischen Familie und wolle ihr die Peinlichkeit ersparen, daß ein Sohn im Kabarettgeschäft war, zumal das Kabarett auf Bauchtänzerinnen spezialisiert sei. Und dann kam ich zum springenden Punkt: Ich wollte das Geschäft unter einem anderen Namen führen. Ob er, Lohmann, wisse, wie man das bewerkstelligen könne? Ich bin sicher, ich konnte ihm nicht einen Augenblick etwas vormachen, aber er lobte meine Rücksichtnahme als Sohn. Ein seltener Zug heutzutage, fügte er hinzu.

Eine Stunde später waren wir in einer verräucherten Kneipe in unmittelbarer Nähe des Alexanderplatzes, wo ironischerweise das Berliner Polizeipräsidium lag. Lohmann und ich saßen einem erstaunlich kultivierten und kunstverständigen jungen Mann gegenüber, der meinen französischen Paß einer gründlichen Prüfung unterzog. Die Änderung von Saporta zu »Salazar« stellte offenbar keine unüberwindliche Schwierigkeit dar. Er brauchte Zeit sowie ein neues Foto ohne Schnurrbart, denn ich hatte meinen stolzen arabischen *shawarib* bereits abgenommen und mußte meine Hand an die neue Unterschrift gewöhnen. Lohmann kümmerte sich um die finanziellen Einzelheiten. So einfach war das. Zehn Tage später meldete ich als Daniel Salazar meinen Erwerb des Kaukasus Klub bei der staatlichen Handelskammer an.

Das war mit der längste Besuch, den Lohmann mir je abgestattet hat, und er hat mir neuen Auftrieb gegeben.

Vielleicht hat der Sliwowitz ihm die Zunge gelockert, aber ich spüre da noch etwas anderes. Während der Durchschnittsbürger sich nach allem, was man hört, von den Entbehrungen, Gefahren und der scheinbaren Aussichtslosigkeit dieses Krieges zermürben läßt, blüht Lohmann regelrecht auf. Jetzt, wo das Kriegsglück sich von Deutschland wendet, gewinnt Lohmann mit jedem Tag an Selbstbewußtsein und sogar an Gewicht. Es steht ihm gut; ich meine, ich habe neue Schuhe und in seiner Jakkentasche ein paar Sumatrazigarren entdeckt. Ich frage mich, ob seine Erfahrung mit der zerbrochenen Fensterscheibe des Juwelierladens ihm neue Perspektiven eröffnet hat.

1. Dezember 1943

IN MEINEM EINTRAG VOM NEUNUNDZWANZIGSTEN November habe ich über meine Abreise aus Damaskus geschrieben und die Familie, die weinend zurückblieb. Da ich als Mann von Welt erscheinen wollte, wischte ich meine eigenen Tränen fort, putzte mir die Nase und steckte mir eine Zigarette an. So gewappnet, sah ich zum Fenster meines Eisenbahnwagens hinaus. Die Stadt lag bald hinter uns, doch plötzlich ging der Zug in eine lange Kurve, und ich sah alles noch einmal – ein sandfarbenes Durcheinander, aus dem die Minarette gen Himmel strebten. Eine Wolkenbank riß auf, und die Stadt brach in rötliche Glut aus. So müssen die Griechen, die Römer, die Byzantiner, die vielen Wüstenstämme, die Mamelucken, die Mongolen und schließlich die Türken bei ihrem Vormarsch auf Damaskus und dann wieder bei ihrer Vertreibung die Stadt gesehen haben.

Damaskus ist kein gewöhnlicher Ort. Es ist die älteste bewohnte Stadt der Welt. Hier haben die großen Sultane geherrscht: Nur ad Din und Salah ad Din, der ausritt, den Bestrebungen der Kreuzfahrer Einhalt zu gebieten. Hier war Johannes der Täufer die Gasse Die Da Heißt Die Gerade entlanggegangen. Damaskus mit seinen unglaublichen

Moscheen – der Omayyaden-Moschee, Sihan Pascha, Darwisch Pascha, Al Aqsab, Al Qal' ah. Damaskus mit seiner Zitadelle, dem Azm-Palast, den großen Toren. Damaskus mit seinen Basaren: dem Souk el Khayyatin, el Miskiya, Souk el Kabir. Ja, selbst das Damaskus des Haret el Yahoud. Plötzlich wurde der Schienenstrang gerade, und die Stadt war verschwunden.

Die syrische Ebene war eintönig, graubraun und nur hin und wieder von Dörfern aus Stein und Lehmziegeln unterbrochen, die sich um eine einsame Moschee drängten. Bauern auf den Feldern mit ihren Tieren richteten den schmerzgequälten Rücken auf, schauten den Zug mit leeren Augen an und gingen wieder an die Arbeit. Meilenweit nichts. Dann ein Bauernhof, wo ein Kamel mit verbundenen Augen sich auf seiner endlosen Runde dahinschleppte und Weizen mahlte. Kinder mit leuchtenden Augen beim Spielen in einem Schlammgraben. Ein Zug Kamele und Esel, mit Feldfrüchten beladen. Dann Schäfer mit ihren Stöcken, die *abbayas* gegen den Wind um den Körper gezogen, und ihre zu Tausenden zählenden Herden. Es war biblisch. Mir fiel eine Stelle aus der Synagoge ein: »Und ein Mann war in Maon, und seine Wirtschaft war in Karmel. Und der Mann war sehr reich; er hatte dreitausend Schafe und tausend Ziegen ...«

Die Landschaft wurde mir langweilig. Ich machte den Koffer auf und holte den Berlitz Sprachkurs Deutsch hervor, ein Geschenk meines Großvaters.

Ich vertiefte mich in das Gewirr feindseliger Frakturschriftzeichen. Zu meiner Bestürzung machte Mr. Berlitz mir klar, daß ein deutscher Satz sich endlos hinziehen kann und das bestimmende Verb dabei bis ganz zum Schluß aufspart. Und bis zu dieser Eröffnung wußte man nie, ob das Subjekt nun bewundert, verehrt, verabscheut oder geliebt, getötet, aufgehängt oder gefressen wurde. Wie sollte ich der Grammatik, der feindseligen Frakturschriftzeichen je Herr werden?

In Konstantinopel nahm mich ein entfernter Verwandter ins Schlepptau, der mich über Nacht in einem bescheidenen *chan* unterbrachte. Am Morgen durfte ich zur Abwechslung mal einen Gewürzmarkt besuchen, wo er mich kleinen Marktbudenbesitzern als »Saportas Sohn« vorstellte. Von dort brachte er mich direkt zum Bahnhof, wo der Orientexpreß Dampf aufmachte. Von der riesigen Stadt, dem Herrschaftssitz ganzer Reiche, Nahtstelle zwischen Europa und Asien, hatte ich nichts gesehen. Ich war entschlossen, dem in Zukunft abzuhelfen.

2. *Dezember 1943*

ICH WAR DEM ZAUBER DES ORIENTEXPRESSES EIN für allemal erlegen, den glitzernden goldblauen Wagen, den Rufen der *hammals* beim Herumschieben ihrer Gepäcklast, den Pfiffen der Bahnhofsvorsteher, dem ständigen Dampfgezisch, dem jähen Aufbellen der ungeduldigen Lokomotive, den vielen Sprachen der Reisenden und den wunderbaren Gerüchen, die aus dem Küchenabteil des Speisewagens drangen. Einen Zug zu besteigen hieß, das Alltägliche, Wohlbekannte hinter sich zu lassen, zu neuen, unbekannten Orten aufzubrechen, wo Gott weiß welche Versuchungen, Triumphe oder Enttäuschungen warteten.

Der Zug selbst war für mich ein Wunderland der Entdeckungen. Ich staunte über die durchdachte Einrichtung meines Abteils, vor allem über den bequemen Sitz mit Rückenlehne, den der Schlafwagenschaffner nachts in ein oberes und unteres Bett verwandelte. Ich bewunderte die Wandtäfelungen aus Rosenholz mit den eingelegten Blumenmotiven. An alles hatte man gedacht: eine Leselampe über jedem Bett, Elastiknetze zur Aufbewahrung der Hausschuhe und des Morgenmantels, sogar blaue Nachtlampen, damit sich der Fahrgast im Dunkeln sicher fühlte. Alles war vollkommen: die mit dem Wappen der Schlafwagengesellschaft geschmückten Wolldecken, die täglich gewechselten frischen Leintücher, die kleine Leiter, auf der man zum oberen Bett hinaufkletterte. Ich untersuchte das Waschbecken mit seinem Warm- und Kaltwasserhahn und dem Spiegelschränkchen, in dem sich schwere Kristallgläser und eine Karaffe mit frischem Wasser befanden. Das einzige, was ich übersehen hatte, war die kleine Klappe unter dem Waschgestell. Sie enthielt den *vase de nuit*: ein weißes Porzellangefäß, das eher wie eine große Saucenterrine wirkte, in das ich meinen Reisegefährten sich nachts entleeren sah. Ich fragte mich, was er wohl mit dem Inhalt des Gefäßes tun würde, in das er so ausgiebig hineingegluckert hatte. Er schob den *vase* in das Fach zurück und machte die Tür davor zu. Monsieur Georges Nagelmackers, der belgische Gründer der Compagnie Internationale des Wagons-Lits et des Grands Express Européens, hatte an alles gedacht. Der *vase de nuit* leerte sich auf die darunterliegenden Schienen.

Kaum hatte ich meine Untersuchung des Abteils beendet, da führte der Schlafwagenschaffner meinen Reisegenossen herein. Sein Gepäck folgte. Zu meiner Überraschung dankte der Europäer dem *hammal* auf türkisch und wandte sich, nachdem er seine Gepäckstücke nachgezählt hatte, mit einem Lächeln an mich.

»Steinbruch«, sagte er und streckte die Hand aus.

»Enchanté, Monsieur«, antwortete ich.

Er lachte. »Nein, Ihren Namen, junger Mann.«

»Saporta aus Damaskus«, sagte ich.

»Bravo«, sagte er auf französisch mit einem fremdländischen Akzent.

Er setzte sich und klopfte suchend an seine Taschen. Als er endlich eine Visitenkartenschachtel hervorzog, hatte ich ihn schon sorgfältig gemustert: ein Deutscher wahrscheinlich, etwa vierzig Jahre alt, mit beginnender Glatze und Nickelbrille, mit gemütlichem Schmerbauch und nach einer durchaus angenehmen Mischung aus Zigarren und Eau de Cologne riechend, das, wie ich später erfuhr, seine deutschen Erfinder Kölnisch Wasser nannten. Er gab mir seine Karte:

PROF. DR. THEODOR STEINBRUCH
PERGAMON MUSEUM, BERLIN

Ich überreichte ihm meine:

DANIEL SAPORTA
ÉTABLISSEMENT SAPORTA, EPICES EN GROS
RUE MANAKH, DAMAS.

Ich schnitt bei dem Vergleich nicht sonderlich gut ab, wie ich fand. Ein Gewürzhändler, der mit einem Universitätsprofessor Visitenkarten tauscht, als ob diese Kartonstückchen ihre Besitzer einander ebenbürtig machten? Doch der Deutsche sah das anders.

»Daniel Saporta«, sagte er. »Der Name gefällt mir. Sehr aristokratisch. Da schwingt viel Geschichtliches mit.«

Mit diesem »Da schwingt viel Geschichtliches mit« sagte er mir in Wirklichkeit: »Ich weiß, daß Sie Jude sind.« Ich muß unwillkürlich zurückgewichen sein, aber ich hatte ihn falsch eingeschätzt.

»Junger Mann.« Er lächelte. »Ich bin Professor der Geschichte, Kustos für Vorderasiatische Kunst. Ich beneide Sie um Ihre Herkunft. Nur wenige von uns genießen den Vorzug einer solch glanzvollen Geschichte.«

Woraufhin er nach einer abgenutzten Aktentasche griff und eine Flasche Raki hervorholte, den türkischen Arrak. Er stellte sie auf das Klapptischchen unter dem Fenster und daneben Gläser und Karaffe. Zuerst goß er Wasser in die Gläser, dann fügte er langsam den Arrak hinzu, wobei er sich genau wie ich an dem Anblick der zwei farblosen Flüssigkeiten freute, die beim Zusammenfließen milchig weiß wurden.

Ich lächelte anerkennend. »Sie sind Experte. Mein Vater sagt, ein ernsthafter Arraktrinker schenkt immer zuerst das Wasser ein.«

Dr. Steinbruch hob sein Glas. »*Sahtak*«, sagte er auf arabisch.

Als er das Glas zum Mund führte, fiel mir die rosa Knospenform seiner Lippen auf. Ich unterdrückte rasch ein aufkommendes Gefühl der Abscheu und antwortete: »*Sahtak*« – Auf Ihr Wohl.

Als nächstes zog er ein ledernes Zigarrenetui aus der Westentasche und nahm zwei stummelige graue Zigarren heraus. Er gab mir eine und holte dann einen Zigarrenschneider hervor, der auf einem vergilbten Eberzahn an seiner Uhrkette saß. Er schnitt die Spitze seiner Zigarre ab und machte es dann bei meiner ebenso. »Eine richtige Berit Milah«, meinte er dabei.

Ein plumper deutscher Scherz, dachte ich, aber gewiß nicht völlig verfehlt. Ich war erstaunt, daß er den korrekten hebräischen Ausdruck für das Beschneidungsritual kannte. Ich schüttelte meine Verärgerung ab. Er war ein angenehmer, großzügiger Gastgeber, und während wir unseren Arrak tranken und die Zigarren genossen, sprach er mit mir, einem siebzehnjährigen Jungen, wie mit seinesgleichen.

3. *Dezember 1943*

LOHMANN KAM GUTGELAUNT AN UND GENOSS *meine kindliche Freude über die Waren, die er aus den Manteltaschen zog: eine Tube Chlorodont-Zahnpasta, eine neue Zahnbürste, eine ganze Schachtel Eberhard Faber Bleistifte, altbackene, aber gute Brötchen und eine große Scheibe Roastbeef in dem unvermeidlichen Päckchen aus Packpapier. Als ich ihm Komplimente machen wollte, da das doch sicher schwer aufzutreiben war, winkte er mit den Worten ab, in Wirklichkeit sei das Pferdefleisch, aber von Frau Nowikow perfekt zubereitet. Ohne sich lange bitten zu lassen, erzählte er mir von seinem neuen Unternehmen.*

Wie ich mir schon dachte, hat es mit seiner Erfahrung bei dem Juwelier zu tun. Er macht sich die immer häufiger werdenden Bombenangriffe zunutze und geht lange vor der Entwarnung auf die Straße, wo er mit einem Ziegelstein, den er in der Aktentasche hat, kleine Schaufensterscheiben einschlägt. Er ist wählerisch in dem, was er sich aneignet, und nimmt am liebsten Uhren, Ringe, elegante Brieftaschen, Damenkleidung, die sich leicht zusammenlegen und verstecken läßt, Tabak, Feuerzeuge, Zigarrenetuis und Uhrketten. Er hat sich mit den Bahnhöfen vertraut gemacht. Er weiß, welche Einheiten von der Front und vom Besatzungsdienst zurückkommen und auf welchem Bahnhof. Aus Frankreich, Belgien,

Skandinavien oder auch Italien und Jugoslawien treffen noch immer Soldaten mit Würsten, Speckseiten, Räucherschinken, Obst- und Gemüsekonserven und Flaschen mit Wein oder dem Schnaps der jeweiligen Gegend ein. Lohmann hat keine Angst vor den »Kettenhunden«, den Feldgendarmen, so genannt nach dem Brustschild, den sie an einer Kette um den Hals tragen. Sie treiben sich auf den Bahnhöfen herum und sollen Schwarzhändler festnehmen. Lohmann, selbst ein alter Soldat, kennt ihre Arbeitsweise und Denkungsart. Er hat nichts Verstohlenes an sich. In schwarzem Mantel, Melone und Handschuhen, mit dem Parteiabzeichen am Revers und dem »Völkischen Beobachter« unter dem Arm ist er der solide deutsche Bürger, wie er leibt und lebt.

Er spricht die Soldaten auf den öffentlichen Toiletten oder in den feuchtkalten Kachelgängen an, die aus den Bahnhöfen hinausführen. Die Soldaten, die die wahren Verhältnisse an der Heimatfront noch nicht kennen, tauschen ihre Nahrungsmittel gegen Lohmanns Warenbestand ein: Geschenke, die, wie er ihnen versichert, eine liebe Mutter erfreuen und das wunderbare Fräulein entzücken, das ihren tapferen Soldaten mit offenen Armen empfängt.

In der Kantstraße, ein paar Straßen vom Kaukasus entfernt, hat er eine Wohnung entdeckt, die einer längst verschwundenen jüdischen Familie – Lohmann machte eine bedauernde Geste – gehört hat und durch bürokratische Schlamperei noch immer unbewohnt ist. Der Hausmeister des Gebäudes, dessen Loge und Wohnung im Souterrain liegen, ist ein Freund von ihm. Der Haus-

meister und Lohmann haben sich geeinigt, und aus der Wohnung ist ein exklusives Speiselokal entstanden.

Die Gäste hat Lohmann unter unserer früheren Stammkundschaft angeworben. Manche sind hohe Parteifunktionäre, andere Stabsoffiziere aus dem Kriegsministerium. Sie kommen mit ihrer Sekretärin, nicht mit der Ehefrau. Diese Würdenträger bringen ihrerseits andere große Tiere aus den Randgruppen der Gesellschaft mit. Frau Nowikow wirkt Wunder mit den Waren, die Lohmann auf den Bahnhöfen beschafft. Im allgemeinen werden sie zu Sakuski *verarbeitet: Häppchen aller Art, auf russische Art serviert. Da es Kohl und Kartoffeln in Hülle und Fülle gibt, ist immer ein Borschtsch da. Das Fleisch für den Hauptgang besorgen unsere ehemaligen Lieferanten und bisweilen Lohmanns Kamerad von der Gulaschkanone.*

Zur Untermalung dieser Diners, die im Speisezimmer und im Salon serviert werden, wird auf dem großen Bechsteinflügel im Salon Tafelmusik gespielt. Der Pianist ist amputiert, er hat an der russischen Front sein rechtes Bein verloren. Das schafft gewisse Probleme mit den Pedalen, aber, wie Lohmann erklärt, nicht so viel, daß es den Gästen etwas ausmacht. Dieser Pianist erfreut diese neuen Bonvivants mit amerikanischem Jazz. Zumindest kommt es Lohmann so vor. Und nach dem Essen, wenn eine beschauliche und weinselige Stimmung herrscht, gibt es die geächteten Lieder von Richard Tauber.

Lohmann fungiert als Majordomus und Weinkellner, Frau Nowikow wirkt in der Küche, und seine Tante ser-

viert. Sie haben sogar ein schwarzes Kleid samt weißen Spitzenhäubchen und Schürze für sie aufgetrieben, das die früheren Besitzer auf ihrer Flucht Gott weiß wohin aufmerksamerweise zurückgelassen haben. Sie haben auch Meißner und Rosenthalporzellan dagelassen, Kristall und englisches Silber. Das leistet jetzt dieser neuen Klasse von Feinschmeckern, die von den Tischdecken mit Brüggener Spitze speisen, alles gute Dienste. Es macht mich wütend, wenn ich daran denke, daß die Familie, die diese Pracht über Jahre zusammengetragen hat, aller Wahrscheinlichkeit nach mit den Landaus befreundet war. Vielleicht bin ich ihnen sogar begegnet. Es wäre aber falsch von mir, diese Kritik auf Lohmann auszudehnen. Sicher, er genießt die Früchte dieser Beraubung, aber man kann ihn nicht dafür verantwortlich machen. Er nutzt nur die Gunst der Stunde und hält mich obendrein noch am Leben.

4. Dezember 1943

WÄHREND DER ORIENTEXPRESS DURCH DIE TÜRKEI, Bulgarien, Jugoslawien und Österreich brauste, wurden Dr. Steinbruch und ich unzertrennliche Gefährten. Nach der Morgentoilette frühstückten wir im Speisewagen. Er ließ sich nicht darauf ein, im Abteil Kaffee zu trinken. »Das ist nur etwas für leichte Mädchen«, sagte er. Wir gingen in unser Abteil zurück, das der Schaffner nun wieder in den Wohnzimmerstand versetzt hatte. Dr. Steinbruch trichterte mir die Finessen des deutschen Verbs ein und half mir bei der deutschen Umgangssprache. Von Zeit zu Zeit schauten wir hinaus und betrachteten die an unserem Fenster vorbeiratternden Wunder von Pithion, Dragoman, Dimitrovgrad, Crventi Krst und Jesenice. Wir schlugen die Zeit tot, bis der Gong uns zum *premier service* in den Speisewagen rief, wo Dr. Steinbruch einen beachtlichen Appetit an den Tag legte. Der kam, wie er mir versicherte, von einer eisernen Konstitution, ungehindert fließenden Magensäften und der nötigen Disziplin, das Gewöhnliche zurückzuweisen und nur Erstklassiges zu sich zu nehmen.

»Ich esse nur Marmelade aus Schottland. Französisches Baguette esse ich, anderes Weißbrot aber nicht. Ich esse Wiener Tafelspitz, doch sonst kein gekochtes Fleisch.«

Eine derart rigorose Diät beeindruckte mich tief. Doch wandte er sie aus unerfindlichen Gründen nie auf die im Speisewagen eingenommenen Mahlzeiten an. Vor meinen Augen verzehrte er:

Hors d'Œuvres Variés
Consommé Double
Omelette Fines Herbes
Daurade au beurre noir
Rosbif, Yorkshire Pudding
Salade
Fromages, Corbeille de Fruits
Glace Wagons-Lits, Petits Fours

Zwischen den Mahlzeiten bereitete er mich auf meinen Aufenthalt in Berlin vor. Er sprach von der Tatkraft der Preußen, die Deutschland geeint hatten; von den Ursachen und Wirkungen des Großen Krieges; von den Deutschland im Rachevertrag von Versailles auferlegten Ungerechtigkeiten; und von den harten, wenn auch spannenden Zeiten, die Deutschland durchmachte. Seiner Meinung nach würden sich demokratische Einrichtungen, wie man sie in Frankreich, Großbritannien und den Vereinigten Staaten kannte, in Deutschland nur schwer durchsetzen lassen. Er befürchtete, die Deutschen hätten lieber eine starke Führung. Wenn ich einige Zeit in Deutschland bliebe, würde ich sicher miterleben, wie Geschichte gemacht wird. Er gab mir Ratschläge.

»Lesen Sie die Zeitungen, alle, nicht nur die, die Ihnen angenehm sind. Lesen Sie die marxistische Linke und machen Sie sich klar, daß es Millionen Menschen gibt, die Ihrem privilegierten Dasein ein Ende bereiten wollen. Lesen Sie die Blätter der deutschen Rechten. Die sehen einen Verräter unter jedem Bett. Sie wollen die Ehre des deutschen Soldaten wiederhergestellt wissen. Für sie sind der Versailler Vertrag, die Juden und die Kommunisten an allem Unglück schuld.«

»Daniel« – und damit sprach er mich zum ersten Mal mit Vornamen an –, »halte die Augen offen und bewahre dir einen kühlen Kopf. Laß dich nicht von der deutschen Gemütlichkeit einwickeln. Du bist aus dem Orient. Du hast das gewisse Fingerspitzengefühl, das dich auf der Hut bleiben läßt. Es rührt vom Zusammenleben mit allen möglichen Menschen, von deinen Sprachkenntnissen. Die Welt ist riesengroß. Unser Leben ist nur kurz. Versuche, alles zu sehen.« Er hielt inne und fixierte mich mit einem Blick über seine Brille hinweg. »Wenn du dadurch zum Wandernden Juden wirst, dann mach das Beste daraus.«

Das war für einen siebzehnjährigen Jungen nicht leicht zu verdauen. Ich habe in den Jahren danach wahrlich an seinen mir so großzügig gegebenen Rat denken müssen.

Dr. Steinbruch zeigte großes Interesse an meiner

Familie. Ich erzählte von meinem Vater und meiner Mutter, von unserer vielfältigen Verwandtschaft und von moslemischen Honoratioren aus dem Bekanntenkreis meines Vaters.

»Dein Onkel, der früher bei der Banque Ottomane war, ist jetzt also bei der Japhet Bank in Jaffa? Ist das dein Onkel Nessim Saporta?«

»Nein«, sagte ich, »das ist Saadia Nessim, ein Onkel mütterlicherseits.«

»Wie gut kennt dein Vater den Imam von der sunnitischen Moschee, von dem du erzählt hast, daß er jetzt an der Al Azhar Universität in Kairo ist?«

»Sie haben sich in Dr. Azoulays Wartezimmer kennengelernt. Beide hatten etwas mit der Prostata, und ihre Besuche fielen immer auf den gleichen Tag. Er hat uns manchmal besucht. Er sagte, das koschere Essen meiner Mutter sei unübertrefflich.«

»Versuche, dich an den Namen des kurdischen Scheichs zu erinnern, den Freund deines Großvaters. Du meintest, er sei mit seiner Familie nach Mosul gezogen.«

Wenn meine Konzentration nachließ:

»Junger Mann. Ich bin begeistert von deinem Cousin Abou Moussa, der dir von den Kamelkarawanen erzählt hat, die noch immer nach Persien ziehen. Kannst du dich an die Route erinnern? An die Oasen?«

Was ist nur in ihn gefahren? dachte ich. Es reicht. So ging es dann weiter bis zum Dinnergong.

Der Zug durchquerte Kärnten, und wir kamen an den legendären Ferienorten Badgastein und Salzburg vorbei. Am frühen Abend fuhren wir in den Münchner Hauptbahnhof ein. Dr. Steinbruch sorgte dafür, daß unser Gepäck zum Nachtexpreß nach Berlin gebracht wurde. Bis zur Abfahrt unseres Zuges blieb uns noch eine volle Stunde Zeit. Dr. Steinbruch meinte, ich solle doch Blumen kaufen, um sie bei unserer Ankunft in Berlin Frau Landau zu überreichen. Im Blumenladen des Bahnhofs wählte ich einen Strauß Rosen. Er steckte sie in die Vase des Blumenhändlers zurück und suchte statt dessen drei, vier schlichte Blumen mit Farnkraut aus. Er kam meinen Einwänden zuvor.

»Du kannst einer verheirateten Frau keine blutroten Rosen schenken. Sie drücken leidenschaftliche Gefühle aus. Wir haben hier in Deutschland einen Blumenkodex. Den mußt du unbedingt lernen.«

Ehe wir in den Zug stiegen, führte er mich eilig an einen Imbißstand.

»Du darfst nicht aus München abfahren, ohne eine Weißwurst probiert zu haben. Sie hat einen besseren Ruf verdient als das hiesige Bier.«

Zwei bleiche Würste mit gesprenkeltem Senf wurden vor mich hingestellt. Ich schnitt hinein und kostete ohne Begeisterung davon. Dr. Steinbruch griff ein.

»Nein, nein. So schneidet man keine Weißwurst. Man schneidet sie einmal der Länge nach und dann einmal quer ein, ohne die Haut zu durchtrennen. Dann löst man die vier gleichen Teile heraus.«

Was für ein Land, dachte ich. Erst ein Blumenkodex und jetzt ein Wurstkodex?

Im Schlafwagenzug München–Berlin tranken wir den Arrak aus. Dr. Steinbruch erzählte von seinem Museum, dem Pergamon-Museum. Es war das Berliner Gegenstück zum Louvre. Die Abteilung, in der er Kustos war, widmete sich den Altertümern des Orients. Nach dem Britischen Museum und vielleicht dem Louvre besaß sie die weltweit umfangreichste Sammlung von Skulpturen und Artefakten. Er lud mich zu einem Besuch ein und war leicht erstaunt, daß ich, der doch aus dieser Gegend stammte, so wenig von ihren Schätzen wußte.

Er berichtete mir von den Ausgrabungen, an denen er als junger Mann teilgenommen hatte. Im Jahre 1912 war er mit seinen Landsleuten, den legendären Historikern Herzfeld und Sarre, in Samarra am Tigris. Er hatte die Scherben, die Töpfe und Vasen, Phiolen und Wandverzierungen mit sortiert. Sie stammten aus der früheren Hauptstadt der Abbasidenkalifen.

Im Jahre 1909 war er mit Velásquez Bosco in Córdoba bei der Ausgrabung der Medina ez Zahra, dem Sitz der Omayyadenkalifen aus dem zehnten Jahrhundert. Er war schon in der Türkei und in Persien gewesen und kam eben aus Palästina zurück. Mit glänzenden Augen nahm er einen kleinen Koffer von der Gepäckablage. Vor sich hin summend machte er ihn nach viel Gefummel mit einem Schlüsselring auf. Er holte einen Haufen zusammengeknülltes Zeitungspapier, Socken und wollene Unterwäsche heraus und zog mittendrin einen in Watte und Pappstreifen eingewickelten Gegenstand hervor. Den stellte er auf das Tischchen zwischen uns.

»Ich habe sie in der Altstadt von Jerusalem gekauft, gleich hinter dem Damaskustor. Sie ist ohne jeden Zweifel authentisch.« Er streifte die Schutzhülle ab. »Da ist sie: Astarte, Aschtoret, Aschtoroth!«

Da stand eine etwa fünfzehn Zentimeter hohe Figur mit klar ausgeprägten weiblichen Merkmalen und einem sexuell herausfordernden Zwinkern in den Augen. »Eine Göttin der Liebe, die deine Vorfahren verehrten«, flüsterte Steinbruch heiser.

Cousin Eli auch, dachte ich.

Steinbruch hob sein Glas auf Astarte und mich.

»L' chayim«, sagte er.

5. Dezember 1943

LOHMANN KAM GESTERN ABEND. ER ERZÄHLTE MIR *von einer kleinen Komödie der Irrungen, die sich im Treppenhaus abgespielt hatte. Im zweiten Stock war er auf dem Treppenabsatz einem Jungen in Hitlerjugenduniform begegnet. Lohmann hatte Angst, der Junge sei vielleicht ein selbsternannter Blockwart, ein Spitzel, der alle außergewöhnlichen Vorgänge, Unterhaltungen mit Kritik an der Kriegsführung und sonstigen Verrat auch der eigenen Eltern nach oben weitermeldete.*

Der Junge hatte ihn sofort mit einem schnarrenden »Was wollen Sie hier?« angefahren.

Lohmann murmelte: »Ich suche …«

Als der Junge sein überdimensionales Hakenkreuzabzeichen sah, das ihn als langjähriges Parteimitglied auswies, schlug er einen anderen Ton an. »Fräulein Inge und Fräulein Jutta wohnen im vierten Stock links.« Und als Nachklapp: »Heil Hitler.«

Lohmann lachte. Daß da zwei Flittchen im Hause waren, sollte sich noch als Segen erweisen. Zur Sicherheit hatte er den Mädchen tatsächlich einen Besuch abgestattet, ehe er in meine Dachstube heraufkam. Sie machten ihrem Gewerbe nicht viel Ehre, sagte er. Die beiden waren eigentlich Verkäuferinnen und wollten ihr Einkommen lieber auf diese altehrwürdige Weise aufbessern, als in einer Rüstungsfabrik Granatwerferzünder zu montie-

ren. Es war noch ein anderer Kunde dagewesen. Das war ein korpulenter, alternder Major von der Nachschubtruppe. Sie hatten sich beim Hinausgehen im Wohnzimmer getroffen. Weit davon entfernt, die Begegnung in einem Freudenhaus peinlich zu finden, hatten sie sich gleich richtig erkannt – zwei Männer von Welt, die sich ein kleines Vergnügen gönnen, ehe sie wieder zu Heim und Herd zurückkehren. Die Mädchen holten eine Flasche Weinbrand aus dem Büfett im Speisezimmer, und der Major nahm begierig eine von Lohmanns Zigarren an. Sie stellten sich vor, tranken ihren Weinbrand und flirteten mit den Mädchen, und Lohmann hatte dafür gesorgt, daß sich zwischen den beiden verwandten Seelen eine ungezwungene Freundschaft festigte. Vor dem Gehen hatte Lohmann den Major in sein neues Speise-Etablissement eingeladen. Er machte dem Major unmißverständlich klar, daß bei ihm hohe Stabsoffiziere ein und aus gingen, mit denen der Major wahrscheinlich »vieles gemeinsam« habe. Der Major konnte es kaum erwarten, mit höheren Kreisen auf Tuchfühlung zu kommen, und versprach obendrein noch, Mehl und Zucker aus Militärbeständen mitzubringen. Es war ein gelungener Abend. Einmal würden die Beziehungen des Majors zur Nachschubtruppe äußerst nützlich sein für Lohmanns neues Etablissement, und auch die beiden Huren sollten uns noch gute Dienste leisten, da sie Lohmanns häufige Besuche im Haus rechtfertigten.

Lohmann gab mir drei Tafeln Sarotti-Schokolade und eine Schachtel mit den kleinen weinbrandgefüllten Schokoladenfläschchen, die die Deutschen so lieben. Er ent-

schuldigte sich damit, daß er mir bald etwas Handfesteres mitbringen werde. Ich brachte es nicht übers Herz, ihm zu sagen, daß ich von Schokolade rasende Zahnschmerzen bekomme.

Jetzt trinke ich erst den Weinbrand aus den Schokoladenfläschchen und rede mir ein, daß meine Zähne dann nicht so empfindlich sind gegen die Schokolade. Ich versuche, die Fläschchen auf der linken Seite zu essen, doch sobald der Speichel die Schokolade verflüssigt, dringt ein heimtückischer Schwall auf den kranken rechten Backenzahn ein und macht die Schmerzen unerträglich. Aber ich habe die Lösung: Ich schlucke die Fläschchen unzerkaut hinunter. Dann lösen sie sich bei mir im Magen auf, geben mir so die nötige Nahrung und vermeiden gleichzeitig den Kontakt mit den Zähnen. Endlich kann ich die ausgefeilte Logik anwenden, die ich bei der Alliance Israélite so fleißig gelernt habe.

Ich höre das Pfeifen eines abfahrenden Zuges vom Anhalter Bahnhof, unter normalen Bedingungen ein kurzer Fußweg von hier. Dort sind Dr. Steinbruch und ich vor fünfzehn Jahren ausgestiegen.

Die Landaus hatten auf dem Bahnsteig gewartet. Ich wies meinen neuen Freund auf sie hin. Herr Landau trug einen hellgrauen Homburg und hatte einen Spazierstock über den Arm gehängt. Frau Landau war wieder in Grau: mit einem um die Schultern drapierten Persianermantel und einer Glocke, die ihr blondes Haar nach vorne schob. Steinbruch drehte sich zu mir um.

»Mein Gott, du hattest recht. Du hättest doch rote Rosen kaufen sollen!«

Bei der Vorstellung wandte ich mein Deutsch an. »Herr Landau, Frau Landau, darf ich Doktor Steinbruch vorstellen.«

Jetzt vollführten die Männer einen kleinen Tanz, den ich bemerkenswert fand. Sie sahen sich an, lüpften unisono den Hut, setzten ihn wieder auf, gaben sich die Hand, verbeugten sich steif aus der Hüfte heraus und schlugen mit einem hörbaren kleinen Knallen die Hacken zusammen. Dann beugte Dr. Steinbruch sich vor, als wolle er Frau Landau die ausgestreckte Hand küssen, doch kurz davor hielten seine Lippen mitten in der Luft inne. Noch ein Kodex außer dem von Blumen und Würsten. Jetzt war ich an der Reihe, Herrn Landau männlich die Hand zu drücken und Frau Landau die Blumen zu überreichen. Sie lächelte, und ich bemerkte einen silbrigen Speichelfaden bei ihr im Mundwinkel. Ich riß mich zusammen. Cousin Eli, sagte ich in Gedanken, laß mich los. Stachel das Feuer meiner Begierde nicht an. Laß mich in Ehren und Dankbarkeit in das Haus von meines Vaters Freund einziehen.

Wir verabschiedeten uns von Dr. Steinbruch, und ich erhaschte aus unserem Taxi den ersten Blick auf diese Weltstadt von drei Millionen Seelen: so große Boulevards, so wuchtige Gebäude, daß es mir schier den Atem verschlug.

7. Dezember 1943

KONNTE GESTERN NICHT SCHREIBEN. EIN HEFTIGER *Luftangriff während der Nacht hielt mich in Angst und Schrecken. Tagsüber wurde ich von Zahnschmerzen und Magenkrämpfen heimgesucht, als Strafe dafür, daß ich mich der natürlichen Ordnung des Körpers widersetzen wollte, indem ich zwölf kleine Schokoladenfläschchen verschluckte.*

Die Wohnung der Landaus in der Kellerstraße lag in einem der wuchtigen Mietshäuser, die in den sechziger Jahren des neunzehnten Jahrhunderts für die Mittelschicht erbaut wurden. Vor der riesigen hölzernen Haustür standen große Kastanienbäume. Die Tür führte zu einem Hof, wo in den alten Tagen Pferde und Kutschen in Boxen untergebracht waren. Jetzt wurden da Mülltonnen und Fahrräder abgestellt. Der hochgewölbte Eingang, der die Straße mit dem Hof verband, hatte noch zwei kleinere Türen, die zu zwei gleichartigen Gebäudeflügeln führten. Jeder Flügel besaß im Treppenhaus einen Aufzug. Dessen Eisenkäfig fuhr hydraulisch auf und ab. Das Treppenhaus um den Aufzug herum war in dunklem, poliertem Holz gehalten. Es roch stark nach Wachs. Kein Wunder, daß jedes Berliner Mietshaus im Erdgeschoß ein

Warnschild hatte: Vorsicht! Frisch gebohnert. Diese Schilder mit ihrer bedrohlichen Frakturschrift waren nur ein Beispiel für die vielfältigen Verbote, die die Berliner Preußen überall in der Öffentlichkeit aufstellten. Im Park: Das Betreten des Rasens ist polizeilich streng untersagt. Im Hausflur: Betteln und Hausieren verboten. Auf dem Bahnhof: Zugang zum Bahnsteig nur mit gültigem Fahrausweis oder Bahnsteigkarte. Kein Zutritt für Hunde! Viele Jahre später würde auf Parkbänken stehen: Nicht für Juden! Diese Schilder sollten einer mit großer Tatkraft und einem starken und zynischen Humor begabten Bürgerschaft einprägen, daß ihre Freiheit Grenzen hatte.

Die Landaus wohnten im zweiten Stock in einer großen, mit schweren Eichen- und Mahagonimöbeln vollgestopften Wohnung, die ich nur als bedrückend empfand. Eine reichverzierte Einrichtung mit Spiegeln, Säulen und Riefen, dunkle Ölgemälde, schwere Damastvorhänge über Spitzengardinen: All das trug zur Düsterkeit von Vorzimmer, Salon und Speisezimmer bei. Es gab sogar eine kleine Bibliothek mit Bleiglasfenstern, die nordische Ritter in voller Rüstung und flachshaarige Mädchen darstellten. Die Schlafzimmer, die Kammer des Kindermädchens und endlich mein eigenes Zimmer gingen alle von einem langen Flur ab, der mit den Speisekammern und der Küche abschloß.

Ich wurde dem Personal vorgestellt, das im Haushalt der Landaus Dienst tat: dem Mädchen

Frieda, der Köchin Frau Polnow und Hilde, dem Kindermädchen. Meine ganze Aufmerksamkeit galt Hilde. Sie war eine bemerkenswerte junge Frau Mitte Zwanzig mit Apfelwangen und einem festen Händedruck. Sie war schieferblau gekleidet, trug einen steifgestärkten Kragen und Manschetten und ein gestärktes, die Haare bedeckendes Häubchen mit einer schieferblauen Schleppe auf dem Rücken. Eine kleine Emaillenadel als Abzeichen eines Schwesternordens und ein wie ein Orden an der Brust angestecktes Ührchen vervollständigten die Tracht. Ich erfuhr, daß es von einem gewissen Snobismus zeugte, die Kinder von so einer jungen Frau im Tiergarten ausfahren zu lassen. Nur eine englische Nurse galt als noch schicker, ein Wort, das hier häufig gebraucht wurde. Die Kinder der Landaus, der dreijährige Ernst und die erst vor kurzem angekommene Trude, vergötterten Hilde.

Ich hatte das Gästezimmer, in das die Landaus aufmerksamerweise ein kleines Bücherregal mit deutschen, französischen und englischen Wörterbüchern gestellt hatten. Auf einem kleinen Schreibtisch stand ein volles Tintenfaß, ein Federhalter und eine kleine Schachtel mit neuen Schreibfedern. Im Zimmer waren Blumen, und auf dem Nachttisch lag Konfekt und eine flache Schachtel von Tietz, einem besseren Kaufhaus, mit sechs weißen Leinentaschentüchern mit dem Monogramm »S«. Es lag eine Karte dabei.

Lieber Daniel! Wir heißen Dich als Sohn unseres lieben Freundes Ezra Saporta in unserem Haus willkommen. Wenn es Dir recht ist, möchten wir Dich behandeln wie unser eigenes Kind. In diesem Sinne heißen wir Dich auch in der Firma Landau & Cie. willkommen, wo Du morgen anfangen wirst. Herzliche Grüße, Jakob und Elisabeth Landau.

Was war ich doch für ein Glückspilz. Siebzehn Jahre alt, eine halbe Weltreise von meiner geliebten Familie entfernt und von Menschen willkommen geheißen, denen ich ohne meinen Vater relativ fremd gewesen wäre. Ich nahm mir vor, ihr Vertrauen in mich durch mustergültiges Betragen und harte Arbeit im Geschäft zu vergelten. Die Landaus und meine Eltern sollten stolz auf mich sein. Von diesem bewundernswerten Vorsatz erfüllt, setzte ich mich hin und schrieb einen langen Brief an meine Eltern. Ich erzählte von der Reise, wobei ich meinen Reisegefährten Dr. Steinbruch schilderte, und von meinem herzlichen Empfang hier.

Am Morgen begleitete ich Herrn Landau in sein Büro. Es lag an einem der elegantesten Boulevards von Berlin, *Unter den Linden*. Die prachtvollen Häuser dort beherbergten berühmte Geschäfte, Restaurants, Hotels, Wirtschaftsunternehmen und Büros. Als wir an lackierten Türen mit polierten Messingschildern vorbei die breite Marmortreppe hochstiegen, fragte ich mich, wie ein Gewürzhändler seinen duftenden Warenbestand in einer allem Anschein nach palastartigen Umgebung lagern konnte. Nun war das natürlich kein Handelshaus wie unseres in Damaskus. Herrn Landaus Büro war rein kommerziell. Mit Ausnahme der Verkäufer konnte niemand Kurkuma von Safran unterscheiden. Die Geschäfte wurden meist brieflich und per Telefon abgewickelt. Herr Landau leitete dieses sehr gut funktionierende und höchst erfolgreiche Unternehmen mit eiserner Hand aus der Abgeschlossenheit seines eleganten Büros heraus. Ich entdeckte, daß er sich beinahe ein Monopol im Gewürzhandel geschaffen hatte. Seine Firma machte Geschäfte mit den größeren deutschen Bäckereien, mit Hotels, mit Restaurantketten, mit der Eisenbahngesellschaft, mit Cafés und Limonade- und Orangeadeherstellern. Ich hatte gar nicht gewußt, daß im Westen, wo man sich so anders ernährte als bei uns und das Essen für uns so fade schmeckte, so viele verschiedene Gewürze benutzt wurden.

Und doch verkaufte Herr Landau tonnenweise Mohn und Sesam an Bäckereien und Konditoreien in ganz Deutschland. Er verkaufte ihnen Vanille, in Stangen und als Extrakt. Er verkaufte ihnen Zimtrinde und Zimtpulver, Ingwer und Lebensmittelfarbe und Kaffee und Tee; Paprika und Safran und Rosmarin und Nelken, Thymian und Muskat. Er verkaufte alles. So viel zu meiner kuriosen Vorstellung, die Europäer verwendeten meistens nur Salz und Pfeffer, und auch davon herzlich wenig.

Zu meinem Erstaunen waren die meisten Angestellten, die ich dort traf, keine Juden. Zu Hause waren im Geschäft meines Vaters und anderen dieser Art nur die Arbeiter im Lager, in der Wirkerei oder im Ladedock Araber. Die Leitung lag selbst auf der zweiten und dritten Ebene in der Hand unserer eigenen Leute. Umgekehrt waren in moslemischen Firmen ebenfalls die eigenen Leute beschäftigt. Hier aber war das anders. Der Hauptbuchhalter, Herr Klein, war Jude und, wie sich herausstellte, Frau Landaus Bruder. Er war erst vor kurzem aus Györ in Ungarn gekommen und sprach mit einem Akzent, der ihn den anderen Büroangestellten sympathisch machte. Dr. Grunauer (ein Doktor der Ökonomie) war Kaufmännischer Leiter. Herr Schapiro war für Werbung und Kundenbetreuung zuständig. Damit war das Haus Israel in unserer Firma komplett. Einen gab es noch: Warschauer; ihm wurde nicht die Ehre eines »Herr« vor seinem Namen zuteil. Warschauer war alt, abgerissen, sprach Deutsch mit jiddischem Tonfall und hatte das unselige Erscheinungsbild, das aus generationenlanger Ghetto-Inzucht hervorgeht.

Er wurde geschickt, um nach Theaterkarten anzustehen, zum Buchmacher zu gehen oder in der Apotheke Aspirin oder Belladonna zu holen; er rannte durch die ganze Stadt, um etwas im Großhandel einzukaufen; er brachte Frau Landaus Schuhe zum Besohlen; er war für jede untergeordnete und niedrige Aufgabe da. Bei Regen und Schnee war er per Straßenbahn, Bus und U-Bahn unterwegs.

Für seine Dienste bekam er bestimmt nur ein paar Pfennige, doch er hatte seinen eigenen Stuhl im Empfangsraum, wo er die Skandalblätter las. Herr Landau hatte ihn gebeten, seine jiddische Zeitung nicht ins Büro mitzubringen. Obwohl er ein erniedrigendes Dasein führte und mehr aus Wohltätigkeit beschäftigt wurde, habe ich ihn nie verzweifelt oder unfreundlich erlebt. Im Gegenteil; er war immer guter Laune und stets hilfsbereit, holte Kaffee oder machte kleine Botengänge selbst für die Sekretärinnen, die eigentlich kein Anrecht auf seine Dienste hatten.

Trotz seiner niedrigen Stellung war Warschauer regelmäßig an jedem Sabbat und zu jüdischen Feiertagen am Tisch der Landaus zu Gast. Von seiten der Landaus war das kein Almosen. Sie hielten damit eine alte Sitte ein – an besonderen Tagen das Haus für weniger Glückliche zu öffnen –, die sich in ihre assimilierte deutsche Lebensweise hinübergerettet hatte. Selbst wenn man wichtige Leute, Bankiers oder Journalisten, eingeladen hatte, war Warschauer da, schlürfte seine Suppe und tunkte seine Challah in den Gefilte Fisch. Er war ein Geistesverwandter des Cousins meiner Mutter, Abou Moussa, und ich mochte ihn sofort.

Zu meinem Kummer erfuhr ich, daß die Landaus kein koscheres Haus führten. Sie aßen ungestraft

Schweinefleisch, als gebe es kein Verbot dagegen. Ich beschloß, zurückzuweisen, was ich anstößig fand, ohne viel Aufhebens darum zu machen. Zumindest hielten sie den Sabbat ein. Ich war auch für kleine Dinge dankbar.

8. Dezember 1943

HERR LANDAU MEINTE, ICH SOLLE DIE VERSCHIEDENEN Abteilungen bei der Arbeit beobachten und die Belegschaft kennenlernen und mich so mit dem Betrieb von Jakob Landau & Cie. vertraut machen. Er führte sein äußerst leistungsfähiges Unternehmen auf deutsche Art. Er war der Chef. Anweisungen wurden von ihm oder gegebenenfalls auch den Abteilungsleitern aus eigener Machtvollkommenheit erlassen; die unteren Chargen wiederum führten diese ohne Kommentar und Murren genauestens aus. Ich konnte miterleben, wie die vielgerühmte deutsche Tüchtigkeit sich mit beinahe militärischer Präzision vollzog. Das war etwas ganz anderes als die levantinischen Zustände in meines Vaters Handelshaus. Hier gab es keine gemütliche Tasse Tee oder Kaffee mit Kunden oder Freunden, die auf einen Schwatz vorbeikamen. Hier gab es kein freundschaftliches *schesch-besch*-Spiel nach dem Mittagessen, keine ausgedehnte Siesta auf dem Sofa, das mein Vater mit Buchara-Teppichen abgedeckt hatte. Hier kamen die Leute mit Akten unter dem Arm und nicht mit einer Bernstein-Gebetskette, um damit bei Klatsch und Politik klickernd die Zeit totzuschlagen. Hier wurden Rechnungen pünktlich bezahlt, sonst wurde der Kredit gekündigt; niemand konnte wie zu meinem Vater sagen: »*Ya abou* Daniel« – O Vater von Daniel –, »diesen Monat gehen die Geschäfte schlecht; ich brauche Zeit bis Kippur, bis Ramadan.«

Trotz meiner kaum achtzehn Jahre begriff ich, daß nicht ein System dem anderen überlegen war, sondern jedes in seiner eigenen Welt funktionierte. In diesen ersten Wochen waren alle äußerst hilfsbereit zu dem exotischen Fremdling. Man denke, aus dem fernen Damaskus kommt der junge Mann! Ich merkte auch, daß bis auf Dr. Grunauer, Herrn Schapiro, Herrn Klein und Warschauer eigentlich niemand begriff, daß ich Jude war. Bei meinem spanischen Familiennamen und meiner exotischen Herkunft war das ein kultureller Purzelbaum, den der Durchschnittsdeutsche nicht zustande brachte.

Meine Mittagspause verbrachte ich mit Herrn Klein, Frau Landaus Bruder aus Ungarn. Er hatte darauf bestanden, daß ich ihn »Lotsi« nannte, die Koseform seines Vornamens Laszlo. Obwohl auch er noch nicht lange in Berlin war, kannte er schon alle kleinen Restaurants, Cafés und Kneipen in der Nähe unseres Büros. Er kannte auch die Kellnerinnen mit Vornamen, und aus den Blicken, die zwischen ihnen getauscht wurden, schloß ich, daß ihre Bekanntschaft über die Wiener Schnitzel hinausging, die wir zu Mittag aßen. Als er anbot, mir ein Mädchen zu besorgen, lehnte ich ab. Nicht daß ich kein Interesse hatte, ganz im Gegenteil, aber ich wollte richtig Deutsch lernen; ich wollte mich in das Gewürzgeschäft vertiefen. Das letzte, was ich wollte, war wieder ein Cousin Eli in meinem Leben, wieder ein Lüstling vor Ort, der mich drängte, an seinen sinnlichen Freuden teilzuhaben.

Eines Abends gingen Lotsi und ich von unserem Büro zum Hotel Adlon, das gleich neben dem Brandenburger Tor und der Französischen Botschaft lag. Es war ein berauschendes Gefühl für zwei junge Männer, in der Bar zu sitzen, etwas zu trinken zu bestellen und über Gott und die Welt zu reden. Mein Deutsch war damals noch holperig, und wir unterhielten uns auf französisch, das Lotsi meisterhaft beherrschte. Auch sein Deutsch war ausgezeichnet, doch das gehörte, wie ich erfuhr, mit zu seiner Kultur. Während der Monarchie hatten die ungarischen Juden Wert darauf gelegt, die Sprache der österreichischen Krone zu sprechen, der bestimmenden Macht im Österreich-Ungarischen Reich. Ebenso sprachen die Juden in Syrien und dem Libanon französisch, um sich in der Sprache ihrer Herrscher unterhalten zu können.

Lotsi ergriff das Wort: »Daniel, ich bin nicht viel älter als du, aber ich will dir ein paar *ejtzes* geben.«

»*Ejtzes?*« Ich spielte einen Moment mit dem Wort herum. Dann fiel der Groschen. Mit ihrer entsetzlichen Aussprache des Hebräischen hatten die Aschkenasim ein Kauderwelsch geschaffen, das ich allmählich verstehen lernte. »Du meinst *etza* – Ratschläge –, nicht wahr?«

»*Ejtzes, etza:* Daniel, du hast sie dringend nötig. Wie ich höre, will Landau, daß du dich beim Einwohnermeldeamt anmeldest. Tu das nicht.«

»Was ist das, und warum nicht?« entgegnete ich.

»Das ist eine Behörde, wo sich jeder, ob Bürger des Landes oder Ausländer, anmelden muß. Wenn du fortziehst oder innerhalb der Stadt umziehst, mußt du dich jedesmal abmelden und dann am nächsten Wohnort wieder anmelden. So behalten sie dich immer im Auge.«

»Na und? Es ist doch Vorschrift, nicht wahr?«

»Daniel, du bist erst zwei Wochen hier und denkst schon wie ein Jecke.«

Meine Unwissenheit war grenzenlos. »Was ist ein Jecke?«

»Ein Jecke ist ein deutscher Jude, wie mein Schwager. Nur weil die Deutschen sie gnädigerweise Soldat werden ließen und ihnen ein paar Orden verliehen haben, sind sie jetzt deutscher als die Deutschen. Wenn sie ihren Weihnachtsbaum schmücken und *Deutschland über alles* singen, sind sie überglücklich. Millionen von Deutschen hassen sie, aber die Jeckes tun so, als ob sie das nicht merken.«

Vieles davon war mir neu, und ich ließ ihn weiterreden.

»Was glaubst du, warum ich als Buchhalter arbeite? Meinst du nicht, ich wäre gescheit genug, auf die Universität zu gehen? In Ungarn muß man getauft sein, wenn man Medizin oder Jura studieren will. Daher reagiere ich empfindlich auf dieses ganze Meldewesen, diese ganzen Polizeivorschriften. Wenn etwas passiert, will ich meine Zahnbürste nehmen und abhauen. Warum erzähle ich dir das alles? Weil diese Gegend der Welt nicht so ist, wie die Jeckes sich das vorstellen. Wenn sie hier anfangen, Leuten den Schädel einzuschlagen, will ich nicht, daß so ein Polizist dich mit einer Kopie deiner Anmeldung in der Hand suchen kommt. Verstehst? Du könntest mein kleiner Bruder sein. Tu, was ich dir sage.«

Ich tat es und hatte reichlich Gelegenheit, Lotsi für seine »ejtzes« dankbar zu sein.

9. Dezember 1943

ICH BEKAM EINEN SCHREIBTISCH MIT TELEFON IN der Speditionsabteilung. An dem anderen Schreibtisch saß Herr Stemmler, der für Spedition, Transportwesen und den endlosen Papierkrieg mit dem Zollamt zuständig war. Wie mir Herrn Landaus Sekretärin, Frau Becker, erzählte, hatte er die Stelle bekommen, weil er im Krieg Offizier war und mit Bürokraten jeglicher Couleur umzugehen verstand. Er war der erste Deutsche mit Schmissen, den ich kennenlernte. Damit tat man kund, daß man zur Universität gegangen war und die Ehre hatte, in eine Burschenschaft aufgenommen zu werden, wo es gern gesehen wurde, daß man sich das Gesicht mit einem Säbel zerschneiden ließ. Die dabei entstehenden – durch schweren Alkoholgenuß geschwollenen – Narben würden gewöhnlichen Sterblichen ein Leben lang vor Augen führen, mit wem sie es zu tun hatten.

In gewisser Weise erinnerten mich die Schmisse, die ich in Deutschland zu sehen bekam, das stolze Fleisch, das »Heidelberg« oder »Göttingen« verkündete, an etwas Ähnliches im Orient.

Ähnlich, und doch anders. Wir trafen häufig Menschen mit einer münzgroßen glänzenden Narbe an der Wange. Wir nannten das »die Rose von

Bagdad«. Meistens sah man das bei Menschen aus dem Irak, die von einer bestimmten Fliege gestochen worden waren, deren Stich und die nachfolgende Infektion das Opfer ein Leben lang entstellte. Aber die Rose war ein Werk der Natur; der Schmiß war genau wie eine Tätowierung eine selbstverursachte Verstümmelung und nach unseren Gesetzen ein Vergehen vor Gott.

Vielleicht hatte Herr Landau beabsichtigt, daß Herr Stemmler mich unter seine Fittiche nahm. Vom ersten Tag an korrigierte er mein Deutsch, ließ mich die Zeitungen mit ihrer Frakturschrift lesen und bestand darauf, daß ich deutsche statt lateinische Schrift schreiben lernte. Er war ein strenger Zuchtmeister, wahrscheinlich noch von seiner Militärzeit her. Er trug seinen dunkelgrauen Anzug wie eine Uniform. Zweimal die Woche wechselte er das Hemd, Kragen und Manschetten dreimal. Das Haar trug er oben kurzgeschnitten, an den Seiten und hinten bis auf die Kopfhaut gestutzt. Dieses Aussehen zeugte von einer konservativen Gesinnung und wurde von vielen Deutschen gepflegt.

Eines Tages stellte Herr Stemmler mich zur Rede. »Erlauben Sie mir ein offenes Wort, Herr Saporta. Sie verbringen Ihre Mittagspause mit Herrn Klein.«

Da ich die stillschweigende Kritik spürte, wollte ich etwas erwidern, doch Herr Stemmler ließ mich nicht zu Wort kommen.

»Er mag ja der Schwager des Chefs sein, aber er ist ein notorischer Schürzenjäger und nicht der beste Umgang für Sie. Er hat seine Gewohnheiten aus Ungarn mitgebracht, und ich würde es nicht gerne sehen, wenn Sie die übernehmen.«

Er kam meinen Einwänden zuvor.

»Ich habe nichts gegen die Ungarn. Ich spreche von einer Haltung, die man auch bei den Wienern findet. Arbeit ist für sie etwas, das sie bei ihren Mußestunden im Kaffeehaus stört, beim Sekretärinnen-Nachjagen, beim Klatsch, bei Pferderennen und ausgedehnten Mittagessen, am liebsten mit anderer Leute Frauen. Sehen Sie, junger Mann, ich bin ja nicht prüde. Als ich beim Militär in Frankreich stationiert war, habe ich auch an ausgedehnten Mittagessen und meinem Liter Wein Gefallen gefunden, aber in Berlin bringe ich mir mein Butterbrot ins Büro mit. Das spart Geld, und Herr Landau bekommt einen vollen Arbeitstag von mir. Sie können Ihre Mittagspause gerne mit mir verbringen. Ich lerne Deutsch mit Ihnen, und vor allem kommen wir mit der Arbeit voran.«

Von dem Tag an machte mir Frau Polnow, die Köchin, zwei Butterbrote zurecht, die ich, in braunes Wachspapier eingewickelt, ins Büro mitnahm. Herr Stemmler und ich saßen uns am Arbeitstisch gegenüber, machten eine Flasche Mineralwasser auf und packten feierlich unser Butterbrot aus. Er wickelte sein Paket genauso sorgfältig aus wie fünfzehn Jahre später Lohmann. Die Stullen waren immer in der Mitte durchgeschnitten. Herr Stemmler erzählte mir, als Schuljunge habe er immer die zweite Hälfte mit seinen Kameraden getauscht. Es machte Spaß, das zu essen, was die anderen Jungen von ihrer Mutter mitbekommen hatten. Ich wollte dieses schlichte Vergnügen gerne mit ihm teilen. So verspeiste ich also die Hälfte der Stullen, die Frau Stemmler zurechtgemacht hatte, und er durfte die etwas reichhaltigere Kost von Frau Polnow essen.

Ich lernte viel über deutsche Butterbrote. Sie bestanden aus Roggenbrot, Pumpernickel und bisweilen auch harten Brötchen. Oft setzte sich eine Stulle aus zwei Brotsorten zusammen. Ein Brot mit Schweizer Käse, unten ein hartes Brötchen, oben Schwarzbrot, war ein Leckerbissen für Feinschmecker.

Frau Stemmler machte Butterbrote mit Quark, Radieschenscheiben und Schnittlauch. Herrlich. Zuerst wies ich den mit weißem Schweineschmalz bestrichenen Schweinebraten höflich zurück. Aber nach zwei, drei Monaten wurde mir klar, daß sowieso alles, was ich anrührte, *treife* – unrein – war, und ich fand mich mit den Landessitten ab.

10. Dezember 1943

KURZ DARAUF NAHM LOTSI MICH WÄHREND eines Sabbatmahls bei den Landaus beiseite. Er bat mich in die Bibliothek und machte die Tür zu.

»Daniel, du lebst dein Leben und ich lebe meines. Ich möchte mich dir nicht aufdrängen. Aber mußt du ständig mit Stemmler zusammen sein? Er ist ein Nazi. Das ganze Büro weiß es.«

Ich widersprach. »Das kann ich nicht glauben. Herr Stemmler kümmert sich um mich. Durch ihn wird mein Deutsch besser. Warum würde Herr Landau ihn hier dulden, wenn das stimmte?«

»Erstens stimmt es. Frau Becker hat ihn an einem Sonntag nachmittag in einem Café den ›Völkischen Beobachter‹ lesen sehen. Er war so darin vertieft, daß er sie nicht bemerkt hat. Zweitens weiß der Chef bestimmt, daß er ein Nazi ist, aber er braucht ihn auf diesem Arbeitsplatz. Stemmler ist unser Vorzeigegoi.«

Für mich war »Goi« ein Wort aus der Bibel. Gojim hießen die anderen Völker im Gegensatz zu Hebräern. »Was ist ein Vorzeigegoi?« fragte ich.

»Daniel, du bist wirklich ein Schöps. Du magst ja ein Jude aus Damaskus sein, aber einen jiddischen Kopf hast du nicht. Spürst du die Atmosphäre hier nicht? Es gibt in Berlin keine Firma in jüdischem

Besitz, die nicht ihren Vorzeigegoi hätte: einen gutaussehenden Nichtjuden, am besten einen früheren Armeeoffizier oder jemanden mit einem Adelsprädikat, der hingeht und mit Behörden und der Öffentlichkeit verhandelt.«

Ich muß ihn verständnislos angesehen haben, wie ein richtiger kleiner Junge.

»Daniel, wenn Stemmler mit dem Zollvorsteher zu tun hat, spricht er wahrscheinlich mit einem Offizierskameraden. Sie betrachten sich als ebenbürdig und regeln die Dinge korrekt unter sich. Wenn du aber gingest, würde sich unmerklich etwas verändern: Der Zollbeamte wüßte, daß du Jude bist, und du wüßtest, daß er weiß, daß du Jude bist. Nun ist der Mann vielleicht kein Antisemit, aber du könntest die Firma nicht mit dem nötigen Nachdruck vertreten, weil du Angst hättest, daß er dich dann für einen frechen Juden hält. Also schicken wir lieber Stemmler.«

»Was soll ich denn jetzt machen? Wir teilen uns ein Büro, wir teilen sogar unser Mittagsbrot. Ich kann Stemmler nicht aus meinem Leben ausschalten.«

»Daniel, ich sage ja nicht, daß du deine Mittagspause mit Stemmler aufgeben sollst. Er kennt sich im Geschäft aus; lerne von ihm. Aber ich muß dir sagen, wie er ist.«

Ich nickte und stand auf, um wieder zu den anderen im Wohnzimmer zu gehen. Lotsi bat mich mit einem Wink um Geduld.

»Um dich noch etwas mehr zu verwirren, du solltest auch wissen, daß es in Deutschland viele Rechte gibt, die sich für ›nationalgesinnt‹ halten: Anhänger der deutschen Kultur und Tradition. Das sind meist Chauvinisten. Aber es sind deshalb nicht unbedingt Antisemiten. Also, Daniel, du mußt lernen, wählerisch zu sein. Verstehst?« Er machte mir die Tür auf, und wir gingen zu den anderen zurück.

Lotsi hatte mir meine Stunden mit Stemmler vergällt. Ich hoffte, ihn zu widerlegen, aber ich wußte nicht, wie ich Herrn Stemmler in ein Gespräch über die Nazis oder Antisemitismus verwickeln sollte – oder vielleicht traute ich mich auch nicht. Doch ich fragte mich Tag für Tag, wenn wir uns so am Tisch gegenübersaßen und unser Butterbrot kauten, ob Herr Stemmler wirklich die Juden haßte, und wenn ja, warum er dann bei Herrn Landau arbeitete. Im Grunde konnte ich mir diese Frage selbst beantworten. Arbeitsplätze waren knapp; bei Landau hatte er eine ziemlich bedeutende Stellung inne, die ihm bei seinen Mitarbeitern und den Leuten, mit denen er außerhalb der Firma zu tun hatte, Achtung eintrug. Außerdem war die Arbeit unpolitisch, ganz anders als Verlagswesen, Theater, Film, Mode oder Kunst, und sein Arbeitgeber, Herr Landau, war in Deutschland geboren und erzogen worden. Ich weiß nicht, wie Stemmler mich in dieser ersten Zeit wahrnahm. Ich glaube, er sah so etwas wie einen Levantiner in mir, der aus einer nur vage umrissenen Gegend stammte, die von einem Gemisch kleiner Völker – Griechen, Arabern, Spaniern – besiedelt war, jedenfalls Leute, die Knoblauch aßen und ihre Zeit auf einem sonnendurchglühten Marktplatz vertrödelten. Daß ich Jude sein könnte, daß es im Orient eineinhalb Millionen Sephardim gab, überstieg sicher seine Kenntnisse. Später sollte er das besser wissen, aber das hing mit politischen Entwicklungen zusammen, die noch in der Zukunft lagen.

Herr Stemmler hatte selbst schuld, daß ich die Nazigesinnung bestätigen konnte, auf die Lotsi angespielt hatte. Stemmler war zum Zollamt gegangen und hatte seine Aktentasche achtlos unter dem Schreibtisch liegenlassen. Ich hatte mittlerweile schon gemerkt, daß die meisten Deutschen eine Aktentasche bei sich trugen. Damit zeigte man auf subtile Weise an, daß man ein gebildeter Mensch war: Akademiker, Student, Geschäftsmann, Buchhalter, Rechtsanwalt. Es hob die Aktentaschenträger von denen ab, die körperliche Arbeit verrichteten. In Wirklichkeit enthielten diese Aktentaschen meist nichts Wichtigeres als ein Leberwurstbrot und eine Zeitung. Mir war aufgefallen, daß bedeutende Geschäftsleute wie Herr Landau nie eine trugen. Wenn es Papiere oder Unterlagen zu tragen gab, übernahm das der Chauffeur oder die Sekretärin.

Der Gewissenskampf, ob es sich gehörte, eine fremde Aktentasche zu durchsuchen, war rasch entschieden. Ich öffnete die beiden säuberlich mit einer Schnalle versehenen Riemen und ließ das vernickelte Schloß aufschnappen. Als ich das ordentlich gefaltete braune Wachspapier herauszog, stieg der vom Geist Tausender Käsebrote und Wurststullen verströmte Geruch aus der Tasche auf. Dann kam die Krönung des Ganzen, eine Ausgabe von Julius Streichers »Stürmer«. Leider reichte das bloße Vorhandensein des Hetzblattes in Herrn Stemmlers Tasche zur Bestätigung von Lotsis schlimmsten Befürchtungen aus.

Auf der Titelseite des ›Stürmers‹ war eine große Karikatur, die zwei übel aussehende Witzblattjuden mit einem blutverschmierten Messer in der Hand zeigte; sie fingen in einer Schüssel das Blut auf, das engelsgleichen blonden Kindern aus der durchgeschnittenen Kehle strömte. Der Artikel dazu, der über die ganze Seite ging, trug den Titel JÜDISCHE MORDPLÄNE GEGEN NICHT-JÜDISCHE MENSCHHEIT ENTHÜLLT. Der Leser erfuhr darin, daß die Juden seit undenklichen Zeiten christliche Kinder opferten und zuvor unsäglichen Folterqualen aussetzten. Das Blut brauchten sie, um Matze zu backen, ein ungesäuertes Brot, das für die finstere, geheime Passahzeremonie benötigt wurde. Leider war mir diese teuflische Geschichte nicht neu. Zur Zeit meines Großvaters hatten die Kapuzinermönche dieselbe infame Anschuldigung gegen die Juden von Damaskus erhoben.

Ich hatte genug gelesen. Ich schob die Zeitung und das Butterbrotpapier wieder in die Aktentasche zurück.

Von dem Tag an sah ich Stemmler in einem anderen Licht. Aber ich lernte allmählich, das Spiel mitzuspielen, und bis zu dem abrupten und unerwarteten Ende meiner Lehrzeit tauschten Stemmler und ich Salami und Mortadella, Landwurst und Jagdwurst, Harzer und Tilsiter Käse, während wir mein Deutsch verbesserten und Herrn Landaus Unternehmen voranbrachten.

11. Dezember 1943

IM GESTRIGEN EINTRAG HABE ICH VON STEMMLER, meinem unmittelbaren Vorgesetzten in Landaus Büro, und meiner Entdeckung des ›Stürmers‹ in seiner Aktentasche berichtet. Das war nicht das Ende meiner Beziehung zu ihm. Es sollte noch mehr kommen.

Gegen Ende des Jahres 1934, des Jahres nach der Machtergreifung der Nazis, saß ich einmal in meinem Büro im Kaukasus und sann über meine erste Zeit in Berlin nach. Aus Besorgnis, Neugier oder auch Perversität wählte ich Flora 2119, die Telefonnummer von Landaus Büro. Statt der üblichen Antwort »Landau und Co.« sagte eine unbekannte Stimme »Deutsche Gewürzgesellschaft.« Deutsche Gewürzgesellschaft? »Kann ich bitte Herrn Landau sprechen.« Am anderen Ende trat eine kurze Pause ein. »Herr Landau ist nicht mehr bei dieser Firma.« In der Anonymität meines Büros beschloß ich, das Spielchen noch etwas weiter zu treiben. »Würden Sie mir bitte das Büro des Geschäftsführers geben.« Es folgte eine Pause, während das Gespräch durchgestellt wurde. Eine Sekretärin kam an den Apparat. »Büro von Herrn Stemmler – Sie wünschen, bitte?« Sie wiederholte sich und legte auf mein Schweigen hin auf.

Was ich da erfahren hatte, erschreckte mich, aber im Grunde war ich nicht überrascht. Kurz nach der Machtergreifung der Nazis war eine »gesetzmäßige« Arisierung von erkennbar in jüdischem Besitz befindlichen Unternehmen durchgeführt worden. Das Verfahren war einfach. Die staatliche Handelskammer ernannte einen neuen Geschäftsführer, gewöhnlich aus dem Kreis der treuen Parteianhänger. Wenn möglich, kamen sie aus dem Unternehmen selbst, so daß ein ununterbrochener Geschäftsablauf gewährleistet war. Auf diese Art und Weise zogen zahllose Angestellte, denen ein jüdischer Unternehmer jahrelang Arbeit und Brot gegeben hatte, aus ihrem spartanischen Büro aus und nahmen an dem polierten Mahagonitisch ihres früheren Chefs Platz. Einer davon war Stemmler. Ich sah ihn direkt vor mir, wie er an Herrn Landaus Schreibtisch saß und in dem eleganten Büro merkwürdig fehl am Platz wirkte. Doch seine Geduld und sein Neid waren belohnt worden. Jetzt durfte er das erfolgreiche Unternehmen führen, das Jakob Landau über so viele Jahre aufgebaut hatte.

Eben ist Lohmann gegangen. Er hat auch seine Probleme: in der letzten Novemberwoche ist der Anhalter Bahnhof direkt getroffen worden. Die Bomben haben den Bereich hinter dem imposanten Bahnhofseingang zum großen Teil zerstört, und für die Dauer der Räumungsarbeiten werden die Züge umgeleitet. Er kam gerade vom Bahnhof zurück und berichtete mit einem gewissen Stolz, die

Schienen seien schon wieder verlegt. Der Schutt war zum größten Teil abgefahren, und die Reichsbahnverwaltung hatte Schilder aufgestellt, daß der Bahnhof in Kürze wieder in Betrieb sei. Lohmann war zum Görlitzer und zum Schlesischen Bahnhof gegangen, um Proviant zu beschaffen, doch wie er sagte, waren die von der russischen Front heimkehrenden armen Teufel froh, wenn sie ihre Glieder heil zurückbrachten, von Lebensmitteln ganz zu schweigen. Selbst die sonst so gewitzten Seeleute, die am Lehrter Bahnhof aus Hamburg und Wilhelmshaven eintrafen, kamen mit leeren Händen.

Sein neuer Freund, der Major von der Nachschubtruppe, war Gold wert. Er zweigte beachtliche Warenmengen aus seinen Vorräten für Lohmanns Speiselokal ab. Das fiel ihm nicht schwer, denn wenn es um Lebensmittel ging, war jeder bestechlich, vor allem Büroangestellte und Lastwagenfahrer. Der Major war inzwischen Stammgast bei den nächtlichen Diners, schwelgte in der Gesellschaft von Stabsoffizieren und Halbweltgrößen und merkte in seiner Seligkeit gar nicht, daß sie ihn verachteten für das, was er war. Und zwar doppelt, da sie in ihm die Quelle des Essens vermuteten, das sie in sich hineinschlangen.

Lohmann erzählte mir auch von zwei Ereignissen, die mich persönlich angingen. Frau Nowikow war verhaftet, von der Gestapo verhört und anschließend wieder freigelassen worden. Sie hatte sich vor kurzem bei einem Bombenangriff in einem benachbarten Luftschutzbunker in Sicherheit gebracht. Der nachfolgende Angriff war besonders heftig gewesen und hatte einen Schwall von

Mörtel und Schmutz auf das zusammengekauerte elende Häufchen herunterregnen lassen, das sich in dem Bunker versammelt hatte. Eine halb hysterische Frau, die ein kleines Kind umklammert hielt, hatte mit angehört, wie Frau Nowikow sich mit einem Nachbarn unterhielt. Als sie ihren starken russischen Akzent vernahm, stimmte die Frau ein großes Geschrei an, sie hätten eine russische Spionin unter sich. Nach der Entwarnung übergaben beflissene Bürger Frau Nowikow der Polizei. Diese wackeren Männer hatten Dringenderes zu tun und schickten sie zur Gestapo weiter: Ihre Papiere waren natürlich in Ordnung; sie hielt sich seit der Oktoberrevolution von 1917 rechtmäßig in Deutschland auf. Dennoch sollte sie eine kurze Übersicht über ihre Beschäftigungsverhältnisse während dieser Zeit geben. Als sie den Kaukasus Klub erwähnte, gab man ihr eine Tasse Ersatzkaffee, und bald kam ein höherer Beamter mit einer Akte in der Hand hinzu. Er fragte sie mehrmals, ob sie etwas von oder über den »Spanier« Salazar oder vielmehr Saporta wisse. Frau Nowikow, die in ihrem Leben schon mit zaristischen und bolschewistischen Behörden fertig geworden war, ließ sich von der Gestapo nicht weiter einschüchtern. Ihr Spanier hieß Salazar, und sie hatte ihn im November oder Dezember 1941 zuletzt gesehen, jedenfalls kurz vor der behördlichen Schließung des Kaukasus. Zur Zeit war sie als Hausverwalterin ihrer Kirche beschäftigt; von Lohmanns Speiselokal kein Wort. Sie fügte ihre inbrünstige Hoffnung hinzu, die siegreiche deutsche Armee werde ihr geliebtes Rußland bald von den gottlosen Bolschewiken befreien.

Angesichts ihrer schlichten bäuerlichen Züge war die Gestapo sich nicht sicher, ob sie Witze machte, da doch jeder wußte, daß die deutschen Armeen sich auf ganzer Linie aus ihrem Vaterland zurückzogen. Man kam zu dem Schluß, sie mache keine Witze. Man entschuldigte sich, daß man sie festgehalten hatte, und brachte sie nach Hause.

Lohmann berichtete weiter, er sei am Vorabend in einem Kino in seiner Nachbarschaft gewesen. Er hatte Der große König *mit Otto Gebühr, Kristina Söderbaum und Gustav Fröhlich noch nicht gesehen. Wie die meisten Deutschen hatte Lohmann ein leidenschaftliches Interesse an Friedrich dem Großen und ließ keinen der Filme über ihn aus, die die Deutschen ganz gleich unter welchem Regime regelmäßig herausbrachten. Diesmal benutzten die Nazis sein Andenken zu Propagandazwecken, um die Kriegsanstrengungen voranzutreiben. Vielleicht hatten die Menschen eine unbewußte Sehnsucht nach diesem Herrscher, der nicht nur mächtig, sondern auch klug und gebildet war, der Voltaire zu seinen engsten Freunden zählte, der an seinem Hof französisch sprach und die prachtvollen Schlösser von Potsdam erbaut hatte, in denen die Preußen ihre geistige Heimat sahen. Kurz, etwas ganz anderes als der Anstreicher, der sie jetzt einer sicheren Niederlage entgegenführte.*

Wie dem auch sei, im Foyer des Kinos hatten Lohmann und sein Freund von der Gulaschkanone Hilde getroffen, das frühere Kindermädchen der Landaus. Hilde war mit einer Freundin da, auch einem Kindermädchen, und alle vier waren in eine nahe gelegene Bierstube gegangen. Lohmann zufolge hatte Hilde, jetzt vielleicht fünfunddreißig, etwas zugenommen. Seiner Meinung nach würde Herr Saporta immer noch Gefallen an ihr finden.

Lohmann kannte Hilde natürlich aus der Zeit des Kaukasus, als wir beide eine mehrere Monate andauernde stürmische Liebesaffäre miteinander hatten. Ich hatte sie im Sommer 1930 zuletzt gesehen; zu der Zeit betreute sie noch die Kinder der Landaus. Hilde hatte Lohmann erzählt, sie sei bis Weihnachten 1935 bei den Landaus geblieben und dann zu ihrer Familie nach Schlesien zurückgekehrt. Im September dieses Jahres waren mehrere Gesetze über die Reinheit der Rasse ergangen. Eines davon hieß »Gesetz zum Schutz des deutschen Blutes und der deutschen Ehre«. In Paragraph drei verbot es Juden die Beschäftigung deutscher Frauen unter fünfundvierzig Jahren. Das Gesetz trat am ersten Januar 1936 in Kraft. Die Trennung von den Kindern der Landaus war für die Kinder wie für Hilde traumatisch gewesen.

Ende 1936 kehrte sie nach Berlin zurück und trat bei mehreren wohlhabenden Familien in Dienst, trug aber nie wieder ihre blaue Tracht. Sie erzählte Lohmann, im Dezember 1938, kurz nach der berüchtigten Reichskristallnacht, wo Synagogen und jüdische Geschäfte in Brand gesteckt wurden, sei sie einmal in die Kellerstraße geraten. Sie war in den zweiten Stock hinaufgegangen. Das Messingschild LANDAU war fort; statt dessen hing ein anderes da. Im Treppenhaus traf sie den Hausmeister. Er berichtete Hilde, die Landaus seien 1937 ausgewandert. Sie waren nach Johannesburg in Südafrika gezogen, wo Herr Landau Verwandte in der Süßwarenbranche hatte.

Ich traf Hilde einmal zufällig an einem Spätsommernachmittag in der Tauentzienstraße vor dem großen KaDeWe-Kaufhaus. Das war mehrere Monate nach meinem Auszug bei den Landaus, und der Kaukasus lief bereits auf vollen Touren. Ich war eben mit meiner ersten Ladung Bauchtänzerinnen aus Konstantinopel zurückgekommen. Hilde sah in ihrem adretten Kostüm wie die leibhaftige Gesundheit und Wohlanständigkeit aus. Ihre kleine Schwesternnadel hielt den Kragen der weißen Bluse zusammen.

»Herr Saporta!« sagte sie. »Ich bin wirklich froh, daß ich Sie sehe! Ohne den Schnurrbart hätte ich Sie fast nicht erkannt. Sie sehen noch jünger aus als vorher!«

Wir gingen in eine Café und bestellten zwei Gläser von Mampe's schwerem Orangenlikör. Hilde wollte mir noch einmal danken, daß ich an jenem verhängnisvollen Morgen, als es ihr so schlecht ging, zu ihr ins Zimmer gekommen war. Sie wollte mir sagen, wie leid es ihr tat, daß ihr Zustand zu meiner Vertreibung geführt hatte, wo ich, der junge Herr Saporta, mir doch gar nichts hatte zuschulden kommen lassen. Aber Herr Landau wollte es nicht hören, nicht glauben, und die Landaus erwähnten meinen Namen nie wieder. Für Hilde war es, als hätte die Erde sich aufgetan und mich verschlungen. Ja, sie war schwanger gewesen, und Frau Landau hatte sie zu einem angesehenen Arzt gebracht, der die Schwangerschaft abbrach. Andernfalls hätte sie mit Schimpf und Schande nach Hause zurückkehren oder schlimmer noch, sich den Diensten einer Hebamme in einer verdreckten Mietswohnung anvertrauen müssen.

Ich mußte wissen, ob es Herr Landau war, der sie in diese Lage gebracht hatte. Hilde sah mir in die Augen und sagte, nein, es sei ein Mann aus ihrer Heimatstadt gewesen, der geschäftlich viel in Berlin zu tun hatte.

So war das Geheimnis endlich gelöst. Herr Landau hatte herausgefunden, daß ich der Liebhaber seiner Frau war, und hatte die günstige Gelegenheit von Hildes morgendlicher Übelkeit benutzt, um unserer Affäre ein Ende zu setzen.

Ich nahm Hilde in das Kaukasus mit. Frau Nowikow trug ein besonders gutes Essen auf: *Baklaschannaja Ikra,* die Auberginenvorspeise, die mich an das *baba ghanouj* meiner Mutter erinnerte; *Pelmeni,* die winzigen sibirischen Teigtaschen in Brühe; ein rosa Lammschaschlik; und zum Nachtisch *Kisel,* das undurchsichtige Fruchtgelee, das meine Lieblingsspeise war. Wir tranken Champagner, Hilde zum ersten Mal. Wir gingen in mein Büro, und ich schloß die Tür ab. Wir küßten uns. Sie biß mich in die Lippe. Sie machte ihre Schwesternnadel auf und sah auf der Uhr, die an ihrem Busen steckte, wie spät es war. »Ich muß zurück. Ich habe versprochen, um acht wieder da zu sein. Nächste Woche, Ehrenwort.«

Bevor sie ging, erklärte ich ihr, daß ich mich nunmehr Salazar nannte, um der Schande zu entgehen, die mir widerfahren war, und wenn ihr etwas an unserer Freundschaft liege, würde sie niemandem erzählen, daß sie mich gesehen hatte.

»Ich tue alles, was Sie sagen, Herr Saporta.« Sie lächelte. »Herr Salazar.« Und damit war sie verschwunden.

12. Dezember 1943

ICH KANN MICH NOCH AN DEN ERSTEN FREITAGabend bei den Landaus erinnern. Herr Landau hatte seine Eltern eingeladen. Landaus Vater kleidete sich noch auf die alte Art, mit Vatermörder und Gehrock, ganz ähnlich wie Dr. Azoulay in Damaskus. Er und seine Frau, die stocktaub war, nickten ständig einvernehmlich zu allem um sie herum. Kein Wunder. Ihr Sohn hatte es wahrlich zu etwas gebracht: ein florierendes Unternehmen, eine wundervolle Frau, reizende Kinder. Ihre alten Augen strahlten auf, als Hilde Ernst und Trude hereinführte, die einen Kuß bekamen und dann ins Bett gebracht wurden.

Lotsi als Schwager war auch da und natürlich Warschauer, der ruhig dasaß und den Kopf von einer Seite zur anderen drehte, als lausche er einer inneren Melodie. Es waren noch zwei andere Paare gekommen: die Friedländers und die Breslauers. Friedländer war Anwalt, Breslauer in der Konfektionsbranche. Sie waren den Landaus ähnlich: die Männer gut gekeidet, ihre Frauen in Seide, Spitze und Perlen. Herr Landau hielt eine kleine Rede und hieß mich noch einmal in meiner neuen Umgebung willkommen. Er bat mich, der Tafel vorzustehen und den traditionellen Sabbatsegen in dem schönen

Hebräisch zu sprechen, das sie in Damaskus hatten hören dürfen.

Ich entschuldigte mich, ging in mein Zimmer und kam mit der buntbestickten Kippa zurück, dem Scheitelkäppchen, das mein Vater mir im Buchara-Viertel von Jerusalem gekauft hatte. Ich trat an das Kopfende des Tisches und schenkte den Wein auf sephardische Art in den silbernen Kidduschbecher, so daß er nicht nur bis zum Rand ging, sondern reichlich in eine Untertasse überfloß, die ich unter den Pokal gestellt hatte. Ich hob den Pokal und intonierte die Stelle, die davon berichtet, daß Gott sein Schöpfungswerk vollendet hat, den Himmel und die Erde und ihr ganzes Heer.

»Gelobt seist du, Ewiger, unser Gott, König der Welt, der du die Frucht des Weinstocks erschaffen.«

Ich trank aus dem Silberbecher und bot Herrn Landau den nächsten Schluck an. Dann reichte ich den Becher nach sephardischer Sitte Frau Landau, allen anwesenden Männern und schließlich den Frauen. Danach intonierte ich den Dank für das Geschenk des Sabbat, den höchsten Tag unserer heiligen Zusammenkünfte zum Gedenken an den Auszug aus Ägypten. Ich nahm die gestärkte weiße Serviette fort, die den weißen Brotzopf vor mir bedeckte.

»Gelobt seist du, Ewiger, unser Gott, König der Welt, der du Brot aus der Erde hervorbringst.«

Ich ließ das große Silbermesser neben dem Brotlaib unbeachtet und brach das Brot mit den Händen, tauchte mundgerechte Stücke in Salz und warf, zum Erstaunen der Gastgeber wie der Gäste, allen am Tisch die Stücke zu.

Sie wollten wissen, warum ich das Brot nicht geschnitten und von Hand zu Hand weitergereicht hatte, wie sie es gewohnt waren. »Es ist das Brot Gottes. Wie kann *ich* es geben?« Welche Weisheit für so einen jungen Mann! Die Frauen strahlten mich an, und die Männer lächelten einander zu. Doch mir fiel auf, daß ich der einzige Mann war, der den Kopf bedeckt hatte. Nur Warschauer machte gemeinsame Sache mit mir: Er hatte die vier Zipfel seines nicht allzu sauberen Taschentuchs verknotet und es sich auf den Kopf gelegt.

Das Essen begann. Zuerst der Gefilte Fisch: pochierte Karpfenscheiben, in der Mitte mit einer Farce aus Karpfen, Hecht, Zwiebeln, Mandeln und Matzemehl gefüllt. Er wurde kalt im eigenen Gelee mit scharfem Meerrettich serviert. Dieses Gericht wird von allen Aschkenasim geliebt, ob aus Rußland, Ungarn, Rumänien, Polen oder Deutschland: Reich und arm, Orthodoxe und Assimilierte, Kommunisten wie Freidenker, alle lieben Gefilte Fisch. In den zehn Jahren, die ich bei den Aschkenasim lebte, habe ich nie Gefallen daran gefunden. Vom ersten Abend an konnte ich den eigenartigen Geschmack nicht leiden: fade, süß und salzig zugleich. Ich habe viel darüber nachgedacht. Der Gefilte Fisch trennt die Aschkenasim von den Sephardim. Nicht die Anordnung der Bänke in der Synagoge, nicht ihre falsche Aussprache des Hebräischen, nicht die rituellen Melodien, nicht die winzigen Abweichungen von der Tradition: Der Gefilte Fisch ist es. Mir ist nie ein Sephardim begegnet, der ihn leiden konnte. Gebt ihn auf, und das Haus Israel ist für immer und ewig vereint!

Der Rest der Mahlzeit war immer herrlich: die kräftige, tiefgoldene Hühnersuppe mit Teigtascheneinlage, bisweilen mit flachen, gelben, hausgemachten Nudeln serviert; der Hauptgang, im allgemeinen Huhn oder unwahrscheinlich zartes gekochtes Rindfleisch mit Gurken sowie süßsauren Wachsbohnen und Birnen als Beilage; nach Vanille, Mandeln und Rosinen duftende Kuchen mit gemischtem Kompott.

An diesem ersten Sabbat bei den Landaus gab es ein ausgefeilteres Menü. Als der Sakramentswein abgeräumt war, wurde zu der knusprig gebratenen Ente mit Kascha – einem osteuropäischen Getreide ähnlich dem Burghul, das wir in der Levante verwenden – französischer Rotwein aufgemacht. Es war ein fröhlicher Abend. Es wurde viel Wein getrunken und auf meine Ankunft angestoßen. Jeder hielt eine unbeholfene kleine Rede. Dr. Friedländer stand auf und trug Verse vor, die, wie man mir sagte, von Heinrich Heine waren. Herr Landau erklärte, das sei ein großer deutsch-jüdischer Dichter, aber ich hatte noch nie von ihm gehört und bezweifelte, ob er an die Herrlichkeit von Ibn Ezra und Judah ha-Levi, den großen Dichtern unseres goldenen Zeitalters in Spanien, heranreichte.

Es gab noch mehr Wein. Ich hatte Mühe, der rasch dahinplätschernden Unterhaltung zu folgen. Die Männer redeten jetzt unter sich. Die Damen wiederum sprachen über Mode, Dienstboten, Kinder und was Frauen sonst miteinander zu bereden haben. Nur Warschauer und ich ließen uns noch den Mohnstrudel schmecken. Und da spürte ich, wie sich eine Hand unter die Serviette auf meinen Schoß schob. Warme, flinke Finger hatten es unter der marineblauen Sergeschicht auf mich abgesehen. Die Finger fanden, was sie suchten, und mein *zoub* sprang wie eine gegen den Strom schwimmende Forelle in die Hand hinein.

Die Hand gehörte, wie ich entdeckte, Frau Landau, die sich vornübergebeugt angelegentlich mit Frau Breslauer unterhielt. Es war, als sei die Hand kein Teil von ihr, sondern ein geisterhaftes, dem eigenen Willen folgendes Glied. Sie verweilte, zog sich zurück, und dann war die Mahlzeit zu Ende. Alle standen auf. Ich blieb einen Augenblick mit klopfendem Herzen sitzen und wartete, bis die Erregung nachließ. Dann schloß ich mich den Herren im Salon an.

Später lag ich im Bett, doch der Schlaf wollte nicht kommen. Ich mußte an Cousin Elis Prophezeiung denken: »Ich wette, du bekommst mehr als nur ihre Titten zu sehen.« Aber ich wollte Elis Prophezeiung nicht ausleben. Ich wollte ehrlich und anständig sein; ich wollte unsere Sitten wahren. Ich wurde wütend. Ich sagte mir ein Register der Landauschen Verfehlungen auf: sie hielten die Ernährungsvorschriften nicht ein, die Männer saßen mit unbedecktem Haupt am Tisch, sie rauchten sogar am Sabbat, und Frau Landau, diese *scharmuta*, hatte dafür gesorgt, daß ich an der Sabbattafel eine Erektion hatte. O Schmach und Schande! Ich nahm mir vor, ihr aus dem Weg zu gehen, und meine Treue, meine Ergebenheit Herrn Landau gegenüber zu beweisen.

Mein Vorsatz hielt nicht lange, da ich auf dem Flur ihr hohes, helles Lachen hörte. Dann folgte Herrn Landaus tiefes Gepolter, während er die Schlafzimmertür hinter sich schloß. Wie ich Herrn Landau dafür haßte, daß er über sie verfügen konnte. Ich war es doch, der sie entkleiden, zum Bett führen, ihre Augen, ihren Mund, diese seidigen Brüste küssen wollte. Waren sie nicht mein? Hatte sie nicht etwas gelobt, als sie ihren Busen an mein Gesicht drückte? Der dreizehnjährige Junge hatte das Versprechen gespürt, und der siebzehnjährige wollte dieses Versprechen erfüllt sehen!

13. Dezember 1943

LOHMANN HAT MIR EIN PÄCKCHEN DAGELASSEN, *in dem zwei Paar Strümpfe aus Armeebeständen und parfümierte Seife sind. Beides kann ich gut gebrauchen. Das Päckchen war in die heutige Ausgabe des ›Völkischen Beobachters‹ eingewickelt, und als ich einen Blick auf die zweite Seite mit den plump verschleierten Berichten über weitere katastrophale Niederlagen der deutschen Truppen warf, ließ mich ein umrandeter Artikel mit fettgedruckter Überschrift innehalten. Ich gebe ihn hier tiefbekümmert wieder.*

VERRÄTER HINGERICHTET
Berlin, 13. Dezember 1943

Am 11. Dezember wurde der Museumskustos Dr. Theodor Steinbruch, 64, vor dem Kriegsmuseum durch Erschießen hingerichtet. Der Volksgerichtshof hatte ihn wegen Verdachts auf Spionage im Dienste einer ausländischen Macht zum Tode verurteilt. Bei der Urteilsfindung war auch von Belang, daß er sich feigerweise auf seine Gelehrtenstellung zurückzog, statt seine Sprachkenntnisse in den Dienst der verschiedenen Sicherheitsorgane zu stellen. Der Platz vor dem Kriegsmuseum wurde gewählt, weil es in unmittelbarer Nähe des Pergamon-Museums liegt, wo Steinbruch seit 1924 beschäftigt war. Das soll den defätistischen Elementen in der Gelehrtenschaft zur Mahnung dienen, daß das deutsche Volk über Einrichtungen verfügt, um die Nation gegen Verrat und Defätismus zu schützen.

Diese traurige Meldung bringt mich wieder auf den 31. März 1933. Das Kaukasus war vollständig ausverkauft. Es hätte Silvester sein können. Die prassende, rotgesichtige Gästeschar feierte die Machtergreifung Adolf Hitlers, der das Amt des Reichspräsidenten und Reichskanzlers zusammengelegt und sich bescheiden zum Führer ernannt hatte. Eine nüchterne Gestalt unter den Feiernden zupfte mich am Ärmel. Es war Dr. Steinbruch. Ich hatte ihn seit jenem Tag im Jahre 1929 nicht mehr gesehen, als er meinem Erwerb des Kaukasus seinen Segen gab. Wir zogen uns in mein Büro zurück, und er erinnerte mich daran, daß seine schlimmsten Vorhersagen eingetreten waren. Er wollte sich vergewissern, daß ich nicht in Gefahr war, daß ich seinen Rat ernstgenommen hatte. Anscheinend war er mit meinem Namen und selbst mit meinem falschen Paß zufrieden. Doch sein fröhlicher Humor, seine Gutmütigkeit waren verschwunden. Er seufzte tief. »Daniel, es stehen uns schwere, grausame Zeiten bevor. Denke daran, daß du in mir einen Freund hast. Wende dich an mich, wenn du mich brauchst. Ich werde inzwischen ein Auge auf dich halten.«

Dr. Steinbruchs bösen Vorahnungen zum Trotz hatte sich in meinem Leben eigentlich nichts verändert. Die brutal antisemitische Gesinnung der Nazipartei war mir zwar bewußt, hatte mich jedoch einfach nie berührt. Durch die Art meines Nachtklubs und der Menschen, mit denen ich zu tun hatte, erregte ich bei der Partei und den Behörden keine Aufmerksamkeit. Während unsere jüdischen Gäste nach und nach verschwanden, verkehrten immer mehr Nazifunktionäre mit und ohne Uniform bei uns. Als Spanier Salazar, der vermeintlich dem Faschistenstaat von General Franco angehörte, galt ich wiederum als Bürger eines dem Nazideutschland gegenüber freundlich eingestellten Landes. Das Leben ging weiter, und ich hatte Erfolg. Doch an jenem schicksalhaften Tag verbrannte ich meinen Tallit und die Kippa. Ich würde mein Morgengebet ohne sie sprechen – ein geringfügiges Vergehen, über das der Barmherzige sicher hinwegsehen würde.

Es war auch das letzte Mal, daß ich meiner Familie schrieb und um Verständnis bat, daß ich nicht durch den Empfang von Briefen aus dem Ausland Aufmerksamkeit erregen wollte.

Am elften November 1938, genau achtundvierzig Stunden nach der berüchtigten Reichskristallnacht, tauchte Dr. Steinbruch wieder im Kaukasus auf. In der Gegend um den Kurfürstendamm hatten die Nazischläger besonders schlimm gewütet. Der normalerweise vornehme und lebendige Boulevard war mit den Scherben unzähliger Schaufensterscheiben übersät, die die Braunhemden eingeschlagen hatten. Von diesem zerbrochenen Glas auf den Bürgersteigen hat die Kristallnacht ihren Namen bekommen.

Ich hatte mich unter den nächtlichen Straßenpöbel gemischt und erlebte so den Einsturz der brennenden Synagoge in der Fasanenstraße mit, wo ich mit den Landaus zum Gottesdienst gegangen war. Es herrschte Festtagsstimmung, während Rauch und Flammen aus den Fenstern und Türen des ehrwürdigen grauen Steingebäudes schlugen. Es sah so aus, als würde das Spektakel vom Eintreffen der Feuerwehr unterbrochen. Aber sie war nicht gekommen, um die Flammen zu löschen, sondern um angrenzenden arischen Besitz gegen die Feuersbrunst zu schützen. Unter dem Jubel der Menge stürzte das Synagogendach ein und sandte einen Kometenschweif von Glut in den Himmel. Doch wie zum Trotz wollte das auf seinen Steinsäulen thronende Löwenpaar, die Torwächter des Tempels, nicht herunterfallen. Selbst als das einstürzende Gebäude nicht mehr mit dem Tor verbunden war, blieben die Löwen an ihrem Platz und fauchten den Peinigern des Volkes, dessen Thora sie über Jahrhunderte hinweg bewacht hatten, ihren Zorn entgegen.

Ich wollte mich vor dem Mob in Sicherheit bringen und war bis zu den Backsteinbögen vorgedrungen, die weiter unten an der Straße die S-Bahn tragen. Da kam ich an einem Menschenauflauf vorbei, der sich vor einem Mietshaus gebildet hatte.

Es lag eine merkwürdige Stimmung in der Luft, während die Zuschauermenge immer größer wurde, da sie von betrunkenen Müßiggängern aus den vielen Kneipen der Gegend Verstärkung erhielt. Alle beobachteten gierig das grausame Schauspiel, das sich da mitten unter ihnen abspielte. Ich hörte, wie »Macht sie fertig!«, »Keine Gnade!«, »Juda verrecke!« gerufen wurde und erhaschte einen Blick auf zwei Männer, vielleicht Vater und Sohn, die mit blutüberströmten Gesichtern auf den Knien lagen. Männer in brauner Uniform schlugen mit Gummiknüppeln auf sie ein und traten sie brutal mit ihren Schaftstiefeln. Die Menge hatte ihren Spaß daran und lachte. Zwei Polizisten standen als begeisterte Zuschauer dabei.

Plötzlich ertönte ein Schrei. »Sali! Josef!« Der Mob sah nach oben. Eine Frau war auf den steinernen Zierbalkon vor ihrer Wohnung im dritten Stock geklettert. Ein Windstoß ließ ihren Bademantel aufgehen und entblößte kräftige Schenkel in einem rosa Korsett. Die Menge brüllte vor Belustigung. Die Frau schrie »Mörder!« und sprang. Es sah beinahe graziös aus, wie der Bademantel im Sturz hinter ihr her flatterte. Das Gelächter hörte auf, während die Menge sich zerstreute. Zuletzt sah ich noch die drei nahe beieinanderliegenden Leichen.

Erst nach zwei Uhr morgens kam ich zurück in das Kaukasus. Lohmann wartete auf mich. Er war so erleichtert, daß er mich anschrie, was etwas ganz Besonderes war. »Verdammt noch mal, Sie bleiben von der Straße weg, verstanden?« Ich glaube, der Ausbruch überraschte uns beide gleichermaßen.

Am nächsten Morgen, dem zehnten November, erschienen die Zeitungen auf den Straßen mit wohlgesetzten Erklärungen für die Raserei der Kristallnacht: Das deutsche Volk war aufgestanden wie ein Mann, um seine Wut und Verachtung für die Juden zu zeigen. Warum? Weil ein Angehöriger dieser abscheulichen Rasse, Herschel Grynszpan, ein siebzehnjähriger Junge, ein Attentat auf den Dritten Sekretär der Deutschen Botschaft in Paris, einen gewissen Ernst vom Rath, verübt hatte.

Dr. Steinbruch war in den letzten fünf Jahren gealtert. Er hatte zugenommen, und das noch verbliebene Haar war grau geworden. Während wir in meinem Büro saßen, behielt er den Mantel an und ließ Hut und Handschuhe auf dem Schoß. Er wollte mir in Erinnerung rufen, daß sein Bild von der Zukunft Deutschlands leider richtig war.

Dr. Steinbruch meinte, wenn Hitler mit den Andersdenkenden wie Juden, Intellektuellen, unbotmäßigen Geistlichen und Kommunisten im Inland aufgeräumt habe, würde er sich mit den Ländern befassen, die seiner Ansicht nach Deutschland bedrohten. Der Krieg, meinte Dr. Steinbruch, sei nur eine Frage der Zeit. Er schilderte mir das wahre Ausmaß der Zerstörungen während der Kristallnacht. Hunderte von Synagogen waren zerstört, die meisten großen Warenhäuser in Brand gesteckt, zahllose Privathäuser verwüstet worden. Beinahe hundert Juden, zumeist Ladenbesitzer, wurden auf der Straße umgebracht. Tausende von Geschäften waren zertrümmert und etwa zwanzigtausend Juden verhaftet worden. So viel zu dem spontanen Ausbruch der Volksseele.

Er zog seinen Stuhl nahe an meinen Schreibtisch heran und beugte sich zu mir vor. Wir waren fast Auge in Auge.

»Daniel, ich will offen mit dir sprechen und bringe mich dadurch möglicherweise selbst in Gefahr. Ich hoffe, du tust, was ich dir sage, aber wenn du dich dagegen entscheidest, bitte ich dich nur, diese Unterredung so zu behandeln, als habe sie nie stattgefunden. Ich verspreche auch, daß du mich nie wiedersiehst.«

Ich bedeutete ihm durch ein Kopfnicken, er solle weitersprechen.

»Mein Wunsch ist, daß du aus diesem Land fortziehst und zu deiner Familie gehst – in Beirut, in Palästina, in Brasilien, wo sie auch sein mag. Das wäre das Vernünftigste. Doch im innersten Herzen hoffe ich, daß du hierbleibst und mir bei meinem Kampf gegen die Braune Schmach, gegen Hitler und seine Mordgesellen hilfst.« Ich muß ihn angesehen haben, als sei er verrückt. »Daniel, ich bin dabei nicht allein.«

»Dr. Steinbruch«, sagte ich, »ich wüßte gerne, wer noch dabei ist.«

Es gab eine lange Pause, ehe er wieder sprach. »Wir haben Verbündete, und mächtige dazu.«

»Wer sind sie?« beharrte ich.

Steinbruch holte tief Luft. »Das fällt mir sehr schwer«, sagte er. »Du weißt, daß ich ein ordentlicher und anständiger Deutscher bin, und ich weiß, daß meine Pedanterie dich belustigt. Doch eben weil ich ein ordentlicher Deutscher bin, verabscheue ich die Brutalität, die Schweinerei, mit der die Nazis regieren. Sie bringen Schande über Deutschland, und man muß keine Kassandra sein, um zu sehen, daß sie für das übrige Europa ein ähnliches Schicksal vorgesehen haben.« Er heilt inne, um sich zu vergewissern, daß ich aufmerksam zuhörte. »Nun kommt das Schwierige«, sagte er. »Vielleicht habe ich dir erzählt, daß ich in Cambridge Geschichte studiert habe. Dort habe ich viele Freunde fürs Leben gewonnen, Kommilitonen von der Universität. Ich bin lange in mich gegangen und habe beschlossen, ihrer Bitte nachzukommen. Ich habe mich entschieden, ihnen zu helfen. Das ist der direkteste Weg, Hitler entgegenzuarbeiten.«

»Sie wollen für die Engländer spionieren?« sagte ich mit naiver Bewunderung.

»Ich will Informationen sammeln. Wenn du der Mensch bist, für den ich dich halte, schließt du dich mir an. Deine Familie und dein Volk werden es dir noch einmal danken.« Er hielt mir die Hand hin. In meiner Naivität drückte ich sie feierlich.

15. Dezember 1943

DANACH HÖRTE ICH IM JUNI 1939 WIEDER VON Dr. Steinbruch. Durch das schändliche Münchner Abkommen war schon die Tschechoslowakei Hitlers Ambitionen zum Opfer gefallen, und nun inszenierten die Deutschen Provokationen gegen Polen. Es war dieselbe Geschichte. Man warf den Polen entsetzliche Schikanen ihrer beträchtlichen deutschen Minderheit vor. Dr. Steinbruch erwies sich als Prophet. Wenn Deutschland in Polen einmarschierte, müßten Frankreich und Großbritannien ihrer Verpflichtung nachkommen und einen Krieg beginnen. Seiner Meinung nach konnte dies jeden Augenblick geschehen. Die verschiedenen Konventionen über die Behandlung von feindlichen Ausländern und Kriegsgefangenen waren für Hitler bestimmt nur ein Fetzen Papier. Dr. Steinbruch machte sich Sorgen um mich. Er meinte, mit meinem falschen französischen Paß sei ich möglicherweise gefährdet, auch wenn der französische Vizekonsul in Mailand keinen Verdacht geschöpft und ihn ohne weiteres erneuert hatte. Ich solle doch nach London fahren und mir dort auf dem spanischen Konsulat einen neuen Paß besorgen.

Am nächsten Tag nahm ich den Nachtexpreß nach Paris. Dann fuhr ich mit dem Schlafwagen, der auf die Kanalfähre verladen wurde, weiter nach London. Ich traf erfrischt in London ein und sprach, Dr. Steinbruchs Anweisungen folgend, auf dem spanischen Konsulat vor, wo ich um ein Gespräch mit dem Vizekonsul bat. Das war, wie sich herausstellte, ein Señor Irigoyen, ein vornehmer Baske in einem Glencheckanzug. Ich erklärte ihm, ich betrachte mich als politischen Flüchtling, und da ich *»de lingua Hispana«* – »spanischer Zunge« – sei, beantrage ich mit allem Respekt die Staatsbürgerschaft, die General Franco gütigerweise allen anbot, die ihre Verbundenheit mit Spanien nachweisen konnten. Das alles erläuterte ich in dem flüssigen, aber archaischen Spanisch des fünfzehnten Jahrhunderts, das man Ladino nennt. Ich gab mir Mühe, die hebräischen, arabischen und türkischen Worte auszuschalten, mit denen unsere Sprache durchsetzt ist. Wenn Señor Irigoyen lächelte, wußte ich, daß ich mich versprochen hatte. Entweder hatte ich ein spanisches Wort benutzt, das nicht mehr in Gebrauch war, oder, da ich im modernen Spanisch einfach nicht geübt war, die türkische Hybridbildung eines Wortes. Señor Irigoyen sprach wenig. Ab und zu lächelte er, wobei ein sorgfältig gefärbter schwarzer Schnurrbart seine makellosen weißen Zähne hervorhob. Ich war mir nicht sicher, ob es ein wohlwollendes Lächeln war oder ob er mich im Geiste bereits zu den Flammen der Inquisition verdammte. Glücklicherweise war es das erstere, denn Señor Irigoyen führte mich in ein Vorzimmer, wo ich einen Stoß vorgedruckter Formulare ausfüllte und dann von einer Stunde zur anderen auf den Paß wartete, der für mich ausgestellt werden sollte.

Ein strenger, selbst in Öl auf Leinwand bedrohlich wirkender Generalissimo Franco und ein schwarzes Kruzifix an der Wand schauten auf mich herab und sorgten dafür, daß ich nicht die Hostie schändete oder eine andere Ketzerei beging. Ich sah mir den Generalissimo in seiner olivgrünen Uniform mit der quer über die Brust verlaufenden blauen Seidenschärpe und dem Marschallstab in der Hand genau an. Ich betrachtete das semitische Gesicht unter der Uniformmütze, die berechnenden dunklen Augen. Schon der Name »Franco« stellte eine Verwandtschaft her. Für uns ist Franco ein durch und durch sephardischer Name. Es ist unvorstellbar, daß ein Franco nicht vom Samen Abrahams abstammt. In unserer poetischen und rabbinischen Literatur kommt der Name reichlich vor. Die Irrungen und Wirrungen der Geschichte sind schwindelerregend. General Francos Vorfahren konnten sich 1492 in die Vertreibung schicken und ins Exil gehen oder sich bekehren lassen und in Spanien bleiben, das heißt, wenn sie nicht vorher von der ständig lauernden Inquisition als Abtrünnige auf dem Scheiterhaufen verbrannt worden waren. Irgendwie überwanden die Ahnen des Generals die Schmähung *»marrano«* – »Schwein« –, wie diese neuen Christen bei ihren katholischen Glaubensbrüdern hießen, und wurden schließlich ganz normale Spanier. Und 1936 kam General Franco dann an der Spitze moslemischer Truppen aus Spanisch Marokko über die Meerenge von Gibraltar, um ein nunmehr republikanisches Spanien mit inbrünstigen Gebeten eben der Kirche wiederzuerobern, die Juden wie Moslems zu Märtyrern gemacht und vertrieben hatten. Und das mit tatkräftiger Unterstützung des Hitlerregimes! Franco, *habibi*, dachte ich, diesen Paß bist du mir schuldig.

Ich kehrte als richtiger Spanier nach Berlin zurück. Als ich die Tür zu meinem Büro im Kaukasus aufschloß, hatte ich ein Paket unter dem Arm. Lohmann kam herein, während ich gerade das Kruzifix an der Wand aufhängte. Er sah mich an, drehte die Augen gen Himmel und verzog sich.

Obwohl Dr. Steinbruch meine Änderung der Staatsbürgerschaft in die Wege geleitet hatte, setzte er sich jahrelang nicht wieder mit mir in Verbindung. Er hatte jedoch den unmißverständlichen Eindruck hinterlassen, daß seine Pläne für mich zu einem späteren Zeitpunkt ans Tageslicht kommen würden.

Doch jetzt ist er nicht mehr. Ich weiß, daß der gekünstelte Artikel in dem widerlichen Blatt nicht die ganze Geschichte sein kann. Sie haben ihn bestimmt in eine ihrer blutbespritzten Zellen in der Prinz-Albrecht-Straße gebracht. Weiß der Himmel, was sie ihm angetan haben, um ihn körperlich und geistig zu brechen. Ich frage mich, ob ihm »Saporta« über die Lippen gekommen ist. Aber ich verwerfe diesen Gedanken als unwürdig. Vermutlich liegt es an meiner schlechten Verfassung, doch ich spüre, wie ich in Tränen des Kummers, Tränen über den Verlust ausbreche. Sicher, er hat mich in seinem Netz gefangen, und seinetwegen bin ich hier eingesperrt. Aber ich habe mich aus freien Stücken anwerben lassen, und schließlich hat Professor Doktor Steinbruch mich zu der ersten selbstlosen und tapferen Tat meines Lebens veranlaßt.

16. Dezember 1943

DIE LETZTEN BEIDEN TAGE SIND NICHT GUT VERlaufen. *Entsetzliche Zahnschmerzen kamen und gingen wie Brechreizwellen und waren verbunden mit einer tiefen Niedergeschlagenheit über den Verlust von Dr. Steinbruch und die Erkenntnis, daß mir nur wenige Möglichkeiten bleiben: bei einem Bombenangriff zu verbrennen; schlimmer noch, schließlich doch noch von den Leuten entdeckt zu werden, die Dr. Steinbruch ausfindig gemacht haben; oder, wenn Lohmann etwas zustößt, Hungers zu sterben. Als er gestern nachmittag kam, habe ich das alles mit ihm durchgesprochen. Seine Anhänglichkeit und sein heiteres Wesen haben mich etwas aufgemuntert. Er blieb bei mir, bis ich eingeschlafen war. Was meine Zahnschmerzen angeht, waren wir uns einig, daß der Zahn heraus muß, damit es nicht zu einer schwerwiegenden Infektion kommt. Er will eine Uhrmacherzange und eine Flasche Schnaps besorgen. Er will den Zahn ziehen, ein vergleichsweise geringfügiger Eingriff. Er hat schon richtige Operationen in einem Bombentrichter durchgeführt, als er mit seiner Pioniertruppe im Niemandsland an der Marne von medizinischer Hilfe abgeschnitten war.*

Ich merke, daß ich mich vor der Auseinandersetzung mit meinem Verhältnis mit Frau Landau drücken will. »Verhältnis« ist gut! Ein Verhältnis ist eine ebenbürtige sexuelle Beziehung zwischen Mann und Frau. Ein siebzehnjähriger Junge kann nie und nimmer der Partner einer Frau in den Dreißigern sein. Es war kein Verhältnis. Ich war ein Liebessklave, das Spielzeug dieser wollüstigen Frau. Ich kehre zurück zu den Tagen von 1929.

Meine Arbeit im Büro von Landau & Cie. war zur Routine geworden. Jeden Morgen saß ich um halb neun an meinem Schreibtisch und befaßte mich mit der Korrespondenz, die Herr Stemmler mir zuteilte. Ich verhandelte bald selbständig mit Spediteuren, Versicherungsagenturen und Zollagenten. Stemmler war stolz auf mich. Herr Landau und Dr. Grunauer hatten beschlossen, ich solle unseren ausländischen Korrespondenten in ihrer Sprache antworten. Wir hatten Kunden und Lieferanten in Marokko, in Spanien und Italien. Meine vergleichsweise flüssige Beherrschung dieser Sprachen war ein großer Schritt vorwärts gegenüber dem fürchterlichen Englisch und Französisch, das beide Seiten als Verkehrssprache benutzten. Herr Landau lobte mich. Der Postgang wurde stark beschleunigt, und vor allem stellte Herr Landau aufgrund meiner Bemühungen eine gewisse Freundlichkeit, ein größeres Entgegenkommen bei unseren Korrespondenten fest. Er schlug vor, ich solle auf Firmenkosten abends die Berlitzschule besuchen und mein Englisch auf den gleichen Stand bringen wie mein Französisch. Ich nahm gerne an. Englisch fiel mir leicht, und die Kurse waren eine Gelegenheit, Deutsche einer ganz anderen Schicht und Herkunft zu treffen als die, mit denen ich bei der Arbeit zusammenkam. Ich erfuhr wieder einmal, daß die Deutschen nicht ohne weiteres verstanden, woher ich stammte. Das war zu exotisch, zu geheimnisvoll. Der neue Student hieß schließlich Saporta, er sprach spanisch, er hatte schwarze Haare; er war offensichtlich Spanier. Also nannte man mich hinter meinem Rücken »der Spanier«.

Ich wohnte etwa sechs Wochen bei den Landaus, als es geschah. Nicht, daß ich nicht darauf gefaßt gewesen wäre. Beim Taxifahren oder beim Essen im Restaurant schaffte es Frau Landau immer, ihr Bein an meines zu drücken. Das und die Erinnerung an den Vorfall an der Sabbattafel hielten mich in einem Zustand ständiger Erregung. Als man mir im Büro sagte, der Chef fahre mit dem Zug nach Frankfurt und Warschauer sei in die Kellerstraße geschickt worden, um Herrn Landaus Koffer abzuholen, wußte ich, daß das Unheil unausweichlich war. Zu meiner Ehre sei gesagt, daß ich nicht nach Hause eilte. Ich wollte diese Begegnung so lange wie möglich hinausschieben. Ich wußte, nichts würde mehr wie früher sein: Ich würde den Freund meines Vaters zum Hahnrei machen, ich würde die mir so großzügig gewährte Gastfreundschaft mißbrauchen, ich würde dem Mann ins Gesicht spucken, der mir die Hand gereicht hatte.

Ich schob den langerwarteten Augenblick hinaus, indem ich nach dem Büro ins Kino ging. Es war ein amerikanischer Film, *Der Jazzsänger*, der schon wochenlang vor vollem Haus gezeigt wurde, die Geschichte eines Kantorssohns, der seinem Vater das Herz bricht, weil er nicht der Familientradition folgen will, und er bewegte mich tief. Al Jolson, der Schauspieler, und sein Auftritt als Kantor rührten mich zu Tränen und wirkten läuternd, heilend auf mich. Ich würde Herrn Landau keine Schande machen. Ich würde meinem Vater Ehre erweisen. Mein Entschluß stand fest.

Als ich die Wohnungstür aufschloß, sah ich zu meiner großen Erleichterung, daß alle sich schon schlafen gelegt hatten. Leise ging ich den Flur entlang und in mein Zimmer. Ich knipste die Leselampe neben meinem Bett an. Der Orangeton des seidenen Lampenschirms warf einen goldenen Schein auf Frau Landau. Sie lag in schöner und freizügiger Nacktheit in meinem Bett, so wie ich sie in meinen Fantasien immer vor mir gesehen hatte. Sie machte nicht viele Worte. In Minutenschnelle brachte sie mich zu Fall. Beim zweiten und dritten Mal begann ich mich allmählich zu behaupten und fand Befriedigung in der Wirkung meiner Bewegungen auf sie. Mit Händen und Schenkeln gab sie mir nach ihren Bedürfnissen den Rhythmus vor, dann wölbte sie plötzlich den Rücken und wurde starr. Ihr Atem brach in stetig ansteigenden Stößen hervor. Vor lauter Angst, Hilde könne sie im Nebenzimmer hören, schob ich ihr ein Kissen über den Mund. Ich staunte. Das war also der Orgasmus, von dem Cousin Eli gesprochen hatte! Und den hatte ich jetzt bei dieser blonden Göttin unter mir mit meiner Kraft, meinem Geschick ausgelöst. Sie wurde zärtlich, küßte mich und sagte, sie habe schon gewußt, daß es so kommen werde, als sie mich in Damaskus das erste Mal als Bar Mizwa sah. Ich streichelte ihren Körper: die unglaublich weiße Haut, die rosa Brustwarzen, die weichen Ranken unter ihrem Arm, das hellblonde Haar, das wie der Schaum von frisch eingeschenktem Champagner überreich zwischen ihren Beinen hervorquoll. Was sie dann tat, hatte Cousin Eli mir auch beschrieben, doch da die *scharmutas* in Damaskus das nicht machen wollten, hätte ich nicht gedacht, daß eine Frau aus gutem Hause es täte. So erinnerte sie mich an meine Pflichten. Wieder brachte ich sie zum Höhepunkt. Diesmal biß sie in das Kissen. Allmählich gewöhnten wir uns aneinander.

Um fünf Uhr morgens ging sie. Ich war zu müde, meine Gedanken zu sammeln. Herr Landau kam erst achtundvierzig Stunden später zurück, und da war ich schon von ihr besessen, als sei ein Dschinn aus *Tausendundeiner Nacht* in mich gefahren. Wer würde mir diesen Dschinn austreiben? Hoffentlich niemand. So vernarrt war ich. Schlimmer noch, ich verspürte keinerlei Schuld oder Scham. Ich holte Herrn Landau sogar am Bahnhof ab und begleitete ihn nach Hause, sozusagen an eben das Bett, in dem ich mich erst wenige Stunden zuvor mit seiner Frau vergnügt hatte.

Ich will hier nicht schildern, was sich zwischen Frau Landau und mir abspielte. Die Paarungsmöglichkeiten von Mann und Frau sind begrenzt. Es genügt wohl, wenn ich sage, daß sie keine davon ausließ. Jahre später, als die Geschäfte mich nach Paris führten, lernte ich den Ausdruck, der Frau Landau am besten beschreibt: *»vicieuse«*. Das deutsche Wort »lasterhaft« gibt die Bedeutung nicht richtig wieder. Natürlich ist es ein abfälliger Ausdruck, doch die Franzosen gebrauchen ihn mit einer gewissen Bewunderung für eine Frau, die die sexuellen Praktiken vollständig in der Hand hat. Keine Wollüstigkeit, keine verworfene Raffinesse ist ihr fremd. Daß sie auch eine liebende Ehefrau und mustergültige Mutter sein sollte, war für einen jungen Mann wie mich schwer zu begreifen. Wie konnte sie die Sabbatkerzen entzünden und mit geschlossenen Augen die Benediktion sprechen und dann lüstern sein wie Dr. Steinbruchs Göttin Astarte? Das ging über den Verstand eines siebzehnjährigen Jungen. Und wenig später sollte ich von einer Beteiligten, die ich nicht für möglich gehalten hätte, noch mehr über ihre unglaubliche Gier erfahren.

17. Dezember 1943

DAS JAHR GING ZU ENDE; 1930 STAND VOR DER TÜR. Ich war achtzehn geworden, und mein »Verhältnis« mit Frau Landau ging unvermindert weiter: Rendezvous in schäbigen Hotels, heimliche Treffen in den Luxuswohnungen ihrer Freundinnen, gestohlene Augenblicke zu Hause, ein Wahnsinn in Hildes Zimmer, während Hilde mit den Kindern im Zoo war. Wir wurden nie ertappt. Eines Morgens ließ Herr Stemmler mich aufschrecken.

»Herr Saporta, erlauben Sie, daß ich ein persönliches Wort mit Ihnen rede. Natürlich können Sie mich zum Teufel schicken. Das ist Ihr gutes Recht. Doch in Anbetracht unserer Freundschaft meine ich, Gehör zu verdienen.«

Ich schluckte hart und hörte zu.

»Sie waren nie ein Schwergewicht, aber jetzt verfallen Sie direkt vor meinen Augen. Sie sind übermäßig dünn, Sie haben schwarze Ringe unter den Augen, und darüber hinaus sind Sie unpünktlich geworden, und mehr als einmal habe ich Sie am Schreibtisch einnicken sehen.«

Was sollte ich dazu sagen?

»Ich meine, Sie sollten sich in ärztliche Hände begeben, oder aber ...« – hier machte er eine unheildrohende und bedeutungsschwere Pause – »Sie müssen Ihren Lebenswandel vollständig aufgeben.«

Mein »Lebenswandel« fand ein unerwartetes und jähes Ende. Es war gegen sieben Uhr morgens. Ich war an dem Waschgestell in meinem Zimmer und seifte mir eben das Gesicht ein, als ich aus Hildes Zimmer ein Würgen hörte. Nur mit Schlafanzughosen bekleidet, eilte ich nach nebenan. Hilde war auf allen vieren und erbrach sich in den Porzellaneimer, der damals neben dem Waschgestell stand. Als sie mich sah, stand sie auf und ging mit einem Schwächeanfall in die Knie. Ich fing sie auf und legte die Arme um sie, wollte sie trösten wie ein Kind. Meine Zärtlichkeitsbeweise lösten bei ihr erst Tränen, dann ein hysterisches Schluchzen aus.

»Herr Saporta, ich bin schwanger«, sagte sie immer wieder. Diese Litanei wiederholte sie noch, als die Tür aufgestoßen wurde. Herr Landau stürzte ins Zimmer, gefolgt von seiner Frau.

Um den Landaus Gerechtigkeit widerfahren zu lassen, wir können keinen allzu beruhigenden Anblick geboten haben. Ich war in Pyjamahosen. Im Bemühen, sie zu stützen, hatte ich Hilde unabsichtlich das Nachthemd bis zur Taille hochgeschoben. Sie hatte mir die Arme um den Hals gelegt und wiederholte unablässig ihre Selbstanklage, schwanger zu sein. Dennoch war ich auf Herrn Landaus heftige Reaktion nicht gefaßt. Was nun folgte, war wie eine Szene aus einem

Stummfilm: ein überzogenes Melodram. Herr Landau riß Hilde aus meinen Armen und beförderte mich aus dem Zimmer, in den Flur und in meine Stube.

»Du kleiner Scheißer. So erwiderst du also unsere Gastfreundschaft, indem du unser Kindermädchen kompromittierst? Hast du keinen Anstand? Kein Schamgefühl?«

Frau Landau hatte sich an seinen rechten Arm geklammert und wollte ihn beruhigen. Das und mein Versuch einer Erwiderung brachte ihn noch mehr in Rage. Er riß sich von seiner Frau los.

»Du dreckiges Schwein! Du gemeiner Hund! Mach, daß du wegkommst, verstanden? Raus, bevor ich nach Hause komme! Raus! Ich will nichts mehr von dir sehen! Undankbarer! Du – du – Araber!« Er hatte Spucke am Schnurrbart.

Im nachhinein und von der Reife der Jahre aus betrachtet, war der Zorn, in den Herr Landau sich selbst hineingesteigert hatte, nicht nur eine gute Abreaktion, sondern auch ein geschickter theatralischer Auftritt. Mit einem Schlag war er seine Wut losgeworden und hatte sich den Liebhaber seiner Frau vom Hals geschafft. Er hatte seine Ehe gerettet. Nun mußten sich die Landaus nicht mehr eingestehen, daß er ein Hahnrei war und sie die Dirne, die ihm Hörner aufgesetzt hatte.

In der Wohnung der Landaus war es unnatürlich still, während ich meine Sachen packte. Herr Landau war ins Büro gegangen; das Mädchen hatte man fortgeschickt; Frau Landau und Hilde hatten die Kinder mitgenommen. Da klopfte es sachte an meine Tür. Es war Frau Polnow, die Köchin. Sie war meine besondere Freundin gewesen und hatte mich mit kleinen Leckerbissen verwöhnt, die sie mir auf den Nachttisch legte. Sie hatte geweint und putzte sich mit der Schürze die Nase. Zwar hatte ihr verstorbener Mann als Feldwebel mit der Schutztruppe von Lettow-Vorbeck in Ostafrika gegen die Briten gekämpft, doch ihre geographischen Kenntnisse waren begrenzt.

»Ich habe gehört, was hier Schreckliches passiert ist«, sagte sie. »Geht der junge Herr Saporta wieder zurück nach … dort?« fragte sie.

»Nein«, sagte ich. »Ich werde wohl in Berlin bleiben, aber ich weiß eigentlich nicht, wo.«

Sie ging in die Küche und kam wenig später mit einer bleistiftgeschriebenen Adresse zurück. Das war eine Pension, die der Gräfin Schwerin gehörte, einer Generalswitwe, die an gebildete Menschen wie den jungen Herrn Saporta Zimmer vermietete. Frau Polnow bestand darauf, mir mit dem Gepäck hinunterzuhelfen und ein Taxi anzuhalten. Es war mitten am Nachmittag, aber in Berlin wurde es bezeichnenderweise bereits dunkel und begann langsam zu schneien.

Ich brachte das Gepäck zum Bahnhof Zoo und gab es bei der Gepäckaufbewahrung auf. Ich wollte mir ein chinesisches Essen gönnen, vielleicht in die

Eden-Bar gehen und meine Lage überdenken. Später am Abend wollte ich zu der Pension gehen und sie mir anschauen.

Einige Stunden später traf ich Lohmann auf dem U-Bahnhof Uhlandstraße.

18. Dezember 1943

LOHMANN IST GEGANGEN, WANN, WEISS ICH NICHT. *Ich bin spät aufgewacht, mit Kopfschmerzen und dem Geschmack von Blut im Mund. Er hatte ein großes Stück* Kulebjaka *mitgebracht, eine Art russischen Kohlstrudel, und eine Literflasche Steinhäger, den Klaren, den die Deutschen mit Bier hinunterspülen. Wir tranken schneller, als mir lieb ist, und ich weiß noch, daß ich sagte: »Sie wollen mich betrunken machen.«*

»Allerdings.« Und damit griff er in seine Tasche und holte eine kleine glänzende Zange heraus. »Heute kommt Ihr Zahn raus.«

Als ich einwandte, daß er nicht mehr weh tat, wurde er onkelhaft. »Ja, ja, trinken Sie nur aus, und dann zieht Doktor Lohmann diesen bösen Zahn.«

Ich trank das Glas leer und zeigte ihm den schmerzenden Zahn. Ohne einen Augenblick zu verlieren, packte er meinen Kiefer mit eisernem Griff. Die Zange schloß sich um den Zahn, und schon hatte er ihn mit einem kräftigen Ruck herausgezogen. Blut und Eiter quollen hervor. Ich mußte mit Salzwasser und dann mit dem Steinhäger ausspülen. Er kratzte den Zahn mit seinem Federmesser ab und tat dann seine Zufriedenheit kund, daß die Wurzel mit herausgekommen war. Er gab mir Aspirintabletten und blieb dann neben mir sitzen und wartete, bis ich einschlief.

Lohmann war nicht nur ein perfekter Zahnchirurg, sondern auch ein psychologisches Naturtalent. Bei seiner jahrelangen Tätigkeit als Kabarettportier hatte er einen speziellen Einblick in die Launen, Schwächen und Bedürfnisse seiner Mitmenschen gewonnen. Wie man einem Kind Gutenachtgeschichten vorliest, erging er sich in Erinnerungen an unsere erste Zeit im Kaukasus, jene frühen kreativen Tage, von denen er wußte, wie sehr ich sie genossen hatte. Er erinnerte mich daran, wie wir zu dritt – er, Lilo und ich – rund um die Uhr geschmirgelt und gestrichen hatten, nur von Frau Nowikows herrlichen Mahlzeiten unterbrochen; wie wir eines frühen Morgens alle vier auf dem kleinen erhöhten Tanzboden gestanden und uns das Juwel, das wir geschaffen hatten, von allen Seiten angesehen hatten. Die Silberwände glitzerten, die Ikonen hingen an ihrem Platz, die Kerzen leuchteten, und die riesigen alten Spiegel gaben die Schönheit von unserer Hände Werk vielfach gebrochen wieder. Ich hatte gesagt: »Jetzt brauchen wir nur noch das Programm und die Gäste.«

»Sie besorgen die Tänzerinnen, und ich kümmere mich um die Kundschaft«, hatte Lohmann erwidert.

Am nächsten Tag hatte er mich auf die Reise nach Konstantinopel geschickt.

19. Dezember 1943

NACH MEINER ANKUNFT IN KONSTANTINOPEL begab ich mich in das luxuriöse Pera Palas. Es war eine eindrucksvolle Mischung aus osmanischem und viktorianischem Prunk, dem russische, byzantinische und persische Kunstgegenstände zusätzlichen Glanz verliehen. Ich genoß es, wieder im Orient zu sein. Als ich in meiner riesigen Marmorwanne saß, konnte ich unten auf der Straße die Tee- und Fruchtsaftverkäufer rufen hören.

Ich suchte Ehmet Bey auf. Das war ein bedeutender Gewürzhändler auf dem Attarine-Markt, der jahrelang mit meinem Vater Geschäfte gemacht hatte. Mit der im Orient üblichen offenherzigen Gastfreundschaft ließ er seine Geschäfte sofort im Stich, um »dem Sohn seines guten und hochgeschätzten Freundes Ezra Bey seine kärgliche Unterstützung gewähren« zu können. Er befand, ein Meeresfrüchte-Restaurant am Ufer des Bosporus sei der beste Ort, um sich mir voll und ganz zu widmen.

Wir nahmen auf der Terrasse im Schutze einer Pergola Platz, deren Weinlaubranken sonnengefleckte Muster auf unseren Tisch warfen. Wir aßen uns durch die endlose Vielfalt der *mezze*: Auberginensalat und gefüllte Zucchini, Schafskäse mit Oregano und Olivenöl, Lammhackröllchen, Fischrogen und goldpiastergroße Hammelkoteletts. Dazu gab es feurigen türkischen Raki, der wahrscheinlich der beste des Orients ist, den aus Zahlé am Fuße des Libanon vielleicht ausgenommen. Zwischen der Vertilgung der *mezze* und der Ankunft des Hauptgerichts, frisch aus den Tiefen des Kaspischen Meers kommender, auf Holzkohle gegrillter, gewürfelter Stör am Spieß, hörte Ehmet Bey mir zu.

»Du Teufelskerl.« Er lachte. »Ich dachte, du willst hier unsere Spezereien einkaufen, aber dir steht der Sinn nach Spezereien anderer Art. Für orientalische Tänzerinnen ist mein Sohn Toufik Experte. Er kann sie sich leisten. Er hat sein eigenes Geschäft auf dem Großen Basar. Ihr beide werdet euch prächtig verstehen. Heute abend holt er dich im Hotel ab und zeigt dir, was diese Stadt zu bieten hat.«

Ehmet Bey war gespannt auf meinen Bericht über das Leben in Berlin und meine Meinung zu den politischen und gesellschaftlichen Unruhen in Deutschland. Er war *Yüzbaschi* gewesen, ein Hauptmann bei den Nachschubtruppen der türkischen Armee, und im Hejaz gegen die arabischen Truppen eingesetzt, die die Briten aufgestellt hatten. Als Verbündete der Deutschen waren die Türken auf preußische Art geschult und hatten sich eine gefühlsmäßige Bindung an die Deutschen bewahrt. Ehmet Bey wollte wissen, ob dieser Hitler nicht so etwas wie ein deutscher Kemal Pascha war, der sein Land eines Tages einer glänzenden Zukunft entgegenführen würde.

Ich sagte, Kemal Pascha, der Fes und *yaschmak* – den Schleier – verbieten und das arabische Alphabet durch die lateinische Schrift ersetzen wollte, würde die Türkei in die Zukunft führen, Hitler hingegen werde die Deutschen mit seinen Phrasen von der Reinheit der arischen Rasse und seinem Fremdenhaß wieder in die Finsternis der teutonischen Wälder zurückführen. Als ich sah, daß er nicht ganz überzeugt war, sagte ich, ich spräche jetzt nicht als Yahoudi, sondern einfach als ein von der Logik einer französischen Erziehung geprägter Ausländer in Deutschland.

Ehmet Bey erwiderte, er habe höchste Achtung vor »meinem Volk«; nicht nur durch seine Geschäftsbeziehungen, sondern seit seiner Armeezeit in Palästina, wo er mehrere junge Zionisten meist russischer Herkunft kennengelernt hatte, die die Huleh-Sümpfe trockenlegten. Er hatte ihre Bildung und Tatkraft schätzen gelernt, die sie in einer ansonsten trägen Umwelt beibehielten. Wahrscheinlich meinte er das ehrlich, denn mit den Arabern ging er nicht so großzügig um. Mit den Arabern konnte er als Offizier nicht viel anfangen, das waren eher Banditen als Soldaten, und er bezweifelte, ob die Briten und Franzosen als Sieger sie in das zwanzigste Jahrhundert schleppen konnten. Daß er mit einem Juden so über seine moslemischen Glaubensbrüder sprach, war an sich nichts Ungewöhnliches. Im Orient geht man davon aus, daß diese Gegend der Welt von Sunniten und Schiiten, Maroniten und

Melchiten, von Kopten und Chaldäern, Drusen und Kurden, von Armeniern und Juden bevölkert ist. Diese zahllosen Religionen und Sekten essen dieselbe Nahrung, erfreuen sich an ähnlicher Musik, beten ihre Gottheiten an und leben vergleichsweise harmonisch zusammen. Der von den europäischen Kolonialherren mit Feder und Lineal geschaffene Begriff der nationalen Eigenständigkeit war ihnen erst vor kurzem aufgedrängt worden.

Am selben Abend erschien dann Ehmet Beys Sohn Toufik in der Halle des Pera Palas. Er hatte die rötlichen Haare und blauen Augen, die Ausländer auf ihrer ersten Türkeireise stets überraschend finden. Das waren natürlich keine Semiten, sondern eben die Arier, die Adolf Hitler so am Herzen lagen. Toufik war ausgelassen und offenherzig, und warum auch nicht? Mit dreiundzwanzig war er bereits Teilhaber eines Teppichhandels. Er hatte noch einen jungen Mann im Schlepptau: einen Armenier mit traurigen Augen, einen früheren Kommilitonen von der Universität. Der junge Mann überreichte mir seine Visitenkarte:

Karnig Minassian
Bühnenimpresario
Hemediye Caddesi 27

Wir zögerten nicht lange, uns in das Nachtleben der Stadt zu stürzen. Toufik und Karnig waren überall bekannt. Die Nachtklubbesitzer küßten Toufik die

Hand, Karnig jedoch nicht. Wir sahen Tänzerinnen der unterschiedlichsten Nationen und Begabungen. Da Karnig bei uns am Tisch saß, witterten sie ein Geschäft und lenkten ihre Windungen in unsere Richtung. Karnig sagte, ich solle mir Notizen machen. Dann sah er sie durch und kritzelte mit einem riesigen orangefarbenen Parker-Füllhalter den Marktpreis an den Rand. Ehe sie mich in das Pera Palas zurückbrachten, führten mich die jungen Männer noch in einen die ganze Nacht geöffneten Hamann, ein türkisches Bad, das weiß der Himmel welcher Sultan vor Hunderten von Jahren erbaut hatte. Dort dampften wir im heißen Wasser vor uns hin und ließen uns den Raki herausmassieren. Dann tranken wir türkischen Mokka und sortierten das Angebot der Nacht. Insgesamt hatten wir etwa fünfzehn Namen notiert, und ich sollte Karnig angeben, welche ich am besten fand. Er tat meine Auswahl ab, wie ein Tipgeber auf der Rennbahn ein lahmes Pferd abgetan hätte.

»Die tanzt mehr auf dem Rücken als auf den Füßen«; »Hat Menstruationsprobleme, da verlierst du jeden Monat zehn Tage«; »Die geht nicht von ihrer Mutter weg«, »Kann nicht reisen, sie hat eine sechs Monate alte Tochter«, »Eine Unruhestifterin mit dem bösen Blick.«

Am Ende traf Karnig als Fachmann für mich die Entscheidungen. Ich brauchte drei Mädchen. Drei Mädchen, die hübsch waren, aber keine sonderlich guten Tänzerinnen, da die Deutschen den nordafrikanischen Tanzstil nicht vom persischen unterscheiden konnten. Drei Mädchen, die ausgesprochen erschwinglich waren. Außerdem brauchte ich Musiker; das hatte ich vergessen. Wir einigten uns auf einen Ud-Spieler und einen Trommler. Das übrige Orchester konnte ich in Berlin auffüllen: mit Griechen oder Russen, die ein Ohr für orientalische Musik hatten.

Wir beschlossen, uns am nächsten Tag in Karnigs Büro zu treffen, wo ich die Darstellerinnen persönlich kennenlernen, Verträge aufsetzen und Gehälter und Provisionen bereitstellen würde. Karnig wollte sich um Pässe und Reiseunterlagen kümmern.

Die Büroräume des Impresarios lagen über einem Kino an der Hemediye Caddesi, hinter dem Projektionsraum. Das Surren der Projektoren und das Klappern der Spulen gab eine ständige Hintergrundmusik zu unseren Verhandlungen ab. Die drei Mädchen waren im Kostüm, und ich konnte nur bestätigen, daß Karnig gut gewählt hatte. Lailah trug ihren Namen zu Recht, da sie schwarz war wie die Nacht, eine sudanesische Schönheit, deren schwarze Hautfarbe noch durch einen rötlichzimtfarbenen Hauch unterstrichen wurde; Latifa, eine ausladende elfenbeinfarbene Ägypterin mit pechschwarzem, jedoch feingekräuseltem Haar; und schließlich Shukran, eine sehnige Türkin mit einem kaum wahrnehmbaren dunklen Flaum auf der Oberlippe, die weitaus beste Tänzerin.

Dann war da noch Selim, der Ud-Spieler, der sich

als hochgradig drogensüchtig erwies, und Mehmet, der Trommler, ein türkischer Lustknabe, der Lilo später übel zurichten sollte. Lohmann hätte Mehmet mit dem Polizeiknüppel, den er in der Garderobe aufbewahrte, um ein Haar zu Tode geprügelt. Letztendlich ersetzte ich die beiden durch arbeitslose Studenten von der Berliner Musikhochschule, die die Melodien erfaßt hatten, die in ihren Ohren nichts als eintönige Wiederholungen darstellten. Doch ich greife vor.

20. Dezember 1943

KARNIG HATTE ALLE REISEVORBEREITUNGEN GEtroffen. Die Männer wurden dritter Klasse vorausgeschickt. Die Tänzerinnen brauchten noch Zeit, um ihre Garderobe zu vervollständigen. Bei ihrer Sucht nach Ziermünzen, Klimperkram, feinem Tüll und Satin kostete mich das ein hübsches Sümmchen. Später lernte ich, die Kostüme bei einem Theaterausstatter in Berlin zu einem Zehntel des Preises zu bestellen.

Ich stand vor dem Orientexpreß auf dem Bahnsteig und wartete auf meine Schützlinge. Ich war gebannt von den Bewegungen und Farben, die unablässig durch diesen Kopfbahnhof an der Nahtstelle von Europa und Asien schwirrten. Sein Glasdach, seine Gewölbebögen sind Moschee und Kathedrale zugleich, eine vollkommen einleuchtende Verschmelzung von Ost und West. Hier auf diesem Bahnhof war man im Osmanischen Reich angekommen und abgefahren. Von hier aus brach man nach Mazedonien und Bulgarien, nach Syrien und Palästina auf; hierher kehrte man auch aus Ägypten und Bosnien zurück. Die Menge der türkischen Bauern, Anatolier, Kurden und Drusen, die vielfach noch ihre angestammte Tracht anhatten und, bisweilen auf dem Kopf, Teppiche und Bündel, billige Koffer und Körbe trugen, bildeten ein Kaleidoskop, das zehn Jahre später weitgehend verloren sein würde.

Plötzlich stand Karnig mit meinen Tänzerinnen im Schlepptau vor mir. Ich konnte das Spektakel, denn ein solches war es, nicht fassen. Die drei Frauen waren mit ihrer Meinung nach westlichem Schick aufgedonnert. Mir wurde klar, daß ich sie nur in ihren Tanzkostümen gesehen hatte, aber nun standen sie mit schwerem Rouge im Gesicht, mit blutroten Lippen und kohlschwarzen Wimpern vor mir, in Brokatschichten gehüllt und funkelnd von unechtem Schmuck und schäbigen Pelzteilen. Ich verfluchte mich, daß ich dazu verdammt war, mit diesem Zirkus zu reisen. Schon jetzt sah ich Mitreisende beim Einsteigen wissend grinsen. Doch dies war erst der Anfang einer Reise, die ich so bald nicht vergessen werde.

Der Schlafwagenschaffner rief: »*En voiture!*«, und wir stiegen ein. Wir richteten uns in unseren Abteilen ein, und ich bestellte im Speisewagen einen Tisch für vier Personen. Während der Zug durch die dunkel werdende türkische Landschaft brauste, hörte ich, wie im Flur mit dem Ruf: »*Premier service!*« der Gong geschlagen wurde. Ich kam mir vor wie ein verächtlicher *gawad* oder Zuhälter, als ich meine buntscheckige Truppe im Gänsemarsch zum Speisewagen führte. Sie hatten die Mäntel im Abteil gelassen und stellten noch mehr Brokat und ausladende Dekolletés zur Schau, in denen Perlen- und Straßketten klimperten. Bei unserem Gang zum Diner durch endlos scheinende Schlafwagen erregten wir viel naserümpfende wie auch belustigte Aufmerksamkeit. Als wir den Speisewagen betraten, drehten sich alle Köpfe um, und Gabeln und Messer blieben mitten in der Luft stehen.

Der *maître d'hôtel* wies uns unsere Plätze an und reichte meinen Schützlingen die Speisekarte, obwohl er ganz genau wußte, daß sie nicht einmal den eigenen Namen lesen konnten. *Ich* gab die Bestellung auf. Das Essen kam, und meine Verlegenheit steigerte sich noch. Meine Damen waren an die arabische Eßweise gewöhnt: Fleisch und Salat nahm man mit Brot auf; Reis wurde mit dem Löffel gegessen. Glücklicherweise merkten sie nichts von meiner Verlegenheit. Da sie kesser und auf jeden Fall schlauer waren als ich, genossen sie das wunderbare Essen, schmatzten mit den Lippen, rülpsten geziert und luden sich die Teller selber voll.

Ich bemerkte, daß ein Mann auf der anderen Seite des Ganges, den ich aufgrund seines guten Aussehens und der gutsitzenden Kleidung für einen Italiener hielt, zu unserem Tisch herüberzwinkerte. Das gilt sicher nicht mir, dachte ich, ließ meinen Blick schweifen und sah, daß die links von mir sitzende Ägypterin Latifa ihrerseits mit einem Zwinkern antwortete. Im Flüsterton teilte ich ihr mit, in ihrer Freizeit könne sie tun, was sie wolle, aber nicht, während sie mit mir unterwegs sei. Da sie sich wieder den Profiteroles auf ihrem Teller zuwandte, war ich gewiß, daß die Sache damit erledigt war. Doch beim Verlassen des Speisewagens verbeugte sich der Italiener leicht zu Latifa hin und ging, ohne mich eines Blickes zu würdigen, seiner Wege.

Ich zahlte, wobei ich noch einmal das Grinsen des *maître d'hôtel* ertragen mußte, und dann bewegte sich unser bunter Zug wieder zurück in den Schlafwagen. Ich hatte ein Abteil für mich. Daneben lag das von Shukran und Lailah. Latifa war alleine im nächsten Abteil, da der Zug nicht voll besetzt war.

Ich war schon in Schlafanzug und Morgenmantel und wollte eben ins Bett gehen, da beschloß ich, bei meinen Schützlingen vorbeizuschauen und sie zu fragen, ob sie sich Frühstück bestellt hatten, das man beim Schaffner bekam. Ich ging auf den Gang hinaus und klopfte an die Nachbartür. Sie wurde rasch geöffnet, und ich trat in ein parfümgeschwängertes Abteil. Beim Anblick von Shukran und Lailah verflog aller Zorn und Ärger, die ich auf sie gehabt haben mochte. In feuerrote und orchideenfarbene Nachthemden gehüllt, waren sie so vergnügt wie Schulmädchen auf einem Ausflug. Sie hatten eine Schachtel *Rahat Lokoum* aufgemacht und schlangen das klebrige Konfekt in sich hinein. Finger, Nase und Lippen waren mit feinem Puderzuckerstaub bedeckt. Ich sollte mich unbedingt auf das untere Bett setzen und mit ihnen davon essen. Sie waren außer Rand und Band vor Glück und begannen mich mit dem arabischen *»almendras de miel«*, Honigmandelspiel, zu umschmeicheln.

»O Herzallerliebster. Wir sind so glücklich, so stolz, daß wir mit dir reisen dürfen. Du, Schatz, du bist der schönste Mann im ganzen Zug. Im Speisewagen richten sich alle Blicke auf dich.«

Und auf euch auch, dachte ich. Die Erwähnung des Speisewagens ließ böse Vorahnungen in mir aufkommen. Ich wünschte ihnen rasch angenehme Träume und ging in den Flur zurück. Vor Latifas Abteil blieb ich stehen und klopfte an die Tür. Vollkommene Stille: nur das rhythmische Klacken der Radgestelle an den Schienen. Von Natur aus argwöhnisch, preßte ich das Ohr an die glänzende Rosenholztür und wurde mit der gewissen Stille belohnt, die mehr als Stille ist – die Stille, die entsteht, wenn jemand die Luft anhält.

Peinlicherweise wurde ich in dieser entwürdigenden Stellung von einer älteren Engländerin auf dem Weg zur Toilette überrascht. Im Vorbeirauschen zischte sie mich durch die künstlichen Zähne hindurch an: »Es ist eine Schande. Ihr schreckt doch vor nichts zurück.«

Mit »ihr« meinte sie offenbar die Leute, die nicht das Glück hatten, Briten zu sein. »Von Calais an ist man bei den Kaffern«, wie ihre Landsleute sagen. Ich machte den Schlafwagenschaffner in seiner kleinen Kabine am Ende des Wagens ausfindig.

»La dame du seize se trouve mal. Ouvrez-moi le compartiment, s'il vous plaît.«

Er öffnete mir die Tür, und ich erblickte eine klassische Szene. Der schöne Italiener stand, in mehr als einer Hinsicht, in einer lachhaft ungünstigen Position dar. Nur mit dem Unterhemd bekleidet, das ihm bis auf die milchweißen Hüften ging, und noch in Schuhen, wobei die Strümpfe von Sockenhaltern gehalten wurden, war er dem unteren Bett zugewandt, wo Latifa sich anschickte, ihn zu empfangen. Wenn ich das Tingeltangelunternehmen, auf das ich mich da eingelassen hatte, je in den Griff bekommen wollte, so befand ich, war jetzt der Moment gekommen, mich durchzusetzen. Ich langte in das untere Bett und zog die nackte Latifa am Schopf heraus. Während sie auf den Abteilboden glitt, ließ ich ihr Schläge auf den Kopf und Ohrfeigen ins Gesicht prasseln und riß sie an den Haarwurzeln.

»*Scharmuta!* Hure!« brüllte ich, eine hohle und lächerliche Beschimpfung, wie mir auffiel. »Tochter einer Hure, Schwester einer Hure!«

Der Italiener, dessen Männlichkeit abgeflaut war, zog sich die Hosen an. Nun fühlte er sich gerüstet, mich anzusprechen.

»Laß diese Dame in Ruhe, du gemeiner Lude«, rief er.

Ich ließ mein geschliffenes Italienisch vom Stapel. »*Agli mortacci tua.*« Fluch über deinen. »*Va fa in culo, figlio de la mignotta*«, setzte ich noch hinzu: Steck ihn dir in den Arsch, du Hurensohn.

Der kauernden Latifa versetzte ich einen letzten Tritt in den Hintern, warf den halbangezogenen Italiener in den Gang hinaus und schleuderte Hemd und Jackett hinter ihm her. Ich ließ die schluchzende Latifa allein und kehrte in mein Abteil zurück. Der Italiener war nirgends zu sehen.

Nachdem ich in mein Bett gestiegen war, knipste ich die Leselampe aus, dann lag ich im Dunkeln und wartete, daß der Orientexpreß mich mit seiner Bewegung in den Schlaf wiegte. Doch der Schlaf wollte nicht kommen. Statt dessen sann ich darüber nach, was ich mit meinem Leben angefangen hatte. Vor einem Jahr noch hatte ich zu Hause gewohnt, von Mutter und Vater geliebt und fürsorglich zu meinen Schwestern und meinem ziemlich täppischen Bruder. Ich war ein anständiger junger Mann mit guten Aussichten im Geschäft, regelmäßiger Besucher meiner Synagoge und kam für die Hand der tugendhaftesten Töchter von Damaskus in Frage. Was hatte ich getan? Ich hatte das Vertrauen des guten und treuen Freundes meines Vaters verraten, eines Mannes, der mich in sein Haus aufgenommen und wie einen Sohn behandelt hatte. Ich war der Liebhaber – eigentlich das Spielzeug – seiner Frau geworden, den sie ausgelutscht hatte wie eine Backpflaume, während ich die Vormittage im Büro ihres Gatten verschlief. Und jetzt, was war ich jetzt? Ein Lude, ein Hurenbock, der mit *scharmutas* reiste. Wie bitter, wie bitter, dachte ich, da trommelten lange Fingernägel an meine Abteiltür.

21. Dezember 1943

DAS GETROMMEL LIESS NICHT NACH. ICH KNIPSTE die Leselampe an und entriegelte die Tür. Es war Latifa, die im Hintergrund von den Nachtlampen auf dem Gang beschienen wurde. Sie trat ein und schloß die Tür hinter sich. Auch sie trug ein bonbonfarbenes Negligé. Sie sank auf die Knie, legte den Kopf an meine Brust und begann unter Reuetränen mit ihrem eigenen Spiel von *almendras de miel*:

»O du mein Schatz, wie stark du bist. Wie gebieterisch du bist, mein Herzallerliebster. Du hast mich zu Recht geschlagen. Deine Schläge lassen meine Brüste brennen vor Verlangen. Was war ich doch für ein Dummkopf. Bitte, verzeih mir. Ich dachte, du bist bloß ein Bürschchen, aber jetzt weiß ich, du bist ein Mann aus Eisen.«

Mit jugendlicher Charakterschwäche hatte ich zugelassen, daß sie unter meine Bettdecke geschlüpft war. Jetzt saß sie bei nur minimaler Beteiligung meinerseits rittlings auf mir und begann langsam mit den für ihren Beruf typischen Hüftbewegungen.

Während Latifa, die Hände an die Hüfte gelegt, zu schaukeln begann und dabei aufmerksam meinen Gesichtsausdruck studierte, kam mir die Stimme von Mohammed el Masri in den Sinn. Das war ein älterer Arbeiter im Handelshaus meines Vaters, ein begnadeter Geschichtenerzähler der klassischen Schule. Cousin Eli und ich lauschten stets gebannt, wenn er im Stil von *Alf Lailah wa Lailah* – Tausendundeine Nacht – erzählte.

»Nun sprach der König zu seinen Wesiren: ›Wer mir aber ein Mädchen bringt, das mir nie gekannte Freude bereitet, den werde ich zum Steuereinnehmer ernennen bis ans Ende seiner Jahre, und er soll meine Tochter und meine Dienerinnen haben, um seine Lust zu stillen.‹ Dann erhob er sich und überreichte den Wesiren Beutel mit Gold und Silber, auf daß sie sich auf die Suche begäben. Und während die Wesire gluckten wie die Tauben beim Körnerpicken und nicht wußten, wo sie anfangen sollten, machte sich einer von ihnen, ein Mann aus Kairo namens Hassan, eilends auf zum Großen Tor. Dort bestieg er eine Maultierstute und ritt einen ganzen Mond lang, bis er nach Al Yamam kam. Dieser Hassan begab sich hurtig in das Haus der weisen Frauen, die Dienerinnen ausbildeten, auf daß sie den Scheichs dieses Landes Vergnügen bereiteten.

Nun nahm Hassan von dem Gold und Silber in den Beuteln und gab es den Frauen, auf daß er die Schule betrachten könne, die den Schülerinnen solche Verdienste beigab. Und die Frauen verbargen ihn hinter einem Gitter im Hamam, wo er junge Mädchen von übergroßer Schönheit erblickte, mit weißem Leib und Granatapfelbrüsten. Gleich darauf kamen die weisen Frauen mit Körben herein. Daraus gaben sie einer jeden Kürbisse, und die Frauen sagten: ›Gebraucht sie, wie wir euch gelehrt haben, und was den Männern am teuersten ist, das laßt zuschnappen wie eine Faust beim Fliegenfangen.‹ Und die Dienerinnen taten wie geheißen, bis man sie ruhen hieß. Doch eine Maid, Dalila, trat vor die Frauen und sprach: ›Sehet, ich bin bereit.‹ Und sie schob den Kürbis in ihre duftende Pforte und zog den Bauch zusammen, und der Kürbis fiel als ein Münzregen auf ihre Füße …«

Während der Orientexpreß durch die Nacht brauste, war ich in der Gewalt einer Dalila der Neuzeit, die ihre Kunstfertigkeit offenbar im Hamam der weisen Frauen von Al Yamam gelernt hatte. Zwischen Vzunkopru und Svilengrad brachte sie mich fünfmal zum Höhepunkt, ohne von mir abzulassen. Wurde ich müde, so erinnerte sie mich mit einer »fliegenfangenden Faust« an meine Pflichten. Als sie mich endlich freigab, war es Tag, und der Zug hatte angehalten, um Kohle zu laden.

Bis dahin hatten sich meine Erfahrungen auf *scharmutas* und Frau Landau beschränkt. Cousin Eli hatte mich schließlich doch dazu gebracht, mit ihm in die Bordelle hinter dem Hejaz-Bahnhof zu gehen. Diese Geschichten, zu denen wir uns mit Haschisch stärkten, spielten sich gemeinhin in den dunklen Alkoven dieser tätowierten Frauen ab, und ich wußte nie genau, ob ich nun in ihrer Vagina oder in ihre geschickte Hand ejakulierte. Vor diesem

Trick hatte Eli mich gewarnt. Natürlich war ich zwischen Frau Landaus weißen Schenkeln auch durch eine harte Schule gegangen, die über ein Jahr andauerte. Im Laufe dieser aufreibenden Übungen hatte ich gewisse Schlüsselsätze gelernt, die beim Liebesspiel abendländischer Paare offenbar unerläßlich waren.

Ein westlicher Mann darf seinen Orgasmus anscheinend nicht vorbehaltlos genießen. Nein. Unmittelbar danach soll er Gewissensbisse und Zerknirschung empfinden und seine Partnerin fragen: »Hat es dir gefallen? War es für dich auch so schön wie für mich?« Oder nicht ganz so fein: »Bist du gekommen?«

Fällt die Antwort negativ aus, ist es angeblich seine Schuld, und es wird erwartet, daß er den Fehler umgehend wieder gutmacht. Dabei verlangt doch die Vernunft, daß er ein wohlverdientes Nickerchen hält. Von solchen Gewissensbissen wird ein nichteuropäischer Mann nicht geplagt. Ganz im Gegenteil. Er ejakuliert, zieht sich zurück und genießt sofort den Schlaf des Gerechten. Wird er beim Erwachen erneut von Begierde gepackt, besteigt er seine Frau und springt nach Belieben mit ihr um. Dieses selbstsüchtige Benehmen führt dazu, daß die Männer im Osten noch mit fünfundneunzig Jahren potent sind. Im Westen leidet der Mann mit fünfundvierzig unter Neurasthenie, vorzeitiger Ejakulation und »nervöser Schwäche«.

Von all dem wußte ich damals natürlich noch

nichts, und da ich von Frau Landau gut geschult war, drehte ich mich zu Latifa hin, die nun in meiner Armbeuge lag.

»O mein Schatz, war es schön für dich?«

Keine Antwort.

»Bist du gekommen?«

Statt einer Antwort legte sie meinen rechten Zeigefinger auf die Stelle, wo ich mich eben stundenlang vergnügt hatte.

Ich berührte einen unsagbar kleinen rauhen Punkt.

»Du kennst den winzigen *zoub*, den Frauen haben? Wo die Lust sitzt?«

Den kannte ich in der Tat.

»Sie haben ihn mir genommen, als ich zehn war.«

Ich hatte von dieser moslemischen Sitte gehört, doch für einen Jungen war das schwer zu begreifen. Ja, jüdische Jungen wurden am achten Tag nach der Geburt beschnitten, um den Bund einzuhalten, den Gott mit Abraham geschlossen hatte. Moslemische Jungen wurden vor ihrem zehnten Lebensjahr beschnitten, denn da hatte man Mohammed die Vorhaut entfernt. Aber ein Mädchen beschneiden? Latifa sprach weiter.

»Ich bin in einem Dorf bei Asyut aufgewachsen. Ich war eben zehn geworden und besuchte mit meiner Mutter, den Tanten und verheirateten Schwestern den Hamam. Wir gingen gern in das Badehaus. Es war eine schöne Abwechslung von der harten Arbeit und der Abgeschlossenheit unseres täglichen Lebens. Im Badehaus lachten und spielten wir, jung und alt. Wir dampften im heißen Wasser, seiften uns gegenseitig ein, wuschen uns die Haare. Mir sprossen kleine Brüste, wie Zitronenspitzen, und zwischen meinen Beinen zeigte sich ein Federflaum. Meine Mutter und meine Tanten sahen mich an und tauschten dann bedeutungsvolle Blicke miteinander. Ich wußte, was diese Blicke besagten. Meine Freundinnen und Schwestern hatte man auch so betrachtet. Von dem Tag an traute ich mich vor lauter Angst, die Dorfhebamme würde mit dem Messer kommen, nicht mehr zu schlafen. Doch wie viele Nächte kann ein Kind gegen den Schlaf ankämpfen?«

Latifa hielt inne, zündete sich eine Zigarette an und nahm einen tiefen Zug. So gestärkt fuhr sie fort.

»Sie kamen mitten in der Nacht. Meine Mutter hielt mir die Arme fest. Meine Tanten zogen meine Beine auseinander und hielten sie mit eisernen Klauen. Die Hebamme schob mir das Nachthemd bis zum Bauch hoch. Sie kramte in einer kleinen Tasche und holte ein Messer heraus oder eine Rasierklinge, ich weiß nicht genau. Mit der anderen Hand zog sie mir die Schamlippen auseinander. ›Seht ihr den Knopf, wie groß er ist. Allah sei Dank, daß ich sie vor einem Leben in Schande und eure Familie vor Schmach bewahren kann.‹ Sie hielt den Knopf zwischen Daumen und Klinge und schnitt ihn ab. Blut spritzte hervor, und ich schrie. Ich fiel in Ohnmacht. Meine kleine *kous* entzündete sich. Wochenlang konnte ich die Beine nicht schließen.« Latifa bellte das trockene Lachen der süchtigen Raucher. »Aber ich war rein. Satan würde mich nicht zur Dirne machen. Ich würde meinem Vater und meinen Brüdern keine Schande bereiten, indem ich eine *scharmuta* wurde.«

Latifa verstummte. Sie hatte das Ereignis noch einmal durchlebt, und in ihren Augen standen Tränen.

Ich küßte die Tränen fort und nahm Latifa fest in meine Arme. »Heißt das, du kannst nicht kommen? Niemals?«

»Wenn eine Frau liebt, kann sie kommen. Wenn sie die Liebe, die Zärtlichkeit bei ihrem Mann spürt, kann sie kommen – auch ohne den Knopf. Ich habe nur einmal geliebt. Ich war so jung. Es war ein Student aus Tripoli. Er studierte Jura. Er hatte rote Haare und eine Brille!« Sie kicherte in Erinnerung daran. »Wir haben uns so geliebt! Wenn Omar meinen Busen küßte, bin ich gekommen. Wenn er in mich eindrang, wurde ich ohnmächtig. Aber sein Vater hat unsere Liebe unterbunden. Er hat gesagt, ich stünde Omars Karriere im Wege.«

»Und seitdem?« Mit jugendlicher Eitelkeit wartete ich immer noch darauf, daß Latifa mir für meine Leistungen Komplimente machte.

»Es ist schwer, mein Liebling. Aber wenn ich genügend Haschisch nehme, und der Mann nimmt so viel, daß er Löwenkräfte bekommt, dann kann ich kommen – manchmal.«

Ich wurde zornig. »Ist das ein Gebot aus dem Koran?« fragte ich.

»Der Koran verlangt es nicht. Aber jeder Mullah in einer ägyptischen Moschee. Und die Menschen fürchten sich und tun, was man ihnen sagt«, antwortete Latifa.

»Aber du schläfst mit Männern, auch wenn es dir kein Vergnügen bereitet.«

Sie zuckte die Achseln. »Eine Frau findet Vergnügen daran, begehrt zu werden, und mich begehren die Männer, seit ich vierzehn bin. Ich errege sie, und mit der Erregung wächst auch ihre Großzügigkeit.«

Scharmuta, dachte ich enttäuscht.

Sie muß meine Gedanken gelesen haben. »Du dummer Junge, weißt du, wie groß meine Familie ist? Ich ernähre sie alle: meine Mutter, die mich für die Hebamme festgehalten hat, meinen Vater, der nicht wußte, daß es mich gab, meine Brüder, für die ich eine Magd war. Ich halte sie aus dem Gefängnis heraus; ich versorge sie mit Haschisch. Ich kaufe das Fleisch für die Feiertage; ich zahle die Steuern.«

»Und wie ist das bei Lailah und Shukran?« wollte ich wissen.

»Alle Mädchen haben eine große Familie zu versorgen.«

»Nein, ich meine, sind sie auch beschnitten?«

»Shukran nicht. Die Türken sind hart, aber das haben sie ihren Frauen nie angetan.«

»Und Lailah?«

»Im Sudan ist es noch schlimmer. Sie schneiden den Knopf ab und nähen die Lippen zu. Die Fäden werden erst entfernt, wenn das Mädchen verheiratet wird.«

Grundgütiger Gott! So viel Grausamkeit, so viel Elend in ihrem Leben. Und doch waren sie noch zu mädchenhaftem Lachen, zu Herzlichkeit und Großzügigkeit fähig. Von nun an sollte ich sie in einem anderen Licht sehen.

22. Dezember 1943

LOHMANN IST EBEN GEGANGEN. ER HAT MIR LE*bensmittel für mehrere Tage dagelassen, außerdem Päckchen mit deutscher Armeeverpflegung, zweifellos eine Gefälligkeit des Majors: »Als Notvorrat«, sagte Lohmann. Er hat mir auch drei französische Romane mitgebracht, zwei von Pierre Loti,* Le Roman d'un Spahi *und* Mon Frère Yves, *dazu noch* Chairs Ardentes – *Loderndes Fleisch – von einer Verfasserin, die statt ihren vollen Namen zu nennen lieber als Flora anonym bleibt. Egal. Der Inhalt ist erregend und für jemanden, der gezwungenermaßen enthaltsam lebt, absolut nicht zu gebrauchen. Die Bücher stammen aus dem Regal im Arbeitszimmer in der Kantstraße, wo Lohmann sein Speiselokal verwaltet. Der gute, aufmerksame Lohmann. Er hat nur die wertlosen französischen Bücher im Pappeinband mitgebracht, wo der Leser die Seiten mit einem Federmesser aufschneiden muß, statt die leinen- und ledergebundenen Bände abzuschleppen, die dort staubbedeckt Wache halten und auf die unwahrscheinliche Rückkehr ihres Besitzers warten.*

Er hat mir auch erzählt, daß er oft zu Hildes Freundin geht, die er damals im Kino kennengelernt hat. »Eine nette Mieze«, waren seine Worte. Er hat sie mit Hilde in das Speiselokal eingeladen, und dort haben zwei Oberstleutnants vom Generalstab einen großen Wirbel um sie gemacht. Hilde hat ihm gegenüber ihrer Hoffnung Ausdruck gegeben, »Herr Salazar« habe Deutschland rechtzeitig verlassen und sei der ganzen Widerwärtigkeit, die über das Land hereingebrochen sei, entgangen.

Außerdem berichtete Lohmann, daß sich an der Ostfront eine gewaltige Katastrophe zusammenbraut, die den Krieg um viele Monate verkürzen könnte. Er frohlockte nicht über diese Wendung. Er ist kein Nazi, aber er ist Deutscher und hat dazu noch den Ersten Weltkrieg mitgemacht. Aber er wollte mir Hoffnung machen, mir das Gefühl geben, daß ich hier vielleicht lebend herauskomme, da der totale Zusammenbruch jetzt unmittelbar bevorsteht. Ich spürte, daß er noch etwas sagen wollte, doch er seufzte nur und ging.

Die Eröffnung des Kaukasus Klub im Winter 1930 war selbst nach den blasierten Maßstäben des Berliner Nachtlebens spektakulär. Das größte Verdienst daran schreibe ich Lohmann zu. Ich kannte niemanden über den kleinen Freundeskreis der Landaus hinaus. Lohmann war mit der zahlungskräftigen Kundschaft aus der Unterwelt und den gutsituierten Bürgern bekannt, denen es Spaß macht, sich in Nachtklubs, auf der Rennbahn und beim Boxkampf unter diese Kreise zu mischen. Lohmann kannte die Prostituierten, nicht nur die Straßenmädchen, sondern auch die erste Garnitur, die einen oder mehrere Gönner am Gängelband führten, meistens Männer aus unbedeutenden Unternehmen, die Freunde und Anhänger im großen

Stil bewirteten. Lohmann hatte auch in den Luxushotels – dem Adlon, dem Bristol, dem Eden – die Runde gemacht und den Portiers eine Provision versprochen, wenn sie betuchte Ausländer zu uns schickten.

Frau Nowikows Küche erwies sich als unerwartete Arbeitskräftereserve für das Kaukasus. Am Eröffnungsabend hatten wir einen Tscherkessengeneral und zwei Kosakenoberste in voller Uniform zum Türenaufhalten bei den Daimlern, Mercedessen, Maybachs und Horchs, die die Meinkestraße verstopften. Drei ältere russische Damen, die unserer Köchin aufs Haar glichen, halfen in der Küche aus und schufen wahrhaft denkwürdige russische Menüs. Um zehn gab es keinen freien Platz mehr bei uns.

Ich ließ Lohmann die rote Samtschnur vor die Eingangstür hängen und wies den Tscherkessengeneral an, von nun an niemanden mehr hereinzulassen. Ich warf einen Blick in das Gästebuch: Max Schmeling, Vicki Baum, Jan Kipura, Baron Gottfried von Cramm, Fritz Lang, Joseph Goebbels (!), Brigitte Helm, Emil Jannings, S. Z. Sakall und Siegfried Arno waren Namen, die ich kannte. Alles war im Smoking oder Abendkleid: die große Gesellschaft wie der Pöbel, Ehefrauen, Mätressen, Huren, Transvestiten, Spieler, Sechstagerennfahrer, Zuhälter und der Polizeipräsident höchstpersönlich. Dieser erlauchte Kreis verspeiste bergeweise Stör und Kaviar, Pilze in saurer Sahne, *Piroschki*, Gänsebraten und Hühnchen Kiew. Wodka und Champagner flossen in Strömen. *Baklava* ging lagenweise weg.

Während das Essen serviert wurde, spielten meine Musiker, die zwei um einen Griechen, einen Bosnier und zwei Russen verstärkten Türken, leise auf Kanun, Ud und Geigen. Auf mein Signal hin dämpfte Lohmann die Beleuchtung, so daß die Kerzen vor den Ikonen wilde und ungestüme Schatten warfen. Ich nickte den Musikern zu, und sie setzten mit dem klassischen *Tam-tam, tam-tam, tam* ein, dem aus dem Becken kommenden Rhythmus der arabischen Musik.

Das Scheinwerferlicht flutete auf die Tanzfläche. Da stand Lailah, die Sudanesin, deren smaragdgrünes Kostüm das rötliche Schwarz ihrer Haut noch unterstrich. Sie hob die Arme und griff mit den Fingerzimbeln den Rhythmus des Orchesters auf. Sie erlaubte sich ein sexuelles Schaudern. Das Publikum klatschte beifällig. Lailah warf den Kopf zurück und lachte. Jetzt hatte sie die Zuschauer schon völlig in ihrer hennagefärbten Hand. Vor so einem Publikum war sie noch nie aufgetreten, und sie zog alle Register. Nach den Präliminarien warf sie den Schleier ab, spielte die erwarteten Variationen durch und hob dann den Schleier wieder vom Boden auf. An einer Seite machte sie einen schweren Knoten hinein und schlang sich den Schleier so um die Taille, daß ihr das Ende mit den Gewichten zwischen den Beinen hing. Dann wölbte sie den Rücken und ließ den verknoteten Schleier zum Trommelschlag zwischen ihren Beinen auf und ab wippen: eine symbolische Koitusdarstellung, die ich in Damaskus nie gesehen hatte. Als sie zum Finale ansetzte, wo sich die Unterleibsmuskeln zusammenziehen und pulsieren, sprang die Menge auf.

In einer Pause, die lang genug war, um Wein nachzubestellen, aber nicht so lang, daß die Spannung nachließ, betrat dann mein ägyptischer Schützling Latifa die Bühne. Waren Lailahs Bewegungen orgastisch gewesen, so gab die üppigere und weichere Latifa sich träge und aufreizend. Sie blieb verhalten und lockte die Zuschauer mit weichen, langsamen Beckenbewegungen, um dann spröde zu werden. Mit kleinen Schritten tanzte sie auf die Tische zu. An der Stelle gingen zwei gutgekleidete Männer, dem schwarzen Haar und den säuberlich gestutzten Schnurrbärten nach zu schließen Ägypter, zu Latifa auf die Tanzfläche und begannen auf arabische Art ungeniert vor ihr zu tanzen, wobei sie ihre Hände voller Geldscheine in den Büstenhalter und in das Taillenband über Gesäß und Becken steckten. Die Menge begriff rasch. Schwitzende Bürger kamen auf die Bühne und wollten ihre Scheine zu denen stopfen, die schon aus Latifas Kostüm hervorquollen. Natürlich ging den Deutschen die Grazie der Araber ab, was den Vorgängen einen gewissen Humor verlieh. Eine umwerfende Lesbe im Smoking schob Latifa das Geld unter dem Gebrüll der Menge liebevoll in den Büstenhalter. Herausfordernd nahm sie ihre rote

Nelke aus dem Knopfloch und steckte sie Latifa in den Busen.

Champagner und Wodka wurden nachgeschenkt, und dann war Shukran an der Reihe. Hatten die anderen sich verführerisch und feminin gegeben, so war Shukran kraftvoll und leidenschaftlich. Als hervorragende Tänzerin bewegte sie sich mit größter Präzision und steigerte die festgelegten Abläufe, bis sie zum Stillstand kam, nur ihr Becken stieß mit kleinen heftigen Bewegungen, bei denen die Männer im Publikum den Atem anhielten, vor und zurück. Die braven Berliner taten lautstark ihren Beifall kund.

Doch das war noch nicht alles. Eine prachtvoll gebaute junge Frau stand vom Tisch ihrer Bewunderer auf, betrat die Tanzfläche, stieg aus ihrem Kleid und verkündete splitternackt, sie werde jetzt zu Ehren unserer Darstellerinnen tanzen. Lohmann flüsterte mir ins Ohr, das sei Anita Berber, eine »Schönheitstänzerin«, die das *enfant terrible* eines benachbarten Nachtklubs sei. Gewöhnlich beschimpfe sie die Gäste und schrecke nicht davor zurück, ihrer Meinung nach Ärgernis erregende Leute mit Flaschen zu bewerfen. Doch wir hatten Glück. Die gute Stimmung hielt an. Sie tanzte wunderbar, und die Zuschauer klatschten anerkennend. Sie bat die drei Tänzerinnen zu sich auf die Bühne, doch Lailah, Latifa und Shukran waren über ihre Nacktheit schockiert und wollten nicht herauskommen.

Lohmann hatte mir zugesetzt, ich solle nach dem letzten Auftritt auf die Bühne gehen und mich vorstellen, unseren Freunden eine gute Nacht wünschen, ihnen für ihr Kommen danken und sie bitten, uns bald wieder zu besuchen. Mein Lebtag war ich nicht einmal in einer Schüleraufführung aufgetreten. Meine einzige Solovorstellung war die Lesung aus der Thora bei meiner Bar Mizwa gewesen. Ich muß einigermaßen verlegen zugeben, daß ich es genoß, im Mittelpunkt zu stehen, und den Conferencier recht gut spielte. Zum Beweis fand ich mich von Gratulanten umringt: Unzählige Männer schüttelten mir die Hand, klopften mir auf die Schulter und sagten »Wunderbar«, »Toll« und »Fantastisch«. Ihre Damen küßten mich, wobei einige mir Einladungen ins Ohr flüsterten.

Als die letzten Gäste das Kaukasus verließen, war es halb fünf Uhr morgens. Von dem Tag an wurde ich in Restaurants und Kaffeehäusern gegrüßt; Männer zogen auf der Straße den Hut vor mir. »Herr Salazar« war in der Halbwelt eine kleine Berühmtheit geworden. Jetzt war das Kaukasus, wie ein Klatschblattkolumnist schrieb, das maßgebliche »Café Berlin«.

23. Dezember 1943

BIS DAS LETZTE GLAS ABGEWASCHEN, DER LETZTE Aschenbecher geleert, das letzte bißchen Abfall herausgebracht war, wurde es sieben Uhr. Ich hatte gerade die Abendeinnahmen gezählt: den unglaublichen Betrag von 2.900 Reichsmark. Kein Wunder. Wir nahmen 21 Mark für eine Flasche G. H. Mumm 1921 Cordon Rouge, 20 Prozent mehr als bei Kempinski um die Ecke. Das Menü kostete bei uns 7 Mark 50, was nach den geltenden Maßstäben eine Menge war. *Sakuski*, eine Vorspeisenplatte, die bei der zweiten Vorstellung sehr beliebt war, kostete 10 Mark für zwei Personen. Sie bestand aus *pâté de foie gras*, Räucherlachs, Krabbencocktail, kaltem Hummer, Roquefort mit Sellerie, Butter und Toast. Die Bar und die Tischbestellungen an Champagner, Wein, Wodka und Kognak hatten fast die Hälfte unserer Einnahmen erbracht. Auf alles hatten wir 10 Prozent Bedienung aufgeschlagen. Die etwa zwanzig an der Bar sitzenden oder stehenden Menschen eingerechnet, hatten wir pro Vorstellung über hundert Gäste bedient.

Als ich aus meinem Büro kam, hörte ich aus der Küche Musik. Das übrige Personal war gegangen; nur die Russen waren noch da, saßen um den

Hackblock herum, tranken Wodka und aßen Schwarzbrot und Kohlsuppe mit einem großen Klecks saurer Sahne. Die beiden russischen Musiker hatten ihre Balalaika mitgebracht. Sie begleiteten sich selbst beim Singen: wehmütige Lieder, die wahrscheinlich die Sehnsucht nach der guten alten Zeit ausdrückten, wo sie als Leibeigene die Knute des Grundbesitzers auf dem Rücken gespürt hatten. Ihre zaristischen Manieren ließen sie aufstehen wie ein Mann, als ich die Küche betrat. Die Militärs salutierten vor mir; die alten Damen küßten mich ihrer Sitte gemäß jeweils drei Mal; alle gratulierten mir zu dem Erfolg des Kaukasus und machten Platz, damit ich mich zu ihnen setzen konnte.

Ich dankte ihnen, aber ich brauchte dringend frische Luft und einen klaren Kopf. Ich bat Lohmann, mich zu begleiten. Wir packten uns in warme Mäntel ein. Gemeinsam gingen wir die Meinekestraße hoch, bogen in den Kurfürstendamm ein und atmeten in tiefen Zügen die frische Morgenluft. Wir gingen schweigend, und ich hatte Zeit, den Erfolg der Nacht zu verdauen. Im Nachtklubgewerbe war ich zwar neu, doch hatte ich von Kindesbeinen an mit dem Geschäft meines Vaters zu tun. Ich konnte auf ein Jahr bei den Landaus zurückblicken. Letzten Endes war ein Geschäft wie das andere, und durch eine Reihe von Umständen hatte ich die richtige Kombination getroffen. Wenn nichts Unvorhergesehenes wie Krieg, innenpolitische Unruhen oder höhere Gewalt dazwischenkam, würde ich vom Kaukasus gut leben können, *Inschallah*.

Wir kehrten in ein Café ein, das eben für den Morgenbetrieb aufmachte, und ich verspürte ein ganz besonderes Wohlgefühl – das Hereinkommen aus der Kälte, der Duft von Kaffee und frischen Brötchen, die Begrüßung der ersten Kunden durch den Besitzer, das Lächeln eines guten Kellners, der die Bestellung aufnimmt, das Panorama der an Haken hängenden Zeitungen, das Schimmern der vielfarbigen Flaschen, das blankgeputzte Kupfer, das Messing und Holz der Bar, der Glanz der Ledersitze, die schwarzweiß blinkenden Fliesen auf dem Fußboden: Jedes einzelne Element trug etwas zum Gesamtvergnügen der Sinne bei. Bisweilen spürt man das stärker als gewöhnlich, und das war so ein Tag für mich. Mir fiel wieder ein, daß unser Volk für alles Wunderbare einen Segensspruch hat. Wie es heißt, kann man jeden Tag hundert davon aufsagen: beim Anblick eines Regenbogens, über wohlriechende Kräuter oder Blumen, über duftende Bäume und Borken, über die Wunder des Hörens, Sehens und Riechens, bei Donner, über Kerzen und ihre besonderen Verwendungen, über die Proselytentaufe, über Gewürze, über etwas Neues, über Körperfunktionen, über die Beschneidung, über freudige Nachrichten, selbst darüber, daß man von einem Todesfall erfährt.

Respektlos dachte ich, warum nicht einen Segensspruch darüber, daß man am Morgen in ein

Kaffeehaus tritt? Doch als ich im Geiste die Segenssprüche an den Fingern abzählte, sah ich, daß die Rabbis bereits alle Eventualitäten abgedeckt hatten.

Ich sagte Lohmann, meinetwegen müsse er nie den marineblauen Portiersmantel mit Goldknöpfen tragen, den wir ihm gekauft hatten. Wenn wir einen Portier brauchten, könnten wir einen der Russen anheuern. Ich beförderte Lohmann auf der Stelle zum Direktor ohne Geschäftsbereich mit nur vage umrissenen Aufgaben, doch als mein erster Offizier. Ich sagte, er solle sich einen Smoking anpassen lassen, da wir bei seinem Umfang keinen von der Stange kaufen konnten.

Lohmann nickte, entschuldigte sich und ging auf die Toilette. Als er wiederkam, hatte er rotgeränderte Augen. Er hatte geweint. Mir kam zu Bewußtsein, daß Lohmann der proletarischen Unterschicht angehörte, die im Nachkriegsdeutschland kein Recht auf Ambitionen oder die Hoffnung auf ein besseres Leben besaß. Auf den Tuschezeichnungen von Käthe Kollwitz und Zille hatte ich sie gesehen: düstere Männer mit Schirmmütze, die niedere Tätigkeiten und Gelegenheitsarbeiten verrichteten und in den grauen Wohnblocks lebten, die auf deutsch so treffend »Mietskasernen« hießen. Lohmann hat mir später erzählt, die Arbeit bei dem ersten Besitzer des Kaukasus, dem berüchtigten Russen, sei seine erste feste Stelle nach der Demobilisierung im Jahre 1918 gewesen. Von 1918 bis 1925 hatte er Zeitungen verkauft, und zwar nationalistische wie kommunistische, für ein paar Nutten in der Gegend um die Friedrichstraße den Zuhälter gespielt und gelegentlich sogar für die Kellerhandlungen ausgeliefert, die in der ganzen Stadt Kohlen und Kartoffeln verkauften. Und jetzt war da ein Ausländer, der ihn nicht nur wie einen Menschen behandelte, sondern tatsächlich vorwärtskommen ließ im Leben. Lohmann hatte Mühe, das alles so rasch zu verarbeiten.

Wenn ich Lohmanns Los verbessern wollte, so war das meinerseits keine große Tugendübung. Er war gescheit, treu und besaß die Gassenjungenschläue, die im Kabarettgeschäft nicht mit Geld zu bezahlen ist. Außerdem sind wir im Orient nicht so klassenbewußt. In der Moschee und in der Synagoge sitzen die Männer ungeachtet ihrer gesellschaftlichen Stellung nebeneinander. Frauen haben da keinen Platz, daher wird die Eleganz der Wohlhabenden nicht zur Schau gestellt. Ein Mann brauchte nur etwas Erfolg auf dem *souk* – ein günstiges Geschäft mit Baumwolle oder Kupfer, Seide oder Silber – zu haben, und schon wurde er in den Kaufmannsstand aufgenommen. Diese Mobilität war in Europa schlicht und einfach unbekannt.

Lohmann und ich gaben uns die Hand, kippten einen Weinbrand zu unserem Kaffee und gingen in den Klub zurück. Es war noch viel zu tun, um das Kaukasus für den Abendbetrieb herzurichten.

Mit Gottes Segen florierte das Geschäft unvermindert weiter. Die Arbeit wurde zur Routine. Ich brauchte nur alle drei, vier Monate die Tänzerinnen auszuwechseln, dann lief der Klub – solange das Rezept stimmte, *al hamdulillah!* – beinahe von alleine.

26. Dezember 1943

DEN GRÖSSTEN ERFOLG, DEN DAS KAUKASUS JE erlebt hat, engagierte ich unter merkwürdigen Vorzeichen. Ich saß auf der Terrasse des Romanischen Cafés beim Kaffeetrinken und aß ein Stück Streuselkuchen dazu. Ich las, und da fiel ein Schatten auf die Zeitung. Ich schaute auf. Da stand Chayim Spiegel, ein kleiner polnischer Jude, ein unbedeutender Gewürzhändler, dem ich ein paarmal ins Landaus Büro begegnet war.

»*Schulem alejchem*, Saporta«, sagte er in seinem erbärmlichen Hebräisch mit jiddischem Akzent.

»*We alecham schalom*« – Auch dir Friede – antwortete ich mit sephardischer Herablassung. »Saporta ist übrigens nicht mehr in Berlin; er heißt jetzt Salazar.«

»Saporta, Salazar, das ist mir egal. Es ist beides kein Name für einen Juden, wenn Sie mich fragen.«

Doch da er sein Leben lang unter unfreundlichen Regierungen gelebt hatte, konnte er meinen wie auch immer begründeten Namenswechsel ohne weiteres verstehen.

Er reichte mir eine feuchte Hand und ließ sich ungebeten an meinem Tisch nieder. Meinen Weggang von den Landaus erwähnte er ebensowenig wie meinen neuen Beruf. Er brach sich ein Stück von meinem Kuchen ab und kostete es.

»Sie sind genau der Mann, den ich brauche, doch erst als ich Sie hier sitzen sah, war ich so schlau, das zu erkennen.«

Ich bestellte ihm Kaffee, und er schüttete mir sein Herz aus. Sein Schwager war eben aus Rumänien gekommen; er hatte als Koch auf den Passagierschiffen gearbeitet, die zwischen Konstanza und Saloniki verkehren. Er, Spiegel, hatte das Lokal eines ehemaligen Cafés in der Friedrichstraße gepachtet. Seine Absicht war, dort ein italienisches Restaurant aufzumachen. Die Friedrichstraße entwickelte sich rasch zum Zentrum der Filmgesellschaften, und diese Filmfritzen waren unternehmungslustig und hatten Geld. Warum ein italienisches Restaurant? Weil die Zutaten nicht übermäßig teuer waren, und als Rumäne konnte sein Bruder, der arme Kerl, diese *chaseraj* aus Tomaten, Knoblauch und *lokschen* – Nudeln – mit links kochen.

»Und was habe ich mit diesem großartigen Plan zu tun?« wollte ich wissen.

»Hören Sie, junger Mann«, sagte Spiegel. »Mein Schwager Schloime und ich sind staatenlos. Unsere Pässe sind nicht koscher. Wenn wir Deutschland verlassen, kann es gut sein, daß wir bei der Rückkehr verhaftet werden und die Behörden, die Pest möge sie holen, uns deportieren lassen.« Er tunkte meinen restlichen Kuchen in seinen Kaffee. »Ihre

Papiere sind in Ordnung. Sie können Sprachen. Machen Sie eine Reise für mich. Alles erster Klasse – Zug, Hotel. Fahren Sie nach Italien, knüpfen Sie Verbindungen, damit mein Lokal laufend mit Öl, Hartkäse, Tomaten in Dosen, Oliven und Wein versorgt wird. Mein Schwager stellt Ihnen eine Liste mit dem monatlichen Bedarf zusammen. Sie haben doch bestimmt Beziehungen zu Großhändlern. Wenn Sie einen günstigen Handel abschließen, bekommen Sie eine entsprechend hohe Provision. Ich kenne Sie nicht sehr gut, aber ich weiß, ich kann Ihnen vertrauen.«

Während er sprach, überlegte ich. Das Kaukasus lief von alleine, eine Woche in der Sonne würde mir guttun, und ich könnte bei der Gelegenheit in Rom ein paar Antiquitäten für den Klub einkaufen. Eine Woche später saß ich in dem Expreß, der über Österreich nach Italien fuhr. In Mailand stieg ich um und reiste nach Genua weiter zu dem Geschäft der Sorelle Bartoli, landwirtschaftliche Produkte, Wein und Lebensmittelerzeugnisse en gros. Die *sorelle* waren alte Jungfern, die das Geschäft von ihrem Vater Cesare geerbt hatten. Beide waren riesig, hatten einen Schnurrbart und waren ausgesprochen freundlich zu mir.

»Mach dir keine Gedanken, *figlio*; das ist schon in Ordnung. Wir wissen, was für ein Restaurant das ist. Essen zweiter Wahl.«

Wegen des Weins meinten sie, ich sollte die Weinberge an den Hängen über dem Mittelmeer besuchen, die von Genua aus leicht mit dem Auto zu erreichen waren.

»Einige dich selbst mit den Leuten dort. Der Wein ist anständig, und das zu Preisen, die wir nicht unterbieten können.«

Ich mietete ein Auto mit Fahrer und verbrachte dann ein paar angenehme Tage in Dörfern, deren Namen ich längst vergessen habe, wo ich einfache Landweine kostete. Vom Herumsitzen in anspruchslosen Tavernen, Kaffeetrinken, nicht allzu ernsthaften Feilschen um den Preis der Weine bekam ich Heimweh. Wenn ich Feigen, Oliven, Weißkäse und Brot aß, mußte ich wieder an Syrien denken. Auf einer Caféterrasse in der Sonne sitzend, gab ich mich dem Luxus der Selbstbesinnung hin. Wie herrlich war doch dieses einfache Leben! Ich sah mich nach Damaskus zurückkehren, wo ich von Angehörigen und Freunden in die Arme geschlossen und von den Alten im Handelshaus meiner Familie begrüßt wurde. Ich würde meinem Vater im Geschäft helfen, nach einer passenden Frau Ausschau halten, mich an unseren Kindern freuen. Ich würde anständig, aufrichtig und klug sein; am Sabbat würden mir die Leute die Hand küssen. Aber es war ein unehrliches Spiel, das ich da mit mir spielte. Ich wollte ebenso gewiß nach Berlin mit seinen sündigen Reizen zurück, wie es unsere Vorfahren nach den Fleischtöpfen Ägyptens gelüstet hatte.

Da durchbrach ein Stimmengewirr meine Träumereien. Gegenüber dem Café fand ein kleiner Markt statt, auf dem die Bauern Kaninchen und Hühner, Eier, Obst und Gemüse verkauften. Der kleine Markt war von meist schwarzgekleideten Frauen bevölkert, und mitten in dieser Menge spielte sich ein häßliches Schauspiel ab. Eine etwa vierzigjährige Frau in Trauerkleidung stürzte aus dem Markt und ließ dabei ihre bescheidenen Einkäufe fallen. Sie wurde nicht nur von Kindern verfolgt, die Dung und Steine nach ihr warfen, sondern auch von alten Weibern, die sie verfluchten und bespuckten. Die unglückselige Frau rutschte aus, fiel hin und war rasch von einem Mob umgeben, der ihr Schimpfwörter und Schlimmeres an den Kopf warf. Das Eintreffen eines einzelnen Carabiniere auf dem Fahrrad, der die Menge gewaltsam zerstreute, der Frau auf die Beine half und für ihren sicheren Abgang sorgte, rettete sie.

Ich sprach mehrere Männer in dem Café an und bat um eine Erklärung. Mir wurde ein typisch italienisches Schauspiel zuteil. Die Männer zogen die Mundwinkel herunter, zuckten die Schultern und drehten wie zum Zeichen der Kapitulation die Handflächen nach außen.

27. Dezember 1943

KURZ VOR UNSERER FÜR DENSELBEN TAG GEPLANten Abreise nach Genua setzte ein heftiger Regen ein. Er war so stark, daß der Fahrer des gemieteten Fiat meinte, wir sollten die Nacht in dem Gasthaus des Ortes verbringen, wo ich nach dem Abendessen mit dem Wirt allein blieb.

Er lud mich in die Küche ein, die durch ein langsam verglühendes Holzfeuer im Ofen warm und gemütlich war. Bei Kaffee und Weinbrand stellte sich die unbefangene Vertrautheit ein, die sich zwischen Fremden oft ergibt. Er sprach von seiner Sorge, unter Benito Mussolini würden die Faschisten dem italienischen Volk nach und nach die Freiheiten nehmen, die es im Laufe seiner Geschichte genoß. Mussolini hatte damit begonnen, indem er zunächst das Wahlrecht für Frauen abschaffte und dann eine Wahlsteuer einführte, die die Zahl der Wähler von 10 Millionen auf drei Millionen verringerte. Und jetzt, im Jahre 1930, hatte er die Abtreibung verboten. Ich sprach von der zunehmenden Macht der Nationalsozialisten in Deutschland, von der SA, die bereits ungestraft durch die Straßen zog, und den politischen Morden, die sie beging. Wofür waren denn die Millionen gestorben, die im Großen Krieg umgekommen waren? fragten wir uns abschließend.

Wir seufzten, füllten unsere Gläser nach und gingen zu weniger bedrückenden Themen über. Ich gab dem Wirt Geschichten über das Kaukasus und meine Reise im Orientexpreß mit den drei Bauchtänzerinnen zum besten. Vielleicht war ich sogar so indiskret, auf meine Affäre mit Frau Landau anzuspielen. Mein Gastgeber war jetzt fröhlich aufgelegt, und ich meinte, das sei der rechte Zeitpunkt, um eine Erklärung für den merkwürdigen Vorfall vom Nachmittag auf dem Markt zu bitten, ohne Anstoß zu erregen. Daraufhin erzählte er mir, in der Umgebung einer modernen Stadt wie Genua und in ländlichen Gebieten wie diesem sei der herkömmliche Aberglaube noch lebendig, was vor allem an den älteren Frauen liege, die zumeist verwitwet seien und sich daher mit Klatschgeschichten die Zeit vertrieben. Dieser Klatsch sei naturgemäß oft bösartig und verursache viel häuslichen Ärger. So würden Ehemännern Geschichten zugetragen, daß man ihnen Hörner aufgesetzt habe, und Ehefrauen, daß sie betrogen würden. Dazu kämen noch Märchen von Werwölfen und schamlosen Frauen, die es mit dem Teufel trieben – es gebe einen großen Hang zur Gehässigkeit.

Die alten Weiber im Dorf hätten das Gerücht in die Welt gesetzt, die unglückselige Frau, die dem Überfall auf dem Marktplatz zum Opfer fiel, sei eine *strega*, eine Hexe, die sich vor etwa sechzehn oder siebzehn Jahren am Weihnachtsabend dem Satan hingegeben habe. Im allgemeinen werde sie von den

Dorfbewohnern einfach geschnitten, aber heute sei etwas passiert, das die alten Vetteln aufgebracht habe. Was? Vielleicht habe sie dem Preis für einen Bund Knoblauch zu vehement widersprochen, bestimmt nichts Bedeutenderes. Er fügte hinzu, der Dorfpriester sei fünfundsiebzig Jahre alt und offenkundig nicht in der Lage, sich um seine Gemeindepflichten – Taufen, Beerdigungen, Messen, das Führen der Gemeindebücher – zu kümmern und sich obendrein noch mit der Unterdrückung des Aberglaubens zu befassen. Diesen zu praktizieren bereite leider allen außer den Opfern Freude. Daher sei es dem Carabiniere überlassen, der unglücklichen Frau und ihrer Tochter von Zeit zu Zeit beizustehen.

An seinem Gesichtsausdruck konnte ich erkennen, daß er mehr gesagt hatte, als er wollte. Dann zuckte er die Achseln, nahm zwei wasserdichte Umhänge vom Haken an der Küchenwand und reichte einen davon mir. Er holte zwei große Brotlaibe und ein Ende Räucherschinken aus der Speisekammer und öffnete die Küchentür in den Hof und den stürmischen Regen.

Schweigend und ohne zu wissen, was wir vorhatten, folgte ich dem Wirt durch die Nacht, bis die Straßen – eigentlich eher Schlammbäche – einem steinigen Ziegenpfad wichen, der am Rande der kleinen Stadt zwischen den Steinschuppen, in denen die Armen hausten, nach oben führte. Vor der kräftigen Holztür einer solchen Behausung machten wir halt. Der Wirt hämmerte an die Tür.

»Donna Clara. Bitte, seien Sie unbesorgt. Ich bin es, Federico.«

Bald sickerte trübes Licht durch die Risse in den hölzernen Fensterläden, und die Tür ging auf. Es war die Frau vom Marktplatz mit einer Öllampe in der Hand. Wir traten in die stinkende Behausung, nur ein großer Raum mit einem gemauerten Herd am anderen Ende, einer hölzernen Bank und zwei Strohsäcken; von einem davon war sie gerade aufgestanden. Sie schob eine Ziege mit schwerem Euter beiseite und scheuchte ein paar Hühner von der Bank, damit wir uns setzen konnten. Federico ging zum Herd hinüber, wo er sein Geschenk von Brot und Fleisch hinlegte. Die Frau küßte ihm die Hand. Diese einfache Geste gab mir einen Stich ins Herz. Wie lange war es her, daß ich meinem Vater am Sabbat die Hand geküßt hatte?

Federico riß mich aus meinen Träumen. »Ich habe sie gebeten, Ihnen etwas zu zeigen, und als Gegenleistung möchte sie ein Geschenk. Es ist nicht für sie selbst, das sollen Sie wissen.« Ich sah in ihre unendlich traurigen Augen, ihr vorzeitig zerfurchtes Gesicht, und willigte ein.

Die Frau ging in die andere Ecke, wo ich den zweiten Strohsack ausgemacht hatte. Jetzt beleuchtete die Öllampe eine schlafende, in Fell- und Sackleinendecken gehüllte Gestalt. Ein Kruzifix und Heiligenbild beschützten sie etwas im Schlaf. Die Frau kniete nieder.

»Svegliati, cara, svegliati.«

Die Gestalt erwachte. Die Mutter stellte die Lampe auf dem Regal ab, und wir erblickten die Figur eines Mädchens oder einer jungen Frau, die sich aus dem Durcheinander der Bettdecken herausschälte wie aus einem Kokon und nur mit einem geflickten Baumwollhemd bekleidet war. Dann stand sie auf und sah uns an. Als sie einen Fremden erblickte, schlug sie die Augen nieder. Da wurde die Mutter auf einmal energisch und geschäftsmäßig, als wolle sie eine unangenehme Sache möglichst rasch hinter sich bringen. Sie faßte das Mädchen mit der Hand am Kinn, zog seinen Kopf nach oben und bot uns ein Gesicht von engelhafter Schönheit dar: Alabasterhaut, tiefdunkle Augen, das Gesicht von einem verfilzten Schopf dunkelbrauner Haare umgeben. Nun trat die Mutter hinter ihre Tochter und streifte ihr das Baumwollhemd von den Schultern. Wir standen stumm da und bestaunten die Schönheit ihrer Brüste, klein, aber spitz und anscheinend fest wie Marmor. Dann hob die Mutter den Busen mit beiden Händen an, als wolle sie ihn uns darbieten. Es lag ein bitterer Triumph in ihrer Geste. Schließlich schob sie dem Mädchen mit einer schroffen Bewegung das Hemd von der Hüfte nach unten, bis es ihm auf die Fußknöchel fiel. Die Scham des Mädchens lag im Dunkeln. Die Mutter kniete neben ihre Tochter nieder, griff ihr zwischen die Beine und brachte einen Penis samt Hodensack ans Licht; ein unbeschnittener Penis, spitz wie ein Hufnagel, und Hoden so glatt wie Rotkehlcheneier lagen in ihrer offenen Hand.

»Sie wollen das Werk des Teufels sehen?« sagte sie. »Da ist es.«

Bei Tagesanbruch fuhren wir zurück nach Genua. Ich saß neben dem Fahrer und sann über die Ereignisse vom Vorabend nach. Hinter mir im Wagen saß das schöne fremde Mädchen.

29. Dezember 1943

ICH ERFUHR VON DEM ARMEN ANDROGYNEN GEschöpf, daß sie sich zwar als Frau fühlte, bei der Geburt aber für einen normalen Jungen gehalten worden sei. Mit dem Einsetzen der Pubertät wuchs ihr allmählich ein Busen, und das Gesicht bildete nie die männlichen Merkmale von Schnurrbart, Bart und Koteletten aus, die sich in südlichen Gegenden relativ früh einstellen. Ihre Kindheit beschrieb sie als »calvario« – die Leiden Christi am Kreuzweg. Als ihr Vater erkannte, was er da gezeugt hatte, verließ er die Familie, zu der außer der Mutter und ihr selbst noch drei ältere Geschwister gehörten. Diese gingen ebenfalls aus dem Dorf weg, so bald sie konnten. Sie wurde zur Schule geschickt, formal als Junge, doch als ihre weiblichen Züge deutlich hervortraten, wußte sie nicht mehr, welche Latrine sie benutzen sollte. Eines Tages lauerten die Dorfjungen ihr auf und zerrten sie in eine Scheune, wo sie sie entkleideten und sich mit der Kindern eigenen Grausamkeit an ihr vergingen. Von dem Tag an war sie nicht mehr zur Schule gegangen, hatte nicht einmal das Haus verlassen, außer nachts, um etwas frische Luft zu schöpfen. Sie war Analphabetin und unwissend, doch trotz ihrer tragischen Kindheit ein intelligentes und anmutiges Geschöpf.

»Geschöpf« war dann auch Lohmanns Bezeichnung für sie, als er sie zum ersten Mal sah. »Was gedenkt Herr Salazar mit diesem armen Geschöpf Gottes anzufangen?« waren seine Worte. Ich wollte mich weder von Lohmann noch sonst jemandem in die Defensive drängen lassen. Ich schilderte, wie ich sie aus einem Schuppen – einer Höhle, im Grunde genommen – herausgeholt hatte, wo sie wie ein Tier lebte, ohne je das Tageslicht zu sehen, einem finsteren, feuchten Ort, wo sie gewiß an der Schwindsucht sterben würde, noch ehe sie zwanzig war. Ich beschrieb anschaulich, wie sie und ihre Mutter im Dorf verspottet wurden, wie sie unter Gefahr für Leib und Leben ihr Dasein fristeten und zum Überleben auf die Großzügigkeit des Gastwirts angewiesen waren.

Lohmann wog seine Worte sorgfältig ab. »Da Herr Salazar sie nun nach Berlin geholt hat, will er sie da ins Franziskaner-Krankenhaus zu Professor Sauerbruch schicken, wo man vielleicht operativ etwas für sie tun kann? Oder will Herr Salazar sie in einer Berufsschule unterbringen, wo sie ein Handwerk erlernen könnte, das sie lebenslang ernährt?«

Die Mißbilligung, von der sein Gebrauch der dritten Person zeugte, machte mich wütend. »Weder Krankenhaus noch Schule, Lohmann«, sagte ich. »Wenn Anita Berber im Evakostüm tanzen kann, dann kann die das auch. Und dabei noch für Ihre Flittchen und Ihr Taschengeld sorgen.«

Ich schlug die Tür zu meinem Büro zu. Mein Herz

raste. Was ist nur mit mir los? fragte ich mich. Was war mit dem Jungen geschehen, der einst eine rote Pfefferschote hochhielt und sich fünf Minuten lang über ihren Farbton und Glanz ausließ? Mit dem Jungen, dessen Vater lächeln mußte, wenn er in poetischem Arabisch Vergleiche zwischen spanischem und marokkanischem Safran anstellte? Was war geschehen? Er war ein Zuhälter geworden, der seine Flittchen zwischen Istanbul und Berlin hin- und herschob. Ein *gawad*, der zum Experten für Frauenfleisch geworden war und Busen und Hintern taxierte, wie die Beduinen auf dem Kamelmarkt Zähne und Fesseln taxieren. Und jetzt wollte ich »dieses arme Geschöpf Gottes« meinem übersättigten Publikum vorführen in der Hoffnung, daß die unbeschnittenen Pimmel sich aufrichteten und sich bei den feinen Damen ein Zucken zwischen den Schenkeln einstellte! Wenn das Glück mich im Stich ließ, konnte ich immer noch ein paar *scharmuta*-Pferdchen hinter dem Hejaz-Bahnhof für mich laufen lassen.

Ich hatte den richtigen Instinkt gehabt. Ihr Auftritt auf unserer Bühne war ein ungeheurer Erfolg. Die Vorbereitungen dauerten einen Monat und waren relativ einfach. Sie war bei Frau Nowikow in Kost und Logis, die sie mit mütterlicher Fürsorglichkeit behandelte. »Mein *golubtschik*, mein kleines Täubchen«, nannte sie sie. Ich brachte das kleine Täubchen zum Friseur und ließ ihr den Haaransatz zupfen, damit sie nicht so primitiv aussah; ich ließ sie maniküren, pediküren, massieren und brachte sie zum Arzt, um sie impfen zu lassen. Ich kaufte eine Garderobe für sie und ließ Kostüme entwerfen, die ihren Busen und ihre schlanke Taille zur Schau stellten – damit dann der Schock um so größer war, wenn sie den Rock fallen ließ. Ihre Mutter hatte sie ab und zu Fremden vorgeführt, um sich ein paar Lire zu verdienen, daher war es gar nicht so schwer, wie ich mir vorgestellt hatte, sie zu der Nummer zu überreden, die wir für sie ausarbeiteten. Ein Freund von Lilo, ein arbeitsloser Choreograph – damals war jeder arbeitslos –, brachte ihr die elementaren Schritte des Striptease bei. Das Orchester würde Rimski-Korsakows *Coq d'Or* spielen und damit unser Orientthema aufrechterhalten. Der Scheinwerfer würde ihr folgen, und wenn der Augenblick der großen Enthüllung gekommen war, würde man einen dunkelroten Filter vor den Projektor schieben. Alles überaus geschmackvoll.

Wir entfalteten eine Werbekampagne, die im wesentlichen darauf hinauslief: »Maria oder Mario? Urteilen Sie selbst!« Reklameläufer mit diesem provozierenden Rätsel auf den Schildern schwärmten in die Amüsierviertel der Stadt aus. Wir ließen sogar Plakate an den Litfaßsäulen anschlagen. In der Zwischenzeit schwelgten die Klatschblattkolumnisten in zotigen Anspielungen.

Der Premierenabend und alle folgenden Vorstellungen waren ausverkauft. Als nachträglichen Einfall ließ ich Maria-Mario von einem Modefotografen aufnehmen und setzte sie an einen blumengeschmückten Tisch im Foyer. Dort signierte sie mit ungelenker Hand die Verehrerpostkarten mit ihrem Ebenbild. Sie wurde ungeheuer beliebt. Mehr als eine Saison war sie der Liebling des jugendlichen Geldadels. Man lud sie zu Segelpartien auf dem Wannsee ein und machte sie zu der gefeierten Hermaphroditengottheit der Orgien, die in den kerzenbeleuchteten Villen von Dahlem stattfanden. Es wurde sogar von einer Liebesaffäre mit dem Erben eines großen Vermögens der Rüstungswirtschaft gemunkelt, einem willensschwachen, aber gutaussehenden jungen Mann unbestimmter Sexualität.

Zwei Jahre lang konnte das Kaukasus von ihrer Erscheinung profitieren. Dann hatte das Publikum plötzlich genug von ihr. Das war nicht weiter schlimm; sie war schwierig geworden. Sie hatte, ohne mir etwas zu sagen, einen Kurzfilm für einen unabhängigen Produzenten aus der Friedrichstraße gedreht. Es war eigentlich keine Pornographie, es war nur Ausbeutung – und dem Film fehlte die gewisse Zurückhaltung, die ihren Auftritt im Klub umgab. Ebenso ärgerlich war, daß sie mir ihre beträchtliche Entlohnung vorenthalten hatte; Gelder, die nach den Bedingungen unseres Vertrages von Rechts wegen mir gehörten. Ich ließ sie gehen. Als sie sich verabschiedete – recht gnädig unter den Umständen, wie ich fand –, staunte ich über sie. Noch vor zwei Jahren war sie ein wildes, scheues Tier gewesen, das in einem Haufen von Ziegenfellen und Lumpen nistete. Jetzt war sie eine gepflegte Schönheit mit elegantem Kleid und Pelzmantel. Diese Verwandlung – das hätte Thema des Films sein sollen, nicht ein idiotisches Herumgehüpfe am Seeufer. Ich hätte den Film selbst machen sollen, und ich ärgerte mich über meinen mangelnden Weitblick. Ich begleitete sie auf die Straße hinaus, wo ihr »Freund« wartete. Das war der Filmproduzent am Steuer seines Opel. Er trug einen Nadelstreifenanzug mit schwarzem Hemd und einer weißen Satinkrawatte. Er stieg nicht aus dem Automobil aus, um ihr die Tür aufzuhalten.

Lohmann schüttelte voll böser Vorahnungen seinen Bärenkopf. »Ich habe Angst um sie, Herr Salazar«, sagte er. »Ich sehe Selbstmord oder Schlimmeres voraus.«

»Wollen Sie an ihrer Stelle auftreten?« entgegnete ich. »Lohmann mit seiner Kristallkugel?« Allmählich hatte ich seine Moralpredigten wirklich satt.

30. Dezember 1943

VON 1939 BIS 1941 HATTE ICH IMMER MAL WIEDER MIT Dr. Steinbruch zu tun. Wir trafen uns gewöhnlich im Tiergarten. Wenn wir uns unter die Spaziergänger mischten oder auf eine Parkbank setzten, konnten wir unauffällig in Verbindung bleiben. Bei diesen Treffen teilte Dr. Steinbruch mir seine eigenen Ansichten zum Kriegsverlauf mit. Im Laufe der Monate hatte er immer mehr über die Juden in den von den Deutschen besetzten Gebieten erfahren. Er sprach von Massakern in Polen und Rumänien, von Massendeportationen in Holland und Belgien. Ich glaubte ihm, da mir die Kristallnacht eine Ahnung vermittelt hatte, was da auf uns zukam, aber ich fragte mich, ob er es vielleicht übertrieben darstellte, um mich fester an seine Sache zu binden.

Im Jahre 1940 trafen wir uns irgendwann einmal im Reptilienhaus des Berliner Zoos. Das ist ein großes, dampfiges Gebäude, reich mit Palmen und tropischem Laub bepflanzt. Von einer Bambusbrücke aus konnte man zusehen, wie Krokodile, Alligatoren und Kaimane unten im Brackwasser dösten. Mütter und Kindermädchen mieden diesen Ort. Ihnen machten die Tiere mehr angst als ihren Schützlingen. Dort erzählte mir Dr. Steinbruch zum ersten Mal von seinem Verdacht, daß eine Verständigung zwischen Nazis und Moslems im Gange sei. Die Übergriffe auf die Juden in Palästina nahmen im gleichen Maße zu wie die Erfolge, die der Nazimoloch erzielte. Hinter diesen Übergriffen – oder besser gesagt Morden – verbarg sich anscheinend die graue Eminenz von Hajj Amin el Husseini. Der Name Hajj Amin war mir vertraut. Seit 1920 zettelte er in Palästina antijüdische Aufstände an, und er steckte hinter dem Generalstreik der Araber gegen die Briten von 1936. Hajj Amin war zwar nicht religiös gebildet, wurde aber trotzdem von den Briten zum Mufti, zum Ausleger der Gesetze des Koran ernannt. Mit der Ernennung zu dem wichtigsten islamischen Amt in Jerusalem hofften sie, sich sein Wohlverhalten zu sichern oder vielmehr zu erkaufen. Natürlich sollten sie enttäuscht werden. Soviel wußte ich über ihn.

Dr. Steinbruch wußte noch sehr viel mehr. Hajj Amin wurde 1893 in eine alte Jerusalemer Familie geboren. Er besuchte türkische Schulen, darunter auch eine Militärakademie, und trat im Ersten Weltkrieg in die türkische Armee ein, wo er bis zu seiner Gefangennahme durch die Briten als Artillerie-Offizier diente. Als Kriegsgefangener trat er zweckmäßigerweise zur anderen Seite über und kämpfte dann im Hejaz mit den Beduinen zusammen, die die Briten für den Kampf gegen die Türken anwarben. Die Briten belohnten ihn mit einem Posten in der palästinensischen Zollverwaltung. Dann wurde er von Sir Herbert Samuel, einem Juden und Hochkommissar für Palästina, zum Großmufti von Jerusalem ernannt. Wie es seine Art war, wandte er sich jetzt wieder gegen die Briten und wurde von ihnen in Abwesenheit wegen Anstiftung zu Massenausschreitungen gegen die Juden verurteilt. Jetzt, 1940, war er auf der Flucht vor der britischen Justiz und versteckte sich Dr. Steinbruch zufolge im Irak. Dr. Steinbruch hielt es für unausweichlich, daß die Nazis und die arabischen Fanatiker, deren gemeinsames Ziel die Ausrottung der Juden war, sich letztendlich zusammentun müßten. Für diesen Tag sollten wir gewappnet sein.

1. Januar 1944

FÜR DIE ACHSENMÄCHTE WAR DAS JAHR EINE *Katastrophe. Und doch scheint der Sieg für die Anglo-Amerikaner noch in weiter Ferne, besonders von meiner Dachstube aus gesehen. Die Amerikaner erobern nach und nach den Pazifik von den Japanern zurück; die Briten und Amerikaner haben die Deutschen und Italiener aus Nordafrika vertrieben; Mussolini ist gestürzt. Kurz nach dem Fall von Sizilien zeigten die Italiener sich friedensbereit. Die Alliierten stehen in Süditalien, aber die Deutschen leisten erbitterten Widerstand. Nach der Kapitulation von General Paulus in der Schlacht von Stalingrad versuchen die Deutschen, die Stellung zu halten, während die Russen von allen Seiten angreifen. Letzten Endes müssen die Alliierten Frankreich und das übrige Westeuropa befreien, aber ich hoffe auf die Russen, die schon aus Rache in Berlin einfallen werden.*

Diese Hoffnung ist nicht ideologisch bedingt, denn als Deist und dem Wohlleben ergebener Kapitalist habe ich für Kommunisten wenig übrig. Ich hoffe eher auf biblische Gerechtigkeit. Der Angreifer soll durch das Schwert umkommen. Er soll für die Millionen Toten, für die Tausende von verbrannten Dörfern, für die gemarterten Witwen und Waisen bezahlen.

Ich habe mich oft gefragt, ob die eisern antisowjetischen Russen, die bei mir beschäftigt waren, das auch so empfanden. Einmal waren die beiden Kosakenoberste zum Aushelfen gekommen. Ich machte in der Küche eine Flasche Wodka auf und fragte sie, wie sie zu dem Blutvergießen im Osten standen. Die Kosaken waren kultivierte und gebildete Menschen, die einst am Zarenhof gedient hatten. Sie hielten ihm wie auch ihrer Kirche immer noch die Treue. Die Obersten konnten wohl kaum als kommunistische Sympathisanten gelten, doch Rußland war ihnen heilig, und sie sagten ohne Zorn auf das deutsche Volk, dessen Gastfreundschaft sie seit Jahrzehnten genossen, eine bevorstehende Katastrophe voraus. Die russischen Armeen, so sagten sie, würden unter der Führung ihrer Stoßtruppen – den Kosaken, Usbeken, Kalmüken, Tadschiken, Kasachen und Mongolen – aus dem Osten anrücken. Sie würden Deutschland in Brand stecken. Sie würden plündern und vergewaltigen und töten, bis die Deutschen begriffen, daß Mütterchen Rußlands Boden den Russen heilig war, ganz gleich, wer regierte: Hetman, Zar oder Kommissar.

Daher warte ich sehnsüchtig auf den Tag, wenn die Rote Armee mit ihren Militärmänteln und langen Bajonetten die Straße Unter den Linden herunterkommt und die Nazis an den Laternenpfählen aufknüpft. Hoffentlich darf ich das noch erleben!

Heute ist der erste Neujahrstag, ein Ereignis, das jemand in meiner Lage wohl kaum feierlich zu begehen braucht. Doch dieser Tag ist wie geschaffen zur Selbstbesinnung, zur Rückschau auf die Fehler und Leistungen der Vergangenheit. Um so mehr, da ich weiß, daß diese

Erinnerungen – wie auch mein Leben – ein unvermitteltes Ende finden können.

Wenn es also Gottes Wille ist, daß jemand diese unzusammenhängenden Gedankengänge liest, so soll der Leser auch erfahren, welche Bürde der Scham mir mein Dasein verbittert. Es geht darum, wie ich Chayim Spiegel, Samira Mansour und die unglückselige Maria-Mario behandelt habe. Chayim Spiegel habe ich in den sicheren Tod geschickt. Samira hätte ich ebensogut umbringen können, so habe ich sie zugrunde gerichtet und ihrer einzigen Chance auf ein anständiges Leben beraubt. Und in gewisser Weise mache ich mich sogar für den Tod der armen Hermaphroditin verantwortlich. Dennoch kann ich mit Fug und Recht behaupten: Ich hatte keine Wahl. Es standen größere Dinge auf dem Spiel. Ich habe den deutschen Kriegsanstrengungen einen empfindlichen Schlag versetzt, was mir allein schon Balsam für das Gewissen sein sollte, aber das zieht nicht. Nachts sehe ich Samiras Augen vor mir, dunkel und voller Tränen vor Schmerz und unbeschreiblichem Kummer, und die von Chayim Spiegel, hellblau, blutunterlaufen vor Haß und Verachtung.

Soweit meine Bilanz. Ich friere; mir zittert die rechte Hand. Hoffentlich kommt Lohmann und bleibt ein Weilchen bei mir.

2. Januar 1944

GESTERN NACHMITTAG IST LOHMANN GEKOMMEN. *Er war nach seiner Silvesterfeier noch nicht zu Hause gewesen und genaugenommen noch betrunken – ob von der vorigen Nacht oder von seinem Katerschlückchen, weiß ich nicht. Er brachte eine Menge zu essen mit, was ich hinunterschlang, während er mir schweigend zusah. Dann holte er eine Flasche Korn hervor und bestand darauf, daß ich sie mit ihm teile. Wie schon bei einem früheren Besuch hatte er etwas auf dem Herzen, etwas, das ihn bedrückte, und ich war darauf gefaßt zu warten, bis er es ausspucken wollte.*

Auf einmal kam es.

»Herr Saporta, ich habe Ihnen etwas verschwiegen, weil ich mich geniert habe und hoffte, es wäre übertrieben und nicht wahr.« Er hielt inne und ließ die Fingerknöchel an seiner Faust knacken. »Doch falls wir hier je herauskommen, dann hasse ich mich, wenn ich es Ihnen nicht erzählt habe. Und Sie werden mich aus demselben Grund noch viel mehr hassen. Dem will ich mich nicht aussetzen.« Er schaute weg und musterte seine Schuhspitzen.

Mein Gefühl sagte mir, was jetzt kommen würde: das Schicksal der Juden. Dieses Thema hatte ich im Unterbewußtsein vergraben. Dr. Steinbruch hatte mir zwar von Massakern in der Ukraine erzählt, doch ich warf das lieber in einen Topf mit der Hinrichtung von Partisanen und kommunistischen Kommissaren, die bei einem totalen Krieg nichts Überraschendes war. Die früheren Greuel der dreißiger Jahre hatte ich unter den Teppich gekehrt und als interne deutsche Angelegenheit abgetan. Schließlich durften die Juden bis 1938 noch auswandern. 1941 hörte ich in Jugoslawien von großangelegten Massakern an den Serben durch die Kroaten und daß die Juden und Zigeuner unglücklicherweise das gleiche Schicksal erlitten.

Doch abgesehen von der Berliner Kristallnacht und der ausgebrannten Synagoge in Sarajewo hatte ich die Gewalt gegen die Juden Europas nie direkt miterlebt. Mit Hilfe des kulturellen Separatismus hatte ich das Problem von mir ferngehalten. Das war vermutlich eine Art, mit meinem schlechten Gewissen fertig zu werden, und wenn ich in Dr. Steinbruchs Netzwerk funktionieren wollte, durfte ich nicht zulassen, daß meine auch so schon überreizte Fantasie mich vor Angst lähmt.

Doch jetzt schien der lange hinausgezögerte Moment gekommen, der Wahrheit ins Auge zu sehen. Lohmann fing damit an, daß er von der Silvesterfeier in seinem Speiselokal erzählte. Im Hinblick auf das, was später kam, waren zum Glück keine Parteigenossen dagewesen. Zum Silvesteressen hatte sich eine Gruppe von Armeeoffizieren angemeldet, meist im Majorsrang und darüber, reife Männer, darunter einige Frontkämpfer des Ersten Weltkrieges. Auch Hilde und ihre Freundin waren da in Begleitung ihrer Verehrer.

Zunächst ging alles sehr gut. Die Tische waren hübsch gedeckt. Frau Nowikow hatte Votivkerzen aus ihrer Kir-

che mitgebracht. Sie hatte eine bunte Sakusi-*Platte zubereitet, die in Anbetracht der Umstände recht üppig war. Es gab Karpfen »blau« mit Petersilienkartoffeln, und der Major von der Nachschubtruppe hatte sich selbst übertroffen und Ei-Austauschstoff, Zucker und Milchpulver beschafft, so daß Frau Nowikow anständige Kuchen backen konnte. Wein, Champagner und Kognak hatten die Offiziere selbst aus ihrer Messe oder aus von den besetzten Gebieten heimgeschleppten Geheimvorräten mitgebracht.*

Lohmann stärkte sich mit einem tiefen Zug Korn und setzte seinen Bericht fort. Das Essen war gut gelaufen. Ja, manche Offiziere wurden allmählich betrunken. Einige Damen lachten zu schrill. Er, Lohmann, mußte die Anwesenden ermahnen, da die Polizei auf der Straße patrouillierte und man das Lokal vor unliebsamer staatlicher Aufmerksamkeit bewahren wollte. Seine Ermahnungen wurden mit verhaltenen »Hört, hört«-Rufen beifällig aufgenommen. Kurz vor Mitternacht hatte Lohmanns Tante einen mit Weinbrand flambierten Kuchen hereingebracht. Daraufhin war der schwer angeschlagene rundliche Nachschubtruppenmajor aufgestanden. Wie Lohmann sagte, hob er sein Glas und brachte einen längeren Trinkspruch auf den Führer aus, der Deutschland großen Zeiten entgegenführe, den Stahl der Nation in einer Feuerprobe härte und die Juden losgeworden sei.

Die meisten Offiziere hatten einigermaßen betreten auf ihren Teller hinuntergeschaut, doch ein Oberstleutnant der Infanterie, der den Pour le Merite *am feldgrauen Rock trug, war aufgesprungen und hatte dem Major sein*

Glas Wein ins Gesicht geschüttet. Dann packte er den Major an der Kehle und brüllte, er sei ein aufgeblasenes Schwein, das in Berlin auf seinem fetten Arsch sitze, während eine halbe Million junger Deutscher tot in den gefrorenen Steppen Rußlands liege; die Armee kämpfte, und unterdessen vergase die SS Millionen von Juden in den polnischen Todeslagern. Der Offizier war eindeutig hysterisch oder betrunken oder beides, und seine Offizierskameraden bemühten sich, ihn von dem purpurrot angelaufenen Major loszureißen. Sie wollten ihm keine Gewalt antun, konnten ihn aber nur mit großer Mühe überwältigen. Zum Glück befand sich ein Sanitätsoffizier unter den Gästen. Er holte seine Tasche aus dem Vorzimmer und gab dem Offizier gleich durch den Uniformärmel eine Spritze, die ihn außer Gefecht setzte. Um alles noch schlimmer zu machen, zeigte der Nachschubtruppenmajor alle Anzeichen eines Herzanfalls.

Damit war die Silvesterfeier beendet, und die Offiziere marschierten schweigend ab, wobei sie ihre beiden Kameraden in Lohmanns Obhut zurückließen. Hilde, die zur Schwesternhelferin ausgebildet war, blieb bei Lohmann. Ihre Freundin sagte, sie wolle mit der ganzen Sache nichts zu tun haben, und überredete ihren Verehrer, mit ihr in einen Offiziersklub weiterzuziehen.

Lohmann sagte, Hilde und er hätten den Oberstleutnant in ein nach hinten hinaus gelegenes Schlafzimmer gebettet und den Major von der Nachschubtruppe im Wohnzimmer auf ein Sofa gelegt. Beide hatten ein Beruhigungsmittel bekommen. Einige Stunden später, als der Infanterieoffizier zu sich kam, brachte Hilde ihm etwas

Warmes zu trinken, und Lohmann ging mit. Der Mann war nunmehr vollkommen ruhig und gefaßt. Er sagte, er gehe in achtundvierzig Stunden wieder an die russische Front und habe nur wenig Hoffnung, zu seiner Familie in Westfalen zurückzukehren. Er erklärte, was er da möglicherweise im Rausch erzählt habe, sei die reine Wahrheit. Im Beisein von Lohmann und Hilde berichtete er dann von Hitlers Generalplan, Endlösung genannt, zur Vernichtung der Juden in Europa. Der Offizier sagte, dieses Vorhaben stehe kurz vor dem Abschluß; es gebe Lager – Lohmann konnte sich nur an Maidanek, Treblinka und Auschwitz erinnern, aber der Offizier hatte noch viel mehr aufgezählt –, wo Millionen von Menschen systematisch vergast und dann verbrannt wurden. Ganze Gemeinden, die Juden von Dörfern, größeren Städten, ganzen Ländern gingen in Rauch auf. Und tagtäglich rollten die Viehwaggons mit ihrer schauerlichen Fracht den Lagern zu. Als Christ und Offizier von adeliger Herkunft wollte er sich das von der Seele reden, egal um welchen Preis. Er entschuldigte sich dafür, daß er das Fest verdorben hatte, und ging seiner Wege.

Als Lohmann und Hilde ins Wohnzimmer kamen, war der Major von der Nachschubtruppe verschwunden. Sein Armeemantel hing noch am Kleiderhaken im Flur. Der Major war betrunken auf die Straße hinausgewandert, wo er einen tödlichen Herzanfall erlitt. Man fand ihn in einem Hauseingang, gehörig steifgefroren und mit einem Mantel von frischgefallenem Schnee bedeckt.

Lohmann hatte mir Dinge erzählt, die ihm als Deutschem und als Freund weh taten. Er saß schweigend da und wartete darauf, daß ich etwas sagte. Was sollte ich sagen? Was sollte er sagen? Er tastete nach meiner Hand, schneuzte sich und ging.

Um ehrlich zu sein, war das Ausmaß der Katastrophe zu groß, um alles auf einmal zu verarbeiten. Hätte man mir von dem Massaker an einer kleinen jüdischen Gemeinde erzählt, so hätte ich die blutigen Leichen vor mir gesehen, die in den Gebetsschal gehüllt im Hof der Synagoge aufgebahrt lagen. Ich hätte das Heulen der Witwen und Waisen gehört, und mir wären die Tränen gekommen. Dies aber überstieg meine Vorstellungskraft. Um nicht den Verstand zu verlieren, beschloß ich, das Kaddisch zu sprechen, das Totengebet. Ich nahm eine Decke von der Couch und bedeckte Kopf und Schultern damit, so daß ich in die Wolle gehüllt war wie in einen Tallit. Ich trat an das kleine Dachfenster und schaute über die Dächer in der hereinbrechenden Nacht. Ich begann, sacht auf den Fußballen zu schaukeln, und bald kam das Gebet in seiner ganzen aramäischen Erhabenheit hervor:

»Jitgadal we jitkadasch schmej rabba … Erhoben und geheiligt werde sein großer Name in der Welt, die er nach seinem Willen erschaffen.

Und sein Reich erstehe in eurem Leben und in euren Tagen und dem Leben des ganzen Hauses Israel schnell und in naher Zeit.«

Und als ich mit dem nächsten Vers begann, hörte ich in der Ferne ein Summen wie von wütenden Bienen, dann fielen die ersten Bomben auf die Stadt, und die Flammen schossen hoch und färbten die nächtliche Finsternis rot.

4. Januar 1944

HERR LANDAU HATTE MEINEN VATER BEWOGEN, mich nach Deutschland zu schicken, damit »Daniel in den Genuß kommt, die westliche Kultur zu erleben«. War dies nicht eine der größten europäischen Kulturnationen? Ich war nicht künstlerisch und literarisch gebildet, doch hatte dieses Land der Welt nicht eine außerordentliche Zahl von Schriftstellern, Dichtern, Musikern, Philosophen und Wissenschaftlern geschenkt? Waren die Deutschen nicht die belesensten, die gebildetsten? Gab es sonst noch ein Land mit so vielen Schulen, Universitäten, Symphonieorchestern, Opernhäusern, Bibliotheken und Theatern? Ich war jetzt lange genug hier, um zu wissen, daß in Deutschland auch die Ärmsten zur Schule gingen, Zeitungen lasen, am politischen Geschehen teilnahmen. Wenn diese Barbarei wahr ist, wie viele Deutsche braucht man dann, um Millionen von Menschen zu ermorden? Wie viele braucht man, um die Opfer aus ihrem Haus zu zerren, in Eisenbahnwaggons zu stecken und in Lager zu verfrachten, wo sie ermordet und verbrannt werden? Das ist keine Aufgabe für hundert SS-Fanatiker. Nach meiner Rechnung braucht man Tausende und Abertausende von Soldaten, Polizisten, Eisenbahnangestellten, Gefängniswärtern und schließlich

Henkern. Und die Nazis stehen nicht alleine da. Lohmanns Gewährsmann zufolge haben die slawischen und baltischen Völker da auch ihre Hand im Spiel. Selbst französische Gendarme treiben Juden für die Deutschen zusammen. Westliche Kultur?

So viel Grausamkeit in einer christlichen Welt, die den moslemischen Osten als barbarisch und ungebildet verachtet? Eine solche Barbarei hatten wir seit den Anfängen des Islam im siebten Jahrhundert nie erlebt. Und selbst ehe Mohammed den Wüstenstämmen seinen Glauben brachte, hatten wir unter denselben Menschen gelebt und lebten weiterhin gemeinschaftlich zusammen. Sicher, es gab gelegentlich Ausschreitungen, doch das Blutvergießen der Kreuzzüge, der Inquisition und jetzt der Nazis kam vom christlichen Westen her über uns.

Selbst die Blutverleumdungen von Damaskus, eine niederträchtige Anschuldigung gegen die dortigen Juden, waren eine Erfindung der Maroniten, nicht der Moslems. Wir alle kannten die Geschichte von dem Kapuzinermönch Thomas, einem Italiener, der 1840 mit seinem moslemischen Diener zusammen ermordet wurde. Der Mönch galt als skrupelloser Geschäftsmann und war wahrscheinlich von seinen Kunden umgelegt worden. Doch der Kapuzinerorden von Damaskus bezichtigte die Juden des Ritualmordes und warf ihnen vor, sie hätten das Blut des Mönchs zum Matzebacken für das Passahfest benutzt. Da die Kapuziner Franzosen waren, hätte nach dem damals geltenden Recht der französische

Konsul Ratti-Menton in der Sache ermitteln sollen. Er unternahm jedoch nichts, und der Generalgouverneur führte eine äußerst grausame Ermittlung durch, mit Folter und falschen Verhaftungen, während die Kapuziner im Judenviertel gefundene Knochen als Beweis benutzten und einen Schrein für Bruder Thomas errichteten. Erst als Großbritannien, die Vereinigten Staaten und Österreich intervenierten und Sir Moses Montefiore und Adolphe Cremieux zu Sultan Mohammed Ali nach Kairo geschickt wurden, erklärte man die Juden für unschuldig. Das hinderte die Katholiken von Damaskus nicht, das Grab ihres sogenannten Heiligen, »den die Juden zum Märtyrer gemacht haben«, zur Attraktion zu erheben. Diese Geschichte führte übrigens zur Gründung der Alliance Israélite Universelle, einer Organisation zum Schutze der Juden gegen solche Verleumdungen. Die Alliance rief dann das Schulwesen ins Leben, in dem ich ausgebildet worden war.

Lohmann kam kurz nach Einbruch der Dunkelheit. Er brachte zwei Netze voller Lebensmittel mit, ein paar Weinflaschen mit Suppen und eine Flasche Schnaps. Die meisten Lebensmittel stellte er vor das Dachfenster und deckte sie mit Schnee ab, was sie sicher tarnt und gleichzeitig gut konserviert. Wie er sagt, ist mit dem Tode des Majors von der Nachschubtruppe die wichtigste Lebensmittelquelle für das Speiselokal versiegt, und angesichts der vielen Zeugen der Tirade des Infanterieoffiziers hat er beschlossen, für ein Weilchen nicht in Erscheinung zu treten. Das erklärt all diese Lebensmittel – hier wurde sozusagen das Betriebskapital liquidiert. Bislang hat der Tod des Majors kein Nachspiel gehabt. Er hatte wohl so viel Alkohol im Blut, daß die Polizei einen Tod durch Unfall annahm. Lohmann hat dafür gesorgt, daß der Armeemantel des Majors in dem Biedermeier-Kachelofen im Wohnzimmer verbrannt wurde, nachdem er zuvor Knöpfe und Epauletten entfernt und in einen Gully geworfen hatte.

Außerdem hat Lohmann mir erzählt, daß Hilde und ihre Freundin sich über die Ereignisse bei der Silvesterfeier zerstritten haben. Hilde zufolge hat die Freundin ihr das Verständnis für den Infanterieoffizier zum Vorwurf gemacht und gemeint, der Major von der Nachschubtruppe sei zwar ein widerliches Schwein, doch habe er wenigstens die rechte Gesinnung. Lohmann fügte hinzu, in diesen schwierigen Zeiten sei Hildes Freundschaft ihm wichtiger als ein gelegentliches Schäferstündchen mit dieser »Mieze«. So findet er sich also zu Beginn des neuen Jahres ohne Arbeit und ohne Freundin wieder. Und er hat Verpflichtungen: zuallererst Herrn Saporta und dann natürlich seine Tante und außerdem noch Frau Nowikow. Er wird sich etwas einfallen lassen.

Da ich seine unbekümmerte Art ein wenig kenne, ermahnte ich ihn. »Lohmann, seien Sie vorsichtig. Ihretwegen wie meinetwegen.«

»Keine Angst, Herr Saporta. Solche wie uns wird es noch geben, wenn der ganze Abschaum da tot und begraben ist.«

Inschallah, *sagte ich mir im stillen.*

6. Januar 1944

SELTSAM, DACHTE ICH, WELCHE ROLLE LOHMANN *sich da ausgesucht hat. Mit dem Goldenen Parteiabzeichen am Revers hätte er dem Kaukasus und seinem anrüchigen Arbeitgeber den Rücken kehren und den Krieg mit Leichtigkeit in irgendeiner Provinzstadt überstehen können. Statt dessen hatte er sich entschieden, das Andenken des Kaukasus hochzuhalten, und fühlte sich für das Überleben des Chefs und der Köchin verantwortlich. Und jetzt hatte er Hilde in diesen inneren Kreis hineingezogen, der aus dem Klub hervorgegangen war. Obwohl er der einzige war, der von meiner Existenz wußte, ließ er die Verbindung nicht abreißen, indem er mir von ihnen erzählte und ganz sicher auch mein Andenken bei ihnen lebendig hielt. Das Bewußtsein, daß es sozusagen nur einen Katzensprung entfernt Menschen gibt, die an mich denken und mich gern haben, war mir die letzten Monate über ein großer Quell innerer Stärke.*

Hilde, liebe Hilde. Ich war achtzehn, und sie muß zwanzig gewesen sein an dem Abend, als wir uns vor dem KaDeWe trafen, als ich sie in den Klub mitnahm und sie weglief, weil sie Frau Landau versprochen hatte, um acht zurück zu sein. Sie sagte, sie komme nächste Woche wieder, und sie hielt Wort. Sie war rechtzeitig zur ersten Vorstellung da, atemlos und glücklich. Frau Landau hatte ihr den Abend freigegeben, damit sie mit einer Freundin aus ihrer Heimatstadt zusammensein konnte. Und jetzt saßen wir an meinem Tisch und tranken Champagner, während die Vorstellung begann.

Frauen wissen immer, wann eine Romanze in der Luft liegt, und meine Tänzerinnen hatten sich verschworen, das Erotikbarometer im Klub noch steigen zu lassen, damit die kleine *almanijah* sich den Weg ins Bett des Chefs regelrecht freikämpfte. Shukran trat als erste auf und konzentrierte sich nach den obligatorischen Windungen, die nach der strengen Tradition des Bauchtanzes erforderlich sind, Hilde zuliebe ganz auf ihr Finale. Sie zitterte und bebte, ihr Unterleib wogte, dabei sah sie Hilde die ganze Zeit direkt in die Augen, und auf ihrer feinen, flaumigen Oberlippe bildeten sich kleine Schweißperlen. Der Champagner und die Aufregung ließen Hilde scharlachrot anlaufen, aber sie behielt ihre Selbstsicherheit und ließ keine Verlegenheit, keine mädchenhafte Scheu erkennen.

Lailah mußte Shukran mit ihrem herausfordernden Verhalten natürlich noch übertreffen. Sie fing sich die ahnungslose Hilde mit ihrem Tuch, zog sie auf die Tanzfläche hinaus und führte sie mit dem fest um Hildes Taille geschlungenen Tuch in die langsamen Beckenbewegungen ihres Tanzes ein. Die Musiker, allesamt gemeine Schufte, betonten den koitalen Rhythmus mit schweren Trommelschlägen, die Lailahs heftigem Beben mit den Hüften Nachdruck verliehen. Lailah küßte Hilde nach arabischer Sitte auf beide Wangen und brachte sie zum Tisch zurück. Hilde war wie gebannt, ihre Augen glänzten, und ihr Atem ging in kleinen, keuchenden Stößen. Ich schenkte uns Champagner nach.

Als Latifa auftrat, erkannte ich an dem Zug um ihren Mund, daß sie wütend war – wütend, weil sie mich nach unserer Affäre im Orientexpreß als ihr Eigentum betrachtete und vor den anderen prahlte, der Chef gehöre ihr. Und jetzt stellte ich ihren Anspruch öffentlich in Frage. Doch als Darstellerin wollte sie den anderen an Schlüpfrigkeit nicht nachstehen. Sie tanzte mit ihrer gewohnten Trägheit, und als der Rhythmus schneller wurde, führte sie das Weitere an unserem Tisch vor, direkt zu Hildes Füßen. Da Latifa weite Hosen trug, konnte sie sich frei bewegen. Unvermittelt saß sie plötzlich breitbeinig auf Hildes Schoß, so daß ihr Busen direkt unter Hildes Gesicht war; sie öffnete die Arme wie Flügel und ließ so ihre Kugeln beben und Hilde ins Gesicht hüpfen. Doch dabei flüsterte sie auf arabisch auf mich ein.

»Du Hund. Viel Vergnügen mit dem blonden Weibsbild. Sie soll dir eine Syph anhängen, daß dir vor lauter Brennen dein kleiner *zoub* abfällt. Du sollst in ihrem Loch da verschwinden und wieder am *tiz* rauskommen. Du Lude! Rühr mich nie wieder an!«

Damit erklärte Latifa unsere Beziehung für beendet. Ich aber hatte bereits Hilde bei der Hand gefaßt und führte sie in mein Büro.

Wir schlossen die Tür ab und taten, was junge Leute, die sich für verliebt halten, im allgemeinen so tun. Zu meinem großen Erstaunen hatte ich es nicht mit einem scheuen Mädchen zu tun, sondern mit einer tatkräftigen, versierten Frau.

Während ich eine Simon Arzt rauchte, meine liebste Regie Turque Zigarette, drehte Hilde sich zu mir um und sagte lachend, die Tänzerinnen hätten sie »geil« gemacht. Das war nicht gerade ein elegantes Wort. Ich konnte nicht begreifen, wie ein Mädchen sich von Tänzerinnen aufreizen ließ, die zum Vergnügen eines männlichen Publikums da waren. Mädchen sollten doch Tino Rossi, Rudolf Forster und Clark Gable mögen.

Hilde sagte, sie wolle mir ein Geheimnis anvertrauen. Sie flüsterte, sie habe mehrfach zugehört, wenn ich mit Frau Landau im Bett war. Sie sei so erregt gewesen, daß sie sich selbst geholfen hatte. Ich staunte; sie sagte das ohne jede Scham, ein für mich unvorstellbares Eingeständnis von einer Frau. Sie sagte, sie sei eifersüchtig gewesen, aber da wir uns jetzt geliebt hatten, sei das alles vorbei. Es schmeichelte mir, daß sie auf Frau Landau eifersüchtig gewesen war, und ich sagte ihr das. Nun stand mir eine weitere Überraschung bevor.

»Ich war nicht auf Frau Landau eifersüchtig.« Sie lachte. »Ich war eifersüchtig auf dich.«

Ich muß wohl blöd und verständnislos geguckt haben.

»Dummerchen. Weil sie mit dir im Bett war und nicht mit mir.«

Nun erzählte mir Hilde, daß Frau Landau sie einmal in den Sommerferien verführt hatte. Sie waren mit den Kindern nach Heringsdorf gefahren, einem Ferienort an der Ostsee; Herr Landau war in Berlin geblieben.

Eines Abends, als die Kinder schon im Bett waren, hatte ein Sommergewitter zu toben begonnen. Frau Landau hatte das als Vorwand benutzt, um zu Hilde ins Bett zu kommen. Hilde fand es merkwürdig, daß sie nackt war, doch wer war sie, die Launen ihrer Brotherrin in Frage zu stellen? Jedenfalls, Frau Landau war so wunderbar parfümiert, so sanft, so erfahren, daß sie Hilde zur willigen Komplizin ihrer übermütigen Spiele machte. Diese Beziehung hatte über ein Jahr gedauert und war kurz vor meiner Ankunft aus Damaskus zu Ende gegangen. Zunächst hatte Hilde mir die Schuld daran gegeben, daß sie nun das Nachsehen hatte, aber dann hörte sie eine lautstarke Auseinandersetzung der Landaus im Schlafzimmer mit an. Herr Landau hatte gebrüllt, seine Frau solle »das Kindermädchen so behandeln, wie es Dienstboten zukommt, und sich ihre Zärtlichkeiten für die Kinder aufsparen«.

Vor allem wegen dieser keimenden Liebesgeschichte mit Hilde nahm ich mir eine Junggesellenwohnung in der benachbarten Uhlandstraße. Der

Klub warf großen Gewinn ab, und ich konnte es mir leisten. An dem Tag, als ich aus dem Büro auszog, siedelte auch Lohmann in eine Pension in der Nachbarschaft über. Wir wurden allmählich achtbare Leute. Ich ließ meine Wohnung von Lilo ausstatten, und das Ergebnis war etwas pompöser, als es meinem Charakter entsprach, doch der dramatische Effekt wirkte offenbar unwiderstehlich, vor allem auf meine weiblichen Gäste. Jugendstil und Art Nouveau mit ihren Wirbeln, Blumen und idealisierten Traumgestalten waren überholt. Sie wurden von der sogenannten Art déco abgelöst, die geometrische Muster in Glas, Holz und Chrom verwendete. Lilo verband diesen Stil mit Buchara- und Täbristeppichen in mehreren Lagen übereinander. Er schuf eine Schlafnische in einem Paisleyzelt und deckte das Bett – eigentlich eine niedrige Couch – mit einem Tigerfell ab. Da standen Schwanenhals-Stehlampen aus Chrom – Lilo machte eine Anleihe beim Theater und setzte auf raffinierte Weise Farbfilter in die Lampen ein, so daß sie orange, gelbe und rosa Lichtinseln warfen. Da hing ein großes Ölgemälde im Stil persischer Miniaturen, auf dem man Omar seinen unvermeidlichen Krug Wein mit einer barbusigen *houri* teilen sah. Da waren Wandleuchter aus Perlmutt, Bauhausstühle aus schwarzem Leder und Chrom und dann die Krönung des Ganzen: eine lebensgroße Nackte aus Alabaster, der man eine Gladiole oder einen langen Fliederzweig in die verschlungenen Arme legen konnte, da der untere Teil der Statue eine schlanke griechische Vase war. Diese Statue hatte Lilo mit einem Punktscheinwerfer beleuchtet und damit nicht nur den wesentlichen Blickpunkt, sondern auch das zentrale Motiv meines überhitzten Liebesnestes vorgegeben.

Wo ich herkomme, besteht Inneneinrichtung darin, möglichst viele Sessel an die Wohnzimmerwand zu stellen. Die Sessel berühren mit dem Rücken tatsächlich die Wand und vermitteln insgesamt den Eindruck eines ärztlichen Wartezimmers. In dieser Einrichtung sitzen Familienmitglieder und Gäste und reden, schreien oder gestikulieren durch den Raum, je nachdem, wo der Gesprächspartner Platz genommen hat.

Meine Wohnung war etwas protzig geraten, ich weiß, doch das war mir weitaus lieber als die düstere Wohnungseinrichtung der Landaus und die schweren Möbel, die damals als geschmackvoll galten. Protzig oder nicht, ich war ziemlich stolz auf Lilos Gestaltung dieser meiner ersten eigenen Wohnung.

7. Januar 1944

So kam Hilde an ihren seltenen freien Tagen dann auch in meine Wohnung. Dienstboten hatten damals am Mittwoch- oder Sonntagnachmittag frei; nur selten erlaubte die Herrschaft ihnen, über Nacht wegzubleiben. Die Seltenheit ihrer Besuche fachte unsere Leidenschaft noch stärker an. Es kam vor, daß die Flamme zu hell, zu heiß brannte und Hilde auf ihren morgendlichen Ausflug in den Tiergarten mit den Kindern der Landaus verzichtete und sie statt dessen in ihrem Doppelkinderwagen in das Kaukasus mitbrachte. Ich bat dann Lohmann oder Frau Nowikow, die Kinder unter den Kastanienbäumen hin und her zu schieben, während Hilde und ich uns nach Kräften bemühten, die Flammen zu löschen.

Natürlich hatte ich außerdem Affären mit meinen Tänzerinnen. Das brachte immer viele wehmütige Erinnerungen mit sich. Wir lagen im abgedunkelten Zimmer in meinem Zeltbett und rauchten, und ob es nun Noura war, Amina, Bulent oder Mouna, stets bekam ich eine orientalische Litanei des Unrechts zu hören, das sie durch ihre Familie oder skrupellose Männer erlitten hatten. Diese Männer waren entweder jung, fürchterlich hübsch, mit kohlschwarzen Augen und schneeweißer Haut, oder alt, reich, aber hartherzig und grausam. Ihre Unschuld hatten sie immer an einen Cousin verloren; in einer Geschichte hatte ein Großvater das Mädchen entjungfert. Darauf folgte unweigerlich die Flucht in die Großstadt, da eine Heirat im Dorf aufgrund des gerissenen Jungfernhäutchens nunmehr unmöglich war. In der Stadt wurden sie ausgebeutet, und nur ihre große tänzerische Begabung, ihre Anmut, ihr tiefes Musikverständnis bewahrten sie vor einem Leben der Schande.

Die Geschichten glichen sich aufs Haar, ob sie nun aus dem ägyptischen Niltal stammten, der Bekaa-Ebene des Libanon, den Elendsvierteln von Bagdad oder Teheran, aus einem anatolischen Dorf oder den Ebenen Thessaliens. Oft mußte ich Tränen um Kinder ertragen, allesamt schön und intelligent, die in der Obhut einer Großmutter oder älteren Schwester zurückgeblieben waren. Manchmal war da ein anständiger junger Mann, ein Beamter oder Polizist, der seine Piaster, Drachmen oder Dinare für ihre Rückkehr sparte. Und ihre Lieblingsspeisen! O mein Schatz! Was gäbe ich für eine Scheibe *konafa!* Ich schmecke den Sirup direkt auf der Zunge! O mein Liebling, die Feigen bei uns im Dorf! Die *lebeniyah* ist so weiß wie der Mondschein! O mein Liebster, die *sayyadiah,* das *ful,* die *torschi,* meine Seele gäbe ich dafür her. All ihre Lieblingsgerichte brachten sie mit in mein Bett. Und als der deutsche Winter eingesetzt hatte, verzehrten sie sich nach der Sonne ihrer Heimat. Auf einmal waren die windschiefen Dörfer mit ihrem Fliegendreck strahlend weiß, mit Blumen und Grün überladen und schwelgten immerdar in den linden Tagen einer mildtätigen Sonne. Man hätte meinen können, sie beschrieben einen Ferienort an der französischen Riviera.

Wahrscheinlich war vieles von dem, was sie erzählten, wahr, doch in ihrer Eintönigkeit klangen die Lebensgeschichten so banal wie ein ägyptischer Film. Die Kairoer Studios brachten davon etwa dreihundert pro Jahr heraus, und jeder einzelne erzählte genau die Geschichte, die ich in meinem Bett aus erster Hand zu hören bekam.

So langweilig waren meine Nachmittage mit Hilde nie. Wir waren beide in Frau Landaus Bett geschult, und das stellte eine erotische Bindung zwischen uns beiden her. Wir tauschten auf ihre Kosten Vertraulichkeiten aus, die uns noch mehr entflammten. Ich erzählte Hilde, als ich einmal mit Frau Landau im Schlafzimmer einer Freundin von ihr im Bett lag, griff sie zu dem Telefon auf dem Nachttisch und rief, während sie mir bedeutete, ich solle weitermachen mit dem, was ich da tat, die Freundin an, deren Wohnung wir benutzten. Dann schilderte sie ihrer Freundin in allen Einzelheiten, was sich da in ihrem Bett abspielte, und gab schließlich einen orgastischen Schrei in den Hörer von sich.

Ich erzählte diese Vignette so kunstvoll, daß Hilde umgehend wieder sinnlich wurde. Auch sie berichtete mir von einigen ausgefallenen Erfahrungen mit Frau Landau, doch die kamen mir so unerhört vor, daß Hilde sie sich ausgedacht haben mußte, um mich weiter zu erregen. Ehrlich gesagt war Hilde unersättlich, aber das war nur eine Seite von ihr. Sie war angenehm um sich zu haben, kannte keinerlei Kleinlichkeit oder Eifersucht und war für die geringste Freundlichkeit und Aufmerksamkeit dankbar.

Einmal überraschte ich sie mit einem bescheidenen Geschenk, einem Goldkettchen mit ihrem Tierkreiszeichen. Sie legte mir die Arme um den Hals.

»Du bist so lieb, so aufmerksam. Du sagst mir immer schöne Sachen, sogar im Bett.«

»Aber Hilde«, entgegnete ich, »was könnte natürlicher sein? Wir lieben uns, du bist entzückend, du hast die weichste Haut, die schönsten Augen, ein lustiges Näschen und einen Mund, in dem ich ertrinken könnte. Warum sollte ich keine schönen Sachen sagen, wenn wir im Bett sind?«

Als Antwort erzählte sie mir von ihrer Beziehung zu einem Mann aus ihrer Heimatstadt, der der erste in ihrem Leben war. Er war verheiratet und bei einer großen Textilfabrik beschäftigt; er kam regelmäßig nach Berlin, um die Webstuhlfabrikanten zu besuchen. Er war ein Bekannter ihres Bruders, der ebenfalls in der Fabrik arbeitete. Dieser Mann hatte sie angerufen und gesagt, er habe ein kleines Geschenk von ihrem Bruder, und sie dann an ihrem freien Donnerstagnachmittag zu einem Spaziergang und einem Bier ausgeführt. Hilde beschrieb ihn als einen Mann Anfang Vierzig, gerade eben hübsch zu nennen, herrisch und eigensinnig. Beim zweiten Besuch nahm er sie mit auf sein Zimmer in der Pension, wo er abgestiegen war. Nach ein paar oberflächlichen Küssen stieß er sie auf das Bett und drang bei seinem Gewicht und seiner Kraft bald in sie ein. Es war keine Vergewaltigung, wie Hilde sagte; sie war willig und voll erregter Erwartung, aber er hatte ihr bei dem Ganzen keinerlei Wahl gelassen. Und jetzt kam Hilde zum springenden Punkt: Während dieser Mann sie bestieg, sagte er ihr keine Worte der Leidenschaft und Zärtlichkeit, sondern begann einen Monolog, in dem er sie mit einer Sau verglich. Hilde gab ihn mir wieder.

»Du Schwein. So gehört eine Sau wie du gefickt. Beweg deine Arschbacken, du Mastschwein. Los, du Schwein! Laß es mich spüren, du Sau!«

Wenn er mit ihr fertig war, setzte er sich im Bett auf, zündete sich eine Zigarre an und befahl ihr, seine von der Reise schmutzige Unterwäsche, die Socken und den Zelluloidkragen in dem Waschbecken auszuwaschen, das in allen deutschen Pensionszimmern stand. Als sie ihren Unterrock anziehen wollte, untersagte er ihr das; er schaute gern zu, wenn sie nackt Frauenarbeiten verrichtete. So mußte sie ihm auch die Stiefel putzen. Sie hatten die Beziehung so fortgeführt, und ihre Unterwürfigkeit war zur Gewohnheit geworden. Ich erwartete, daß sie das verurteilte, aber sie wollte nur einen

Vergleich anstellen zwischen ihm und mir, ihrem neuen Liebhaber.

Später sollte ich erfahren, daß diese verbale Erniedrigung der Frau, dieser Gebrauch schweinischer Ausdrücke, bei den Deutschen einer gewissen Schicht nichts Ungewöhnliches ist. Ihre Sprache und ihre Gebräuche sind gespickt davon. Sie benutzen das Wort »Schwein« wie wir »masal« als Bezeichnung für Glück. »Du hast Schwein« heißt »Du hast Glück«. Aber »Sau« und »Schwein« sind auch Schimpfwörter, die auf Schritt und Tritt gebraucht werden. Ich will ein einschlägiges Beispiel anführen.

Als die Nazis an die Macht kamen, erschien auf der Titelseite der Berliner Zeitungen ein Foto. Es zeigte eine gesund aussehende junge Frau, die mit Sommerkleid und keckem Strohhut hübsch herausgeputzt war. Sie war von lüstern grinsenden, uniformierten Braunhemden umringt. Man hatte ihr ein Pappschild um den Hals gehängt:

> Ich bin am Ort das größte Schwein,
> ich laß mich bloß mit Juden ein.

Die deutsche Schweinemanie bricht auch zu bestimmten Feiertagen aus, wo die Schaufenster der Konditoreien voll sind von Marzipanschweinchen, rosa Mutterschweinen aus Marzipan mit kleinen Ferkeln drum herum sowie Tabletts mit Marzipanaufschnitt und die aufgetürmten Marzipanwürstchen wie kleine Scheißhäufchen aussehen. Das hätte ich mal mit Dr. Steinbruch besprechen sollen: Wie etwas gleichzeitig Abscheu und Zuneigung hervorrufen kann.

Nach vier oder fünf Monaten fand mein Verhältnis mit Hilde ein Ende. Ich hatte mittwochs wie gewöhnlich in meiner Wohnung auf sie gewartet. Als sie am späten Nachmittag noch nicht gekommen war, ging ich enttäuscht und wütend fort. Ich lief durch die Straßen und betrat aus einer Laune heraus ein Café, wo ich mir einen Steinhäger, ein Glas Pilsner und das in Berlin so beliebte Beefsteak Tatar gönnen wollte. Ich setzte mich vorne ins Café, zur Straße hin, und vertiefte mich in eine Zeitung. Als der Kellner meine Bestellung brachte, kippte ich rasch den Schnaps hinunter und dann das Pilsner hinterher. Sodann widmete ich mich dem rohen Beefsteak, in dessen Mitte ein Eigelb nistete. Dazu gab es Salz, Pfeffer, Worcestersauce und Zwiebelwürfel. Es erinnerte mich an das *kibbeh nayeh* der Libanesen, gleichfalls ein Gericht aus rohem Hackfleisch, aber vom Lamm, das mit Burghul und Olivenöl vermischt und mit weißen Zwiebeln verzehrt wird. Natürlich war das eine christliche Spezialität, durch das Blut in dem rohen Fleisch nicht koscher. Ich ließ mir den Verzehr häufig zuschulden kommen, meist auf dem Heimweg von der Schule. Ich hatte mir eine rationale Erklärung zurechtgelegt: immerhin war es kein *khanzir* – Schweinefleisch.

Ich wollte eben die Zutaten vermischen, da ließ ein schallendes Lachen mich innehalten. Ich war sicher, daß ich es als Hildes erkannte. Vorsichtig sah ich in den Spiegel hoch und erblickte ihr Bild darin. Sie saß mit Shukran in einer Nische. Mich hatten sie nicht gesehen. Sie waren ganz mit sich beschäftigt und lachten einvernehmlich. Wahrscheinlich über mich, dachte ich. *Scharmutas!* Ich legte das Geld auf den Tisch, schlug den Mantelkragen hoch und ging wie ein Dieb in die Nacht hinaus. Das Tatar hatte ich nicht angerührt.

8. Januar 1944

IM APRIL 1941 MELDETE DR. STEINBRUCH SICH BEI mir und bat um ein Treffen in einer hinteren Bank der St.-Hedwigs-Kathedrale, einer katholischen Kirche, die dem römischen Pantheon nachgebaut ist. Durch ihre Größe war sie gewöhnlich immer menschenleer, wenn nicht gerade eine Messe stattfand.

Als ich die Kirche betrat, saßen nur ein paar alte Damen dort und beteten ihren Rosenkranz. Ich fand Dr. Steinbruch, der mit geschlossenen Augen dasaß und andächtig Einkehr hielt. Ich setzte mich neben ihn, und er erzählte mir mit gedämpfter Stimme, vor kurzem habe eine kleine Gruppe von SS-Offizieren sein Museum besucht. Sie wollten keine Führung, sondern waren von zwei Männern in Zivil begleitet, die ihrem Akzent und ihren recht hübschen dunklen Gesichtszügen nach Araber zu sein schienen. Sie verbrachten mehrere Stunden bei den mesopotamischen und assyrischen Altertümern, wobei die jungen Offiziere sich ausgiebig Notizen machten. Die Araber waren offenbar mehr als Museumsführer: eher Ausbilder oder vielleicht Militäroffiziere in Zivil.

Anders als Paris mit seinen zahllosen nordafrikanischen Restaurants, sagte Dr. Steinbruch, besitze

Berlin keinen eigentlichen Anziehungspunkt für Moslems. Er meinte, die Tänzerinnen und das Essen würden diese Ausbilder und vielleicht sogar deren Schützlinge womöglich in das Kaukasus locken. Die orientalische Küche ist stark von der türkischen beeinflußt, genau wie die des Kaukasus. Wahrscheinlich ist diese äußerst abwechslungsreiche und unterschätzte Küche über die Seidenstraße von Afghanistan, Turkestan und Buchara in die Weiten der orientalischen Welt gelangt. Man verschlingt die Auberginenvorspeisen, die Lammspieße mit Bergen von Reis in einem Gebiet, das sich vom asiatischen Rußland über Persien und Indien bis zu den Ufern des Nil erstreckt. Dr. Steinbruch meinte, die arabischen Ausbilder würden ihre SS-Schüler vielleicht in das Kaukasus führen, wie Französischlehrer im Internat ihre Zöglinge nach der Abschlußprüfung in ein französisches Restaurant mitnehmen. Seine Bitte war, ich möge Augen und Ohren offenhalten und unter keinen Umständen mein Auftreten als Spanier fragwürdig erscheinen lassen, indem ich mit irgend jemandem Arabisch sprach.

Es dauerte nicht lange, und ich hatte Anlaß, mich bei Dr. Steinbruch zu melden.

Lohmann war vor der letzten Vorstellung in mein Büro gekommen. Er zeigte mit Abscheu zum Foyer hin.

»Da draußen sind acht SS-Männer, und sie haben ein paar Araber dabei.«

Ich spitzte die Ohren. »Dann geben Sie ihnen einen Tisch«, sagte ich.

Lohmann war aufgebracht. »Aber sie wollen unbedingt zwei Tische gleich an der Tanzfläche. Da haben wir aber schon die Ruhestandsfeier für die Versicherungsgesellschaft.«

»Lohmann, nehmen Sie Ihre ganze Freundlichkeit zusammen und bitten Sie sie, sich woandershin zu setzen; das ist das mindeste, was Sie für die Jungs in Uniform tun können.«

Lohmann murrte und verzog sich. Der alte Frontkämpfer in ihm nahm an den unglaublich hübschen, gutgekleideten jungen Offizieren Anstoß. Die Feiernden machten ihnen Platz. Wer seinen Platz nicht für die SS räumte, war gelinde gesagt tollkühn.

Ich wartete, bis die SS ihren Champagner getrunken hatte. Als Nailah, eine unserer Tänzerinnen, ihre Aufmerksamkeit auf sich gezogen hatte, machte ich mich an ihren Tisch heran und fragte salbungsvoll, ob alles ihren Wünschen entspreche. Sie würdigten mich kaum eines Blickes und winkten mich mit einem »Alles in Ordnung« fort. Die jungen, propagandaplakatblonden Offiziere, die in schwarzer Uniform und Leder tadellos aussahen, wandten kein Auge von Nailah ab, einer besonders exotischen und schwarzhaarigen Anatolierin und erstklassigen, aufreizenden Tänzerin. Die SS war dabei, den Kopf zu verlieren. Mir war schon aufgefallen, daß es diese Deutschen – und ich meine jetzt nur diejenigen, die zumindest zum Schein an das Gewäsch vom reinen und unverfälschten nordischen Blut glaubten – nach meinen dunkelhäutigen Tänzerinnen gelüstete, denen sie in ihren Fantasien unglaubliche sexuelle Fähigkeiten zuschrieben.

Das waren dieselben Menschen, die den Tageszeitungen zufolge eine Jüdin der Rassenschande bezichtigten, weil sie ein deutsches Kind »genetisch verseucht« hatte, indem sie es mit ihrer Muttermilch stillte, als die Brust ihrer Nachbarin trocken geworden war.

Die beiden Araber – Irakis, meinte ich dem Akzent nach – plagten solche Probleme nicht.

»Der möchte ich mal den *zouh* in den *tiz* stecken, und sie soll ihn abschütteln!« begeisterte sich der erste.

»Ach, du Träumer!« entgegnete sein Freund. »Diese unbeschnittenen Hunde ficken sie wahrscheinlich rund um die Uhr. Wir dürfen unsere Uniform nicht tragen, wie sollen wir da bei diesen Fotzen Chancen haben?«

Bei diesem Ausdruck arabisch-deutscher Verständigung mußte ich lächeln, da ich den Tisch aus der Dunkelheit der Kulissen beobachtete. Ein Offizier fiel mir besonders auf, er war älter als seine Kameraden, seine Züge verrieten mehr Charakter, und sein Auftreten heischte mehr Respekt. Er rief mich dann auch zu sich an den Tisch und äußerte den Wunsch, daß die Tänzerinnen sich nach ihrem

Auftritt auf eine Flasche Champagner zu ihnen setzten. Ich ermahnte die Mädchen, von denen zwei aus Ägypten kamen, nicht zu verraten, daß ich Arabisch sprach. Ich wollte kein Risiko eingehen. Sie trauten Männern in Uniform nicht und setzten sie mit der Polizei gleich, die sie ihre gesamte berufliche Laufbahn hindurch belästigt hatte.

Ihr Gastgeber gab in seiner Gruppe den Ton an. Er schenkte den Champagner ein, wobei er die Ausbilder gewissenhaft zuerst bediente. Er bestellte auch die Limonade für die Tänzerinnen. Er beugte sich vor und war drauf und dran, die beiden Ägypterinnen in ein Gespräch zu verwickeln. Das wollte ich mir nicht entgehen lassen und eilte an den Tisch, indem ich den eifrig bemühten Besitzer spielte. Ich sah ihn lächeln und sich die Oberlippe lecken.

»Hal hathiil' bousta?« fragte er Noura. Ist hier das Postamt? Der Teufelskerl übte sein Arabisch!

»Nein«, antwortete sie. Und mit ägyptischer Schlagfertigkeit: »Aber Sie können Ihren Brief trotzdem einstecken.«

Die Mädchen kreischten vor Lachen. Die SS-Burschen sahen sich verblüfft an. Jetzt war der Ausbilder an der Reihe.

Der Iraker übersetzte, wobei er das *R* rollen ließ wie ein Operettenaraber.

Die SS-Männer brüllten und schlugen sich mannhaft auf die Knie ihrer gutsitzenden Reithosen. Als sie das Kaukasus verließen, hörte ich, wie der höhere Offizier Noura versprach, er werde sie wieder besuchen kommen.

Der gute Schürzenjäger konnte ja nicht wissen, daß meine Mädchen am nächsten Morgen nach Istanbul zurückfuhren und von drei neuen Schützlingen Karnig Minassians ersetzt werden sollten. Hätte ich gewußt, was uns bevorstand, hätte ich die alte Riege dabehalten.

9. Januar 1944

NACH DER EXPOSITION COLONIALE VON 1931 WARB ich meine Kräfte mehrere Jahre lang in Paris an. Die Franzosen hatten in ihrer gewohnt geschmackvollen Art an den Ufern der Seine ein Märchenland aufgebaut, das den Großstädtern die Herrlichkeiten der französischen Kolonien vor Augen führte. Sie hatten maurische Paläste errichtet, tonkinesische Pagoden, die Tempel von Angkor Wat und ganze afrikanische Dörfer, in denen die Pariser und vor allem ihre Kinder über die Gebiete staunen konnten, die die Franzosen – ich gebrauche jetzt ihren Ausdruck – »befriedet« hatten. Da waren kambodschanische Tempeltänzerinnen, Derwische von den Marktplätzen der Sahara, barbusige Negerinnen aus Zentralafrika und Militärübungen mit den *meharistes,* den Kameltruppen auf ihren weißen Rennkamelen. Da waren Fremdenlegionäre, *Goums,* tunesische Scharfschützen, annamitische Infanterie, allesamt in farbenprächtigen Uniformen und mit ihren Militärkapellen. Es war das letzte Mal, daß das französische Kolonialreich Parade abhielt, ehe die Deutschen dieser Illusion 1939 ein Ende machten.

Ich hatte mir die Ausstellung mehrfach angesehen und mich dabei besonders für die algerischen, tunesischen und marokkanischen Exponate interessiert. Es waren ausgezeichnete Tänzerinnen aus diesen Ländern da, und ich nahm mir vor, sie kennenzulernen. Als die Ausstellung abgebaut wurde, blieben die Mädchen zum Teil in Paris und traten in nordafrikanischen Restaurants und Arbeitercafés auf. Von diesen Mädchen hatte ich einige engagiert, da sie in Stil und Kleidung eine Abwechslung zu denen aus dem Orient boten.

Mit Kriegsausbruch 1939 konnte ich keine Kräfte mehr aus Frankreich holen und kam wieder auf meinen Freund Karnig Minassian in Istanbul zurück, denn die Türkei war Deutschland offenkundig freundlich gesinnt. Wir waren jetzt seit zehn Jahren im Geschäft, und Karnig wußte genau, welchen Typ Mädchen ich für meine deutschen Gäste brauchte.

An diesem Morgen hatten wir die letzten drei Tänzerinnen, darunter die Ägypterin Noura, die dem SS-Offizier so gefallen hatte, in die Türkei zurückgeschickt, und jetzt war Lohmann unterwegs zum Bahnhof, um ihre Ablösung zu holen. Der ganze Ablauf war für uns zur Routine geworden. Wir brachten sie in einer Pension in der nahe gelegenen Knesebeckstraße unter, einem Etablissement, das von einer Schauspielerin im Ruhestand geführt wurde, die sich persönlich um unsere Mädchen kümmerte.

Ich steckte mitten in einer Besprechung – die ich nach zehnjährigem Umgang mit unseren Küchenhilfen in passablem Russisch führen konnte – mit Frau Nowikow über eine Änderung der Speisekarte, als Lohmann eintrat. Er hatte drei Pässe in der Hand, die er vor mir auf den Tisch legte. Ich blätterte die Pässe durch. Eine Ägypterin: Amina el Hindi, 29, geboren in Port Said. Eine Griechin: Eleni Sigaros, 27, Heimatstadt Patras. Eine Syrierin: Samira Mansour, 26, aus Aleppo. Nichts Besonderes. Ich würde später mit ihnen zusammentreffen.

Am Spätnachmittag kamen sie zu mir in den Klub. Wir stellten uns nach arabischer Sitte förmlich und höflich vor. Zur Begrüßung gab es Kaffee und Kuchen.

Mit den Jahren hatte ich gelernt, den Mädchen ein liebevoller Vater und unbarmherziger Zuchtmeister zu sein. Das ging weit über das übliche Verhältnis von Arbeitgeber zu Angestellten hinaus. Ich brachte sie zum Zahnarzt und zum Gynäkologen; ich brachte sie zu ihren Ausschabungen und Abtreibungen; ich nahm sie mit in die Warenhäuser und auf die Post. Ihr Gehalt gaben sie meist für Hausrat aus, den sie ihrer Familie schickten. Ich beriet sie bei Liebeskummer; ich schrieb für die Beinahe-Analphabetinnen Briefe und Postkarten auf arabisch. Eine holte ich aus dem Gefängnis, wo sie wegen einer Drogensache einsaß, und eine andere sollte einen übereifrigen Liebhaber mit dem Küchenmesser zerstückelt haben, da der Verehrer sie unbedingt in seinen Stall von Strichmädchen eingliedern wollte.

Um wieder auf die neu Eingetroffenen zurückzukommen: die Ägypterin, Amina, war perfekt, genau das, was den Deutschen gefiel: geheimnisvoll, exotisch, mit dichten schwarzen Wimpern und welligem, glänzendschwarzem Haar. Anscheinend besaß sie auch die Gutmütigkeit und den ausgeprägten Humor, die das Markenzeichen der Ägypterinnen waren. In ihrer westlichen Kleidung schien sie mindestens zehn Pfund Übergewicht zu haben. Um so besser: mit üppigem Hinterteil, Busen und Bauch würde sie als Tänzerin noch mehr Eindruck machen. Eleni, die Griechin, war mir auf Anhieb unsympathisch. Sie hatte etwas Stählernes im Blick und einen harten Zug um den Mund und trug, im Gegensatz zu den dunklen Locken auf ihrem Paßfoto, eine wilde Mähne von platinblondem Haar zur Schau. Sie hatte im Libanon und in Ägypten gearbeitet und sprach leidlich Arabisch. Ich sagte ihr, wir hätten es mit einem deutschen Publikum zu tun, und hier gebe es Blondinen wie Sand am Meer. Meine Gäste erwarteten Darstellerinnen, die für sie als exotisch gelten konnten. Ungeachtet dessen, was ihr Paßfoto bewies, legte Eleni Protest ein und sagte, sie sei von Natur aus blond, sie habe ihr Haar nur »aufgehellt«. Nach Jahren in der Levante, fügte sie hinzu, wolle sie sich ein neues Image zulegen, ein griechisches Aussehen, das eher zu ihrer Herkunft passe.

»*Tu parle français?*« wollte ich wissen.

»*Bien sûr*«, antwortete sie.

»Du hast dieses Verschen vielleicht schon gehört, aber ich sage es dir trotzdem noch einmal auf:

Je ne suis pas curieux
Mais je voudrais bien savoir,
Pourquoi toutes les blondes
Ont la chatte noir.
Ich bin ja sonst nicht neugierig,
doch eines wüßt' ich gern,
warum bei allen blonden Fraun
die Muschis schwarz aussehn.«

Darüber mußte Amina lachen, ein volles, tiefes polterndes Lachen. Samira musterte mit dem Anflug eines Lächelns ihre scharlachroten Fingernägel. Eleni bedachte mich mit einem giftigen Blick. Ich blieb weiter in der Offensive.

»Deine richtige Haarfarbe interessiert mich nicht. In unserem Beruf ist alles Schein. Und dein Beruf ist, und das gilt für die anderen auch, daß du den Arsch und die Titten schwingst, damit die schwitzenden Almanis da Abend für Abend wiederkommen und jedesmal hoffen, sie kriegen mehr als beim letzten Mal.«

Diese kleine Gehässigkeit wurde schweigend hingenommen. Ich fuhr fort.

»Was dich betrifft, Eleni, so gibt es hier um die Ecke einen Friseursalon. Ich laß dir die Wahl: Schwarz, Dunkelbraun oder Kastanienrot. Wenn du dich anders entscheidest, setzen wir dich heute abend wieder in den Zug.« Ich ließ meine Worte wirken. »Um fünf ist Kostümprobe.« Ich ging hinaus, ohne sie eines weiteren Blickes zu würdigen. Es sollte sich bei den exotischen Tänzerinnen herumsprechen, daß Salazar ein Mann ist, dem man nicht mit *kharra* kommen kann.

11. *Januar 1944*

HEUTE WAR LOHMANN DA. ER HAT EIN PAAR SCHEI-*ben Roggenbrot, eine Literflasche Kohlsuppe und einen Block schwitzenden Käse mitgebracht. Er entschuldigte sich, war aber hoffnungsvoll. Die Versorgungslage verschlechterte sich, aber er meinte, auf dem Lande gebe es Nahrungsmittel in Hülle und Fülle. Die Bauern, diese schlauen Hunde, legten sich immer Vorräte auf die Seite. Hilde hatte ihm erzählt, sie wolle ihre Eltern in Schlesien besuchen, und Lohmann meinte, er könne sie im Zug begleiten, um sich auf dem Lande umzusehen und ein paar fruchtbare Verbindungen zu knüpfen. Ich warnte ihn vor seinem gewohnten Optimismus. Es war allgemein bekannt, daß das Gepäck der Fahrgäste im Zug stichprobenartig kontrolliert wurde, und auf Schwarzhandel standen hohe Strafen. Lohmann lachte und sagte, er wisse noch aus dem Ersten Weltkrieg, daß jeder anständige Schmuggler seine Waren im Gepäcknetz eines anderen Abteils unterbrachte als dem, in dem er selbst reiste. Sein normalerweise rotglänzendes Gesicht ist bleich. Ich weiß, daß ihm das Getriebe seines Speiselokals fehlt und daß er drauf und dran ist, ungeachtet aller Gefahren in etwas anderes einzusteigen.*

Meine Achtung vor ihm kennt keine Grenzen. Er versteckt mich vor der Gestapo, eine Tat, die ein sicheres Todesurteil mit sich bringt. Über meine Verbindung zu

Dr. Steinbruch habe ich ihn vollkommen in Unkenntnis gelassen. Er nimmt stillschweigend an, daß ich nach Bosnien gefahren bin, um eine Volkstanzgruppe für unseren Klub zu engagieren. Ich lege die Feder hin. Ich bin es leid, bin alles leid. Mir tun die Knochen wie auch die Seele weh. Ich will versuchen zu schlafen, zu träumen. Wenn ich Glück habe, finde ich auf dem Balkon meines Vaterhauses Trost. Da sind sie alle, mein Vater und meine Mutter, mein Bruder Victor und meine Schwestern Sultana und Fortuna. Wir essen gegrillte Täubchen, das Grammophon spielt, und der Blütenduft und die Sonnenwärme machen uns schläfrig. Geborgen.

12. *Januar 1944*

HEUTE GEHT ES MIR BESSER. EIN SCHWACHER WIN*tersonnenschein durchflutet meine Kammer, und vor dem Fensterchen stolzieren Tauben hin und her. In meiner Lage messe ich allem eine besondere Bedeutung bei. Für mich sind die Tauben ein Hoffnungssymbol, wie sie es für unseren Vater Noah waren, als er von seiner Asche aus eine Taube mit einem Ölzweig im Schnabel sichtete.*

Ich komme auf die Kostümprobe mit unseren neuen Tänzerinnen zurück. Ich weiß noch, daß ich angenehm überrascht war. Eleni hatte sich die Haare pechschwarz, sogar schon künstlich schwarz färben lassen. Sie bildeten einen Kontrast zu ihrer blassen Haut und verliehen ihr im Verein mit der geraden griechischen Nase ein dramatisches Flair, das meine arabischen Mädchen nicht zustande brachten. Außerdem fand ich, daß die Kostüme im Laufe der Jahre besser geworden waren. Voile spielte jetzt eine größere Rolle, die Farben waren abwechslungsreicher, und die insgesamt spärlicheren Kostüme legten mehr Haut bloß. Zudem waren die drei gute Tänzerinnen mit unterschiedlichem Stil. Amina war die traditionellste, füllig und wundervoll geschmeidig. Eleni war kalt und reserviert, was sie seltsam begehrenswert und doch unerreichbar erscheinen ließ. Samira, die Jüngste, wirkte mit ihren riesigen schwarzen, kohlumrandeten Augen wie ein junges Reh, unschuldig und doch eine verborgene Glut verheißend. Das war ein gutes Zeichen, meinte ich wenigstens.

Ich verabschiedete mich von den Tänzerinnen. Sie sagten auf Wiedersehen. Als ich Samiras Stimme hörte, meinte ich, den Anflug eines Tonfalls zu hören, der mein inneres Ohr aufhorchen ließ, und in ihrem »*Ma es salame*« glaubte ich den jüdischen Tonfall von Aleppo zu erkennen. Das war an sich nicht besonders verwunderlich, da es in Aleppo eine große und prosperierende jüdische Gemeinde gab, weitaus größer als die von Damaskus, gut organisiert und als gebildet und fromm bekannt. Doch daß eine Jüdin 1941 nach Deutschland kam, erschien mir etwas merkwürdig.

Die Premiere lief sehr gut, und am Ende der Woche waren die Neuen voll in das Leben und Treiben des Klubs integriert. Ich beobachtete gerade Eleni bei ihrer eleganten Darbietung, da merkte ich, daß der SS-Offizier neben mir an der Bar saß. Es war der Offizier, der bei dem Besuch mit seinen SS-Kameraden mit Noura gescherzt hatte. Er war Sturmbannführer, ein Rang, der dem des Majors in der Armee entsprach, doch dazu noch die Machtfülle der SS mit sich brachte. Ich musterte ihn im Zwielicht der Bar und konnte ihn mit geradezu klinischer Nüchternheit betrachten, wenn er vom grellen Scheinwerferlicht erfaßt wurde, das Eleni über die Tanzfläche folgte. Er war ein ungewöhnlich gutaussehender Mann Mitte Dreißig, und seine feinen, ebenmäßigen weißen Zähne unterstrichen sein spöttisches Lächeln. Das hellblonde Haar trug er so lang, wie es die Vorschriften erlaubten, vielleicht sogar etwas länger, von Schläfen und Stirn glatt nach hinten gebürstet. Ich sah die beiden Armeehaarbürsten mit Silberrücken und den Pomadetiegel auf seinem Frisiertisch direkt vor mir. Als das Scheinwerferlicht ihn wieder streifte, erkannte ich den sauberen Schmiß aus seiner Studentenzeit an der rechten Wange und dann noch einmal am Kinn. Die Narben waren so fein, daß ich auf den Gedanken kam, er habe sich das Narbengewebe operativ entfernen lassen. Als er das Champagnerglas hob, sah ich seine Hände. Sie waren manikürt! Am linken Handgelenk trug er eine Cartieruhr, das berühmte, nach dem brasilianischen Flieger benannte Modell Santos Dumont. Vermutlich war das elegante Hemd unter der gutsitzenden Uniform eine Maßarbeit von Knize. In keinem Warenhaus wurden Kragen und Manschetten so angepaßt. Der Sturmbannführer war etwas Besonderes.

Er nahm meine Musterung mit belustigtem Schweigen hin, dann sprach er mich an. »Guten Abend, Herr Salazar. Erlauben Sie, daß ich mich vorstelle. Ewald Rabe.«

»Das Vergnügen ist ganz auf meiner Seite«, antwortete ich. »Schön, Sie wieder hier zu sehen. Ich hoffe, das Programm gefällt Ihnen.«

»Sehr sogar. Aber um ganz offen zu sein, ich warte auf den Auftritt von Fräulein Noura. Bisher vergeblich.«

Er lächelte charmant, geduldig. Ich war versucht, ihn zu fragen, ob er seinen Arabischunterricht wieder aufnehmen wollte oder ob sein Interesse eher privater Natur war, aber mir war nicht daran gelegen, einen SS-Offizier mit meinem Sarkasmus zu provozieren.

»Fräulein Noura ist wieder nach Istanbul zurückgekehrt, wo sie eine vertragliche Vereinbarung mit dem Yildizlar-Kabarett hat. Aber es wäre mir natürlich ein großes Vergnügen, Sie mit unseren anderen Tänzerinnen bekannt zu machen.«

Er bedankte sich, und in der Pause brachte ich die drei Mädchen an den Tisch, den ich ihm zugeteilt hatte. Er bestellte Champagner, an dem nur Eleni nippte, da Amina und Samira lieber Limonade tranken. Ich hatte den Mädchen bereits eingeschärft, mich nicht auf arabisch anzusprechen, eine Bitte, die sie mir gern gewährten, und durfte nun miterleben, wie er sich bemühte, sein Schularabisch anzuwenden.

»*Kif hal hawa?*« – Wie ist das Wetter? – wollte er wissen.

»Ist doch egal; bei Ihnen ist immer Winter«, entgegnete Amina auf arabisch.

Das war ihm natürlich zu hoch, und die Mädchen versuchten mit viel Gelächter, den Scherz in gebrochenem Englisch und Französisch und von Handbewegungen unterstützt zu erläutern. Ich brachte keine Geduld mehr für diesen Kindergarten auf und ging wieder in mein Büro.

Sturmbannführer Rabe kam beinahe jeden Abend wieder, nur hatte er jetzt mit pedantischer deutscher Gründlichkeit ein elegantes ledernes Notizbuch dabei und machte sich mit einem goldenen Bleistift Aufzeichnungen, während er seine kleinen Sätze übte. Mehrfach brachte er Offizierskameraden von der SS mit, aber sie waren weniger fleißige Schüler als Rabe und beschränkten sich auf *»Ana bahibbak«* – Ich liebe dich – oder erbaten sich nach mehreren Flaschen weitere erotische Fachausdrücke.

Ich rief Dr. Steinbruch zu Hause an; weisungsgemäß ließ ich es zweimal klingeln und legte dann auf.

16. Januar 1944

DR. STEINBRUCH RIEF MICH AM NÄCHSTEN MORgen an, und wir verabredeten uns an einem Nebeneingang des Pergamon. Spätnachmittags fand ich mich an einer grünen Eisentür ein.

Die Tür ging auf, und Dr. Steinbruch winkte mich herein. Auf die Größe des in dem Museum untergebrachten Pergamontempels und seiner Flügel war ich nicht gefaßt. Der Tempel mit seinem Altarsockel hatte seit uralten Zeiten an der türkischen Küste vor der griechischen Insel Lesbos gestanden. Dr. Steinbruch erläuterte, die Deutschen hätten bereits 1878 von den herrschenden osmanischen Türken die Genehmigung erhalten, dieses Meisterwerk Stein für Stein abzutransportieren, bis es vollständig an seinem jetzigen Platz in dem nach ihm benannten Museum stand. Das war zwar eine Entführung griechischen Kulturguts, doch das Ergebnis war ein derart bewegendes Wunderwerk, daß ich nur mit offenem Mund die Friese anstarrte, auf denen Götter im Kampf gegen Löwen und Schlangen dargestellt waren. Ein sanftes Hüsteln holte mich aus meinen Träumereien. Dr. Steinbruch bedeutete mir, ihm zu folgen.

Auch sein Büro war eine wahre Fundgrube von Antiquitäten. Er setzte sich an seinen Schreibtisch, auf dem die Statue der Astarte vom Schein einer Chromlampe markant hervorgehoben wurde. Tausende von Büchern säumten die Wände; die Mitte des Raums nahmen lange Tische ein, die allesamt von zu bestimmenden Tonscherben und Skulpturenbruchstücken bedeckt waren.

Ich saß auf einem hölzernen Stuhl. Die hohen Wände und das hohle Echo dieses riesigen Gebäudes schüchterten mich ein und ließen mich zwergenhaft erscheinen.

Ich berichtete Dr. Steinbruch, daß seine Erwartungen sich erfüllt hätten. Die SS-Studiengruppe, die er mir geschildert hatte, sei tatsächlich in den Kaukasus eingefallen, und nach dem ersten gemeinsamen Besuch sei Sturmbannführer Ewald Rabe allein oder in Gesellschaft von Offizierskameraden am Ball geblieben. Als persönliche Beobachtung fügte ich hinzu, diese jungen Offiziere sprächen zwar ein Kinderarabisch, würden aber offenbar von Irakis unterrichtet – selbst bei ihren einfachen Sätzen könne ich den Tonfall heraushören. In ihrer dienstfreien Zeit kämen sie in den Klub, um mit den Mädchen zu flirten, zu trinken und ihre Sprachkenntnisse zu üben.

Ich sagte, ich habe nicht einmal indirekt versucht, in Erfahrung zu bringen, wo diese Offiziere stationiert waren und wieso sie sich für die Sprache interessierten. Ich spielte weiterhin den spanischen Kabarettbesitzer, eine Rolle, in der ich mich inzwischen wohl fühlte; ich hatte sogar im Madrider Hauptquartier der Falange – der offiziellen Faschistenorganisation – einen Aufnahmeantrag gestellt.

Dr. Steinbruch informierte mich über die aktuelle Lage in der Levante. Es strömten ständig, auf legalen wie verborgenen Wegen, europäische Juden nach Palästina ein. Die Araber hätten einen gewaltlosen Widerstand gegen die britische Kolonialverwaltung organisiert und Anschläge auf Kibbuzim sowie Juden auf den Märkten und Straßen von Palästina unternommen. Mit der lautstärkste Protest gegen die Einwanderung von Juden komme von arabischen Großgrundbesitzern, die Tausende von *dunam* überweideten und sandigen Boden an die Jewish Agency verkauften. Die Briten hätten förmlich reagiert und ein Weißbuch herausgegeben, das der jüdischen Einwanderung in die Heimstatt, die sie mit der Balfour Declaration selbst geschaffen hatten, ein Ende setzte. Daraufhin hätten die Juden von Palästina erklärt, sie würden gegen das Weißbuch kämpfen, als gäbe es keinen Krieg, und im Krieg kämpfen, als gäbe es kein Weißbuch. Sie träten zu Tausenden in die britische Armee ein. Die Araber täten das ostentativ nicht. Im Gegenteil, sie erhofften, ja erwarteten einen deutschen Sieg und den Einfall von Rommels Afrikakorps nach Palästina; dann wollten sie mit den Juden abrechnen.

Zur Vorbereitung auf diesen glorreichen Tag inszenierte der Großmufti Hajj Amin el Husseini eine

Haßkampagne und gewalttätige Überfälle gegen die Juden.

Dr. Steinbruch holte Weinbrand und Zigarren und stellte mir seine Theorie weiter dar. Er hielt es für unwahrscheinlich, daß unsere jungen SS-Offiziere zu diplomatischen oder nachrichtendienstlichen Funktionen ausersehen seien. Im deutschen diplomatischen Korps und beim militärischen Nachrichtendienst gebe es Spezialisten für semitische Sprachen genug. Nein. Sein Eindruck sei, daß diese jungen Männer für einen Kampfeinsatz bestimmt waren, bei dem Grundkenntnisse des Arabischen und der islamischen Kultur von Nutzen wären. Als ich ihn mit der Bemerkung unterbrach, ich habe gedacht, die SS sei ihrem Wesen nach rein politisch, entgegnete er, der Führer habe angeordnet, die Kampfverbände der Waffen-SS beträchtlich zu erweitern. Die nur durch Kragenspiegel oder SS-Abzeichen am Helm gekennzeichneten SS-Divisionen in feldgrauer Uniform seien für Aufträge vorgesehen, denen die Wehrmacht vielleicht nicht gewachsen wäre. Dr. Steinbruch vermutete, daß meine jungen Offiziere in solche Verbände eintreten würden.

Mittendrin wechselte er das Thema und bat mich, ihm Näheres über Hintergrund und Charakter unserer neuen Tänzerinnen zu erzählen. Ich berichtete ihm, was ich wußte, sagte ihm aber unwillkürlich nichts von meinem Verdacht, daß Samira jüdischer Abstammung war.

Dann unterbreitete Dr. Steinbruch mir den folgenden taktischen Plan. Ich sollte eine Liaison zwischen einem Mädchen und dem Sturmbannführer in die Wege leiten, ermuntern oder notfalls selbst herbeiführen. Das Mädchen sollte die Ohren offen halten und mir bis in alle Einzelheiten berichten, was sie durch Bettgeflüster und belauschte Gespräche in Erfahrung gebracht hatte. Er wollte unter anderem die Bezeichnung des Verbandes wissen, die Namen der höheren Offiziere, in welcher Institution oder Kaserne die Ausbildung stattfand, die Namen von Verbandsangehörigen im Offiziersrang, ob und gegebenenfalls welche anderen Sprachen sie lernten und welche Truppenbewegungen oder Einzeleinsätze sich abzeichneten oder tatsächlich stattfanden. Außerdem alle nur denkbaren Angaben über ihre Ausbilder, ob Araber, Perser, russische Moslems oder Deutsche, sowie ihren Namen, Rang und Heimatort. Den Familienstand von Rabe und seinen Offizierskameraden, verheiratet, alleinstehend oder geschieden, ihre sexuellen Vorlieben und Eigenarten, ihre Auslandsreisen, den Geburtsort und Beruf des Vaters – kurz, alles war für Dr. Steinbruch von Interesse.

Ich sollte dies unverzüglich in die Wege leiten und mich beim ersten Anzeichen eines Erfolges – oder auch Fehlschlags – mit ihm in Verbindung setzen.

Von nun an würden wir uns im Park oder in der lauten S-Bahn treffen. Aber er wollte mich wenigstens ein Mal die Pracht des Pergamon sehen lassen. Es gab bereits Pläne, den Tempel und die übrigen Friese abzubauen, um sie danach erst einmal sicher einzulagern. Offenbar glaubten die Intellektuellen nicht an den von der Partei geweissagten kurzen und siegreichen Krieg.

Beim Hinausgehen durchquerten wir die große Ausstellungshalle mit dem Pergamontempel. Unsere Schritte hallten dramatisch wider, als Dr. Steinbruch auf ein Mauerfries zutrat. Er ließ die Hand auf dem Kopf eines Fabelhundes ruhen, der eine Fabelgottheit verschlang.

»Siehst du, Daniel«, sagte er, »es sind schon größere Kulturen als das Dritte Reich untergegangen, und ihre Herrlichkeiten wurden fortgeschafft wie ein Haufen Müll.« Er hielt inne und lächelte mir im Halbdunkel zu. »Vielleicht sehen wir noch das Brandenburger Tor im Hof des Britischen Museums, wenn das alles vorbei ist.«

»*Inschallah*«, sagte ich.

Bei meiner Rückkehr aus dem Museum in den Klub war es schon spät, und die letzte Vorstellung sollte eben beginnen. Ich ging in mein Büro. Als ich den Mantel aufhängte, sah ich einen Teller auf meinem Schreibtisch stehen, der mit einem zweiten abgedeckt war. Neugierig geworden, nahm ich den oberen Teller ab und war wie vom Schlag getroffen: *charosset*, wie meine Mutter es zubereitete!

Charosset ist ein Konfekt aus Früchten und Nüssen, mit süßem Wein angefeuchtet, das symbolisch für den Mörtel steht, mit dem unsere Vorfahren die Pyramiden gebaut haben sollen. Ich roch den Duft von Rosinen, Walnüssen, Orangen und Aprikosen. Ich nahm einen ersten Bissen und fühlte mich in unser Speisezimmer in Damaskus versetzt. Es war genau derselbe Geschmack. Ich stürmte in die Küche und zeigte Frau Nowikow den Teller.

»Wo kommt das her?« wollte ich wissen.

Frau Nowikow deutete mit ihrer breiten Schulter zum Kabarett hin. »Die *malenkaja* hat es gemacht, und es ist gar nicht übel.«

»Welche Kleine?« fragte ich nach.

Frau Nowikow verlor die Geduld mit mir. Sie steckte die Nase in die Luft. »Nicht die hochnäsige Griechin.« Sie wackelte mit dem Hintern. »Nicht die Fette. Die Kleine, Samira.«

Ich bat einen Kellner, sie nach ihrem Auftritt in mein Büro zu rufen. Miß Mansour hatte mich also durchschaut, ehe ich meinem eigenen Verdacht Ausdruck geben konnte. Hatte mein Arabisch einen so starken Akzent? Stand mir YAHOUDI auf die Stirn geschrieben? Hatte ich nicht mit sündhaftem Stolz angenommen, wir Sephardim sähen besser aus, seien nicht so leicht zu erkennen wie die Aschkenasim mit ihren überdeutlichen jüdischen Zügen? Und nun hatte eine kleine unbedeutende Tänzerin mich durchschaut. Ich schmollte noch immer, als sie in mein Büro kam.

»Ich wußte gar nicht, daß du kochen kannst«, sagte ich matt.

»Sie haben auch nicht gewußt, daß Passah ist«, antwortete sie. »Und ein Passah ohne *charosset* ist kein richtiges Passah.«

Sie war mir immer eine Nasenlänge voraus, und es war absurd, mein Possenspiel weiterzutreiben. »Woher weißt du, daß Passah ist? Was weißt du über mich?«

»Sie kleiner Esel. Passah kommt immer um das Osterfest der *nusranis* herum. Und auf das da« – sie zeigte auf das Kruzifix hinter mir an der Wand – »bin ich nicht einen Augenblick hereingefallen«. Sie nahm sich eine von meinen Simon Arzt Zigaretten und setzte sich zu mir auf die Schreibtischkante. »Als ich Sie sah, als ich Ihre Stimme hörte, wußte ich im selben Moment, wer Sie sind. Und was den Namen Salazar betrifft, damit können Sie die *almanis* hier in Berlin zum Narren halten, aber ein Mädchen aus dem Bahsita-Viertel von Aleppo doch nicht.«

Und dann erzählte sie mir bei zahllosen Zigaretten und Weinbrandschlückchen von ihrer Familie, ihrer Kindheit in Aleppo und dem Geschehen, mit dem ihre Laufbahn als Tänzerin begonnen hatte und das sie zu den Fleischtöpfen des Vorderen Orients und schließlich durch Minassians Vermittlung nach Berlin in Salazars Kaukasus führte.

Von den antisemitischen Ausschreitungen hier in Deutschland und in den besetzten Gebieten wußte sie nichts. Sie hatte gehört, daß die Deutschen die Juden unterdrücken, daß dieser Hitler, der *rais* oder

Führer der *almanis*, die Juden haßt. Doch wo war da der Unterschied zu der Stimmung in Syrien oder im Irak? Wie sollte ein einfaches Mädchen aus dem Orient zu einer Zeit, wo gebildete Europäer beteuerten, sie wüßten nichts von Lagern, von Vergasungen, von Verbrennungen, darüber Bescheid wissen? Die arabischen Gäste der Klubs, in denen sie arbeitete, interessierte es gewiß nicht, wie die Deutschen mit den Juden umsprangen, wenn sie es überhaupt wußten. Zu Recht fügte sie hinzu, die Juden des arabischen Ostens, die in ihren *mellahs* oder Ghettos vielfach in Armut dahinlebten, seien durch Jahrhunderte von den Juden in Europa getrennt. Sie sei wahrhaftig noch nie einem begegnet.

Von daher hatte die Aussicht auf ein Engagement im antisemitischen Deutschland nichts Abstoßendes für sie. Wie viele andere Tänzerinnen und Sängerinnen jüdischer Abstammung gab sie sich als Moslemin aus und wußte, daß sie diesen kleinen Betrug mühelos aufrechterhalten konnte, vor allem in einem Land, wo vollkommene Unkenntnis über orientalische Kulturen herrschte. Außerdem hatte sie das Geld, die relativ hohen Gagen, die wir zahlten, dringend nötig.

Ihr Vater Mosche Zechariah war *schochet* von Beruf, ein ritueller Schlachter im jüdischen Schlachthaus. Er lebte so recht und schlecht davon, daß er Rindern und Schafen auf althergebrachte Weise die Luftröhre durchtrennte. Diese Schlachterarbeit war keine Fließbandarbeit wie im Westen. Fleisch war vergleichsweise teuer, zumal koscheres, da vieles wegen ritueller Unreinheit nicht in Frage kam, und so ließ die Armut der Menschen in ihrem Viertel nicht zu, daß jeden Tag Fleisch auf den Tisch kam. Kurz, ein Mann hatte es schwer, davon eine Frau, einen blinden Vater und acht Kinder zu ernähren. Es war schwer, aber in ihrer Gemeinde nichts Ungewöhnliches. Ihre Mutter und zum Teil auch die älteren Schwestern halfen mit, indem sie Heimakkordarbeit für die Kurzwarenfabrik Mercerie Meshoullam annahmen. Die älteren Brüder verrichteten Gelegenheitsarbeiten auf dem Schlachthof oder verdingten sich als Träger auf dem Basar. Keiner hatte eine ernst zu nehmende Ausbildung über die Religionsschule hinaus. Da sie, Samira, die besten Ansätze zeigte, hatte sie einen Handelslehrgang besuchen dürfen, den die Alliance Israélite in Abendkursen veranstaltete. Ihre Eltern hofften, daß sie vielleicht eine Anstellung in einem Büro finden und mit ihrem Beitrag zum Haushaltsgeld der drückenden Armut der Familie etwas abhelfen könnte.

Samira schenkte sich noch einen Weinbrand ein, zündete sich wieder eine Zigarette an und fuhr mit ihrer Lebensgeschichte fort. Jetzt sah sie jedoch nicht mehr mich an, sondern die Wand genau über meinem Kopf, was den Eindruck erweckte, als spreche sie über eine dritte Person und nicht wirklich über sich selbst. Eines Abends war sie kurz nach neun aus der Schule der Alliance gekommen und hatte auf dem Heimweg in das Bahsitaviertel in der

Altstadt ihre üblichen Abkürzungen genommen. Sie überquerte ein Gelände, wo über Nacht in paar Taxis, meist alte Renaults, sowie Busse und Lastwagen abgestellt waren. Sie wußte noch, daß sich der Wärter, ein rauher Kerl vom Lande, ein Fellache mit *kefiyeh* und einem alten französischen Armeemantel, in einem leeren Ölfaß ein Feuer angezündet hatte. Er hatte einen Taxifahrer bei sich und spielte auf einem Autokotflügel *schesch-besch* – Backgammon – mit ihm. Als sie vorbeikam, wurde sie hergerufen und nach der Uhrzeit gefragt. Sie sagte, sie sei eben aus der Schule gekommen, daher müsse es kurz nach neun sein. Sie fragten, welche Schule, und wider bessere Einsicht erzählte sie, es sei die »Israili«-Schule. Das war im Jahre 1935, die antijüdische Propaganda in Palästina lief auf Hochtouren, und die Rundfunksendungen des Großmufti hatten die zumeist analphabetische Masse der Araber in den Nachbarländern aufgehetzt. Ihr war klar, daß der Wärter wie der Fahrer Haschisch geraucht hatten; sie hatten glänzende Augen und erweiterte Pupillen, und neben dem *schesch-besch*-Brett stand eine offene Arrakflasche. Die Männer begannen sie zu piesacken und nannten sie *»batta«*, eine fette jüdische Ente. Da müßten gute Freunde ran und sie rupfen, und sie seien nur allzu gern bereit, ihr zu zeigen, was es mit der arabischen Männlichkeit auf sich habe. Sie wollte sich davonmachen, doch die Männer packten sie, zogen sie hinten in das Taxi und stopften ihr eine *kefiyeh* in den Mund. Sie hatten sie abwechselnd, auch anal, vergewaltigt und wohl gegen Mitternacht aus dem Auto geworfen. Der Wärter hatte sie bei den Haaren gepackt, mit einem Messer bedroht und gesagt, sie würden sie finden und ihr die Kehle aufschlitzen, wenn sie etwas verriete.

Samira kippte ihren Weinbrand hinunter und fuhr auf die gleiche unbeteiligte Art fort.

Irgendwie war es ihr gelungen, nach Hause zu kommen, wobei sie sich vor Schmach und Scham an Wände und in Hauseingänge drückte. Ihr Vater, die Mutter und die älteren Brüder erwarteten sie, als sie hereinkam. Sie sahen mit einem Blick auf ihre zerrissenen Kleider und blutbesudelten Strümpfe, was ihrer Tochter und Schwester widerfahren war. Sie fiel ihrer Mutter in die Arme, die das orientalische Klagegeheul anstimmte, das sich stetig nach oben schraubt, abbricht und dann wieder von vorn anfängt. Dabei hielt sie Samira die ganze Zeit krampfhaft fest und wiegte sie wie eine Verrückte mit einer Lumpenpuppe hin und her.

Ihr Vater schlug seine Frau, bis sie still war, und packte Samira, wobei er »Wer? Wer? Wer?« schrie. In ihrem Schock und durch die hier zutage tretende Gewalttätigkeit noch mehr verängstigt, konnte sie nicht sprechen. Daraufhin griff sich der Vater einen Gürtel und verprügelte sie so furchtbar, daß der Schmerz ihre Betäubung durchbrach und sie hervorsprudelte, was vorgefallen war.

Ihr Vater nahm ihre beiden Brüder Latif und Ibrahim und ging zur Tür hinaus. Er blieb kurz stehen und holte eine Ledertasche mit seinem Werkzeug aus dem Regal. Dann verschwanden sie in der Nacht. Die Mutter wusch und schrubbte Samira wie besessen, bis sie wund war und vor Schmerz schrie. Dann verbrannte die Mutter Samiras Kleider – alles, um auch das kleinste Anzeichen ihrer gemeinsamen Schande zu tilgen.

Kurz nach Tagesanbruch kamen die Männer zurück. Sie sagten kein Wort zu den Frauen. Sie gingen in den Hof und wuschen sich unter dem einen Hahn, den die Mansours mit allen ihren Nachbarn teilten.

Dann zogen sie sich an und gingen in die Synagoge.

Für mich lag klar auf der Hand, daß Samiras Vater und Brüder das Amidah sprechen wollten, ein aus neunzehn Bitten bestehendes Gebet, dessen sechste Bitte dem Sünder Gelegenheit gibt, Gott um Vergebung zu bitten. Wenn der Bittende die Worte *»chatanu«* – wir haben gesündigt – und *»paschanu«* – wir haben gefrevelt – spricht, schlägt er sich mit der Faust an die Brust. Und sie hatten wahrlich Grund, sich an die Brust zu schlagen.

18. Januar 1944

SAMIRAS VATER ERWÄHNTE DEN VORFALL NIE WIEder, doch ihr Bruder Latif erzählte ihr die Geschichte einige Jahre, nachdem sie das Vaterhaus verlassen hatte.

Die Männer waren zu dem Parkplatz geeilt. Das Feuer war erloschen und der Wärter geflohen. Vielleicht war er zur Vernunft gekommen und hatte nun Angst, daß die Polizei von Aleppo erschien, der jeder besser aus dem Wege ging und ein armer Fellache wie er schon gar. Doch ihr Vater und die Brüder hatten im Mondlicht das Taxi ausgemacht, auf dessen Kotflügel noch das *schesch-besch*-Brett und die Flasche standen. Sie schauten in den Wagen hinein und sahen auf dem Rücksitz reichlich Beweis – Blut und Sperma – für die Schändung ihrer Tochter und Schwester. Ein vom Vordersitz kommendes Schnarchgeräusch lenkte ihre Wut in eine andere Richtung. Sie fanden den Taxifahrer in tiefem, von Alkohol und Drogen bewirktem Schlaf. Seine Hose stand noch offen; am Hosenschlitz klebte Blut. Ehe er zu sich kam, hatten die Männer ihn mit seinem Gürtel und einem Strick an Händen und Füßen gefesselt. Sie stopften ihm einen Lumpen tief in die Kehle. Ibrahim schlug ihm ins Gesicht, bis er völlig wach war. Dann sprach ihr Vater ihn ruhig und vernünftig an und achtete darauf, daß der Mann voll und ganz begriff, was mit ihm geschah.

»Ich bin der Vater, und das sind die Brüder des kleinen Mädchens, das du geschändet hast. Du hast das Pech, daß ich von Beruf Schlachter am jüdischen Schlachthaus bin. Und ich habe mein Handwerkszeug mitgebracht.«

Ihr Vater zog sein Messer hervor und fuhr dem Mann über das Nasenloch; Blut spritzte ihm auf das Kinn.

»Du hast Pech, daß der Vater des kleinen Mädchens kein Anwalt oder Buchhalter ist, sondern ein Schlachter, der den ganzen Tag bis zu den Knien im Blut steht.« Ihr Vater hielt inne und sah zu, wie der Mann mit wild rollenden Augen an den Fesseln zerrte. »Du hast das Pech, daß der Vater des kleinen Mädchens kein reicher Mann ist, der vor den Schranken des Gerichts Genugtuung suchen würde. Er ist bitter arm und obendrein Jude und erwartet sich von Polizei und Gerichten nicht mehr Gerechtigkeit als ein armer Teufel wie du.« Wieder ließ er dem Mann einen langen, qualvollen Augenblick lang Zeit, über sein Los nachzudenken. »Also muß ich tun, was ein Vater mit dem Hund tun muß, der sein Kind zugrunde gerichtet hat. Sonst könnte er der Mutter, deren Lenden sie hervorgebracht haben, nie wieder in die Augen sehen. Er könnte den Brüdern nie wieder in die Augen sehen, die erzogen wurden, sie zu beschützen. Er könnte den Schwestern nie wieder in die Augen sehen, die Schutz brauchen vor Hunden wie dir. Verstehst du, was ich dir sagen will?«

Der Mann nickte verzweifelt und hoffte trotz alledem noch auf Gnade.

»Was sollen wir also tun? Sollen wir die Augen ausstechen, die sich am Körper meines Kindes weideten? Sollen wir die Finger abschneiden, die ihr Fleisch schändeten? Sollen wir die Hände abhacken, die sie liebkosten, noch ehe ein Bräutigam dieses Recht für sich in Anspruch nehmen konnte? Sollen wir die Zunge herausschneiden, die ihren Mund entehrte? Kann sie Vater und Mutter küssen, kann sie beten mit den Lippen, die deine berührten?« Er wartete. »Deine Antworten befriedigen mich alle nicht. *Salli la rabbak*« – Bete zu deinem Gott –, »deine Zeit ist abgelaufen. Ich will ausreißen, was sich versündigt hat.«

Die Brüder hielten den Mann zu beiden Seiten fest; der Vater riß die Hose auf und holte den Penis heraus. Er wich zurück, als der Mann seine Blase auf den Wagenboden entleerte. Dann wurde das Messer mit einer schwungvollen Bewegung nach oben gezogen, die den Penis an der Wurzel abtrennte. Der Mann schaute hinunter und sah, wie ihm das Blut zwischen den Beinen herausströmte. Ibrahim, der ältere Bruder, ließ es dabei nicht bewenden. Er hob das Glied auf und band es an dem bunten *maschallah* – dem Glücksbringer aus blauen Perlen und Messinghänden – am Rückspiegel fest.

Bei seinem langsamen Sterben hatte der Mann vor Augen, was Samira entehrt hatte.

Für westliche Ohren klingt diese Geschichte barbarisch. Doch im Orient hat sie einen hohen Symbolgehalt, der von der schrecklichen, unwiderruflichen Gerechtigkeit der Wüste zeugt. Die Polizei und die anderen Taxifahrer, die morgens sicher die Leiche fanden, würden verstehen: Hier war nicht nur Rache geübt worden; das war, wichtiger noch, ein Warnsignal.

Doch für die Familie war damit alles anders geworden. Samiras Unheil wurde zu einem Schandfleck, der sie aus dem warmen und behaglichen Nest der Familie vertrieb. Sie meinte, vielleicht sei sie mitschuldig an ihrer Entjungferung; sie meinte, vielleicht sei sie doch unrein. Als die Eltern sie an den Sohn eines Rabbi verheiraten wollten, einen von Geburt an tauben Jungen, war das für das ganze Viertel ein Zeichen, daß mit der Tochter von Mosche Zechariah etwas nicht stimmte.

Sie lief fort nach Damaskus. Dort hatte sie eine Verwandte, eine alte Frau, die im Haret el Yahoud wohnte, eine Schwester ihrer Großmutter mütterlicherseits. Sie war ihr noch nie begegnet; die Kinder durften sie nicht besuchen. Jedoch war Samiras Mutter heimlich mit dem einzigen noch lebenden Mitglied ihrer Familie in Verbindung geblieben. In ihrer Jugend, einer Zeit unvorstellbarer Not, war diese alte Frau gewesen, was man nachsichtig eine »Sängerin« oder Unterhaltungskünstlerin nannte.

In diesem Gewerbe kamen wohl zwei Disziplinen zusammen, von denen eine der Gesang war, und die syrischen Rabbis hatten alles darangesetzt, diesen Schandfleck der Gemeinde zu beseitigen. Die alte Tante ihrer Mutter schloß Samira ins Herz. Eine alte moslemische Freundin von ihr hatte einen Sohn, der im Viertel Bab Mousalla ein Kabarett besaß. Der Mann fand, sie habe eine angenehme Stimme, und ihre sehr weiße Haut, die schönen Augen und die jungfräuliche Erscheinung wirkten zu ihren Gunsten. Sie bekam die Chance, die geistlosen arabischen Schlager zu singen, deren Text darin besteht, daß das Wort *»habibi«* – Geliebter – bis zum Überdruß wiederholt wird. Trotz ihrer schlanken Gestalt stieg sie am Ende von der Sängerin zur Bauchtänzerin auf.

Um halb vier Uhr morgens klopfte Lohmann an die Bürotür. »Herr Salazar, mit Ihrer Erlaubnis gehe ich jetzt nach Hause. Bitte, schließen Sie ab.«

Samira und ich hatten eine ganze Flasche Weinbrand ausgetrunken und unzählige Schachteln Zigaretten geraucht. Sie hatte ihre Geschichte gut erzählt. Es kam mir vor, als kenne ich ihre gesamte Familie: den Vater, der jede Freude verloren hatte und noch härter geworden war als zuvor, die Mutter, die das Schicksal der Tochter beklagte, in die man so große Hoffnungen gesetzt hatte, die Brüder, rauhbeinige Gauner auf den Basaren, die sich mehr oder weniger ehrlich durchs Leben schlugen. Ich war zwar mit glücklichen Verhältnissen gesegnet, doch ich kannte das von ihr geschilderte Leben; so ähnlich lebten die meisten Juden in den *mellahs* der arabischen Welt.

Ich begleitete Samira zu ihrer Pension. Engumschlungen in der Stille der kühlen Nacht befiel uns das rauschhafte Gefühl zweier Seelen, die einander näherkommen. Als wir an ihrer Tür angelangt waren, machten wir die Mäntel auf, damit wir näher beieinanderstehen konnten. Und als die Laternen ausgingen und dem ersten Morgenlicht wichen, flüsterten wir uns arabische Liebesworte zu.

20. Januar 1944

ICH HABE MICH BEMÜHT, NICHT JEDEN EINZELNEN *Fall von Angst, Verzweiflung oder Schmerz auf diesen Seiten festzuhalten. Leider treten diese Momente nur allzu häufig auf, und wenn ich sie alle wiedergeben wollte, wären diese armseligen Impressionen bald nichts als ein medizinisches oder gar psychiatrisches Tagebuch. Kopfschmerzen, Durchfall, Zahnweh, Schmerzen in den Gelenken wechseln sich ab mit Schreckensmomenten während der Bombenangriffe, mit depressiven Anfällen und Selbstmordgedanken, wenn ich mir meine Überlebenschancen ausrechne, und der sehr realen Angst vor der Entdeckung durch die Gestapo. Ich versuche, diesen Gefühlen der Hoffnungslosigkeit keinen freien Lauf zu lassen, und Lohmanns Besuche machen mir ebenso wie das Essen, das er mir bringt, mein Dasein erträglich. Doch bis zum Zeitpunkt dieser Eintragung ist er viereinhalb Tage lang nicht gekommen.*

Nun, jetzt war er da und ist wieder fort. Er ist sehr stolz auf sich. Es zeichnet sich da ein neues Unternehmen ab, das »uns« ernähren wird und Lohmann obendrein noch Geld einbringen sollte.

Als er mit Hilde im Zug saß und ein Tal mit wohlhabend wirkenden Dörfern und Höfen – allesamt anscheinend gut für den Winter gerüstet und bislang nicht von Bomben berührt – sah, stieg er spontan aus und mietete sich in einem Gasthaus ein. Der Wirt war gleichfalls im Ersten Weltkrieg gewesen, was in Deutschland nicht gerade selten ist, aber sie stellten fest, daß sie zur selben Zeit im selben Frontabschnitt gestanden hatten. Lohmann stellte sich als Schmuckvertreter vor und hatte auch wirklich in seinen Taschen gut verborgen mitgebracht, was ihm von seinen nächtlichen Beutezügen noch an Waren verblieben war. In der gemütlichen Atmosphäre des warmen, verräucherten Schankraums machte der Gastwirt Lohmann mit mehreren wohlhabenden, gutgenährten Bauern bekannt. Lohmanns jovialer Art konnte man sich nur schwer entziehen, und es dauerte nicht lange, da war er in ein großes Bauernhaus eingeladen. Der Mann wollte seine Frau sehen lassen, was Lohmann im Angebot hatte.

»Herr Saporta«, sagte Lohmann. »Da draußen liegt eine ganze Welt, die vom Krieg unberührt ist. Die Söhne sind natürlich fort, aber sie leben wie die Maden im Speck.« Und er schilderte mir, wie diese gerissenen Bauern ganze Keller voll mit Räucherwurst, Schinken, eingelagerten Eiern, Kartoffeln, roten Rüben, Kohl, Butter- und Schmalzfässern und selbstgebrannten Schnaps aus Kirschen, Birnen, Äpfeln, Pflaumen und Aprikosen besaßen. Und die Ställe mit wohlgenährten, gepflegten Rindern und Pferden heizten sich so auf, daß sie auch die darüberliegenden Zimmer mit warmhielten. »Sie haben Geld übrig. Sie verkaufen Weizen, Roggen, Hafer und Gerste an die Armee und kaufen gerne Ringe, Uhren, Kettchen und sogar größere Silberstücke.«

Lohmann setzte sein beschränktes Angebot auf drei

Bauernhöfen ab. Als Bezahlung nahm er Bargeld und Naturalien. Ein Teil der Beute lag vor mir auf dem Tisch: verschiedene Wurstsorten, ein großes Stück geräuchertes Schweinefleisch, ein Tiegel mit Schmalz, eine Flasche Kartoffelschnaps. Als ich fragte, wie er denn seinen Bestand wieder auffüllen und gefahrlos transportieren wolle, lachte er und erinnerte mich daran, daß ein professioneller Schmuggler nicht im selben Abteil fährt wie seine Beute. Die Warenbeschaffung ist schon schwieriger, doch er will wieder zu seinem bewährten Backstein aus der braunledernen Aktentasche greifen und nach den Bombenangriffen zu Werke gehen. Die Amerikaner und Briten kommen ihm dabei zunehmend entgegen. Seinen Gewährsleuten aus den Unterweltkneipen zufolge gibt es inzwischen zahlreiche Spezialisten, die einbrechen, während die Besitzer der Beute einigermaßen sicher in ihrem Luftschutzbunker sitzen. Dadurch kommt man nun an Silbertabletts, Kerzenhalter, Teekannen und Toilettengarnituren heran – genau die Waren, die das Herz eines geschäftstüchtigen Bauern mit Schinken im Keller und Geld unter der Matratze erfreuen.

»Machen Sie sich keine Sorgen, Herr Saporta, Lohmann bringt uns schon durch.«

21. Januar 1944

ENDE APRIL 1941 WAR SAMIRA AUS DER PENSION Stella in der Knesebeckstraße ausgezogen und wohnte nun bei mir. Es war das erste Mal, daß ich mit einer Frau zusammenlebte, und das eheähnlichste Verhältnis, das ich je erlebt habe, und nie war ich dem Zustand ununterbrochener Seligkeit so nahe. Samira und ich liebten uns von ganzem Herzen. Wir stimmten nach Herkunft und Temperament harmonisch überein. Sie war in der orientalischen Tradition aufgewachsen, und das hieß, daß der Mann für sie den allerersten Platz einnahm, doch bei uns wird die Frau nicht zu einer unterwürfigen Stellung degradiert. Sie lebte, um mir Freude zu bereiten, und ich war bemüht, es ihr gleichzutun.

Obwohl sie bis spät im Klub arbeitete, war sie schon Stunden vor meinem Erwachen auf. Stets brachte sie mir eine Tasse mit duftendem türkischem Mokka, um mir das Aufwachen zu versüßen. Wenn ich angezogen war und bereit, dem Tag ins Auge zu sehen, hatte sie bereits irgendeine Köstlichkeit für mich gekocht. Gewöhnlich war es *ful*, das die Araber morgens am liebsten essen: weichgekochte und pürierte Bohnen mit Petersilie, Frühlingszwiebeln, Olivenöl und Zitronensaft. Sie legte *chaminados* in die Bohnen hinein, Eier, die über Nacht auf kleiner Flamme in Zwiebelschalen gekocht wurden, so daß sie das milde Aroma und die Farbe der Zwiebel annahmen. Sie backte das syrische Brot *khubz arabi* für mich und die Kuchen aus meiner Kinderzeit, die ich so liebte – ihr Bemühen, mir Freude zu bereiten, kannte keine Grenzen.

Trotz ihres traumatischen Erlebnisses als junges Mädchen war sie Männern gegenüber nicht verbittert. Bei ihrer armen Herkunft hatte man die sexuellen Realitäten des Lebens nicht von ihr ferngehalten. Schon vor ihrer Vergewaltigung wußte sie, daß es Männer gibt, die Frauen mißhandeln und ausnutzen und sich brutal ihr Vergnügen holen, als sei es ein Stammesrecht. Sie wußte auch, daß andere Männer liebevoll und aufmerksam sind, und sie war bereit zu warten, bis ein solcher Mann kam. Dieser Mann war ich dann. Das soll nicht heißen, daß sie enthaltsam lebte, bis die Vorsehung sie in meine Arme schickte. Im Kabarettmilieu kann ein Mädchen nicht überleben, ohne von einem Gast, einem Gönner oder im unglücklichen Fall einem Zuhälter auserkoren zu werden. Über dieses Thema sprachen wir nicht, aber für mich lag klar auf der Hand, daß sie sich ihre Liebhaber klug gewählt hatte. Es waren Männer gewesen, die sie nicht erniedrigten, Männer, die sie ihre eigene Lust erfahren ließen, Männer, die ihr alle Nuancen beigebracht hatten.

Obwohl Lohmann und die Angestellten des Klubs von unserem persönlichen Verhältnis wußten, gaben wir es vor den Gästen nicht zu erkennen. Das Wissen, daß eine Tänzerin die Ehefrau oder Geliebte des Klubbesitzers ist, läßt sie in den Augen der Öffentlichkeit weniger geheimnisvoll, weniger begehrenswert erscheinen. Rundheraus gesagt: Es ist schlecht fürs Geschäft. Folglich setzte Samira sich zu den Gästen, wenn sie darum gebeten wurde, und scherzte, trank und flirtete mit ihnen – eine Beschäftigung, die sie für vollkommen normal hielt und in der sie schon zu Beginn ihrer Laufbahn geschult worden war.

Dr. Steinbruchs Anweisungen eingedenk rief ich Amina, die entzückende und gutmütige Ägypterin, zu mir ins Büro. Ich sagte, sie habe einen Verehrer, worauf sie lachte und meinte, davon habe sie viele. Einen besonderen Verehrer, entgegnete ich, den gutaussehenden SS-Offizier, der inzwischen Stammgast im Klub war. Er sei zu mir gekommen, sagte ich, habe mit glühenden Worten von ihr gesprochen und gefragt, ob ich sie nicht bewegen könne, sich etwas um ihn zu kümmern und ihm bei seinem Arabisch zu helfen, dessen Beherrschung ihm so am Herzen lag. Während sie über diesen Vorschlag nachdachte, fügte ich hinzu, angesichts der politischen Situation in diesem Lande seien gute Beziehungen zur SS für mich lebensnotwendig, und wenn sie noch einen weiteren Anreiz brauche, sei ich gerne bereit, sie für ihren Zeitaufwand großzügig zu entlohnen – mit Geldern, die übrigens aus Dr. Steinbruchs Sonderfonds stammten. Im Hinblick auf die ständigen Ansprüche ihrer vielköpfigen Familie in Port Said war Amina einverstanden.

Am Abend nahm ich mir dann Sturmbannführer Rabe vor und erzählte ihm, eins meiner Mädchen sei ganz hingerissen von ihm und habe sich erboten, ihm bei seinem Arabisch zu helfen; sie spreche zwar kein Deutsch, aber sie könnten sich auf französisch verständigen. Rabe war begeistert von dem Gedanken und ließ mich Amina ausrichten, er wolle sie am nächsten Tag zum Mittagessen einladen. Er gab mir seine Telefonnummer.

Ein paar Tage, nachdem ich Amina el Hindi mit Sturmbannführer Ewald Rabe verkuppelt hatte, kam sie zu mir ins Büro.

»*Ya Daniel*«, sagte sie. »Jetzt verstehe ich, warum Sie mir eine Zulage zahlen, wenn ich mich mit dem *almani* beschäftige.«

Wir hatten bislang nicht darüber gesprochen, was ihre Aufgaben sein sollten. Ich tappte im dunkeln.

»Wußten Sie, daß dieser *almani* mit den glänzenden Stiefeln keinen hochkriegt?« fragte sie. »Wußten Sie, daß ich ihn mit dem Gürtel um den Hals im Zimmer herumführen muß wie einen Hund an der Leine? Daß ich ihm den *afa* mit der Reitpeitsche versohlen muß, damit sein *zoub* steht und er rangehen kann?« Sie lachte. Es war kein bitteres oder angewidertes Lachen. Der Anblick eines erwachsenen Mannes, der nackt auf allen vieren herumkroch und um die Peitsche bettelte, belustigte sie wirklich. Sie hatte die Tasche voller Reichsmark und wollte einkaufen gehen und die Anschaffungen zum Teil ihrer Familie zukommen lassen. Ob ich Zeit habe, sie zu begleiten?

Ich ließ sie beschreiben, wo sie mit Rabe war und ob sie da vielleicht irgendwelche Beobachtungen gemacht hatte. Amina meinte, sie seien zu einem »Soldatenhaus« gegangen. Am Tor hätten Soldaten gestanden, genau wie bei den *inglisi* in Ägypten. In einem einer kleinen Bar ähnlichen Raum hätten sie Whisky getrunken; es habe ein Billardtisch da gestanden, und an den Wänden hingen arabische Plakate mit Bildern des Mufti Hajj Amin. Sie fuhr mit ihren ungeordneten Beobachtungen fort, ohne zu merken, daß ich an ihren Lippen hing, als seien ihre Worte pures Gold. Die beiden Irakis, die manchmal in den Klub kamen, hätten mit ihnen zusammen etwas getrunken. Nur trugen sie Soldatenkleider statt ihrer üblichen billigen Anzüge.

»Was für eine Uniform ist das, Amina?« fragte ich.

»Sie kennen die grauen Uniformen, die die *almanis* tragen? Nun, solche haben sie angehabt, aber auf dem Kopf hatten sie den Tarbusch, genau wie in Ägypten.«

Darüber mußte sie lachen, da sie es lustig fand, daß diese beiden Männer den roten Fes zu ihrer deutschen Militäruniform trugen. Sie hatte keine

Ahnung, wo sie gewesen war, in welchem Stadtteil, geschweige denn, wie die Einrichtung hieß. Dennoch war ich dankbar für das, was sie mir berichtet hatte, und nahm mit Sicherheit an, daß Dr. Steinbruch mehr Sinn darin erkennen würde als ich. Ich ging mit Amina einkaufen und auf die Post.

23. Januar 1944

IN DER ERSTEN MAIWOCHE 1941 BEGANN MEINE Idylle mit Samira zu zerbrechen. Zuerst merkten wir nichts davon, doch es trafen mehrere Ereignisse zusammen, die unser Leben veränderten. Das begann mit der deutschen Invasion Jugoslawiens am sechsten April und setzte sich mit der Besetzung von Belgrad am zwölften und der jugoslawischen Kapitulation am siebzehnten April fort. Ebenfalls am sechsten April fielen die Deutschen in Griechenland ein und zerschlugen die griechische Armee, was den Italienern nicht gelungen war.

Die Woche fing schlecht an mit einem Besuch der Polizei; sie brachte eine Ausweisungsverfügung für Eleni, die mit der Invasion ihres Heimatlandes zur Angehörigen eines feindlichen Staates geworden war. Sie hatte vierundzwanzig Stunden Zeit, das Dritte Reich zu verlassen. Als sie mir einen Abschiedskuß gab – unsere Differenzen hatten wir schon lange beigelegt –, sagte sie mit furchtbarer weiblicher Intuition: »Passen Sie gut auf Samira auf, sie liebt Sie wirklich sehr.«

24. Januar 1944

DIE NÄCHSTE KATASTROPHE KAM ÜBER MICH, ALS ich mich auf dem S-Bahnhof Alexanderplatz mit Dr. Steinbruch traf. Die 1874 erbaute Stadtbahn war eines der ältesten Verkehrsmittel Berlins. Die alten Wagen ratterten laut und machten die Verständigung schwierig, nicht nur im Zug, sondern auch auf der Straße unter den Gleisen. Wir standen auf der hinteren Plattform des letzten Wagens. Ich berichtete Dr. Steinbruch von Aminas Erkenntnissen und gab die mageren Informationen so überschwenglich wieder, wie ich nur konnte. An der immer düsterer werdenden Miene des Doktors erkannte ich, daß er darauf nicht hereinfiel.

»Diese dürftigen Informationen enttäuschen mich. Was hat dich bewogen, dieses einfache Landmädchen aus Ägypten auszusuchen, das offensichtlich nicht begreift, worum es uns geht? Du hast gesagt, du hast ein intelligentes Mädchen aus Syrien da, diese Samira, die gut Französisch und etwas Englisch spricht, die lesen und schreiben kann. Was hat dich davon abgehalten, gleich sie zu schicken? Wir haben kostbare Wochen verloren!«

Diese Nachricht nahm ich mit klopfendem Herzen auf. Ich sah das Glück meiner Beziehung zu Samira bedroht, und meine frühere Bewunderung für Dr. Steinbruch verwandelte sich umgehend in Abscheu. Er erschien mir sofort in einem anderen Licht, auf einmal fühlte ich mich abgestoßen von seinem rosa Mündchen, in dessen Winkeln sich Spucke sammelte, als er mißbilligend die Lippen schürzte. Am meisten verfluchte ich mich selbst, daß ich so leichtfertig auf seinen Plan eingegangen war. Schließlich holte ich Luft und erhob Einspruch.

»Dr. Steinbruch«, sagte ich, »das ist unmöglich.« Er sah mich an, als sei ich verrückt geworden. »Dr. Steinbruch, Sie verstehen mich nicht. Samira ist Jüdin – da können wir sie doch nicht zur SS schicken. Und wir lieben uns! Wir wollen heiraten.«

Steinbruch stellte sich taub. »Daniel, ich werde dir jetzt ein paar unangenehme Dinge sagen, aber wir leben auch in unangenehmen Zeiten. Ich will dir deine Dummheit verzeihen, weil du die wahre Kriegslage nicht kennst oder nicht kennen willst. Weißt du nicht, daß am neunten April Saloniki gefallen ist? Saloniki, wo du, wie du mir sagtest, Verwandte hast?« Er sprach von dem Saloniki, wo seit dem fünfzehnten Jahrhundert Toledanos und Saportas lebten. »Du redest von Liebesglück und Hochzeitsglocken, während die ganze Welt in Flammen steht. Meinst du, die Juden von Saloniki werden gerettet, weil sie aus dem edlen Haus der Sephardim abstammen? Statt Gott zu danken, daß du in der Lage bist, den Nazis zu schaden, hängst du Hochzeitsträumen nach – mit einer Bauchtänzerin.«

»Sie verstehen mich nicht«, sagte ich. »Samira ist nicht so.« Nicht wie? Ich wußte, daß ich mich lahm und idiotisch anhörte, und Steinbruch zögerte nicht, mir das vor Augen zu führen.

»Ich verliere die Geduld mit dir. Begreifst du nicht, was für ein Geschenk Gottes es ist, daß wir ein jüdisches Mädchen hier haben? Sie ist wenigstens motiviert, ordentliche Arbeit zu leisten. Es liegt an dir, sie richtig anzufassen, sie zu überzeugen.« Er hielt einen Moment inne. »Ich möchte, daß du morgen mit Rabe sprichst. Sag ihm, er kann Samira haben. Und ich will Informationen, konkrete Tatsachen.«

Er gebrauchte das deutsche Wort »Kinderstube« zur Beschreibung meines dilettantischen Gebarens und gab mir im Anschluß daran eine Lektion in Realpolitik.

Der Großmufti Hajj Amin habe im Oktober 1939 sein Exil in Damaskus aufgegeben und sei in den Irak gegangen, wo sich ihm mehr Möglichkeiten boten. In Zusammenarbeit mit einheimischen Politikern habe er in Bagdad sein antibritisches, antijüdisches Hauptquartier aufgeschlagen und es mit Aufwieglern aus der Palestine Arab Party besetzt. Sein Militärberater sei der berüchtigte Fawzi el Kaukji, der die Mordbanden organisiert hatte, die in Palästina Araber ebenso wie Juden umbrachten.

Der Mufti und seine Bande erhielten unbegrenzte Mittel von den Italienern wie von den Deutschen, da beide Faschistenstaaten seine Dienste in Anspruch nehmen wollten. Der Mufti habe die Regierung von Premierminister Nuri-as-Said erfolgreich ins Wanken gebracht, und es sei ihm gelungen, im Irak eine prodeutsche Regierung einzusetzen. Der Versuch der neuen Regierung, England den Krieg zu erklären, sei von Anhängern des alten Regenten und der Haschemiten-Dynastie in der Armee gerade noch verhindert worden.

Anfang 1941 jedoch habe das Glück die Alliierten rasch im Stich gelassen. Die Deutschen hätten die Briten in der Libyschen Wüste zurückgedrängt und seien gleichzeitig in Griechenland zum Angriff übergegangen, wo sich die kampfbereiten Briten und Soldaten des Australian and New Zealand Army Corps langsam zurückgezogen hätten. Es sei nur noch eine Frage von Wochen, bis die Deutschen Griechenland, Kreta und ein Syrien beherrschten, das die verräterische Vichy-Regierung von Marschall Pétain in der Hand habe.

»Selbst aus Aminas einfältigem Geplapper«, sagte Dr. Steinbruch, »wird klar ersichtlich, daß der Zangenangriff von Nazis und Moslems gegen die Juden demnächst beginnt. Man muß kein Hellseher sein, um zu erkennen, was uns da bevorsteht. Wenn die Deutschen nicht zurückgeschlagen werden, wenn nichts gegen den Mufti unternommen wird, rotten die Deutschen die Juden in Europa aus, und unter dem Banner des Mufti schlachten arabische Fanatiker die Juden in Jerusalem, Bagdad, Damaskus, Kairo und Aden ab. Von Sana, Algier, Tripoli, Tunis, Casablanca und allen Städten und Dörfern des arabischen Orients ganz zu schweigen.«

Dr. Steinbruch ließ mir ein paar Minuten Zeit, seinen Katastrophenplan zu verdauen.

»Daniel«, fuhr er fort, »tu deine Pflicht wie ein Mann. Sonst hast du eines Tages Grund, dich zu verfluchen. Was ich von dir verlange, mag unwichtig, ja nebensächlich erscheinen. Aber glaub mir, es ist Teil eines größeren Plans, eines Plans, in dem ich mir eine wichtige Rolle für dich vorstellen kann.«

Doch ich konnte nur an die arme Samira denken, die schon so bitteres Leid erlebt hatte, Samira, die mich so sehr liebte, die in der sicheren Gewißheit, bei mir für immer Geborgenheit und Liebe zu finden, ihr Leben in meine Hand gelegt hatte.

Ich beschloß, Dr. Steinbruch reinen Wein einzuschenken – ihm zu sagen, daß mir das Ganze überhaupt nicht behagte, daß ich nicht die Nerven für sein Abenteuer hatte und daß wir unsere Beziehungen abbrechen sollten. Bis ich meine Gedanken so weit gesammelt hatte, war der Zug schon in den Bahnhof Savignyplatz eingefahren, und als die Türen aufgingen, trat Dr. Steinbruch auf den Bahnsteig hinaus, ohne mich eines weiteren Blicks zu würdigen. Ich hielt nach ihm Ausschau, aber er war bereits in der Menge verschwunden.

Ich merkte gar nicht, daß es inzwischen zu nieseln begonnen hatte, und ging zu Fuß zum Kaukasus.

Langsam wurde ich wieder vernünftig. Konnte ich Dr. Steinbruch wirklich den Rücken kehren, egal wie abstoßend er mir jetzt erschien? Konnte ich als Jude mich vor meiner Pflicht drücken, während Dr. Steinbruch als Deutscher für den Widerstand gegen die Nazis sein Leben aufs Spiel setzte? Gab er mir nicht eine einmalige Chance, mich – wie bescheiden auch immer – gegen sie zur Wehr zu setzen? Was wurde denn eigentlich von mir verlangt? Daß ich Samira den Auftrag geben sollte, ein paar Stunden mit Rabe zu verbringen – und mit dringend benötigten Informationen zurückzukommen. Und wenn Rabe nun Forderungen an sie stellte? Es war nicht garantiert, daß er das täte. Samira war keine Jungfrau mehr – um es milde auszudrücken. Und war sie unserem Volk weniger verpflichtet als ich? War ich aus Liebe oder nur aus Angst, sie zu verlieren, vor Steinbruchs Ansinnen zurückgeschreckt? Stimmte es, daß ich sie heiraten wollte, daß ich sie so liebte, wie mein Vater meine Mutter liebt, oder liebte ich nur ihren Körper, war ich der Sklave unserer Liebesspiele, wie ich es bei Frau Landau war? Brauchte ich Samira, damit sie mir ins Ohr wisperte, ich sei der Beste, der Stärkste, und mir dabei mit den Fingernägeln den Rücken zerkratzte?

Während ich durch den Nieselregen ging, nahmen meine Gedankengänge langsam rationalere Formen an. Es hatte keinen Zweck, sich Steinbruch zu widersetzen; wir waren einander durch das gemeinsame staatsgefährdende Wissen wie Geiseln ausgeliefert. Ich würde Samira erklären müssen, daß ihre Mitarbeit an einer gemeinsamen und lohnenden Sache von wesentlicher Bedeutung war. Anfangs mochte ihr Opfer größer sein als meins, doch wie Steinbruch angedeutet hatte, spielte ich in seinen künftigen Plänen eine Rolle. Ich würde es Samira erklären. Sie würde es verstehen.

25. Januar 1944

ALS ERSTES RIEF ICH AMINA ZU MIR UND ERKLÄRTE ihr, daß ich sie nach Istanbul zurückschicke. Die Ärmste. Sie fing an zu weinen, da sie meinte, ich sei mit ihr als Tänzerin unzufrieden. Als ich sie für den gesamten Vertragszeitraum bezahlte und ihr zur Besänftigung noch eine Prämie dazugab, trocknete sie ihre Tränen. Es ging ihr aber nicht nur um das Geld, sie war in ihrem Stolz verletzt. Was würden künftige Arbeitgeber denken, wenn sie erfuhren, daß sie vorzeitig gekündigt worden war? Ich löste auch das, indem ich ihr auf arabisch ein blumiges Empfehlungsschreiben aufsetzte. Jahrelang hatte ich die schöne, schwungvolle Schrift nicht geschrieben, und ich fand Gefallen daran. Womöglich bin ich mit der Schönschrift wie mit dem Inhalt zu weit gegangen. Der Brief wurde schließlich so widerlich süß wie *louqmat el kadi,* ein Gebäck aus meiner Jugendzeit. Da hatte ich mich offenbar getäuscht. Amina strahlte vor Freude, als sie mir die Lobhudelei, die ich über sie geschrieben hatte, vom Munde ablas.

Nun, da Eleni fort war und Amina ihr bald folgen würde, mußte Samira das Programm alleine gestalten, bis Minassians Ersatz aus der Türkei eintraf. Darüber war ich gar nicht traurig. So würde ich etwas Zeit haben, Rabe die neue Lage zu eröffnen und Samira auf die ihr zugedachte Rolle vorzubereiten.

Ich lud Sturmbannführer Rabe zum Mittagessen in mein Büro ein. Dabei wollte ich ihm mitteilen, daß Amina in die Türkei zurückgefahren war und ein eifrig bemühter Salazar, dem das Wohlergehen der SS stets am Herzen lag, einen sogar noch passenderen Ersatz gefunden hatte. Rabe erschien in Tweedjackett und grauen Flanellhosen, worin er eher wie ein englischer Gentleman aussah als wie ein richtiger SS-Offizier.

Während wir in meinem Büro ein Glas Champagner tranken, musterte er die Ausstattung: signierte Fotos von Bauchtänzerinnen und prominenten Gästen, verblichene Stellen, wo Fotos von jüdischen Künstlerinnen entfernt worden waren. Er betrachtete einen farbigen Druck von General Franco und selbst mein Kruzifix mit Belustigung und, wie mir schien, einem gewissen Widerwillen. Ich erzählte Rabe gerade, Amina habe wegen der Krankheit ihrer kleinen Tochter ihr Engagement abgebrochen und fahre auf dem schnellsten Weg nach Ägypten zurück, da kam Lohmann herein.

»Ich bitte den Sturmbannführer um Verzeihung. Herr Salazar, da draußen ist ein Handwerker. Wir brauchen Sie einen Augenblick.«

Ich entschuldigte mich und folgte Lohmann durch den verdunkelten Klub.

»Was zum Teufel soll das, Lohmann? Ich sitze da mit dem Sturmbannführer, und Sie ...«

Er unterbrach mich und flüsterte mir etwas ins Ohr. »Da steht ein Mann im Hof, ein Mann mit einem roten Bärtchen. Sieht aus wie so ein polnischer Jude aus Moabit. Er will unbedingt ...«

Schwerfällig ging ich zur Vordertür hinaus und in den Hof. Da stand Chay im Spiegel im Schatten der Einfahrt. Er kam mir mit klauenartig ausgestreckten Händen entgegen und packte mich am Ärmel. Sein schütter werdendes rotes Haar war verfilzt, und er roch nach saurem Schweiß, der Ausdünstung der Angst. Ich schüttelte seinen Griff ab.

»Saporta, helfen Sie mir, ich flehe Sie an. Ich bin eine Zeitung kaufen gegangen. Als ich nach zwanzig Minuten wiederkam, waren alle weg: meine Frau, mein kleiner Junge, mein Schwager. Ein Deportationskommando. Mit eigenen Augen, möge ich mit Blindheit geschlagen werden, habe ich den Laster gesehen, der sie fortgeschafft hat. Ich komme zu Ihnen, einem jüdischen Glaubensbruder. Ich weiß nicht, was ich machen soll.«

Er wollte schon auf den Klubeingang zugehen, doch ich stieß ihn zurück. Ohne meine Absicht recht zu erkennen, sprach er weiter.

»Sie kennen die richtigen Leute hier. Alle hohen Parteifunktionäre kommen in Ihren Klub. Um Gottes willen, bitten Sie jemanden, die Deportation aufzuhalten.«

Seine Stimme schwoll an. Im Geiste sah ich schon Rabe in den Hof kommen und Zeuge dieses Gesprächs zwischen zwei schreckensbleichen Juden werden.

»Spiegel«, sagte ich, »Sie müssen sofort gehen. In diesem Moment, wo wir hier miteinander reden, sitzt die SS in meinem Büro. Die kriegen Sie und mich noch dazu.« Spiegel glaubte mir kein Wort. Wie sollte er auch? »Ich kann nichts für Sie tun, glauben Sie mir. Es tut mir leid. Nun gehen Sie.« Ich machte einen Schritt auf ihn zu, um seinen Abgang zu beschleunigen.

Spiegel wich zurück und fixierte mich mit seinen blaßblauen Augen, die nun vor Haß und Empörung blutunterlaufen waren.

»Meschummed.« Er spuckte aus. »Du Abtrünniger. Gott soll dich und die deinen verfluchen. Mit Blindheit sollst du geschlagen werden; aufquellen sollst du; die Pest soll dich holen.« Er hielt inne und holte Luft zu einem Abschiedssegen. »Wenn du ein Jude bist, halte ich es lieber mit den Gojim. In den Augen Gottes ist der Nazi, der mich tötet, mehr wert als deinesgleichen. Nimm den Fluch meines Kindes mit ins Grab.«

Damit drehte er sich auf dem Absatz um und ging langsam über den Hof und auf die Straße hinaus.

Ich zitterte vor Ohnmacht, vor Wut, vor Haß auf Spiegel und vor allem auf mich selbst. Lohmann, der wohl den Wortwechsel mit angehört hatte, zog mich in das Dunkel der Bar. Er schenkte mir ein volles Glas Wodka ein.

»Herr Saporta. Trinken Sie es ganz aus«, befahl er. »Sie dürfen jetzt nicht zusammenbrechen.«

Ich tat wie geheißen und kehrte in mein Büro zurück. Rabe las das Falange-Blatt, das ich aus Madrid bezog. Er bedachte mich mit einem Lächeln.

»So, Herr Salazar, Amina ist also wieder in Ägypten, um am Krankenbett ihrer Tochter zu sitzen. Sehr rührend, finden Sie nicht?« Der Bastard machte sich über mich lustig. Ich war wehrlos, während er weitersprach. »Ihr griechischer Star, Eleni, ist ausgewiesen worden, und jetzt ist Ihr Stall auf das äußerst reizende Fräulein Samira zusammengeschrumpft, deren Dienste Sie mir nun anbieten wollen. Ich nehme dankbar an. Ich finde sie außerordentlich attraktiv, und vor allem hat sie Stil. Bestimmt erweist sie sich als ausgezeichnete Lehrmeisterin des Arabischen, der Sprache der Dichter und Denker.«

Yil'an abouk – Verflucht sei dein Vater –, dachte ich, und um noch eins draufzusetzen, *kous ikhtak* – die Vagina deiner Schwester. Doch äußerlich lächelte ich und bat Frau Nowikow, uns eine ihrer köstlichen kalten Platten zu servieren. Wir verspeisten sie mit eisgekühltem Wodka.

Als Rabe sich verabschiedete, war er eigentlich ganz freundlich. Er gab mir die Hand, dankte mir für das Essen und ging. Sein Auftritt war eine wohlüberlegte Schau gewesen, um einer Zigeunergestalt vom Mittelmeer zu zeigen, wer hier das Sagen hatte.

Er hatte Samira akzeptiert. Jetzt mußte ich sie ihm nur noch zuliefern.

26. Januar 1944

NACH VIERTÄGIGER ABWESENHEIT KAM LOHMANN *mit rosigen Wangen hereinspaziert. Er war mit Lebensmitteln erster Güte beladen: geräucherte Landwurst, hartgekochte Eier, ein halber Stollen und eine Teewurst. Es machte ihm Spaß, mir beim Verspeisen des Essens zuzusehen, mit dem er mich am Leben hielt. Die Verhältnisse hatten dafür gesorgt, daß er mir praktisch Tag für Tag seine Freundschaft beweisen durfte und, wenn er mir beim Verschlingen des Essens zusah, miterleben konnte, wie dankbar und verbunden ich ihm dafür war.*

Während ich aß, unterhielt er mich mit den Erlebnissen von seiner letzten Fahrt aufs Land. Er war wieder in Glogau ausgestiegen, auf halber Strecke zwischen Berlin und Breslau; die Gastfreundschaft und Zugänglichkeit der Bauern dieser Gegend hatten ihm gefallen. Er war mit seinem Vertreterkoffer gereist, hatte im Zug keine Schwierigkeiten gehabt und konnte in dem Dorf mehrere Silberstücke absetzen. Auf Verdacht war er in einen allem Anschein nach wohlhabenden Bauernhof gegangen und hatte an die Küchentür geklopft. Eine hübsche Frau Ende Vierzig nahm ihn freundlich auf und gestattete ihm, seine Waren auf dem Küchentisch auszubreiten. Sie kaufte ihm zwei silberne Kerzenhalter und eine Pfeffer-und-Salz-Garnitur ab. Bei Kaffee und Kuchen erzählte sie ihm, sie sei Kriegerwitwe; ihr Mann, ein Veterinäroffizier, war zu Beginn des Krieges in Polen gefallen.

Lohmann hatte sein herzliches Beileid ausgedrückt und sich erboten, kleinere Arbeiten in Haus und Hof zu verrichten. Am Morgen war er neben der Witwe in ihrem rot-weiß karierten Federbett aufgewacht. Seiner Darstellung nach hatte er seine Hausaufgaben gut gemacht, und die Witwe bewog ihn, noch einen Tag und eine Nacht zu bleiben. Sie nudelte ihn mit sagenhaften Mahlzeiten, da ihr Keller eine unerschöpfliche Schatzkammer kulinarischer Köstlichkeiten darstellte. Mit falscher Bescheidenheit erzählte Lohmann, die Witwe habe ihn gebeten, weiter zu bleiben. Als er ihr erklärte, er müsse sich in Berlin um seine Geschäfte kümmern, hatte sie ihm das Versprechen abgenommen, in der nächsten Woche wiederzukommen. Lohmann freute sich über seine Eroberung und meinte, wenn er es richtig anstellte, würde die gute Veterinärswitwe uns mit Wurst und Schnaps versorgen, bis dieser Alptraum vorüber war.

Er gab mir auf seine förmliche Art die Hand und ging. Er mußte noch seine Tante in Zehlendorf besuchen und hoffte, das noch vor Beginn der Luftangriffe zu schaffen.

Ich verkroch mich in mein Nest aus Zeitungen und Decken und dachte über diesen Mann nach, der unsere ursprünglichen Rollen umgekehrt hatte. Jetzt war er der Ernährer und ich der Nutznießer. Nun hatte er eine mollige, fröhliche Witwe gefunden, und da hätte der gesunde Menschenverstand geboten, bei ihr – sozusagen im karierten Federbett – unterzukriechen, bis der Krieg vorüber war. Seine Tante und Frau Nowikow würden über-

leben oder auch nicht, wie Millionen andere. Meinetwegen war er nach Berlin zurückgekommen. Darüber konnte ich nicht mit ihm reden, er hätte es abgestritten. Er hatte sich mein Überleben zur Lebensaufgabe gemacht.

Merkwürdig, diese Bindung, die sich mit den Jahren zwischen Lohmann und mir entwickelt hat, eine Bindung, die sich jeder Analyse entzieht. Wir hatten nichts gemein, was uns zueinander hingezogen hätte: weder Kultur noch Sprache, noch Religion, keine tiefempfundene Ideologie, die wir hätten teilen können; keine Briefmarken oder Schach oder Filmstars oder Fußballklubs oder Schriftsteller; kurz, nichts, was Männer normalerweise miteinander verbindet. Über die Klubgeschäfte und vielleicht eine Bemerkung zu den Tagesnachrichten hinaus hatten wir einander nicht viel zu sagen. Doch fühlten wir uns ungeheuer wohl miteinander. Unser größtes Vergnügen war, in die vielen Berliner Arbeiterbezirke – Kreuzberg, Wedding oder Moabit – zu gehen und dort in den seit der Kaiserzeit unveränderten Kneipen Schnaps und Bier zu trinken. Dann aßen wir Bouletten, eine Berliner Spezialität; in den meisten Wirtschaften standen sie zu Pyramiden geschichtet auf schweren Porzellantellern auf dem Schanktisch. Man aß sie bei Zimmertemperatur, sie dufteten nach Zwiebeln und Fett, und dazu gab es saure Gurken und Brötchen. Die Gäste dieser Lokale waren das, was man herablassend als »Proletariat« bezeichnet. Wenn man darunter Menschen aus der Arbeiterschaft mit einem ungeheuren Mutterwitz versteht, Menschen von ätzendem Zynismus, mit dem sie sich gegen unablässig harte Zeiten wappnen, dann mag die Bezeichnung zutreffen. Und in der Tat nennt es sich selbst »proletarisch«, dieses Heer von Taxifahrern, Eis- und Kohleträgern mit Juteschurz, rußigen Schornsteinfegern im Zylinderhut, mehlbestäubten Bäckerlehrlingen, Straßenmädchen und ihren Zuhältern, Hauswartsfrauen in Filzpantoffeln, Leierkastenmännern, berufsmäßigen wie echten Bettlern und Blinden, nach Pferd riechenden Rollkutschern sowie zahllosen Herumtreibern und Arbeitslosen.

So machte Lohmann mich mit seiner Welt bekannt, einer Welt, in der er oft erkannt und mit Herzlichkeit und einer gewissen Bewunderung für seine neue Stellung begrüßt wurde. Manchmal befanden wir uns auf neutralem Boden: bei den Sechstagerennen, den Boxkämpfen und Fußballspielen. Während der Olympischen Spiele von 1936 freuten wir uns beide gemeinsam, als wir sahen, wie Jesse Owens, der amerikanische Neger, die Hoffnungen Hitlers und seiner arischen Sportler vereitelte.

Ich revanchierte mich für Lohmanns Einladungen, indem ich ihn in die besseren Restaurants und Bars mitnahm, und er wußte die feinen Abendessen bei Horcher, Aben und Schlichter zu schätzen. Wenn wir zum Mittagessen ins Hotel Adlon oder Bristol gingen, ließ er es sich nie nehmen, den livrierten Türstehern, seinen früheren Kollegen, die Hand zu geben. Er war nie befangen, was für einen Mann seiner Herkunft keine geringe Leistung ist; wenn ich ihn über den Tisch hinweg musterte, dachte ich manchmal, daß er in seinem dunkelblauen Anzug mit Weste und dem gestärkten weißen Kragen, mit seinen schütter werdenden, mit Pomade nach hinten gekämmten Haaren aussah wie ein Lieblingsonkel zu Besuch aus der Provinz. Doch jetzt ist auch er gealtert, und ich mache mir Sorgen um ihn, genau wie er sich um mich.

Wenn Gott mich das hier überleben läßt, gehe ich aus Deutschland fort und setze mein Leben anderswo fort. Vor der Zukunft habe ich keine Angst. Ich habe mir überlegt, was in Frage kommt: London, Paris, Kairo, Beirut, Caracas, Buenos Aires, São Paulo, Rio de Janeiro, Mexico City… Vielleicht New York. Ich habe das Gewürzgeschäft von der Pike auf gelernt. Ich kenne mich im Nachtklubgewerbe aus. Es ist egal, wo sich das Geschäft befindet, in welchem Land, welche Sprache man dort spricht. Es gibt immer jemanden, mit dem ich mich in Verbindung setzen kann – einen entfernten Cousin, den Freund eines Onkels, den Schwager eines Schulkameraden. Man kommt an, man orientiert sich, und man geht an die Arbeit. Das ist ein Charakterzug von uns. Ich weiß, daß andere uns das übelnehmen, aber so können wir mit Gottes Segen in einer ansonsten feindseligen Welt bestehen.

Doch um Lohmann mache ich mir Sorgen. Wird er die Folgen eines Zweiten Weltkrieges überstehen? Es wird Hunger, Kälte, Arbeitslosigkeit geben genau wie 1918. Aber diesmal wird kein Daniel Saporta mit in den Bund eingenähten Goldpiastern auf dem U-Bahnhof auftauchen.

29. *Januar 1944*

ICH SCHREIBE NACH EINER DREITÄGIGEN PAUSE *weiter. Was sich hier in dieser Dachstube abspielte, hat mich so erschüttert, daß ich mich unter meine Sofadecken verkrochen habe. Mir wurde erst leichter, als Lohmann mir den Ausschnitt aus der Tagespresse brachte, den ich hier vollständig wiedergeben will.*

Am Abend des vierundzwanzigsten Januar war Lohmann nach Einbruch der Dunkelheit zu mir gekommen. Kaum hatte er mein Essen auf den Tisch gestellt, da wurde der Schrank zur Seite geschoben, und ein sechzehn oder siebzehn Jahre alter Junge in Hitlerjugenduniform trat ein. In der einen Hand hielt er eine Taschenlampe, in der anderen das zum Dienstanzug gehörende Fahrtenmesser. Lohmann und ich waren sprachlos über diese Wendung. Der Junge wandte sich an Lohmann.

»So sehen wir uns wieder, du altes Arschloch. Ich dachte mir doch, daß du zu alt bist, um so oft zu den Nutten im vierten Stock zu gehen. Du fütterst hier diesen Juden, den du da versteckst, nicht wahr? Mit Verrätern wie dir wissen wir umzugehen – die werden im Schlachthaus an einem Fleischerhaken aufgehängt, und dabei kommen sie noch viel zu gut weg.«

Lohmann versuchte zu bluffen. »Hör mal zu, du pickliger kleiner Scheißer. Du warst noch gar nicht auf der

Welt, da hab' ich schon in München an der Seite des Führers gekämpft. Steck deine Nase nicht in Dinge, von denen du nichts verstehst.«

Es klappte nicht. Statt dessen rückte der Junge drohend mit ausgestrecktem Fahrtenmesser gegen Lohmann vor.

»Das kannst du der Gestapo erzählen, du Fettwanst. Und jetzt die Treppe runter, alle beide: marsch, marsch!« kommandierte er.

Als Lohmann nicht gleich reagierte, ließ der Junge sein Messer gegen ihn aufschnappen. Zur Abwehr hob Lohmann den Arm, wir hörten das Messer durch den Ärmelstoff schneiden, und dann tröpfelte ein Rinnsal von Blut aus Lohmanns Manschette. Ohne nachzudenken, rein aus einem Reflex heraus, ergriff ich die Literflasche mit Suppe und ließ sie dem Jungen auf den Kopf krachen. In dem Moment war ich vor allem überrascht, daß die Flasche nicht kaputtging. Der Junge fiel zu Boden, rappelte sich aber in Sekundenschnelle wieder hoch und wollte sich auf alle viere stellen. Lohmann hielt sich den verletzten Arm, kam herüber und trat den Jungen mit seinen schweren, doppelt besohlten schwarzen Stiefeln wuchtig gegen die Schläfe. Er fiel in sich zusammen und lag still.

Lohmann stellte sofort fest, daß der Junge tot war. Ich malte mir mit meiner fieberhaften orientalischen Fantasie bereits aus, wie das Haus von Kripobeamten wimmelte. Mit Unterstützung der Gestapo würden sie das Gebäude vom Keller bis zum Dachboden durchstöbern und mich schließlich in meinem Rattennest kauernd finden.

Lohmann war vollkommen ruhig und beschwor mich,

still zu sein und von dem Schnaps zu trinken, den ich in Reserve hielt. Als erstes zog er sich die Jacke aus, krempelte den Hemdsärmel hoch und untersuchte die Schnittwunde an seinem Unterarm. Ich sollte sie mit Schnaps beträufeln, und dann rissen wir ein Bettlaken in Streifen und machten einen festen Verband darum. Er polsterte sich den Jackettärmel mit Zeitungspapier aus, das etwa heraussickerndes Blut aufsaugen sollte. Wenn das hier vorbei war, wollte er einen Zahnarzt aufsuchen, einen Freund »von früher«, der ihn versorgen würde.

Inzwischen hatte er den Jungen auf den Rücken gedreht und leerte ihm vorsichtig die Taschen aus. Es war etwas Kleingeld darin, ein Taschenmesser, ein schmutziges Taschentuch, Schlüssel und eine Brieftasche mit dem Mitgliedsausweis der Hitlerjugend. Darin verborgen fand Lohmann auch das zerknickte und von vielen Händen verschmierte Foto einer nackten Frau, das höchstwahrscheinlich aus einer der bei den Deutschen so beliebten Nudistenzeitschriften stammte. Lohmann breitete das alles fein säuberlich auf dem Tisch aus. Dann untersuchte er sorgfältig das Gesicht des Jungen. Es wirkte recht friedlich und wurde jetzt allmählich bleich, nur die verschorften Pickel leuchteten rotentzündet. Der Junge hatte kein Blut am Kopf, weder da, wo ich ihn mit der Flasche getroffen hatte, noch dort, wo Lohmann ihn getreten hatte.

Lohmann zeigte sich zufrieden mit seinem Befund und trank mehrere Gläser Schnaps mit mir. Er ermahnte mich, einen Rest in der Flasche zu lassen.

Als die Nacht über die Stadt hereingebrochen war, packte Lohmann dem Jungen die Taschen wieder voll, mit einer bedeutenden Ausnahme – er steckte das Nacktfoto nicht wieder in die Brieftasche zurück. Mit einem Bleistift von mir schrieb er den Namen INGE in Blockbuchstaben quer über das Bild. Dann verschmierte er die Schrift durch Reiben des Papiers, so daß es aussah, als habe der Name das Foto schon seit geraumer Zeit geziert. Lohmann war so in seine Arbeit vertieft, daß er mich gar nicht beachtete.

»Wer in Gottes Namen ist Inge?« fragte ich.

»Inge ist die hübschere von den zwei Huren im vierten Stock. Genau solche Bilder nehmen kleine Scheißer wie unser Hitlerjungenfreund zur Anregung mit, wenn sie auf dem Klo wichsen.« Lohmann schien sehr zufrieden mit sich, als er dem Jungen das zusammengefaltete Bild in die Hemdtasche steckte, wobei er die Klappe extra nicht zuknöpfte. Dann drückte er dem Jungen den Mund auf und träufelte behutsam etwas Schnaps hinein. Lohmann nahm das Fahrtenmesser, wischte die Klinge ab und steckte es wieder in die Scheide. Als letztes zog er dem Jungen die Schuhe aus. Diese stopfte er sich unter das Jackett; die Taschenlampe steckte er in seine Gesäßtasche. Dann sagte er zu mir:

»Herr Saporta, machen Sie sich bitte keine Sorgen. Sie sind immer noch vollkommen sicher. Teilen Sie sich Ihr bißchen Essen ein. Bevor der Fall hier erledigt ist, kann ich nicht wiederkommen. Das wird zwei, drei Tage dauern.«

Er überprüfte noch einmal den groben Verband, zeigte

sich zufrieden, zog den Mantel an und setzte den Hut auf. Dann lud er sich den Hitlerjungen auf die Schulter und verschwand aus meiner Dachstube.

Die folgenden drei Tage lebte ich in Angst und Schrecken, überzeugt, daß jedes Hupen, jede quietschende Bremse den Besuch der Polizei ankündigte. Nichts geschah, und am Abend des dritten Tages erschien Lohmann. Er sah etwas selbstgefällig aus und roch nach Kölnisch Wasser und Zigarren.

Er hatte es so gemacht: Die Schuhe und die Taschenlampe des Jungen hatte er bei den Mädchen vor die Tür gelegt. Das erweckte den Anschein, als habe da jemand durchs Schlüsselloch geguckt oder jedenfalls den Mietern nachspioniert. Dann war er zu der Wohnungstür direkt gegenüber – das heißt, auf der anderen Seite der Treppe – gegangen und hatte die Fußmatte die lange Treppe hinuntergeworfen und dann den Jungen mit aller Kraft hinterhergeschleudert. Wie er sagte, waren die Aufschläge der Leiche beim Sturz einigermaßen gedämpft gewesen. Im dritten Stock hatte Lohmann auf dem Treppenabsatz einen Schritt über die Leiche gemacht und war eilends nach unten und auf die Straße hinaus gegangen.

Für die Polizei hatte er alles so arrangiert, daß es aussah, als hätte der Junge die Schuhe ausgezogen, um bei den Mädchen an der Wohnungstür zu horchen, wäre dann von Schritten überrascht worden und hastig nach hinten auf den Fußabstreicher der Nachbarn getreten, hätte sich nicht halten können und wäre schließlich die Treppe hinuntergestürzt. Kein abwegiger Gedanke bei den gefährlichen, spiegelglatt gebohnerten Treppenabsätzen der Berliner Wohnhäuser.

Lohmann breitete eine Zeitung aus und deutete auf einen Artikel.

JUGENDLICHER TOT AUFGEFUNDEN

Charlottenburg, 28. Januar

Wie aus dem heutigen Polizeibericht hervorgeht, ist der Tod von Helmut S. (17) auf einen Unfall zurückzuführen. Aus Spuren an der Leiche schlossen die ermittelnden Beamten, der Tote habe eine Mietpartei im Stockwerk über der Wohnung belauscht, in der er mit seiner verwitweten Mutter lebte. Die betreffende Mieterin, Inge F., und ihre Mitbewohnerin Jutta K. gaben der Polizei zu verstehen, der Verstorbene habe ihnen in der Vergangenheit auf unliebsame Weise den Hof gemacht. Als Todesursache wurde ein tödlicher Sturz verzeichnet.

30. Januar 1944

NACHDEM ICH MICH ENTSCHLOSSEN HATTE, SAMIRA die schreckliche Mitteilung zu machen, daß sie Aminas Stelle als Rabes Lehrerin einnehmen sollte, eilte ich in die Wohnung hinüber, rauchte hundert Zigaretten und übte die Rede, mit der ich sie für Dr. Steinbruchs Unternehmen gewinnen wollte. Ich hatte beschlossen, das Ganze sehr sachlich anzugehen und darauf zu vertrauen, daß sie Einsicht zeigen und sich mit möglichst wenig Theater bereitfinden würde, ihre Arbeit zu tun.

Als sie hereinkam, war sie ausgelassen und guter Laune. Von Aminas bevorstehender Abreise wußte sie noch nichts.

»*Ya habibi*«, sagte sie. »Hast du schon Aminas Geschichte von dem SS-Mann gehört? Sie hat es mir im Vertrauen erzählt, und du mußt mir versprechen, daß du es nicht weitersagst, aber bevor sie ins Bett gehen, kriecht er auf allen vieren auf dem Fußboden herum wie ein Hund, und Amina zieht ihn mit einer Kette am Hals durch die Gegend. Kannst du dir das vorstellen?«

Das konnte ich allerdings.

»Und das ist noch nicht alles, o du mein Schatz! Sie peitscht ihm den Arsch aus, damit ihm der *zoub* steht. Ich begreife nicht, wie sie das fertigbringt. Ich würde das nie und nimmer fertigbringen.«

Sie hatte sich die Bluse ausgezogen und legte mir die Arme um den Hals.

»Oh, du mein Liebling. Ich könnte nie wieder mit einem anderen Mann ins Bett gehen, nie im Leben. Du hast mir so viel Glück geschenkt, mein Leben würde ich für dich hergeben.«

Es war, als hätte ein *schaitan*, ein Teufel, ihr Worte eingeflüstert, die mich hilflos machten. Inzwischen war sie ausgezogen und wartete unter unserem Paisleyzelt auf meine Liebkosungen.

»Beeil dich«, sagte sie, »sonst gehe ich mit dem Tiger ins Bett.«

Um mich zu reizen, hatte sie Arme und Beine um das Tigerfell geschlungen und flüsterte, während sie einen Koitus markierte, dem Tiger ins Ohr: »O du Tiger, wie stark du bist, wie groß du bist. Du bist ganz tief in meinem Bauch und machst mich richtig schwach. Bitte, o Tiger, hör nicht auf.«

Bei dem verdammten Tiger schienen die Glasaugen zu funkeln. Ein Mann kann nicht alles ertragen. Dr. Steinbruch, meine Rede, mein Entschluß waren vergessen. Jetzt zählte nur noch, daß ich den Platz des Tigers einnahm.

Am nächsten Morgen setzte ich mich mit Dr. Steinbruch in Verbindung. Zwei Tage später trafen wir uns im Lustgarten. Als wir unter den großen, schattigen Bäumen saßen, erzählte ich ihm von dem Entschluß, den ich gefaßt hatte. Ich wollte Samira außer Landes schicken, möglicherweise nach Spanien oder Portugal; ich wollte den Klub verkaufen, auch mit Verlust, und Samira nachfahren, damit wir uns ein eigenes Leben aufbauen konnten. Ich hatte Geld genug und konnte es mir leisten, den Krieg in dem relativ neutralen Spanien, meinem »Heimatland«, abzuwarten.

Diesmal wurde Dr. Steinbruch nicht ausfallend. Er hörte mir ruhig zu und sagte dann:

»Ehe wir über deine bevorstehende Hochzeit sprechen, möchte ich dir erzählen, was geschehen ist, seit wir Amina von ihrem Posten abgezogen haben und keine Informationen mehr bekommen.«

Dr. Steinbruch verfolgte gewissenhaft die Sendungen der BBC und hatte natürlich auch seine eigenen Informationsquellen, von denen er mir nichts sagte.

»Du hast wohl gehört, daß die irakische Regierung unter Raschid Ali England am zweiten Mai den Krieg erklärt hat. Zur Absicherung der arabischen Revolution hatten die Deutschen zugesagt, Truppen aus Kreta nach Bagdad zu entsenden. Doch die Briten machten ihnen einen Strich durch die Rechnung, indem sie auf Kreta ausharrten. Die Deutschen konnten keine Truppen erübrigen, und die Briten schlugen von zwei Seiten aus zu. Sie landeten indische Truppen in Basra, und von Palästina aus zog britische Infanterie durch die Wüste und besetzte Bagdad. Die Regierung von Raschid Ali ist zusammengebrochen und der Mufti nach Teheran geflohen.«

Hier hielt Dr. Steinbruch inne. Er legte mir die Hand aufs Knie und redete nicht mehr so schulmeisterlich, sondern eher vertraulich.

»Der Wermutstropfen in dieser frohen Kunde, Daniel, ist ein Ereignis, das sich in Bagdad abgespielt hat. Am ersten und zweiten Juni, noch ehe die Briten in der Stadt einzogen, ist der Mob in das Judenviertel eingefallen. Sie haben mindestens vierhundert Menschen umgebracht; von den Gewalttätigkeiten und dem Sachschaden brauchen wir gar nicht erst zu reden.« Er wartete, bis ich diese Mitteilung verdaut hatte. »Ein Untersuchungsausschuß hat ermittelt, daß die Ausschreitungen von der Deutschen Gesandtschaft und von unserem Freund, dem Mufti, gesteuert wurden. Man braucht nicht viel Fantasie, um den Juden von Teheran, wo der Mufti jetzt sitzt, und denen in Aleppo – oder auch Damaskus – ein ähnliches Schicksal vorauszusagen.«

Ich saß schweigend da und wartete, daß er mir den Gnadenstoß gab. Er ließ nicht lange auf sich warten.

»Ich weigere mich zu glauben, daß jemand, der so findig ist wie du, der sich schon im zarten Alter von achtzehn Jahren durchsetzen konnte, und das in einem fremden Land und noch dazu in einem Geschäft, in dem bekanntlich mit harten Bandagen gekämpft wird, daß der einfach zuschaut, wie sein

Volk ausgerottet wird. Ich gebe dir eine himmlische Gelegenheit zur Rache. Als ich dir vor vielen Jahren im Orientexpreß erzählte, daß ich dich um deine Herkunft beneide und daß nur wenige von uns den Vorzug einer solch glanzvollen Geschichte genießen, war es mir ernst damit. Daniel, die Saportas und Toledanos haben die Inquisition nicht überstanden, damit ihr Nachkomme ein besserer Zuhälter wird, der am Schließmuskel seiner Tänzerinnen hängt. Denk an die glorreiche Vergangenheit, Daniel. Geh hin und spioniere wie die Abgesandten Mose im Lande Kanaan. Geh hinaus und schlage den Feind, wie Bar Kochba die Syrer geschlagen hat. Dann kannst du mit Samira unter deinem Feigenbaum sitzen, aber vorher nicht. Nun geh und tu, was du zu tun hast.«

Ich wußte, daß er recht hatte. Ich konnte nicht in Berlin bleiben und vom Betreiben des Kaukasus reich werden, während mein Volk, meine Verwandten womöglich, der sicheren Vernichtung ins Auge sahen. Ich würde mein Teil tun müssen und Samira auch, ob wir wollten oder nicht. Als ich die endgültige Entscheidung getroffen hatte, meinte ich, mir sei eine Last von den Schultern genommen, doch als ich an Samiras vertrauensvolle, schmachtende Augen dachte und ihren leidenschaftlichen Mund, der sich an den Winkeln zu einem scheuen Lächeln verzog, griff es mir mit eisernen Klauen ans Herz, und ich haderte mit dem Schicksal, das mich in dieses verwünschte Land geführt hatte.

1. Februar 1944

DIE SIRENEN HEULTEN DIE GANZE NACHT, ÜBERALL *in der Stadt gab es Bombenangriffe. Das Haus gegenüber wurde direkt getroffen. Es war wohl eher ein Irrläufer, eine fehlgeleitete Bombe, denn weiter schlug hier in der Nähe nichts ein, sonst hätte ich es gehört und die Erschütterung gespürt. Die trotz ihrer ständigen Inanspruchnahme unerhört gut organisierte Feuerwehr war sofort da. Es brannte, und die Flammen schlugen aus dem Gegenstück zu meinem eigenen Fenster – einem Spiegelbild sozusagen, direkt gegenüber. Der Feuerwehrwagen fuhr die Leiter aus, und der Feuerwehrmann lenkte einen Wasserstrahl in das Dachfenster.*

Von dieser aufregenden Abwechslung gebannt, stand ich wie angewurzelt an meinem Fenster. Da schwenkte die Leiter unvermittelt herum, und ich sah dem Feuerwehrmann mit der nunmehr abgestellten Spritze in der Hand direkt ins Gesicht. Ich konnte seinen Lackhelm, das Messingwappen und den ledernen Nackenschutz klar erkennen. Das Gesicht des Mannes war vor Anstrengung gerötet, bei meinem Anblick riß er vor Staunen den Mund auf: Da schaute ein dunkler, stoppelwangiger, bleicher Mann zu ihm zurück.

Von Entsetzen bestimmte Gedanken rasten mir durch den Kopf. Was mußte der Feuerwehrmann gedacht haben? Alle rechtschaffenen Bürger saßen entweder in ih-

rem Luftschutzbunker oder liefen auf der Straße umher und warteten auf die polizeiliche Genehmigung, wieder in ihre Wohnung zu gehen. Er wußte bestimmt, daß diese aus rohen Brettern zusammengehauenen Berliner Dachkammern nicht bewohnbar waren. Was war das dann für eine einsame Gestalt? Ein Verbrecher? Ein Spion, der feindlichen Flugzeugen den Weg zeigte? Unwahrscheinlich. Wer sonst? Ein Jude. Ein Jude offenbar, der dem langen Arm der Deportationskommandos entgangen war. War der Feuerwehrmann ein Parteigenosse, wie so viele Polizisten, oder hatte ihn menschliche Anteilnahme zu seinem Lebenswerk als Feuerwehrmann bewogen? Sein langer unbewegter Blick, ehe die niedergehende Leiter ihn meiner Sicht entzog, ließ seine Gefühle nicht erkennen. Würde er mich seinen Vorgesetzten melden, sobald er auf der Straße war, oder würde er diesem armen Teufel, der sich da auf dem Dachboden versteckte, aus irgendeinem Grund Asyl gewähren? Dieses Rätsel wird mich von nun an quälen.

Heute wollte ich eigentlich meine Auseinandersetzung mit Samira aufschreiben, aber die Begegnung mit dem Feuerwehrmann hat mich zu sehr mitgenommen. Ich werde bei Lohmanns Schnaps Trost suchen und mich hoffentlich beruhigen.

2. Februar 1944

IM GRUND HATTE ICH NIE DARAN GEZWEIFELT, DASS Samira meine Anordnungen befolgen würde. Ich zweifelte nur an meiner Entschlossenheit, ihr diese Anordnungen zu erteilen. Wo Samira herkam, war das Wort eines Mannes Gesetz. Wir hielten zwar an unseren religiösen Bräuchen fest, doch kulturell unterschieden wir uns nicht sehr von unseren moslemischen Nachbarn. Wir lebten in einer Gesellschaft, in der Mädchen dem Vater und den Brüdern gehorchten; als Ehefrau und Mutter gehorchten sie später dem Ehemann und den Söhnen. Das galt vor allem für die weniger Privilegierten und nicht so Gebildeten.

Bei den Moslems gilt das Wort einer Frau vor Gericht nichts, und selbst bei den Juden kann der Mann sich von seiner Frau trennen, indem er ihr vom Rabbi einen Scheidebrief ausstellen läßt. Die Frau hat dabei nicht viel zu sagen. Im westlichen Sinne machtlos, verbringt die orientalische Frau ihr Leben mit Fegen, Waschen, Kochen, Wasserholen, Flicken und Backen. Ihre Hausarbeit wird nur von Hochzeit und Niederkunft unterbrochen.

Samiras Jugend hatte sich davon nicht merklich unterschieden; sie bediente den Vater und die Brüder. Als sie dann in Nachtklubs arbeitete, erfüllte sie die Wünsche der Chefs und ihrer Gönner. Ich erwartete, daß sie unserer Beziehung wegen anfangs Widerstand leisten würde, war mir aber ganz sicher, daß sie letztendlich gehorchen würde – Sklavin eines lebenslangen Gehorsams.

Nur mit dem Preis, den wir für ihre Kapitulation zahlen sollten, hatte ich nie gerechnet.

Ich wollte es nicht auf eine weitere amouröse Begegnung in unserer Wohnung ankommen lassen und bestellte Samira daher auf das neutralere Gebiet meines Büros. Es war schon spät, und Lohmann hatte bereits für die Nacht abgeschlossen. Mit Wodka gestärkt, begann ich, ihr von der heiklen Lage der Juden in Europa wie auch im arabischen Orient zu erzählen. Die Art, wie sie den Rauch ihrer Zigarette ausblies und über meinen Kopf hinweg die Wand hinter mir betrachtete, ließ erkennen, daß sie sich von dem Thema distanzierte, zu dem ich sie hinführen wollte. Sie hatte intuitiv beschlossen, mir meine Aufgabe noch schwerer zu machen, indem sie Desinteresse zeigte. Dadurch wuchs mein Schuldbewußtsein über den Verrat, in den ich auf Steinbruchs Drängen hin eingewilligt hatte, nur noch mehr. Ich wollte diese abscheuliche Aufgabe jetzt hinter mich bringen und schlug daher alle Vorsicht in den Wind.

»Samira«, sagte ich, »du mußt unbedingt Aminas Stelle als Rabes Lehrerin einnehmen, wenigstens für kurze Zeit.« Als sie den Mund aufmachte, um zu protestieren, redete ich Hals über Kopf weiter.

»Du wirst bei ihm Dinge sehen und hören, die du mir berichten mußt.«

»Du weißt, was sich zwischen Amina und ihm abgespielt hat, und verlangst das von mir?« sagte sie. »Du weißt, daß ich dich liebe, und willst mich an ihn prostituieren? Daniel, sag mir, daß das nicht wahr ist. Sag mir, daß es ein Alptraum ist.«

»Samira, du dramatisierst das jetzt. Das ist unsere Chance, uns gegen die Nazis zur Wehr zu setzen. Das Risiko müssen wir eingehen; es ist eine *mizwa*, eine ehrenwerte Tat«, entgegnete ich.

»Nazis ficken ist keine *mizwa*. Mein Gott, wie ich mich für dich schäme. Am liebsten würde ich sterben.«

Ich beschloß, hartherzig zu sein. Sonst wäre es wieder einmal um mich geschehen. »Judentum besteht nicht nur darin, daß man zum Passahfest *charosset* macht, Samira.«

»Ich habe mit fünfzehn den Preis für mein Judentum bezahlt. Mit meinem Blut, auf dem Rücksitz eines Taxis. Was hast du denn getan, du Bastard?« schrie sie.

»Samira, letzte Woche haben sie im Judenviertel von Bagdad vierhundert Juden umgebracht. Nächste Woche kann es Aleppo sein! Der Mufti macht das den Deutschen zuliebe. Wir müssen die Menschen unterstützen, die gegen die Nazis kämpfen. Das sind wir unserem Volk schuldig.«

»Ich bin ihm nichts schuldig. Seit meiner Vergewaltigung bin ich so *treife* wie ein Schweineschwanz. Seither habe ich mich alleine durchgeschlagen – bis ich dir begegnet bin. Ich dachte, ich hätte das alles hinter mir, und wir würden uns irgendwo ein gemeinsames Leben aufbauen. Das ist nicht zuviel verlangt, ein bißchen Glück. Du weißt, ich würde alles für dich tun. Ich würde für dich auf den Strich gehen, aber liefere mich nicht diesem Tier aus.«

Es brach mir das Herz, doch ich wußte, wenn ich sie nicht zu der Wut, dem Zorn, den Gossenausdrücken provozierte, zu denen sie fähig war, würde sie wieder den Sieg davontragen. »Du sollst nicht auf den Strich gehen. Du sollst dich lediglich um Rabe kümmern und mir alles berichten, was du da hörst und siehst.«

»Mich um ihn kümmern? Du meinst, ihn an einer Kette herumführen und auspeitschen, damit er mich ficken kann? Ist es das, was du willst, du Stück *kharra?*« Ihre Tränen machten allmählich Wut und Beschimpfungen Platz.

»Ja, fick ihn. Du hast dich von Aleppo bis Zagazig und zurück durchgefickt, da kommt es doch auf einen mehr in deinem Leben nicht an!« Sie ging wie eine Wahnsinnige auf mich los. Ihre Fingernägel zerkratzten mir die Wange, bis es blutete.

»Du Hund. Du Lude. Ich bring' dich um!« Sie war völlig außer sich und brach in ein orientalisches Klagegeheul aus. Ich gab ihr einen kräftigen Schlag ins Gesicht, der sie zu Boden streckte. Ich kniete mich neben ihr hin, packte sie an den Haaren und zog ihr schmerzhaft den Kopf nach hinten, bis wir uns direkt in die Augen sahen.

»Halt den Mund«, befahl ich ihr. »Hör mir zu. Du machst, was ich dir sage. Du gehst heute abend mit zu Rabe und gibst ihm seine Arabischlektion. Wenn er es von dir verlangt, führst du ihn an seinem Gürtel herum und peitschst ihm den Arsch aus. Und du tust alles, was er sonst noch von dir verlangt. Alles.« Ich schüttelte sie an den Haarwurzeln. Dabei funkelte sie mich ständig an, und hinten in ihrer Kehle braute sich ein wütendes Knurren zusammen. »Morgen kommst du zu mir und erzählst mir, wo du warst, wen du getroffen, was du gesehen, was du gehört hast. Bis ins kleinste Detail. Und damit machst du so weiter, bis ich dir sage, daß du aufhören sollst.« Ich riß sie noch einmal schmerzhaft an den Haaren und ließ sie dann los.

Mit einem bestialischen Schrei trat sie nach mir, so daß ich zu Boden fiel. Sie warf sich auf mich, trat, stieß mit den Knien, biß und kratzte. Schimpfwörter brachen aus ihrem Mund hervor. Um mich zu schützen, schlug ich sie, versuchte, ihr die Arme zu verdrehen, sie zu Boden zu drücken. Wir wälzten uns auf dem Boden, so daß ein Stuhl krachend zur Seite fiel. Schließlich überwältigte ich sie, preßte sie mit meinem schieren Körpergewicht zu Boden und hielt ihr die Handgelenke über dem Kopf fest. Und während wir einander ins Gesicht keuchten, überfiel uns ein heftiges Verlangen. Wodurch es ausgelöst worden war, weiß ich nicht – vielleicht durch das Wissen, daß es das letzte Mal sein würde, oder durch etwas Urwüchsigeres, etwas, das aus Haß und Schweiß, aus Adrenalin und Tränen besteht. Wir rammelten auf dem Fußboden, ich wütend erregt, Samira von einem Höhepunkt zum anderen kommend. Damit hatten wir uns endlich verausgabt. Wir lösten uns voneinander wie Boxer, wenn die Runde zu Ende ist.

Samira hob ihre Kleider vom Boden auf und sah mich von der anderen Seite des Zimmers aus an. »Ich werde tun, was du mir sagst. Ich hatte kein Recht, auf ein Leben mit dir zu hoffen. Mein Leben wurde auf dem Rücksitz eines Taxis bestimmt. Ich habe dich mit allen Fasern geliebt. Aber das ist jetzt vorbei. Faß mich nie wieder an.«

Alles in mir schrie danach, sie in die Arme zu nehmen, zu sagen: Nein, das stimmt nicht! Nichts ist vorherbestimmt, ich liebe dich. O Samira, wenn dieser Alptraum vorüber ist, will ich immer mit dir zusammen sein, bitte. Aber ich ließ die Worte nicht über meine Lippen kommen.

Samira hatte mich bereits aus ihrem Leben ausgeschlossen. Gleichgültig zog sie ihre Kleider an. Es war das letzte Mal, daß ich ihren gazellenartigen Körper sah, der mir so viel Freude bereitet hatte, die wohlriechenden Mulden, die kleinen hohen Brüste, die dunklen, länglichen, frischen Datteln ähnlichen Brustwarzen, die königlich zarten langen Beine, die seidige Haut mit ihrem Mandelduft.

Es war vorbei. Sie zog sich an und schloß leise die Tür hinter sich.

Ich hatte nicht mehr geweint, seit ich vom Tode meines Vaters erfahren hatte. Doch nun kamen mir die Tränen, Tränen, die aus Trauer, Scham, Verlangen, Schmerz und Wut hervorgingen. Daß ich Samira verloren hatte, brachte mir zu Bewußtsein, wie sehr ich mich nach meinen Eltern, meinen Geschwistern und meinem Cousin Eli sehnte. Über zehn Jahre lebte ich nun schon unter Fremden, leugnete meine Herkunft, meine Familie, meinen Glauben – und genoß obendrein noch das verworfene Leben, dem ich mich so bereitwillig verschrieben hatte.

Und nun hatte ich Samira verloren. Das Entsetzen, die Gekränktheit in ihren Augen, als ich ihr die Liaison mit Rabe antrug, ließ mich nicht mehr los. Warum sollte sie nicht glauben, daß ich ihr die Teilnahme an einem perversen Possenspiel abverlangte, wo ich mich doch nicht überwinden konnte, ihr zu erzählen, daß auch ich nicht Herr meiner Entscheidungen war?

Von Alkohol und Selbsthaß gelähmt, schlief ich endlich hinter meinem Schreibtisch ein. In diesem Zustand fand Lohmann mich dann am Morgen. Taktvoll wie immer zog er sich zurück und kam mit einer Kanne schwarzen Kaffees wieder.

Ich berichtete Dr. Steinbruch wieder auf einer S-Bahnfahrt, was Samira herausgefunden hatte. Diesmal trafen wir uns auf dem Bahnsteig des Bahnhofs Ostkreuz. Ihr erster Bericht war sehr umfassend, und Dr. Steinbruch hörte ihn sich im hinteren Teil des beinahe leeren Wagens schweigend an.

Rabe hatte Samira nach Dahlem gebracht, dem vornehmsten Stadtteil, wo Industrielle und Bankiers prunkvolle, imposante Häuser unterhielten. Diese riesigen Villen waren von weiten baumbestandenen Grünflächen umgeben, komplett mit Schwimmbecken, Lauben und Gewächshäusern. Der Gesamteindruck war von Eleganz und vor allem von wohlhabender Ungestörtheit geprägt. Diese vornehmen Villen waren vielfach von ihren jüdischen Besitzern verlassen worden und wurden nun vom Staat verwaltet.

In eine solche Villa in einer bogenförmigen Straße, Auf dem Grat, hatte man Samira gebracht. Als Rabe sie in einem Taxi heimschickte, hatte sie flüchtig das Straßenschild erkennen können. Dort waren Rabe und seine SS-Offizierskameraden einquartiert – alle, die in den Klub gekommen waren, und noch viele andere. Ihrem Eindruck nach wurde hier mehr als nur Arabisch unterrichtet; sie hatte Schilder mit arabischen Buchstaben gesehen, konnte sie aber nicht lesen und meinte daher, es sei vielleicht Farsi – Persisch, wie man im Westen sagt. Sie beschrieb den Eingang ähnlich wie Amina: ein bemannter Wachposten am Tor. Sie erwähnte dieselben Billardtische in den Gemeinschaftsräumen im unteren Stock. Sie hatte sich extra die Namen einiger Offiziere eingeprägt: Brockmann, Schlüter, Deschamps, von Nagy. Sie lernte die SS-Ränge und die Bedeutung der Sterne auf ihren Schulterklappen und würde später jedem Mann den richtigen Rang zuordnen. Auch die irakischen Ausbilder hatte sie kennengelernt: Beide hatten den Rang eines Hauptmanns, Muhammad Nawabi und Mustafa Shawa, der eine aus Bagdad, der andere aus Mosul. Sie hatten sie mit kaum verhohlener Verachtung und der Geringschätzung behandelt, die ein arabisches Mädchen verdient, das mit diesen Almanis schläft. Auch sie berichtete, alle seien feldgrau gekleidet gewesen und hätten einen roten Tarbusch getragen. Es waren auch noch andere Araber da, Zivilisten, fünf oder sechs an der Zahl; sie hielt sie für Studenten von den verschiedenen Berliner Universitäten. Die Plakate an den Wänden, viele davon auf arabisch mit Zitaten des Großmufti, stammten offenbar aus seinem Büro in Damaskus oder Bagdad. Sie enthielten die übliche antibritische und antijüdische Propaganda.

Die Offiziersunterkünfte lagen in den oberen Stockwerken, während die untere Etage für den Unterricht benutzt wurde. Samira berichtete, die Speisezimmer, Salons, Wintergärten und die Sonnenterrasse würden allesamt für die Unterweisung der jungen Offiziere genutzt. Aus einem Raum hatte sie arabische Schlager von einem Grammophon gehört. Ein Lehrer, bei dem es sich wohl um einen Araber handelte, brachte den Deutschen bei, auf die eigentümliche arabische Art im Rhythmus der Musik zu klatschen. Später hatte sie gehört, wie der islamische Lobgesang endlos wiederholt wurde, erst von einer arabischen Stimme, dann von mehreren Deutschen: »*Allahu akbar, Allahu akbar*... Gott ist groß, Gott ist groß; ich bekenne, daß es keinen Gott gibt außer Allah, und Mohammed ist sein Prophet.«

Man mußte kein Geheimdienstexperte sein, um daraus zu folgern, daß diese SS-Männer für den Dienst bei einer arabischen oder moslemischen Einheit ausgebildet wurden. Dr. Steinbruch war beeindruckt.

»Ein außerordentliches Mädchen hast du da«, sagte er. »So viele Informationen in nicht einmal einer Woche. Sag ihr, sie soll vorsichtig sein. Sie soll nicht zu hoch spielen. Nur beobachten und berichten. Ausgezeichnet, Daniel.«

Ich erzählte Dr. Steinbruch nicht, welchen Preis Samira und ich dafür zahlten, daß sie ihre Pflicht tat. Wenn sie zur Berichterstattung in mein Büro kam, legte sie ein solches Desinteresse an den Tag, daß ich den Verdacht hatte, sie nehme Drogen. Daran war in Berlin nie schwer heranzukommen, und ein paar Wochen später bestätigte mir Lohmann meinen Verdacht. Er hatte sie bei einem verstohlenen Tauschhandel mit einem Ungarn beobachtet, der als notorischer Drogenlieferant für Nachtklubdarsteller wie auch die Gästeschaft bekannt war. So wurde Samira mit dem Leben fertig, zu dem ich sie gezwungen hatte. Während Amina Rabes Eigenheiten als Scherz genommen hatte, litt Samira, als ob sie und nicht Rabe an der Leine läge.

Während Dr. Steinbruch die Informationen mit zufriedenem Grunzen entgegennahm, dachte ich daran, wie Samira sich zugrunde richtete, um diese Informationen zu beschaffen. Sie hatte sich auf eine widerliche sexuelle Beziehung mit Rabe eingelassen und griff obendrein noch zu Haschisch, um sich dafür zu betäuben. Großartige Arbeit hatte ich da geleistet! Mir kam in den Sinn, daß die Zuhälter im Semiramis von Damaskus mehr Ehre im Leibe hatten als ich. Durch eine Laune des Schicksals schien ich nun mit den Qualen, die ich ausstand, nur meinen gerechten Lohn zu bekommen. Ich selbst hatte den Teufelskreis in Gang gesetzt. Wie ein von Flöhen besessener Hund biß ich mich in närrischen Schleifen immer wieder in den eigenen Schwanz.

Dr. Steinbruch und ich waren durch die ganze Stadt gefahren und stiegen schließlich am Bahnhof Gesundbrunnen aus. Dort trennten wir uns und fuhren mit der U-Bahn wieder zu unserem Ausgangspunkt zurück.

4. Februar 1944

SAMIRA WAR WIEDER IN DIE PENSION STELLA GEZOGEN. In unserer Wohnung war nichts von ihr geblieben als ihr Parfüm, das aufreizend in Kissen, Bettwäsche und Schränken saß. Kein Wunder, daß ich immer mehr Zeit im Kaukasus verbrachte, wo ich in der Küche Frau Nowikow im Wege stand und mit Lohmann die Bücher durchsah. Wie treue Hunde ließen sie mich gewähren und taten so, als bemerkten sie meine Sehnsucht nach Samira nicht.

Hier in meinem Büro fanden jedoch auch unsere Einsatzbesprechungen statt. Wenn sie mir neue Informationen übermittelte, gab sie mir stets das Gefühl, ihr nicht gewachsen zu sein. Beim Sprechen machte sie die Augen zu, womit sie nicht nur dem Tabaksrauch, den sie in kräftigem Strom ausblies, sondern auch der Kontaktaufnahme mit mir aus dem Wege ging. Sie vermittelte mir den Eindruck, daß sie mit Rabe ein aufregendes Dasein führte und Ereignisse von historischer Bedeutung miterlebte, während ich nur ein am Schreibtisch klebender Bürohengst war.

Sie ließ meine Wut und mein Gefühl der Nichtswürdigkeit noch stärker werden, indem sie sich nie über Rabe und seine doch eigentlich lästigen Anforderungen an sie beklagte. Ich fürchtete, sie sei eine willige Komplizin seiner Verirrungen geworden und habe so viel Spaß daran, daß sie nunmehr ein richtiges Liebespaar waren. Vielleicht war das durch ihr Kindheitserlebnis bedingt, oder sie hatten wie Hilde und ihr brutaler Liebhaber entdeckt, daß sie sexuell übereinstimmten.

Sie zündete sich eine Zigarette an und begann ihren Bericht. Wir sprachen wie üblich Arabisch, die Sprache, bei der wir uns am wohlsten fühlten. Wenn ihr einmal die genaue Bezeichnung fehlte, griff sie auf Französisch oder ihren mittlerweile eindrucksvollen Wortschatz an deutschen militärischen und politischen Ausdrücken zurück. Ihr Liebhaber, Sturmbannführer Rabe, genoß vielleicht aufgrund seines Ranges besondere Vorrechte, wozu auch gehörte, daß Standartenführer Heinz Jürgen Novak als sein Kommandeur verständnisvoll ein Auge zudrückte, wenn Samira gelegentlich über Nacht in Rabes Quartier blieb.

Ihre letzte Übernachtung dort hatte dazu geführt, daß sie eine neue Entwicklung mitbekam. Sie hatte für die frühen Morgenstunden ein Taxi bestellt; als sie auf das Hupsignal hin herunterkam, konnte sie von dem dunklen Treppenabsatz im ersten Stock aus eine Gruppe von etwa dreißig Mann in der traditionellen Gebetshaltung – nämlich auf den Knien mit der Stirn am Boden – beobachten, die eben die islamische morgendliche Lobpreisung beendeten. Als sie aufstanden, sah sie zu ihrem Erstaunen, daß es sich bei den Neulingen nicht nur um Araber handelte, an die sie inzwischen gewöhnt war, sondern auch um rotwangige Europäer mit braunen und blonden Haaren, die in einer nicht-*sharki*, das heißt nicht-orientalischen Sprache miteinander redeten. Ich drängte sie, mir andeutungsweise zu sagen, was sie da gehört hatte, und da zeigte sich auf einmal ein allzu selten gewordenes Lächeln auf ihrem Gesicht, ein Lächeln, das nicht mir galt, sondern der plötzlichen Einordnung einer Gegebenheit. Die Männer hörten sich, sagte sie, genau so an wie Frau Nowikow, wenn sie mit ihren russischen Landsleuten sprach.

Ehe sie aus meinem Büro ging, ließ sie noch eine Bombe fallen. Rabe hatte ihr erzählt, in der Woche vom neunten bis zum sechzehnten November finde ein Seminar statt, und bis zum Ende dieses einwöchigen Seminars, an dem er stark beteiligt war, würden sie sich nicht sehen können. Als Rabe um halb sieben Uhr morgens den Appell abnahm, hatte sie rasch einen Blick auf die hektographierten Unterlagen geworfen, die auf seinem Schreibtisch verstreut waren.

Obwohl sie kein Deutsch konnte, war sie so geistesgegenwärtig gewesen, sich mehrere Namen zu merken, die bei dem Datum der Woche ihrer Verbannung standen. Sie zählte sie auf: Himmler, Eichmann, von Ribbentrop, Dr. Frank, Alfred Rosenberg und, wobei sie ihre Zigarette langsam auf meiner Untertasse ausdrückte: »Der Großmufti.« Das sagte sie mit leisem Triumph auf deutsch.

Bei Gott, sie hatte das gesamte Pantheon der Fanatiker und berufsmäßigen Judenmörder Deutschlands aufgezählt! Ich saß einen Moment sprachlos da und nahm diese unerhörte Mitteilung in mich auf.

»Das ist alles für heute«, sagte Samira. »Das heißt, was die Politik angeht. Da ich dir pflichtgemäß auch von meinen sexuellen Aktivitäten berichten muß, habe ich Neuigkeiten. Meine Liebesaffäre mit Sturmbannführer Rabe hat sich erweitert. Inzwischen gesellt sich Hauptmann Mustafa Shawa von der irakischen Armee zu uns. Ich muß den *almani* immer noch peitschen, doch es ist eine Raffinesse hinzugekommen. Ich muß ihm Lippen und Wangen mit Rouge anmalen, während Hauptmann Shawa es ihm in Hundemanier besorgt. Meine Dienste sind zweitrangig geworden; meine Talente sind nur gefragt, wenn die Soldaten zu Scherzen aufgelegt sind.« Sie stand auf, um zu gehen. »Daniel, ich will dir einen Vorschlag machen. Weißt du noch, wie ich das Frühstück für dich zubereitet habe, während ich wartete, daß du dein Morgengebet beendest?«

Ich nickte benommen.

»Gebrauche den Namen Gottes nicht mehr, wenn du das Shacharit sprichst, sonst erstickst du noch an deinem eigenen Erbrochenen.« Sie hatte die aufreizende Angewohnheit, die Tür ganz leise hinter sich zu schließen.

5. Februar 1944

ICH SASS IN DER DUNKLEN BAR DES KAUKASUS und sah Samira bei ihrem letzten Auftritt des Abends zu. Es war leider kein Geheimnis für mich, wie sie ihr Lächeln zustande brachte, woher sie noch die Ausdauer zum Tanzen nahm. Haschisch half ihr, die Tage und Nächte zu überstehen. Ich hatte meinen zweiten Wodka schon fast ausgetrunken, doch auch ohne Alkohol merkte ich, daß das Kaukasus trübe, glanzlos, schäbig geworden war. Auch das Publikum war erbärmlich; die Berliner hatten bereits begriffen, daß der rasche, rauschende Sieg, den man ihnen versprochen hatte, ferner gerückt war denn je. Die guten Weine wurden knapp, wir servierten zweitklassigen deutschen Sekt statt Champagner, und das Essen hatte trotz aller Bemühungen von Frau Nowikow keinen Geschmack mehr. Die russischen Speisen waren jetzt wie alles andere nur Ersatz. Auch unsere Gästeschaft war in Mitleidenschaft gezogen. Die Lebemänner, die zwielichtigen Spekulanten, die schicken leichten Mädchen und eleganten Lesben waren verschwunden, unter einer puritanischen Regierung aus der Mode gekommen. Dafür saßen da Offiziere im Hauptmanns- oder Leutnantsrang aus der Provinz, deren Damen über soviel Charme und Eleganz verfügten wie Dienstmädchen an ihrem freien Tag. Unsere Gäste waren arrogante Parteifunktionäre mit schlechten Manieren in einer Unzahl senffarbener Uniformen sowie Soldaten, die tränenselige Feste gaben, ehe sie zum Heldentod an die Ostfront abtransportiert wurden.

Ich merkte, daß Lohmann, ebenfalls mit einem Glas in der Hand, neben mir auf einem Barhocker Platz genommen hatte.

»Ich weiß, was Sie denken, Herr Salazar«, sagte er. »Unser kleines Juwel zerfällt allmählich zu Staub.« Er leerte seinen Steinhäger. »Ich hab' mir gedacht, wir sollten vielleicht das Programm ändern. Dieses Gesindel weiß unsere reizenden Mädchen gar nicht zu schätzen, und ihre Tanzerei ist ihnen scheißegal. Sie kommen, weil sie ›Bauchtänzerinnen‹ sehen wollen, und zwar möglichst nackt wie in Sankt Pauli.« Er meinte den berüchtigten Rotlichtbezirk der Hamburger Reeperbahn, wo fast alles erlaubt war. »Wenn ich an den Aufwand denke, diese Mädchen aus der Türkei herzuholen, was es kostet, sie in der Knesebeckstraße unterzubringen, und was wir für ihre Garderobe ausgeben, könnte ich heulen.«

Lohmann hatte der Weltschmerz gepackt, eine Sonderform teutonischer Schwermut, die manchmal stundenlang anhält, und ich unterbrach ihn lieber nicht. Außerdem hatte er vom geschäftlichen Standpunkt aus vollkommen recht. »Weiter, Lohmann«, sagte ich.

»Schauen Sie sich doch unser schönes Lokal an«, sagte er. »Diese unbezahlbaren russischen Ikonen, die französische Tapete, die Spiegel, die Sie in Rom gekauft haben. Alles Perlen vor die Säue. Sie haben gesehen, in welchem Zustand die Toiletten sind; da sieht es aus wie auf einem Bahnhofsklosett. Unsere parfümierte Handseife lege ich schon gar nicht mehr hin. Die klauen sie genauso wie die Handtücher. An die Wände schreiben sie Schweinereien. Alle Teppiche sind versengt, weil sie die Zigaretten auf dem Fußboden austreten. Ich bin nur froh, daß Lilo das nicht mehr sieht.« Lohmanns Litanei ging unvermindert weiter. »Ich habe schon daran gedacht, ein Schlammbecken aufzustellen. Sie wissen schon, zwei kaum bekleidete fette Säue ringen im Schlamm, alle Griffe erlaubt, jede Menge Titten und Arsch. Oder wir könnten, wenn es nicht so ein Aufwand wäre, Telefone auf den Tischen aufstellen, wie im Resi. Oder die Bar mit Nutten vollstopfen.« Er hielt inne. »In Hamburg hab' ich mal eine Revue mit Liliputanern gesehen, die fast nichts anhatten. Es war entsetzlich. Das Publikum hat gekreischt, die fanden das toll. Es sind noch ein paar kubanische Transvestiten hier in der Stadt...«

Hier wurde ich ans Telefon gerufen. Es war eine kurze Nachricht: um neun Uhr Treffen am Havelufer.

Als ich an die Bar zurückkam, hatte Lohmann

sich ein Bier eingeschenkt, strich sein schütter werdendes Haar zurück und zündete sich eine neue Zigarre an. »Nur noch eine abschließende Bemerkung, Herr Salazar, wenn Sie erlauben. Fräulein Samira ist schon viel zu lange hier, die zieht nicht mehr. Die beiden Türkinnen, die wir dazugenommen haben, sind Bauerntrampel, die über ihre eigenen Füße stolpern. Die Musiker stinken.«

Mir schienen diese ungeordneten Bemerkungen nur die Einleitung zu etwas Schwerwiegenderem zu sein, und ich hatte recht.

Lohmann schob sein Bierglas beiseite und sah mir ins Gesicht, bis er sicher war, daß unsere Blicke sich trafen.

»Herr Salazar, was ich Ihnen sagen will, liegt mir schon seit Monaten wie ein Stein auf der Seele. Lassen Sie es mich sagen, und dann reden wir nicht mehr darüber. Ich will nicht mal eine Antwort haben.«

Er zog das blütenweiße Taschentuch aus der Brusttasche seines dunkelblauen Anzugs und wischte sich die Hände ab. Ich wartete. »Herr Salazar, Sie sind ein besserer Geschäftsmann, als ich es je sein werde. Ich weiß noch, wie Sie von Ihren jungen Jahren erzählten, als Sie bei Ihrem Vater in Damaskus gearbeitet haben. Sie haben mir von einer Welt gesprochen, von der ich nicht wußte, daß es sie gibt. Ich habe gesehen, wie Sie dem russischen Gauner, zu dem ich Sie gebracht habe, dieses Loch abkauften, und ich habe gesehen, wie Sie Erfolg hatten, wie das Kaukasus Erfolg hatte, und durch Ihre Menschlichkeit durfte ich an Ihrem Erfolg teilhaben. Heute liegt der Klub im Sterben. Er macht Ihnen keine Freude mehr, er erfüllt Sie nicht mehr mit Stolz. Selbst die Mädchen widern Sie an. Kaum ein Mann in Berlin hat mit so vielen schönen Frauen geschlafen wie Sie, Herr Salazar, und mit Ausnahme von Fräulein Latifa gab es mit keiner je ein böses Wort.«

Er lächelte bei der Erinnerung an unschuldigere Tage. Das Lächeln verschwand rasch, als er den Blick zur Tanzfläche schweifen ließ. Er deutete mit dem Bierglas zu Samira hin, die lustlos ihren Auftritt beendete.

»Schauen Sie sich doch Fräulein Samira an. Sie war einmal die Zierde unseres Etablissements. Und schauen Sie sie jetzt mal an. Sie kann einem leid tun, es bricht mir das Herz.«

Ich hatte nichts gesagt, doch er meinte, eine Pause machen zu müssen, ehe er sich weiter vorwagte.

»Sie haben sich mir nie anvertraut, und ich hatte nie das Recht, das von Ihnen zu erwarten. Ich glaube, Sie halten den Betrieb hier anderen zuliebe aufrecht. Ich glaube, Sie sind hier, weil Sie das so wollen, denn mit Ihrem spanischen Paß hätten Sie weiß Gott schon vor Jahren weggehen können. Sie sind seit 1929 in Deutschland; jetzt haben wir 1941, und Sie begreifen uns immer noch nicht. Sie nehmen nicht zur Kenntnis, daß in Hunderten von Ministerien Tausende von Beamten sitzen, die Millionen von Karteikarten über unsere Mitbürger und vor allem über die Ausländer in unserer Mitte ablegen, wieder neu ablegen, sortieren und wieder neu sortieren. Ihr spanischer Paß und das Kruzifix in Ihrem Büro sind eine wunderbare Tarnung, aber wenn durch einen dummen Zufall zwei winzige Eintragungen in zwei verstaubten Ordnern nicht zusammenpassen, dann gnade Ihnen Gott.«

Ich schwieg. Ich hatte schon viele Jahre zuvor beschlossen, daß Lohmanns Sicherheit am besten gewährleistet war, wenn ich ihn in völliger Unkenntnis ließ über meine Aktivitäten.

»Noch eins, Herr Salazar. Ich bin mit den Jahren ein gutsituierter Bürger geworden. Ich habe etwas auf die hohe Kante gelegt. Für jedes Pfund Fleisch, jede Flasche, jede Rolle Toilettenpapier, die ich für das Kaukasus kaufe, habe ich eine Provision bekommen. Sie kennen meine Bedürfnisse: meine Böhnicke-Zigarren, ab und zu mal ein Schäferstündchen mit einer Mieze und meine Arbeit bei Ihnen. Alles, was ich habe, gehört Ihnen. Ich hoffe nur, Sie sitzen nicht tiefer in der Patsche, als meine Nase mir sagt.«

Er gab dem Schluß seines Monologs eine gewisse Feierlichkeit, indem er etwas eigentümlich Deutsches tat. Er ergriff meine rechte Hand und verbeugte sich tief aus der Hüfte heraus, wodurch er mir einen ungehinderten Blick auf seine beginnende Glatze verschaffte. In dieser Haltung verharrte er einen Moment, dann ließ er meine Hand los und ging in das Foyer hinaus. Er kam nie wieder auf das Thema zu sprechen.

6. *Februar 1944*

HEUTE EINE WILLKOMMENE ABWECHSLUNG VOM *ewigen Einerlei meiner Tage. Sie reparieren den Schaden, den der Irrläufer in der Nacht zum ersten Februar angerichtet hat. Trotz der Kälte habe ich mein Fenster offengelassen, damit ich die abgerissenen Rufe hören kann, mit denen ein Blech, ein Holzbalken oder ein Eimer Farbe verlangt wird. Ich kann mich oben auf die Lehne des Sofas ganz hinten in meinen Verschlag setzen, dann bleibe ich im Schatten und für die Arbeiter unsichtbar, selbst wenn sie zufällig in meine Richtung schauen. Wenn ich die Arbeiter in ihrem unnachahmlichen Berliner Dialekt rufen höre, wenn ich mittags das Klirren der Bierflaschen höre, wird mir klar, wie vollständig ich von jeglichem Kontakt mit anderen Menschen abgeschnitten bin. Die fröhlichen Stimmen werden mir fehlen, wenn die Arbeiter gehen. Das reicht, um einen neuen Schwermutsanfall auszulösen. Da mir allmählich das Essen ausgeht, kommt Lohmann bestimmt heute abend. Schon durch seine bloße Anwesenheit geht es mir besser.*

Allmählich wird es eiskalt im Zimmer, aber ich habe Angst, das Fenster zu schließen, ehe die Arbeiter fort sind. Zum Glück wird es im Februar am frühen Nachmittag dunkel, und die Arbeiter gehen bald. Ich sehe neues Blech blinken, neue Farbe am Fensterrahmen, ein glänzendes Stück Regenrinne.

Wer außer den Deutschen würde alles so sorgfältig reparieren? Vernünftigere Leute würden bis zum Ende des Krieges warten, damit nicht ein Bombenangriff in der Nacht die Arbeit des Tages wieder zunichte macht.

8. Februar 1944

AM 8. NOVEMBER 1941 TRAF ICH MICH MORGENS MIT Dr. Steinbruch in einem Landgasthaus an der Mündung der Havel in den Pichelssee. Das ist eine idyllische Enklave, von denen es in den Sumpf- und Seengebieten, die Teil der sich ausbreitenden Stadt geworden sind, noch viele gibt.

Wir saßen ungestört auf der rohgezimmerten Bank dieses Gasthauses, das jetzt für den Winter geschlossen war. Die ganz in der Nähe im gefrorenen Schilf herumstolzierenden Sumpfvögel waren unsere einzigen Zeugen.

Ich zählte das Ensemble von Rabes hektographierter Namensliste auf, die Samira auswendig gelernt hatte. Dr. Steinbruchs Schlußfolgerung war einfach und brutal. Himmler, der Reichsführer der SS; Eichmann, Leiter des Judenreferats, der Palästina besucht hatte; Außenminister von Ribbentrop; Dr. Frank, Reichsminister und Generalgouverneur von Polen; Rosenberg, Reichsminister für die besetzten Ostgebiete – das waren die Hauptakteure der Judenvernichtung. Daß der Großmufti dabei war, bestätigte nur seine Mitwirkung an diesem Massenmord und bot den zusätzlichen Reiz, daß dieser flatterhafte und brillante Demagoge von Indonesien bis zum Kaukasus Moslemaufstände anzetteln konnte.

Auch die slawisch sprechenden Moslems, die Samira in der Dahlemer Villa gesehen hatte, stellten für Dr. Steinbruch kein Rätsel dar. Es handelte sich dabei ganz offensichtlich um Moslems aus Bosnien; möglicherweise sollten diese Offiziere moslemische Freiwilligenbataillone kommandieren, die man in Kroatien aufstellen wollte.

Die Geschichte des Balkan war noch nie meine starke Seite gewesen, und Dr. Steinbruch machte sich daran, dem abzuhelfen. Mit der Einnahme Jugoslawiens durch die Deutschen war dieses unglückliche Land rasch zerstückelt worden. Die Serben, ihrer Religion nach griechisch-orthodox, hatten für die Briten Partei ergriffen und in den Bergen gewaltige Partisaneneinheiten aufgestellt. Ihre traditionellen Feinde, die römisch-katholischen Kroaten, hatten ein Nazi-Marionettenregime unter dem berüchtigten Ante Pavelic und seinem Innenminister Andrija Artukovic eingesetzt. Von den Deutschen finanziert und bewaffnet, hatten die Kroaten die alte osmanische Provinz Bosnien mit ihrer zumeist islamischen Bevölkerung ihren eigenen Gebieten angegliedert. Die Bosnier hatten bis zum dreizehnten Jahrhundert eigentlich der bosnischen Kirche angehört, doch als diese guten Christen sich und ihre Besitztümer von den ungarischen Nachbarn bedroht fühlten, traten sie bereitwillig zum Islam über und lieferten sich damit auf Gedeih und Verderb den Türken aus. Als Konvertiten entwickelten sie sich zu Fanatikern in der Ausübung ihres neuen Glaubens und waren nun siebenhundert Jahre später willfährige Verbündete der Kroaten bei den grausamen und barbarischen Massakern an Serben, Juden und Zigeunern.

Als guter deutscher Gelehrter erwärmte Dr. Steinbruch sich für sein Thema. Offenbar stand uns eine längere Sitzung bevor, denn er zog ein in Papier gewickeltes und mit Bindfaden verschnürtes Paket aus der Manteltasche. Er löste den Knoten, wickelte den Bindfaden auf und enthüllte liebevoll einen großen Streuselkuchen. Diesen zerlegte er sorgsam mit seinem Taschenmesser und bedeutete mir, ich solle mich bedienen. Nun war er bereit, sich größeren Dingen zuzuwenden.

»Mein Junge, da wir hier unter Gottes blauem Himmel sitzen, können wir bei der Gelegenheit auch einmal einen Blick auf unsere Beziehung werfen, die nicht immer beständig gewesen sein mag, doch – zumindest von meiner Seite her – auf Zuneigung und Eigennutz gleichermaßen beruhte.«

Ich unterbrach ihn nicht.

»Wie hätte ich im Orientexpreß nicht Gefallen an dir finden können? Du warst siebzehn, sahst aus wie eine griechische Statue, warst höflich, einnehmend, jedoch mit jener levantinischen Schläue, die das Leben auf dem *souk* mit sich bringt. Aber das war noch nicht alles. Du hattest Achtung vor deiner Familie und vor allem vor deinem Volk. Und mit siebzehn hast du bereits Arabisch, Französisch, Hebräisch und Italienisch gesprochen; du konntest sogar ein paar Brocken Englisch und hast die deutschen Sätze in Angriff genommen. Und so hast du mit mir im Abteil gesessen, Raki getrunken und von deinen Onkeln und Cousins erzählt, von dem ganzen Flickenteppich levantinischer Kultur, der meinen germanischen Geist seit Jahrzehnten beschäftigt. Als ich dich mit den Landaus auf dem Bahnhof sah, wußte ich, du würdest Frau Landau an die Wäsche gehen, auch wenn du hoch und heilig beteuerst, sie habe dich verführt. Ich habe dich beobachtet, Daniel, bis die Nazis an die Macht kamen, und da habe ich mich zum ersten Mal an dich gewandt. Wäre ich ehrlich gewesen, hätte ich dir zugesetzt, Deutschland zu verlassen, wie es der gesunde Menschenverstand gebot. Doch mein Interesse an dir war auf die Zukunft gerichtet – und nun, mein Junge, ist der Augenblick gekommen.«

Wir saßen uns an dem rohgezimmerten Tisch gegenüber und bröckelten uns den herrlichen Kuchen in den Mund, wobei er auf meine Fragen wartete, ich aber gar nicht so sehr darauf brannte, zu wissen, was da kommen sollte.

»Was soll ich tun? Den Großmufti ermorden? Als Nachtklubbesitzer bin ich dazu ganz besonders geeignet.«

Steinbruch überhörte meine kindische Bemerkung.

»Ich möchte, daß du nach Sarajevo fährst, und ich möchte, daß du eine bosnische Tanztruppe für das Kaukasus engagierst. Du könntest den Auftritt zunächst als Würdigung der Kriegsanstrengungen der Kroaten verkaufen. Die Beschaffung der Reisepapiere sollte dir keine Schwierigkeiten bereiten. Viele Geschäftsleute fahren auf den Balkan, um dort Tabak, landwirtschaftliche Produkte und Bauholz einzukaufen. Laß dir dort ruhig Zeit; engagier nicht gleich die erste Truppe. Das weißt du alles viel besser als ich. Sprich mit vielen Darstellern; auch Sängern, wenn du willst. So kannst du die Stimmung und die Atmosphäre dort in dich aufnehmen.«

Er schob sich noch mehr Kuchen in sein widerliches Mündchen, wischte affektiert ein paar Krümel mit dem Taschentuch ab und fuhr dann fort.

»Ich möchte, daß du im Hotel Bosphor absteigst. Es soll ganz nett sein, noch im osmanischen Stil, genau das Richtige für einen namhaften Berliner Nachtklubbesitzer. Gutes Essen, einheimische Weine, dort verkehrt die führende Schicht. Damit meine ich die Führung der Ustascha, der kroatischen Nazis. Da setzt sich einer unserer Leute mit dir in Verbindung, ein Kellner des Hotels. Er wird dir behilflich sein.«

»Dr. Steinbruch, ich brauche keinen Kellner, um eine Nachtklubtruppe zusammenzustellen; das ist schließlich mein Beruf.« Allmählich hatte ich genug von seiner herablassenden Art und dem stundenlangen Herumsitzen in den Sümpfen, wo sich ein kalter Wind erhoben hatte.

»Wenn du nicht ganz so egozentrisch wärest, würdest du erkennen, daß das Engagieren bosnischer Tänzer für unsere Sache von untergeordneter Bedeutung ist. Im Grunde sind mir die Tänzer schnurzegal, ob nun aus Bosnien oder sonstwoher. Das Ganze ist nur ein Vorwand, um dir in einer äußerst gefährlichen Lage eine Legitimation zu verschaffen.«

Auf einmal spürte ich den beschleunigten Herzschlag, die Trockenheit im Mund, das Zusammenziehen der unteren Eingeweide; so hatte Lohmann mir einmal die Reaktion der Soldaten geschildert, wenn sie den Befehl zum Sturmangriff erhalten, wenn sie den vergleichsweise sicheren Schützengraben verlassen und sich dem vernichtenden Maschinengewehrfeuer des Feindes aussetzen sollen. Schließlich wagte ich zu fragen: »Was ist so gefährlich daran, Tänzer zu engagieren, auch wenn es in Bosnien ist?«

»Tänzer zu engagieren ist gefahrlos«, antwortete er. »Das Gefährliche ist das Eindringen in die Waffen-SS und das Umgehen der Ustascha-Gefolgsleute.«

Wieder fühlte ich eine Welle von Übelkeit in der Kehle aufsteigen. »Es gibt doch bestimmt andere, die für solche Tätigkeiten besser geeignet sind?« wagte ich einzuwenden.

»Ganz gewiß. Wir haben äußerst fähige Männer

vor Ort. Aber keiner besitzt deine besondere Qualifikation. Du bist ein echter Nachtklubbesitzer; logischerweise kannst du mit Fug und Recht auf Talentsuche gehen; außerdem sprichst du fließend Deutsch und stehst seit 1933 mit der Armee und der SS auf du und du. Du weißt, wie man mit ihnen redet, und vermutlich kennst du einige Offiziere aus dem Kaukasus.«

Es wurde immer schlimmer. Diesem widerlichen Männchen, das sich in mein Leben gedrängt hatte, reichte es noch nicht, daß er mir meine Zukunft mit Samira zerstört hatte; nicht genug damit, daß er sie prostituierte, wollte er jetzt mich im fernen Bosnien der SS ausliefern.

Dr. Steinbruch verstand, was meine Miene besagte, und wischte mit einer ungeduldigen Geste die Kuchenkrümel vom Tisch. »Versuche, das zu verstehen. Der Mufti ist in Bosnien gewesen. Er hat junge Moslems für die Waffen-SS angeworben. Wenn du uns von dem Erfolg der Anwerbekampagne bei den dortigen Bosniern berichten willst, brauchst du Unterstützung. Bisher wissen wir nicht, wo die Waffen-SS ihr zentrales Hauptquartier hat. Wir haben Grund zu der Annahme, daß sie ihr Truppenaufgebot in den Bergen ausbildet. Aber wir wissen nicht, wie viele, und wie einsatzbereit sie sind. All das, Daniel, sollst du vor deiner Rückkehr nach Berlin in Erfahrung bringen.«

Ich hatte den Eindruck, daß da noch vieles ungesagt blieb, daß ich immer tiefer hineingezogen wurde, vielleicht tiefer, als Steinbruch mir verraten wollte. Doch hatte ich mit Samira nicht genau das gleiche gemacht? Jetzt, wo ich an die Reihe kam, tröstete es mich nur wenig, daß Samira schon seit Wochen im Einsatz war.

10. Februar 1944

ALS ICH BEI DER FÜR DIE AUSSTELLUNG VON REISEgenehmigungen in besetzte Gebiete zuständigen Militärbehörde vorsprach, nahm ich Lohmann mit. Das Amt war in einem düsteren, festungsartigen Gebäude gleich neben der Reichsbahnverwaltung untergebracht. »Lasset, die ihr hier eintretet, alle Hoffnung fahren«, ging mir durch den Kopf, als wir die frostige, mit Steinplatten ausgelegte Eingangshalle durchquerten. Lohmann aber fühlte sich ganz zu Hause in diesen furchteinflößenden Gängen mit den trübseligen Türschildern, wo in Sütterlinschrift Rang, Abteilung und Unterabteilung aufgeführt waren und nach römischen Lettern ein Schrägstrich und dann weitere Zahlenmystik kam.

Lohmann klopfte forsch an die Tür und wurde mit dem gebellten Befehl zum Eintreten belohnt. Ein Hauptmann der alten Schule, dessen linke Hand auf Dauer in einem Lederhandschuh steckte, nahm uns in Empfang. Wie die Ordensbänder aus dem Ersten Weltkrieg an seinem Uniformrock zeigten, gehörte er eindeutig einer älteren Generation an. Lohmann wußte ihn so zu nehmen, daß er wachsweich wurde. Er sprach ihn in der dritten Person an und ersuchte im Namen seines Brotherrn, des hochgeachteten spanischen Impresarios Señor

Salazar, um die Ausstellung von Reisepapieren zum Zwecke des Arrangements einer patriotisch gefärbten Darbietung mit den begabten Künstlern unseres Waffenbruders Kroatien. Ich warf ein, daß in meinem Klub, dem Kaukasus, höchste militärische und politische Kreise verkehrten.

Bei der Erwähnung des Kaukasus sah der Hauptmann mich an und entblößte seine Zähne zu einer furchterregenden Grimasse, was daran lag, daß er links ein Glasauge hatte, das sich weder bewegte noch schloß. Im Grunde war er uns wohlgesonnen. Er sprach in abgehackten Kürzeln, wie es der alten preußischen Militärtradition entsprach. »Ah, Kaukasus. Großartiges Lokal. Hab' ich gut gekannt. Damals. Prachtvolle Mädels, äh?«

Ich reichte ihm meinen spanischen Paß, den er nur flüchtig durchsah und dann an seine Sekretärin weitergab, eine stramme blonde Hilfskraft in Militäruniform. Brav ließen wir das Tacktacktack ihrer Schreibmaschine über uns ergehen, das Federkratzen bei den Eintragungen in ein Hauptbuch sowie das deutscheste aller Geräusche, das Klatschen eines Gummistempels, der abwechselnd auf Papier und Stempelkissen schlägt. Der Hauptmann unterzeichnete die Schriftstücke, und die Sekretärin händigte mir den Paß aus. Sie arbeitete in Hemdsärmeln, und ich bemerkte dunkle Schweißflecken unter ihren Achseln. Sie schenkte mir ein kokettes Lächeln und hielt den Paß etwas länger als nötig fest, ehe sie ihn mir übergab. Der Geruch von Frauenschweiß schlug mir entgegen, und ich spürte die Reaktion in meiner Leistengegend. Samiras Macht über mich nahm ab.

Wir dankten dem Hauptmann und wandten uns zum Gehen. Dem Büropersonal zuliebe sagte Lohmann »Heil Hitler!«, aber der Hauptmann überhörte das. Als wir schon halb zur Tür hinaus waren, rief er mich zurück.

»Señor Salazar. Ausgezeichneter Schnaps da. Vinjak. Sljivovica. Rakija. Guten Tag!«

11. Februar 1944

BEVOR LOHMANN MICH ZUM BAHNHOF BRACHTE, ließ ich ihn auf unserer Büroschreibmaschine den folgenden Brief schreiben.

Ich weiß ihn auswendig, weil das mein einziger Ungehorsam gegen Dr. Steinbruch war und außerdem mein letzter, verzweifelter Versuch, Samira aus der Lage zu retten, in die ich sie gebracht hatte.

Lohmann versprach, ihr den Brief persönlich zuzustellen und darüber hinaus alles zu tun, was in seiner Macht stand, um den Bestimmungen des Schreibens auch Geltung zu verschaffen.

Da das Seminar eine Woche dauern sollte, setzte ich darauf, daß mein Plan durchaus erfolgversprechend war.

Fehlschlagen würde er nur, wenn Samira tatsächlich sexuell an Rabe gebunden war oder er sich über die Sicherheitsbestimmungen hinwegsetzte und sie während dieser Woche, in der vermutlich hochgeheime Dinge stattfinden sollten, anrief oder traf.

KLUB KAUKASUS
Berlin · Meinekestraße 142

Frau Samira Mansour
Pension Stella 12. November 1941

Sehr geehrte Frau Mansour!

Bitte betrachten Sie dieses Schreiben als Mitteilung über Ihre Entlassung aus dem Klub Kaukasus mit sofortiger Wirkung.
Ihre wiederholte Unpünktlichkeit sowie Ihre Rauschgiftsucht, durch die Sie nicht in der Lage sind, Ihren vertraglichen Pflichten zufriedenstellend nachzukommen, stellen einen Verstoß gegen die Bestimmungen des Arbeitsvertrages dar. Sollten Sie Einwände gegen unsere Entscheidung erheben wollen, haben wir alles für eine Anzeige bei der Kriminalpolizei vorbereitet, da uns Ihre Rauschgiftlieferanten bekannt sind. Mit getrennter Post haben wir Ihren Agenten Karnig Minassian, Hemediye Caddesi, Istanbul, von Ihrem Vertragsbruch und unserer daraus folgenden Entscheidung unterrichtet. Wir behalten uns vor, Sie für den entstandenen Schaden haftbar zu machen. Ihre vertragsgemäß von uns verwahrte Rückfahrkarte in die Türkei wird Ihnen nach Kenntnisnahme von und Zustimmung zu der Beendigung Ihres Beschäftigungsverhältnisses ausgehändigt.

Mit deutschem Gruß
Klub Kaukasus, Direktion

Ich unterzeichnete das Schriftstück in der inzwischen erlernten Sütterlinschrift.

Den Brief hatte ich so formuliert, daß das Entlassungsschreiben dem prüfenden Blick eines wahrscheinlich aufgebrachten Rabe standhielt, falls es Lohmann wirklich gelingen sollte, Samira aus Deutschland fortzuschaffen. Lohmann versprach, seine ganze Überredungskunst aufzuwenden, um sie vor dem sechzehnten in den Zug nach Istanbul zu setzen.

12. Februar 1944

GESTERN ABEND WAR LOHMANN DA. AN DER MAGEren *Ausbeute, die er mitbrachte – kümmerliches Graubrot und ein Ende Wurst, die fast nur aus Fett und Getreide bestand – erkannte ich, daß etwas schiefgegangen war. Er mahnte mich, mir das Essen für die nächsten Tage einzuteilen, sah zu, wie ich ein Butterbrot verschlang, und erzählte mir dann von seinem Mißgeschick.*

Er war wie gewöhnlich mit dem Zug zu seiner fröhlichen Witwe und ihrer reichhaltigen Speisekammer gefahren. Seinen Musterkoffer hatte er wie gewöhnlich im Gepäcknetz eines anderen Abteils untergebracht. Infolge eines glücklichen Fischzugs war der Koffer brechend voll von eleganten Toilettengarnituren: silberne Handspiegel, Kämme mit Silbergriff, Schminktöpfe, Stiefelknöpfer, Haarbürsten für Damen und Herren, Zahnbürsten, Seifendosen und Kleiderbürsten, alles mit einem einheitlichen Silbermuster.

Eine Streife der Feldgendarmerie war eingestiegen, was zu Kriegszeiten nicht ungewöhnlich war, doch diesmal ließen sie es nicht dabei bewenden, die Ausweispapiere der Reisenden zu überprüfen, sondern suchten nach Schmuggelware und verlangten daher, daß jeder Passagier sein persönliches Gepäck kenntlich machte. Als die Feldgendarmen in Lohmanns Abteil kamen, mußte er zu seiner Bestürzung feststellen, daß ein Soldat seinen Mu-

sterkoffer in der Hand hatte. Einen Moment lang fürchtete er, daß jemand den Feldgendarmen eine Beschreibung von ihm gegeben hatte, doch er wußte, daß die Fahrgäste sich in ihrer Kriegsmüdigkeit und der Abneigung gegen die Militärpolizei einig waren, eine Abneigung, die sie von ihren in Kampfeinheiten dienenden Männern, Söhnen und Brüdern übernommen hatten. Die Soldaten beendeten ihre Kontrolle und schleppten beim Verlassen des Abteils Lohmanns Musterkoffer mit.

Am selben Tag sollte Lohmann ein noch größeres Unheil zustoßen. Als er in die Küche der Witwe kam, saß sie dort mit verweinten Augen neben einem jungen Mann in Uniform am Tisch; bei dem Mann war der leere rechte Ärmel an die Uniformjacke geheftet. Es war der älteste Sohn der Witwe, ein Panzergrenadier, der unerwartet und mit einem verlorenen Arm von der russischen Front zurückgekommen war. Er hatte eine halbleere Flasche Obstler vor sich und konnte Lohmann auf Anhieb nicht leiden. Der erschien dem Grenadier mit seinem dunklen Anzug, dem Zigarrenetui in der Westentasche und dem Duft nach Pomade und gutem Tabak wie ein leibhaftiger Kriegsgewinnler. Er warf seiner Mutter vor, sie treibe es hier mit einem fetten Parasiten, während ihr Mann, der Veterinär, in einem polnischen Rübenacker begraben lag. Als die Mutter ihn beschwichtigen wollte, brach der junge Mann in irres Lachen aus und sagte, das Spiel sei sowieso aus, die Russen brächen überall durch die deutschen Linien und würden in Kürze in Pommern und Schlesien einmarschieren. Er werde seine Mutter in den Westen bringen und sein Glück bei den Briten und Amerikanern probieren. Vielleicht würde so ein Kriegsgewinnler wie Lohmann ihm ja den Hof abkaufen; sein Vater und dessen Vorgänger hätten mit Leib und Seele dafür geschuftet, da könne er ihn jetzt für einen Apfel und ein Ei haben. Daß diese Stimmung einem Fortbestand der Beziehung zwischen Lohmann und der braven Witwe nicht günstig war, versteht sich.

Lohmann sagte, im Grunde bedaure er nur, die Quelle unserer Lebensmittelversorgung verloren zu haben. Aber Herr Saporta solle sich keine Sorgen machen. Lohmann werde sich etwas einfallen lassen. Auch wenn die Zeitläufte dagegen sprachen, schaute ich in Lohmanns glänzendes, treuherziges Gesicht und glaubte ihm.

13. Februar 1944

FÜR DIE NORMALERWEISE ACHTUNDVIERZIG STUNDEN dauernde Reise von Berlin nach Sarajevo brauchte ich fast eine Woche. Wir wurden über Prag und Wien geleitet, reisten schließlich in Klagenfurt nach Jugoslawien ein und dann weiter in die kroatische Hauptstadt Zagreb. Von da an war die Reise überhaupt nicht mehr mit europäischen Maßstäben zu messen und wurde zu einem Balkanabenteuer, das aus stundenlangem Warten auf Wiesen oder Nebengleisen mit unaussprechlichen Namen bestand; oft genug mußte an unvorhergesehenen Anschlußsstellen umgestiegen werden. Die Gründe waren nicht schwer zu erkennen. Die deutsche Armee, die seit der Invasion Rußlands die meisten Großstädte erobert, eine Million Gefangene genommen und ganze russische Armeekorps ausgelöscht hatte, besaß keine Schlagkraft mehr. Als die Deutschen vor den Toren Moskaus standen, rollten plötzlich russische Panzerbrigaden in neuen britischen Panzern an, und der neue russische T-34 zeigte sich allem, was die Deutschen hatten, überlegen. Ebenso katastrophal für die Deutschen war, daß die Russen und Japaner sich verständigt hatten und im Augenblick nicht gegeneinander kämpfen wollten, wodurch die Russen kampferprobte Divisionen aus Sibirien abziehen konnten. Infolge dieser Entwicklungen war das deutsche Eisenbahnnetz, ein Meisterwerk der Technik und einer hervorragenden Logistik, schwer überlastet.

Trotz ständig zunehmender und immer erfolgreicherer Bombenangriffe der Royal Air Force auf deutsche Städte und Industrieanlagen bauten die Deutschen mehr Lokomotiven als je zuvor. Außerdem setzten sie rollendes Material aus dem Balkan und sogar aus Rußland ein, das teilweise noch aus dem Ersten Weltkrieg stammte.

Während ich also auf meinem Weg nach Sarajevo rücksichtslos abgeschoben auf Nebengleisen herumsaß, ratterten Truppentransporte mit Verstärkung nach Rumänien, und endlose, mit einem ominösen Rotkreuzzeichen bemalte Evakuierungszüge brachten Verwundete und Verstümmelte nach Deutschland zurück.

Ich war für die Reise erbärmlich schlecht gerüstet. Speisewagen gab es meist nicht mehr, und die Bauern auf den Provinzbahnhöfen hatten wenig mehr als Brot und Aprikosenschnaps zu verkaufen. Ein paar überaus korrekte deutsche Armeeoffiziere boten an, mir etwas von ihren Rationen abzugeben, da es ihnen peinlich war zu essen, während ich aus dem Fenster schaute.

Zum Glück waren meine Papiere in preußischer Ordnung, denn je weiter ich mich von Berlin entfernte, desto feindseliger und bärbeißiger wurden die endlosen Paßkontrollen durch Legionen von Militärpolizisten, nichtmilitärischen Beamten und anderen Uniformierten. Ich sah, wie viele offensichtlich unschuldige Menschen aus dem Zug gezerrt wurden, deren Vergehen höchstens darin bestand, daß sie Opfer bürokratischer Schlamperei geworden waren. Als in Kroatien die Ustascha in ihrer schwarzen Uniform den Zug bestieg, spürte auch ich einen kaum zu unterdrückenden Verfolgungswahn in mir aufwallen.

All das war vergessen, als der Zug am achtzehnten November in Sarajevo einfuhr. Rechts von mir sah ich die Miljacka durch die Talsohle fließen und auf den Hügeln der Stadt die zahllosen Moscheen, deren erhaben-anmutige Minarette gen Himmel zeigten. Und überall standen grüne Zypressenhaine und Holzhäuser mit überhängendem Gitterwerk.

Das Hotel Bosphor war in der Tat ein Denkmal der osmanischen Zeit. Bei seiner Errichtung hatte man das Wohlbefinden von Paschas und Agas mit ihrem Gefolge im Sinn gehabt. Mein Zimmer ging auf einen Platz hinaus, wo ich Einheimische an kleinen Tischchen sitzen und türkischen Mokka trinken sah. Ich zögerte nicht lange und gesellte mich zu ihnen. Es lag zwar ein Krieg in der Luft, doch hatten die von den Türken vor Jahrhunderten eingeführten orientalischen Sitten die Menschen mit ihrem Maß und Tempo geprägt. Schnurrbärtige Männer tranken Kaffee oder lasen die Zeitung, wenn sie nicht gerade in eine hitzige Debatte mit ihren Gefährten vertieft waren. Andere saßen in einsamer Grübelei und spielten gedankenverloren mit ihrer Gebetskette. Von der belebenden Bergluft abgesehen, war es nicht sehr viel anders als in den Städten, die ich mit meinem Vater in Syrien und dem Libanon besucht hatte.

Ich schlenderte durch die kleinen Straßen und Gassen um den *souk* herum und kam an Läden vorbei, in denen Nachbildungen türkischer Silberketten, Amulette, *maschallahs* und die winzigen Münzkettchen verkauft wurden, mit denen Brauthauben verziert wurden. Unterwegs bewunderte ich die kleinen häuslichen Werkstätten der Weber, die ihre Schiffchen durch altmodische Webstühle gleiten ließen. Viele der aus dicker Schafwolle gearbeiteten Teppiche gefielen mir so sehr, daß ich sie unter anderen Umständen für meine Wohnung gekauft hätte. Und aus jeder kleinen Kupferschmiede und jedem Kaffeehaus hörte ich die gedämpfte Musik von Streichern und Trommel, die mir so lieb und vertraut war. Nur die slawische Zunge, die diese alten türkischen Melodien in Worte faßte, paßte nicht dazu.

Auf dem Rückweg zum Hotel fand mein neugewonnenes Entzücken an Sarajevo ein jähes Ende. Ich war über verkohlte und verrußte Mauerstümpfe gestolpert, in denen ich den Umriß einer ehemaligen Synagoge erkannte. Daß es sich um ein sephardisches Bauwerk handelte, sah ich daran, daß der

Almemor, der abgeschlossene Ort, von dem die Thora verlesen wird, in der Mitte lag. Die filigranen, schmiedeeisernen Trennwände standen noch. Gefesselt und abgestoßen zugleich, stand ich in nachdenklichem Schweigen davor. Ein älterer Mann, der am Stock ging, sprach mich in einem Deutsch mit Akzent an.

»Das war einmal die Synagoge der spanischen Juden. Sie war sehr alt und ist viele Male umgebaut worden – die älteste ihrer Art auf dem Balkan. Als die Deutschen kamen, haben sie sie angesteckt. Die Moslems hier am Ort haben ihnen geholfen.« Er studierte einen Augenblick lang meine Reaktion. In der unverlangt gegebenen Information lag weder Beifall noch Mißbilligung. Es war der Tonfall eines Touristenführers. »Unter den Türken wäre das nie passiert«, setzte er aus freien Stücken hinzu.

Ich danke ihm und wandte mich zum Gehen. Er hielt mich auf.

»Wir haben viel Schönes hier; schauen Sie sich die Berg-Moschee, die Zaren-Moschee und die Ali-Pascha-Moschee an, sie sind prachtvoll. Sie sollten auch die Orthodoxe Kirche des Heiligen Erzengels besichtigen. Das ist die älteste in Bosnien. Es hängt ein Bild von der Jungfrau Maria aus dem vierzehnten Jahrhundert darin.« Er lächelte. »Das ist meine Kirche. Ich wünsche Ihnen einen angenehmen Aufenthalt.« In Gedanken versunken kehrte ich in das Bosphor zurück.

Ich nahm den Kaffee in der Hotelhalle ein. Dort

waren die Marmorböden noch mit schönen türkischen Teppichen ausgelegt, die Wände zierten leidlich gute Ölgemälde, und die weichen Polstermöbel waren noch gut erhalten: eine durchaus angenehme Umgebung für ein Schlückchen türkischen Mokka. Die Halle war nicht von einem internationalen Publikum wohlgekleideter Reisender mit Damen und Kindern bevölkert, sondern von deutschen Offizieren von Wehrmacht und SS sowie ihren in Stiefeln und Uniformen deutscher Art herumstolzierenden Lakaien, der Ustascha. Ich hielt Augen und Ohren offen, wobei ich mich ab und zu hinter der ›*Donauzeitung*‹ verschanzte. Diese Ausgabe brachte einen Artikel mit einem Porträt von Hajj Amin el Husseini darüber, in dem stand, dieser herausragende islamische Führer habe der bosnischen Organisation »Mohammed« wieder eine halbe Million Pfund zukommen lassen. Er hatte immer ausreichend Mittel zur Verfügung, denn abgesehen von den Geldern, die die Deutschen ihm zahlten, bediente er sich aus der Jerusalemer Waqf-Stiftung, dem Witwen- und Waisenfonds der Moslems, wie aus seiner eigenen Tasche. In arabischen Kreisen hieß es, seit dem Tag im Jahre 1922, als die Briten ihm symbolisch den Schlüssel zu diesem Tresor aushändigten, sei kein einziges Krankenhaus, Waisenhaus oder sonst eine wohltätige Einrichtung in Palästina mehr gebaut worden. Der gesamte Etat werde für politische oder persönliche Zwecke verbraucht, und diese Praxis setze er effektiv bis zum heutigen Tage fort. Der Mufti wurde mit einem Ausspruch im Sender Radio Bari zitiert, das Töten von Juden sei dem Auge Gottes wohlgefällig, und die Moslems von Bosnien seien die Elite des Islam. Die glorreichen deutschen Truppen warteten sehnsüchtig darauf, diese strammen Kerls in ihre Reihen aufzunehmen.

Ich meinte, ich habe für einen Tag genug gelernt, und machte mich auf den Weg zu der schmiedeeisernen Aufzugskabine. Da fiel mir die Anschlagtafel mit den in Hotels üblichen Bekanntmachungen von Golfturnieren, Badezeiten und Gottesdiensten auf. Eine handgeschriebene Karte gab auf deutsch und serbokroatisch bekannt, am Abend finde im Speisesaal ein Folklore-Abend statt, Abendessen inklusive. Reservierungen würden am Empfang entgegengenommen. Ich bestellte einen Tisch, hielt ein Nickerchen, zog mich zum Abendessen um und ging dann in den mit Marmorsäulen und schweren Kronleuchtern bestückten Speisesaal hinunter.

Die Gäste waren zumeist deutsche Offiziere, einige davon in der Begleitung von Damen, die mir nicht zur gesellschaftlichen Oberschicht von Sarajevo zu gehören schienen. Das Essen war für Kriegsverhältnisse nicht schlecht und bestand aus dem allgegenwärtigen orientalischen Salat und Cevapcici am Spieß im Reisrand. Ich bemerkte, daß die Deutschen unter meinen Speisegenossen über den leichten Hautgout des Hammelfleisches die Nase rümpften, doch ich gab eine scharfe Pfeffersoße dazu und ließ es mir von Herzen schmecken.

Das Folkloreprogramm war genau das, was ich nach Dr. Steinbruchs Vorstellungen für den Kaukasus engagieren sollte. Es war natürlich entsetzlich. Ein gewitzter Impresario hatte die Aufführung nicht für die Einheimischen arrangiert, die mit ihren eigenen Traditionen aufgewachsen waren und sie zu schätzen wußten, sondern für die deutschen Offiziere und Reisenden: simple Tänze von jungen Männern in schwarzem Hemd und Lammfelljacke, schwarzen türkischen Pluderhosen und Lederstiefeln. Sie hakten sich unter, hüpften, sprangen, vollführten eine Art balkanischen Kasatschok, und dann gesellte sich eine gleiche Anzahl draller und in ihren bestickten Kostümen recht hübsch anzuschauender Mädchen zu ihnen, die sich mit den Männern im Kreise drehten. Zwischen den Tanznummern traten Sänger auf, und dann erreichte der Geräuschpegel der Unterhaltungen im Speisesaal beängstigende Höhen.

Bis auf die Kostüme und Melodien war es ein Programm, wie es ausgefuchste, zynische Besitzer griechischer Tavernen für schwedische und deutsche Reisegruppen auf die Beine stellen. Die Hoteliers von Baalbek im Libanon bieten das gleiche für das Aufgebot vertrockneter englischer Jungfern, die ihre obligatorische Mittelmeertour absolvieren. Es war absolut steril – von allen Melodien und Nummern, die den Hotelgästen womöglich zu fremdartig erschienen wären, gesäubert –, und trotzdem konnten die Zuschauer bei der Heimkehr neidischen Freunden und Verwandten erzählen, sie hätten echte Folklore gesehen. Zum Finale sang ein recht hübsches bosnisches Mädchen »Lili Marleen«, erst auf serbokroatisch und dann auf deutsch. Es gab stürmischen Applaus, in den ich einfiel. Einfache deutsche Offiziere mit von Bier und Rakija geröteten Gesichtern riefen »Bravo!«

Ich ließ mir den *maître d'hôtel* kommen, gab ihm ein hübsches Trinkgeld, nannte ihm meine Zimmernummer und bat, der Herr, der diese üppige Darbietung inszeniert habe, möge sich am nächsten Morgen bei mir melden. Ich ging auf mein Zimmer und wollte mich zur Ruhe legen. Zumindest hatte ich das vor.

14. Februar 1944

Ich hatte eben meinen seidenen Pyjama angezogen – ein Geschenk von Samira, wie mir mit jäh aufflackerndem Schmerz einfiel –, da klopfte es an der Tür. Während ich noch zögerte, ob ich öffnen sollte, gab die Stimme sich zu erkennen. »Der Kellner mit Ihrem Tee, Sir.«

Ich hatte keinen Tee bestellt und Steinbruchs Kellner-Agenten zwar erwartet, aber dummerweise angenommen, ich würde ihm unter anderen Umständen begegnen. Ich schloß die Tür auf, und der Kellner kam mit dem Tablett in der Hand herein. Es war ein gutaussehender Mann Ende Dreißig, ein eher mediterraner als slawischer Typ von dem angenehmen Äußeren, das man bei jugoslawischen Männern an der dalmatinischen Küste häufig trifft. Er stellte das Tablett auf dem Tisch ab und schenkte den Tee ein, wobei er mir den Rücken zuwandte. Ich war mir sicher, daß er leise auf hebräisch *»Baruch ha-Ba«* – Gesegnet sei, der da kommen wird – gesagt hatte, doch als er sich umdrehte, fragte er mich auf deutsch, ob ich Zitrone oder Milch wolle. Ich glaube, ich habe ihm keine Antwort gegeben, denn nun musterten wir uns freimütig, jeder bereit, im Falle einer Fehlkalkulation einen Rückzieher zu machen. Er war der Mutigere von uns beiden.

»Daniel, ich freue mich, daß Sie da sind. Ich bin David Papo. Meine Familie stammt aus Split, an der Küste. Hier werde ich Milan Draskovic genannt.«

Ich kannte den Namen Papo als traditionellen sephardischen Familiennamen, wollte ihn aber auf die Probe stellen, da wir noch immer Deutsch miteinander sprachen. »*Chad Gadja*«, sagte ich auf aramäisch, was soviel heißt wie »eine kleine Ziege« und der Refrain eines alten Passah-Liedes ist.

Papo lächelte, machte die Augen zu, um sich in seine Kindheit zurückzuversetzen, und sagte im gleichen Atemzug, was ich hören wollte: »*Un kavritiku ki lu mirku mi padri por doz levanim*« – eine kleine Ziege, die mir mein Vater für zwei *levanim* gekauft hat.

Er sagte es auf die judeo-spanische Art, die niemand, nicht einmal ein Cervantes-Forscher oder Philologe, hätte nachahmen können. Wir gaben uns nach alter Sitte die Hand und küßten uns auf die Wangen.

»Hören Sie, Daniel, jede Minute ist kostbar. Die anderen sind schon da, aber es sind nur zwei durchgekommen.«

»Welche anderen? Wovon reden Sie?«

»Die Fallschirmspringer. Aus Ägpyten. Die Ustascha hat den Absprung entdeckt. Einer hat sich das Genick gebrochen, während er noch im Gurt hing, und der andere hat auf die Faschisten geschossen, deshalb haben sie ihn umgebracht.

Gott sei Dank keine Gefangenen. Die anderen beiden sind hier. Ein Schotte und einer von uns, beide aus Palästina.«

Ich verfluchte Steinbruch, wie Samira mich verflucht haben muß. »Was für Fallschirmspringer? Ich soll hier Tänzer engagieren und herausfinden, ob Moslems in die Waffen-SS eintreten. Von Partisanen und Fallschirmspringern weiß ich nichts. Sie erzählen mir zu viel, David. Ich kenne mich. Sollten die Deutschen mich verhaften, was Gott verhüten möge, würde ich euch allesamt in Gefahr bringen. Also hören Sie bitte auf. Nennen Sie mir keine Namen, und erzählen Sie mir nichts von Ihren Plänen. Ich bin der schlimmste Feigling, dem Sie je begegnet sind.«

David Papo war mir überhaupt nicht böse und zog mich in seine Arme. »Daniel, nur dumme Menschen haben keine Angst. Als ich meinen ersten Ustascha-Mann tötete, habe ich so gezittert, daß ich ihm kaum das Messer in den Bauch stoßen konnte. Dabei hat er geschlafen.«

Diese blutrünstige Geschichte beruhigte mich ganz und gar nicht, sondern machte meine Angst nur noch schlimmer. Ich versuchte mir klarzumachen, daß man mich nicht aus dem fernen Berlin hierhergeholt hatte, um im Bett liegend Bosnier abzuschlachten, aber ich war überzeugt, der mir abverlangten Aufgabe nicht gewachsen zu sein.

David sprach weiter, ohne mein Entsetzen zu bemerken. »Wir müssen herausfinden, wann das erste bosnische Aufgebot abrückt. Denen jagen wir den Zug in die Luft, daß er bis in den Himmel fliegt. Das wird ihre Lust auf einen Dschihad dämpfen.«

In seiner Gemütsruhe merkte er nicht, daß mir das Blut aus dem Gesicht gewichen war und ich eiskalte Hände hatte.

»Das Abreisedatum wollen wir von Ihnen erfahren. Das ist die alles entscheidende Information – das ganze Unternehmen hängt daran. Noch eins: der Sprengstoff ist bei der Fallschirmlandung verlorengegangen. Das macht alles noch verzwickter.« Er entblößte seine gleichmäßigen weißen Zähne zu einem grausamen Lächeln und faßte meine feuchte, schlaffe Hand. »Schalom. Morgen abend komme ich wieder.«

Ich saß in der Falle. Steinbruch hatte mich jahrelang wie eine Forelle an der Angel zappeln lassen und jetzt endlich beschlossen, mich an Land zu ziehen. Er hatte mir das wahre Ziel dieser Talentsuche vorenthalten, und in bezug auf Papo und seine Partisanenfreunde gab ich mich auch keinen falschen Vorstellungen hin. Sollte ich mich widerspenstig zeigen, würden sie mich bestimmt ohne das geringste Zögern aus dem Weg räumen. Sie würden keinen Stümper wie mich ihre Arbeit gefährden lassen. Was sollte ich tun? Die Antwort kam aus dem Munde meines Großvaters: »*Con el pie derecho y el nombre del Dio*« – Mit dem rechten Fuß voran und im Namen Gottes.

15. Februar 1944

AM DONNERSTAG KLINGELTE BEI MIR FRÜH UM zehn das Telefon. Eine angenehme Stimme unbestimmten Alters stellte sich in gutem Deutsch vor.

»Guten Morgen und herzlich willkommen. Hier spricht Dr. Dusan Ivić, Künstlerimpresario von Sarajevo. Ich stehe Ihnen zur Verfügung.«

Ich erwiderte die Höflichkeiten und stellte mich meinerseits als Besitzer des Kaukasus vor, den ich bescheiden als ein nicht unbedeutendes Berliner Kabarett beschrieb. Wieder hatte ich Glück. Er kannte es gut. Er hatte nach Abschluß des Studiums Berlin besucht und sich das Nachtleben angesehen. Daher war ihm mein renommiertes und hochgeschätztes Etablissement ein Begriff. Wie konnte er mir behilflich sein?

Ich gratulierte ihm zu der Vorstellung vom Vorabend und fügte hinzu, nach etwas Derartigem hielte ich Ausschau, ein wenig authentischer vielleicht, nicht ganz so auf Touristen zugeschnitten. Ob ich ihn heute abend zum Essen einladen dürfe, um die Sache weiter zu besprechen? Mit dem größten Vergnügen, antwortete er. Er werde mich um sieben abholen.

Den restlichen Tag verbrachte ich damit, mir die Sehenswürdigkeiten anzuschauen, wobei ich tatsächlich die Moscheen und die Kathedrale besichtigte, die mir der hilfsbereite Fremde empfohlen hatte. Die Wände der Ali-Pascha-Moschee waren mit Plakaten des Großmufti gepflastert, und ich begriff auch ohne bosnische Sprachkenntnisse, was sie sagen wollten.

Am späten Nachmittag kehrte ich in das Hotel zurück. Vielleicht hatte ich unbewußt eine Begegnung mit Papo vermeiden wollen, aber darum hätte ich mir keine Sorgen zu machen brauchen. Wir gingen in der Halle, wo er deutschen Leutnants Bier servierte, aneinander vorbei, ohne daß er mich eines Blickes würdigte.

Pünktlich um sieben holte Dr. Dusan Ivić mich mit seinem 1938er Opel ab. Er machte den Eindruck eines feinen kroatischen Herrn Anfang Vierzig, gut gekleidet und frisiert, und roch stark nach Trois Fleurs, einer Haarpomade, mit der auch ich einmal flüchtig geliebäugelt hatte. Ein gründlicher Blick sagte mir, daß ich es mit einem Mann zu tun hatte, der Wein, Weib und Gesang zu genießen wußte. Wie winzige braune Fäulnisrisse an einer weichen, glatten Gardenienblüte zeigten sich bei ihm die verräterischen Zeichen der Korruption. Genau der Mann, mit dem man gerne einen Abend verbringt.

Er fuhr vorsichtig über die schottergefüllte Straßenbettung, bis wir auf den Gipfeln über der Stadt waren, wo er vor einem Haus anhielt, das er als »svratiste«, altes Landgasthaus, bezeichnete. Die Nachtluft war eisig kalt. Die Gaststube des Wirtshauses wies hölzerne Bänke und Nischen auf, deren Sitze und Rückenlehnen mit unbehandelten Lammfellen bedeckt waren und die um einen Holzkohlenspieß herum angeordnet waren, auf dem ganze Schafe brieten.

Die wenigen anderen Gäste waren Einheimische und mehrere uniformierte Ustascha-Männer, mit denen mein neuer Freund sich grüßte. Ich bemerkte das auffällige Ustascha-Parteiabzeichen im Knopfloch seines Revers. Wir vermieden es, vom Geschäft zu sprechen, bis wir mehrere Gläser feurigen Rakija miteinander getrunken hatten, zu dem in Scheiben geschnittener *travnicki sir*, ein pikanter Schafskäse, gereicht wurde. Ich unterhielt ihn mit Geschichten von den köstlichen exotischen Mädchen, die ich in Berlin aus der Levante importierte, und erzählte von Skandälchen, in die meine Mädchen und solide, rechtschaffene Berliner verwickelt waren. Ich sprach von wütenden Ehefrauen, die in mein Büro eindrangen, von Anrufen der Rechtsvertreter geschädigter Klienten. Dieser Klatsch und Tratsch sollte bewirken, daß Dr. Ivić sich bei einer verwandten Seele gut aufgehoben fühlte, und er erfüllte seinen Zweck.

Der Wirt bat uns, an den Spieß zu kommen und uns Fleischstücke auszusuchen. Dazu reichte er aufgeschnittenes selbstgebackenes Brot, duvec – den Reis, den man dort mit Tomaten, Paprika und Fleisch kocht – und Krüge mit dem Landwein.

Dieses zwanghafte Schreiben über Essen steht in di-

rektem Verhältnis zu meinem gegenwärtigen Hunger. Seit Lohmanns schlesische Idylle mit seiner Witwe zu Ende ist, bin ich auf halbe Ration gesetzt. Ich habe den Verdacht, daß Lohmann sein eigenes Essen mit mir teilt, aber er würde das natürlich abstreiten. Nachts werde ich vor dem Einschlafen wohl wieder den Balkon meines Vaters vor mir sehen. Ich weiß nicht recht, ob sich darin die Sehnsucht nach meiner Familie ausdrückt oder ein knurrender Magen, der nach den Täubchen und dem frischen arabischen Brot lechzt. Hoffentlich ist es das erstere.

17. Februar 1944

ICH KEHRE ZU DR. IVIĆ UND UNSEREM ESSEN IN DEM Landgasthaus zurück. Er gab mir einen Abriß seiner Laufbahn: sein Jurastudium in Zagreb, die Seminare, die er an einer deutschen Universität besucht hatte, und die Eröffnung seiner Kanzlei. Es hatten sich gewisse Interessenkollisionen ergeben, und er beschloß, in das Bühnengeschäft einzusteigen, wo ihm seine Kenntnisse im Vertragswesen und im Abschluß von Vereinbarungen sehr zugute kamen. Er fügte hinzu, als Ausländer könne ich nicht recht ermessen, wie schwer er es als Kroate gehabt habe, sich im Anwaltsberuf gegen die Serben und vor allem die Juden zu behaupten, bevor die Deutschen das Land befreiten.

Das war der rechte Moment, meine Wünsche für das Kaukasus zur Sprache zu bringen. Ich erläuterte, es sei höchste Zeit, das deutsche Publikum nicht länger mit levantinischen Darbietungen zu delektieren, die jetzt in herrschenden Kreisen nicht mehr gern gesehen seien. Hochgestellte Freunde, sagte ich, hätten angeregt, ich solle mir die ungeheuren Begabungen zunutze machen, die Achsenstaaten wie Italien, Rumänien und Ungarn zu bieten hätten. Diese Vorschläge, ließ ich Dr. Ivić wissen, hielte ich für lachhaft. Ob denn jemand glaube, das deutsche

Publikum sei dazu aufgelegt, sich von rumänischen oder ungarischen Zigeunern unterhalten zu lassen, die gleichfalls einer verachteten kosmopolitischen Rasse angehörten? Oder daß man den Deutschen, die ihren Verbündeten allmählich mit scheelen Augen ansahen, Italiener mit Opera-buffa-Manieren vorsetzen könne?

Dr. Ivić nahm meine Analyse lächelnd und beifällig nickend auf; er wußte, worauf ich hinauswollte.

Nein, sagte ich, diese Vorschläge seien alle Unsinn. Nur unsere kroatischen Verbündeten, die sich Bosnien eingegliedert hätten, verfügten über die Talente, um so eine Aufführung auf die Beine zu stellen. Die Bosnier mit ihren temperamentvollen, sehr männlichen Tänzern und ihren hübschen Mädchen hätten eine urtümliche Reinheit an sich, die nach der Bordellatmosphäre der Bauchtänze eine Erholung sein würde.

Ich kann mir nicht vorstellen, daß Dr. Ivić auch nur ein Wort von diesem Geschwätz glaubte. Doch zeichnete sich da eine geschäftliche Verbindung ab, und er hätte mir auch geholfen, den Teufel anzuwerben.

Er stimmte mir zu, die Aufführung im Hotel sei für einen Klub wie das Kaukasus viel zu zaghaft und einfallslos gewesen, und schlug vor, wir sollten Bergdörfer besuchen, wo es noch authentische Tänzer gebe, Männer, die mit dem Schwert zum Schlag der Trommel und der Lyra tanzten. Nebenbei erwähnte er die mittlerweile in unerschwingliche Höhen gestiegenen Benzinkosten. Ich beruhigte ihn mit der Erklärung, daß ich die Ausgaben der Talentsuche voll zu übernehmen gedenke.

Ich entlohnte den Wirt, und wir machten uns auf den gefahrvollen Rückweg. Wegen der Verdunkelungsbestimmungen waren die Scheinwerfer des Opel auf dünne blaue Schlitze verringert. Dr. Ivić fuhr schweigend, langsam und vorsichtig. Als wir wieder auf den Straßen von Sarajevo waren, sagte er, jetzt brauche er etwas zu trinken; ob er mich zu einem Gutenachtschluck einladen dürfe? Ich willigte ein, und kurz darauf hielten wir vor einer eleganten Villa in einer Nebenstraße. Unter den Bäumen parkten diskret ein paar deutsche Kübelwagen, die Mannschaftswagen der deutschen Armee. Ich folgte Dr. Ivić unter den Säuleneingang, und kurz nachdem er geläutet hatte, öffnete eine hübsche Frau im schwarzen Abendkleid die Tür.

»Madame Jovanka, ich möchte Ihnen Herrn Salazar vorstellen; ihm gehört der beliebteste Nachtklub von Berlin, das Kaukasus«, sagte Ivić.

Ich nahm ihre Hand und küßte sie. »Sehr erfreut, Madame.« Sie führte uns an einen Tisch im wohl elegantesten Hurenhaus Sarajevos. Es besaß eine Bar, eine kleine Tanzfläche und runde Tische, deren Lampen von kegelförmigen roten Lampenschirmen gekrönt waren. Zwei deutsche Offiziere saßen mit zwei Mädchen vor einer Flasche jugoslawischem Wein. Die fehlende Munterkeit ließ mich vermuten, daß hier post-koital getrunken wurde. Zwei Mädchen, deren Abendkleider viel von ihrem Busen sehen ließen, kamen an unseren Tisch. Madame Jovanka scheuchte sie fort. »Geht, Schätzchen, die Herren rufen euch schon, wenn sie soweit sind.«

Ein Kellner brachte eine Flasche Grasevina, einen slowenischen Riesling, und nach einem tiefen Schluck richtete Ivić das Wort an mich.

»Herr Salazar, ich glaube, ich mag Sie, und ich möchte Ihre Zeit nicht verschwenden. Ich bin in Berlin und Wien und Budapest gewesen; ich war sogar schon in Paris, und ich denke, ich weiß, was ein Nachtklub bieten sollte. Was Sie gestern abend im Bosphor gesehen haben, war das Beste, was die Gegend hier zu bieten hat. In Ihrem Klub würde diese oder eine ähnliche Show nach zwei Tagen abgesetzt. Und das ist die traurige Wahrheit. Hab' ich recht, Jovanka?« fragte er, ihre professionelle Zustimmung erheischend.

»Dr. Ivić«, begann ich in aller Aufrichtigkeit, »ich fühle mich durch Ihre Ehrlichkeit geschmeichelt und geehrt, und...«, doch er unterbrach mich mit einer Handbewegung.

»Ich kenne da ein Dorf in den Bergen. Es ist für seine Moschee und den Fanatismus der Moslems bekannt. Diese Leute können tanzen; so etwas haben Sie noch nicht gesehen. Ich bin kein Experte auf diesem Gebiet, aber ich glaube, sie waren einmal Anhänger der türkischen Derwische.«

»Sie meinen die Moschee von Ustikolina? Bei der alten Festung?« wollte Jovanka wissen.

»Genau, aber das ist Sperrgebiet.« Er senkte die Stimme. »Ich glaube, da oben ist die Waffen-SS.«

»Dann kommt man überhaupt nicht da oben hin?« fragte Jovanka.

»Es sei denn, die Deutschen genehmigen es«, meinte ich. Soeben hatte ich Sturmbannführer Ewald Rabe, den Arm um ein Mädchen geschlungen, durch den roten Samtvorhang vor dem Zugang zur Bar eintreten sehen. Mir fiel ein, daß er direkt von seinem Seminar hierhergekommen war. Ich fragte mich, ob es da einen Zusammenhang gebe. Ich stand sofort auf und ging ihn begrüßen, wobei ich verzweifelt hoffte, daß er ebensowenig über Samiras Dispositionen Bescheid wußte wie ich. Offenbar war dem so, denn er wirkte erstaunt, doch erfreut, mich zu sehen. Ich führte ihn an unseren Tisch und stellte ihn Jovanka und Dr. Ivić vor.

Rabe erzählte, er sei eben aus Berlin eingetroffen, und seine Offizierskameraden hätten ihm Madame Jovankas Lokal als das einzige anständige in der Stadt empfohlen. Was um alle Welt Salazar hier mache? wollte er wissen. Ich erläuterte ihm, ich habe vor, eine »Kroatische Woche« anzukündigen, und wolle in dem Zusammenhang eine patriotische deutsch-kroatische Inszenierung auf die Bühne bringen. Tanz, Musik, landestypische Gerichte, so in der Art. Ein Programm, bei dem auch bosnische Moslems auftreten sollten, die, wie ich gehört hatte, zu Tausenden zu den Fahnen eilten. Ich meinte, ein solches Programm würde für die Deutschen lehrreich sein und zudem noch dem Lokalpatriotismus hier Auftrieb geben und die Rekrutierung fördern.

Rabe stimmte mir von ganzem Herzen zu und fügte hinzu, er werde tun, was er könne, um Herrn Salazar, seinem Freund, zu helfen. Dr. Ivić und ich sahen uns an und wußten nicht so recht weiter.

Da nahm uns Madame Jovanka unerwartet die Zügel aus der Hand. Sie hatte sich bei Rabe untergehakt und wisperte ihm Vertraulichkeiten ins Ohr, die ihn zum Lachen brachten. Dann erklärte sie uns, das Haus werde uns zu Ehren eine kleine Unterhaltungseinlage präsentieren. Danach könnten wir uns mit den Damen vergnügen, aber sie wolle ihre eigenen Ansprüche anmelden. Sie sei von des Sturmbannführers Charme und Aussehen derart eingenommen, daß sie ihn für sich selbst reklamieren wolle. Von dem Angebot geschmeichelt, küßte Rabe ihr galant die Hand.

Inzwischen war ein kleines Orchester mit Violine, Ziehharmonika, Trommel und Klavier aufgetaucht und stimmte einen slawischen Tango an, der jedenfalls nach meinem Geschmack mindestens ebenso gut ist wie der pseudo-argentinische, den wir im Westen zu hören bekommen. Ich als Spanier wußte, was man von mir erwartete, und forderte Madame Jovanka zum Tanz auf. Tennis, Golf, Schwimmen, Reiten und Skilaufen gehören nicht zu meinen gesellschaftlichen Fertigkeiten – für einen Juden aus

Damaskus sind das alles offenkundig lächerliche Freizeitbeschäftigungen. Aber tanzen konnte ich, und ich führte Madame Jovanka auf die Tanzfläche und bewies es ihr und dem Klub, der sich allmählich füllte. Ich setzte die kalte Maske des professionellen Tangotänzers auf, während ich Madame Jovanka nach allen Regeln der Kunst herumschwenkte. Sie ließ sich willig von mir führen, und wir spielten den Kampf der Geschlechter durch, von dem dieser Tanz erzählt.

Als wir fest ineinander verschlungen waren und ich sie nach hinten beugte, flüsterte sie mir plötzlich ins Ohr: »Den Deutschen können Sie mir überlassen; ich besorge Ihnen Ihre Genehmigung.«

Der Tanz ging dem Ende zu, und ich schlug alle Vorsicht in den Wind. »Er läßt sich gerne auspeitschen. Legen Sie ihm eine Kette um den Hals und ziehen Sie ihn durchs Zimmer. Das wird Ihnen den Weg zu seinem Herzen öffnen.«

Madame Jovanka ging mir unter großzügigem Applaus der Gäste und ihrer Damen zum Tisch voraus.

»*Muchas gracias,* Señor Salazar«, sagte sie. Ich wußte nicht recht, ob sie mir für den Tanz oder für die Information dankte.

»Ich stehe Ihnen zu Diensten«, gab ich in meinem besten Kastilisch zurück.

Das Orchester begann einen langsamen Bolero, und vorübergehend wurde das Licht gedämpft. Als es wieder aufleuchtete, lag eine mit einem spanischen Schal bedeckte runde Matratze auf der Tanzfläche. Madame Jovanka stand vor dem Orchester. Sie hob die weißen, wenn auch etwas pummeligen Arme und bat um Ruhe. In ihrer trägerlosen schwarzen Robe und mit ihrem dichten schwarzen Haar sah sie verdammt gut aus.

»Liebe Freunde des Salons Jovanka und vor allem liebe Kameraden der deutschen Armee. Als Willkommensgruß für unsere besonderen Gäste heute abend möchten wir Ihnen gerne ein kleines Hors-d'œuvre präsentieren, das Ihnen noch mehr Appetit auf einen angenehmen Abend machen soll. Es ist mir ein großes Vergnügen, Ihnen Natascha und Suleika zu präsentieren.«

Es gab beifälligen Applaus, und eine junonische Blondine mit dem hochgewachsenen Körper einer Athletin und eine kleine Brünette traten aus den Kulissen. Beide trugen Reizwäsche, die aus Büstenhalter, Mieder, Cache-sexe, Strümpfen und Strapsen bestand. Sie tanzten recht kunstlos zu den Boleroklängen, während die Kellner eilends Flaschen mit Wein, Bier und Rakija an die Tische brachten. Ich beobachtete Madame Jovanka in Aktion. Als Nachtklubbesitzer wußte ich es zu würdigen, wie sie alles vollkommen in der Hand hatte, hier einen Kellner an den einen Tisch, dort ein Mädchen an einen anderen schickte und sicherstellte, daß bei den Gästen beträchtliche Rechnungen zusammenkamen. Sie gesellte sich wieder zu uns, als die Tänzerinnen sich gegenseitig entkleidet und auf der

Matratze eine lesbische Darbietung begonnen hatten. Unter dem Beifall der Menge begann die Matratze sich jetzt langsam zu drehen – in Wirklichkeit hatte Madame Jovanka dort eine primitive Drehbühne installiert; ich stellte mir vor, wie unter den Bodendielen ein schwitzender Angestellter die Bühne von Hand anschob wie der sprichwörtliche Esel in der Tretmühle.

Die langsam rotierende Drehscheibe gab jedem im Klub einen ungehinderten Blick auf das Geschehen. Es war weder besser noch schlechter als das, was die meisten von uns schon in Port Said, Marseille oder Berlin gesehen hatten. Allem Gestöhne und Gewälze zum Trotz hatte es das gleiche unerotische Flair, das wir alle schon in zahllosen kubanischen Filmen aus den zwanziger Jahren erlebt hatten. Das Besondere dieses Treibens lag in dem Größenunterschied der Mädchen. Die Brünette reichte mit dem Kopf kaum an die Brüste der Blonden. Sie beendeten ihre Verrenkungen und hielten sich beim Verbeugen an den Händen wie Bühnenschauspieler. Ein paar Soldaten warfen die Blumen aus ihrer Tischvase auf die Bühne.

Wieder wurde das Licht kurz gedämpft, und ich spürte den Ansturm der Kellner, die neue Getränke brachten, ehe das Licht wieder anging. Diesmal schnappte das Publikum nach Luft. Die Große hatte sich einen übergroßen, anscheinend aus Gummi bestehenden Phallus um die Lenden geschnallt und trieb es nun so sachkundig und ausdauernd mit ihrer kleinen Partnerin, daß viele Männer vor Neid erblaßt wären. Bei diesem Schauspiel wurde es im Klub totenstill. Als die Brünette orgastische Schreie ausstieß, kam es an einem Tisch zum Tumult. Ein deutscher Hauptmann ging, betrunken und schwer erregt, auf die Bühne los. Wer sich ihm entgegenstellen wollte, wurde brutal aus dem Weg geschoben. Sein Gesicht war gerötet und schweißgebadet. Er hatte die Uniformjacke gelockert und wollte eben den Hosenschlitz seiner Reithosen aufknöpfen. Er schrie aus vollem Halse.

»Hört mit der Schweinerei auf! Laßt das einen richtigen Mann erledigen! Ich will euch zeigen, wie man diese Säue fickt!« Er schubste einen jungen Flieger beiseite, der ihn zurückhalten wollte, und trat auf die Bühne. Die Mädchen nahmen entsetzt Reißaus, wobei der Phallus auf komische Weise vor der Blondine herschwang.

Rabe sprang auf die Bühne, um dem torkelnden Hauptmann entgegenzutreten; eine Sekunde lang standen sie sich unter der Saalbeleuchtung schweigend Auge in Auge gegenüber. Dr. Ivić und ich sahen uns an und hatten den gleichen Gedanken: Die Vorstellung ging weiter, nur hatte jetzt der nächste Akt begonnen. Rabe schlug den Hauptmann mit dem ausgestreckten rechten Arm und offener Hand so wuchtig ins Gesicht, daß ihm das Blut aus der Nase strömte. Dann stellte Rabe sich in Positur wie auf dem Exerzierplatz und brüllte: »Maul halten! Stillgestanden! Hände an die Hosennaht!« Der Kasernenhofton und der Anblick der SS-Runen zeigten Wirkung; der große Mann fing an zu schluchzen. Rabe wandte sich von ihm ab und schaute ins Publikum. »Der rangniedrigste anwesende Offizier soll vortreten und diesen Mann zur Militärpolizei bringen.« Ein unglücklicher junger Leutnant meldete sich und führte den Mann, der keinen Einspruch erhob, ab.

Auf ein Zeichen von Madame Jovanka hin setzte die Musik ein, und die Huren führten ihre Freier auf die Tanzfläche. Rabe kehrte an unseren Tisch zurück. Er hatte getan, was von einem deutschen Offizier erwartet wurde, und alle Augen waren auf ihn gerichtet. Er war in Hochstimmung. Man konnte geradezu spüren, wie das Adrenalin durch seinen Organismus pulste. Madame Jovanka bot ihm ihren Arm. »Der Sturmbannführer hat das Beste verdient, was dieses Haus zu bieten hat.« Sie verschwanden durch den Samtvorhang hinter der Bar.

Dr. Ivić bestellte noch eine Flasche. Wir tranken uns zu. Soweit war es ein verdammt guter Abend gewesen. Ivić beugte sich vertraulich zu mir vor.

»Vielleicht ist das eine Glücksnacht für uns. Wenn uns jemand einen Passierschein in das verbotene Gebiet besorgen kann, dann Jovanka.«

Ich war geneigt, ihm zuzustimmen.

»Ich bedaure nur, daß Sie eins verpaßt haben«, fügte Ivić hinzu.

»Was wäre das?« wollte ich wissen.

»Zu sehen, wie die kleine Brünette die große Blonde fickt. Das ist wirklich was!«

»Sollen wir gehen?« fragte ich ihn.

»Haben Sie kein Interesse an den Mädchen?«

»Nicht als Schlammreiter der Armee.«

»Genau das meine ich auch«, sagte Dr. Ivić. »Wenn Sie Gesellschaft wünschen, geben Sie mir Bescheid – ich schicke Ihnen meine Sekretärin und ihre Cousine. Bei mir heißen sie Himmel und Hölle. Sie sind fantastisch.«

Er setzte mich am Bosphor ab. Es war vier Uhr morgens.

18. Februar 1944

DAS WAR WIEDER DER ALTE LOHMANN, DER EBEN *gegangen ist. Lächelnd und onkelhaft war er mit einem großen Netz angekommen, wie es die Hausfrauen hier auf ihre Streifzüge zu den Gemüsehändlern mitnehmen. Schweigend leerte er das Netz und strahlte immer mehr, während er den Inhalt vor mir auf dem Tisch aufbaute. Es gab Marmelade, Ölsardinen, Kondensmilch, Wurst, Brot und sogar den Kuchen, den die Berliner Sandkuchen nennen. Er drängte mich zu essen, und als er sah, wie vorsichtig ich Brot und Wurst in Angriff nahm, sagte er, ich solle nur reinhauen; wo dieser unverhoffte Segen herkomme, gebe es noch viel mehr davon. Er ließ sich auf meiner ächzenden Couch nieder und erzählte mir erst dann von seinem neuen Unternehmen.*

Zur Rechtfertigung seiner wiederholten Besuche in dem Haus ging er immer noch zu Inge und Jutta, den beiden Teilzeit-Prostituierten. Er hatte sie zufällig in ciner Kneipe in der Nachbarschaft getroffen, und sie hatten ihm erzählt, das Damenoberbekleidungsgeschäft, in dem sie arbeiteten, sei ausgebombt. Sie wollten gar nicht gern zum Arbeitsamt, da sie fürchteten, man werde sie in eine Rüstungsfabrik schicken. Lohmann hatte die Mädchen noch einmal taxiert: Sie waren in den Zwanzigern, im landläufigen Sinn ziemlich hübsch, und wie er meinte, würden sie bei ihrem Mangel an Intelligenz als gewöhn-

liche Straßenmädchen enden. Für eine anspruchsvolle Stelle waren sie zu faul, sagte Lohmann, und er beschloß, ihnen zu helfen. Auf seine Erfahrungen als ehemaliger Zuhälter nach dem Ersten Weltkrieg gestützt, hatte er sie ohne allzu große Mühe rekrutiert. Lohmann würde ihr Los verbessern und sein eigenes dazu. Er führte sie in einen Schönheitssalon und ließ ihnen die Haare richten, die Fingernägel maniküren, die Augenbrauen zupfen und maßvolles Make-up auflegen. Danach suchten sie die Räumlichkeiten des ehemaligen Speiselokals in der Kantstraße auf. Da waren noch zahlreiche elegante Kleider und ein paar Filz- und Strohhüte in den Schlafzimmerschränken. Diese Hinterlassenschaften stellten gegen das, was die Mädchen vorher anhatten, auf jeden Fall eine Verbesserung dar, und als Lohmann an dem Abend in Begleitung von Inge und Jutta eine elegante verdunkelte Bar betrat, wurden potentielle Kunden auf sie aufmerksam.

In ein paar Tagen war eine ausgewählte Klientel zusammengekommen, und Lohmann übernahm die altehrwürdige Funktion eines Zuhälters: Beichtvater, Kassenwart und Zahlmeister.

»Was ich hier verschlinge, ist doch wohl hoffentlich nicht der Lohn der Sünde«, sagte ich selbstgerecht.

»Gewiß doch«, sagte Lohmann mit leisem Lachen. »Und gleichzeitig halten wir noch zwei Mädchen von den Bahnhöfen fern, wo sie sich innerhalb von vierundzwanzig Stunden einen Tripper einfangen würden.«

Lohmanns Logik überzeugte mich, und ich schnitt mir ein Stück Sandkuchen ab.

19. Februar 1944

UM ZEHN WACHTE ICH AUF. UNTER DER TÜR steckte ein Briefumschlag von der deutschen Armee. Ich öffnete ihn mit einer gewissen Beklommenheit, aber das war unnötig. Es war eine überaus manierliche Einladung:

Die Offiziere der Division Handžar
geben sich die Ehre, Herrn Salazar
am Samstag, 22. November 1941
zu einem Mittagessen in der
Offiziersmesse einzuladen.
Die Abholung erfolgt um 10 Uhr
vom Hotel Bosphor.
Es wird gebeten,
die notwendigen Ausweispapiere
mitzuführen.
Schlüter, Adjutant

Das Essen war für Samstag anberaumt, also hatte ich den Tag für mich. Ich wollte versuchen, einen Hamam zu finden, ein türkisches Bad, und dort den Nachmittag vertrödeln.

Ein Klopfen an der Tür brachte Papo und mein Frühstück: türkischen Mokka, Joghurt und leckere jugoslawische Brötchen. Er stellte das Tablett ab, und ich reichte ihm meine Einladung. Er war beeindruckt.

»Heute habe ich um zwölf Uhr mittags Feierabend. Um halb eins bin ich vor dem Bahnhof. Wenn wir uns sehen, gehe ich los. Folgen Sie mir in einer gewissen Entfernung; Sie brauchen nicht auf der gleichen Straßenseite zu bleiben. Es ist an der Zeit, daß Sie die *chawerim* kennenlernen.«

Schöne Freunde, dachte ich, nichts Gutes ahnend.

Am Bahnhof entdeckte ich Papo. Er trug eine Tuchmütze und hatte den Mantel lässig über die Schulter geworfen. Als er mich erblickte, drehte er sich um und schlenderte vom Platz aus in eine Hauptstraße. Ich folgte ihm in gemächlichem Tempo und schaute ab und zu in ein Schaufenster, blieb aber stets in Sichtweite. Bald bogen wir in Nebenstraßen ab, Straßen, die von Gassen mit Kopfsteinpflaster abgelöst wurden, bis wir in einem grauen, rußbedeckten Industriegebiet ankamen. Hier waren die Straßen nichts als Schlamm, und ich sah Papo zwischen zwei Holzzäunen verschwinden. Nachdem ich mich vergewissert hatte, daß ich unbeobachtet war, folgte ich ihm. Papo winkte mich heran. Er kauerte neben einem ebenerdigen, mit Maschendraht verhangenen Fenster. Plötzlich ging das Fenster auf, der Maschendraht wurde zurückgezogen, und Papo verschwand darin; ich folgte ihm, wobei mir unsichtbare Hände halfen. Das Fenster wurde wieder eingesetzt, und ich orientierte mich. Wir waren in einem Getreidespeicher, aus dem zahllose säuberlich gestapelte Säcke ein undurchdringliches Labyrinth gemacht hatten.

Ich folgte Papo und zwei Schattengestalten, bis wir zu einem schlichten Büro kamen – im Grunde nichts als eine Bude für den Lagermeister. Ein rohgezimmerter Schreibtisch, ein Stuhl und eine Bank standen darin. Einer der Männer nahm am Schreibtisch Platz; wir anderen drei setzten uns auf die Bank. Wir warteten einen Augenblick, um uns an das Zwielicht zu gewöhnen.

»Da bist du also, Kleiner«, sagte der Mann am Schreibtisch. Es war ein Schotte mit zottigem Haar und beginnender Glatze, feuerrotem Schnurrbart und mächtigen Unterarmen. Er streckte die Hand aus. »Nenn mich Ian.«

»Schalom«, sagte der Mann neben mir. »Ich bin Uzi.« Er gab mir die Hand. Er war das Ebenbild des Schotten, aber dunkel und semitisch, mit einem schweren schwarzen Schnurrbart und dunklen, behaarten Unterarmen.

Papo erzählte von meiner Einladung in die deutsche Bastion, und Ian holte eine große Landkarte hervor, die offenbar auf Fallschirmseide gedruckt war. Uzi dämpfte die Stimme, und wir unterhielten uns kurz auf Judeo-Spanisch. Seines war anders als meins, da wir im Laufe der Jahrhunderte in den Ländern der Diaspora sprachliche Eigenheiten entwickelt hatten. Es gibt nicht nur eine türkische, bulgarische, griechische, jugoslawische, levantinische und nordafrikanische

Version, ein geschultes Ohr kann auch heraushören, ob jemand von Rhodos, Milos, Korfu, aus Skopje oder Saloniki kommt.

Uzi war aus Sarajevo gebürtig und stammte von den Kajons ab, einer Druckerfamilie. Er war mit vierzehn fortgegangen, als seine Familie nach Palästina auswanderte. Er sprach immer noch bosnisch und serbokroatisch und konnte sich genau an seinen Geburtsort erinnern. Er war in die britische Armee eingetreten und hatte sich, nachdem er in der Wüste gegen die Deutschen gekämpft hatte, freiwillig zu Fallschirmeinsätzen zur Unterstützung serbischer Partisanen gemeldet, die sich in die Berge zurückgezogen hatten. Er erzählte mir, seit der Besetzung Jugoslawiens durch die Deutschen hätten ihre kroatischen Marionetten Hunderttausende von Serben, Juden und Zigeunern ermordet. Von den Juden, meist Sephardim wie wir, hätten nur die überlebt, die sich rechtzeitig in das von den weniger strengen Italienern besetzte Dalmatien an der Adriaküste retten konnten. Nachdem ich die allgemeine Ruhe in der Stadt erlebt hatte, konnte ich das nur schwer glauben. Uzi berichtete mir von Deportationen in kroatische Vernichtungslager. Er erzählte mir von Lagern in Jasenovac, Stara Gradiška, Loborgrad und Jadovno. Es gab noch viele andere, an deren Namen ich mich nicht mehr erinnere. Die Deutschen brüsteten sich damit, daß die Judenfrage in Jugoslawien gelöst sei. Das hätten im wesentlichen die Kroaten für sie erledigt.

Doch die zahlreichsten Opfer der deutsch-kroatischen Koalition seien die Serben. Mit ihren Ustascha-Truppen und dem Segen des Pavelić-Artuković-Regimes hätten die Kroaten auch ohne Vernichtungslager buchstäblich Hunderttausende von Serben ermordet. Sie hätten ein Blutbad von beispielloser Grausamkeit angerichtet und ihre früheren Mitbürger erschossen, erdrosselt, erstochen und erhängt, wobei sie gelegentlich ein paar verschonten, die sich bereitfanden, vom griechisch-orthodoxen zum römisch-katholischen Glauben überzutreten. Es sei ein unbeschreibliches Gemetzel gewesen: Schwangeren Frauen hätte man das Ungeborene aus dem Leib gerissen; hemmungslose Vergewaltigungen und allgemeine Barbarei seien an der Tagesordnung gewesen. Uzi fügte hinzu, die bosnischen Moslems hätten unter Führung des Mufti von Jerusalem den Kroaten bereitwillig bei der Vernichtung von Serben und Juden geholfen. Er sei hier, um alte Rechnungen zu begleichen.

Ich kam mir unwissend vor, als er von Generationen von Rabbis, Schriftstellern und Weisen sprach; den Muchachos, Shabtais, Pardos und Pereiras, den Finzis und Maestros, die sich vor einem halben Jahrtausend unter der wohlwollenden Herrschaft der Türken hier niedergelassen hatten. Uzi sagte, für all diese Morde und Zerstörungen würde bezahlt werden. Er erzählte mir von anderen aus Palästina, die mit dem Fallschirm in ihren Herkunftsländern abspringen wollten, um bei der Rettung des letzten Rests unseres Volkes zu helfen oder die einheimischen Partisanen zu unterstützen. Uzi war aus einem Kibbuz gekommen. Ich fragte mich, ob man aus meinem sanftmütigen Bruder Victor auch einen Bauern-Soldaten gemacht hatte.

Wir scharten uns um Ian. Er war eine geborene Führernatur: Hauptmann in einer Fallschirmspringerbrigade, humorvoll, geistreich, bescheiden und mit der angeborenen Tapferkeit der keltischen Krieger, seinen Stammvätern. Auch von Papo war ich beeindruckt, der von einem Tag zum anderen lebte, in engstem Kontakt mit dem Feind, sich stets bewußt, was ihm im Falle einer Entdeckung bevorstand: Folter und Tod. Ebenso war ich von Uzi eingenommen, der sein Leben lang Soldat gewesen war, im Krieg gekämpft hatte und schließlich mit dem Fallschirm im Land seiner Geburt abgesprungen war. Ich spürte seine Vertrautheit mit Waffen und Sprengstoff, seine Fähigkeit zu töten, doch ich war noch immer ein Produkt der Diaspora, noch immer der Abkömmling von Generationen von Kaufleuten und Händlern, und ich fühlte mich unter Ians Leitung sicherer als unter der meiner eigenen Leute. Das Unlogische daran war mir klar, aber das hatte uns das Versprengtsein über die ganze Welt angetan, und es würde Männer wie Ian brauchen, um das zu ändern.

Aufmerksam lauschte ich Ian. »Hört zu, Leute. Ich wiederhole mich nicht gerne. Der Einsatzplan ist einfach und logisch. Die Ausführung könnte schwieriger werden. Das ist meistens so. Wir haben zwei von unseren Männern verloren und den Sprengstoff dazu. Zum Glück hatte ich die Landkarten, und ich führe das Kommando, daher können die Einheimischen anhand der Leichen nicht viel erkannt haben. Fallschirmagenten sind in diesem Krieg nichts Neues. Zur Unterstützung haben wir Papos Partisanengruppe, etwa dreißig an der Zahl. Das sind unsere Pluspunkte. Gehen wir jetzt das Ganze einmal durch. Hebt euch eure Fragen für später auf. Zuerst der Plan. Die Jerries werben jetzt die hiesigen Moslems an. Die Scheißkerle meinen, sie würden in einen heiligen Krieg ziehen. Im Idealfall jagen wir den ersten Truppentransport in die Luft, der aus der Gegend hier abfährt. Vom Standpunkt der Moslems aus liegt damit auf der Anwerbung ihrer Leute der böse Blick. Dann haben die Deutschen es viel schwerer, Einheimische anzuwerben. Die Operation hat vielerlei Vorteile. Vielleicht veranlaßt sie die Deutschen, mehr Garnisonstruppen hierher zu verlegen, oder sie führt zur Ablösung der hiesigen Kommandoführung, die man für inkompetent halten wird. Es gibt noch viele andere positive Nebeneffekte.«

Er zündete seine übelriechende Pfeife an und fuhr fort.

»Mit der Durchführung sieht es anders aus. Geplant war, den Zug mit dem ersten Aufgebot in die Luft zu sprengen. Wir haben keinen Sprengstoff, und Papo sagt, wir können unmöglich genügend beschaffen, also müssen wir den Zug mit reiner Muskelkraft zum Entgleisen bringen: notfalls reißen wir die Gleise mit bloßen Händen auseinander.«

Er blies uns blauen Rauch ins Gesicht.

»Zwei kleinere Ärgernisse bestehen darin, daß wir nicht wissen, wann das Aufgebot abfährt und in welche Richtung es geht. Nun, Daniel, du bist morgen bei den hohen Tieren der Division Handžar zum Essen.« Er wandte sich an Uzi. »Was heißt das, *chawer?*«

»*Handžar* heißt auf bosnisch Schwert«, sagte Uzi.

»Das ist *›seif‹* auf arabisch. *Seif ed din:* das Schwert des Glaubens. Die Moslems mögen solche Bildhaftigkeit«, fügte ich hinzu.

»Dann wollen wir es ihnen in den Arsch stecken! Einen Großteil der Last trägst du, Daniel. Du wirst mit den Jerries essen und trinken; du mußt irgendwie herausbekommen, wann sie abfahren.« Ian grinste mich an. »Ich weiß, das ist viel verlangt, aber du bist der einzige, der so nahe an sie herankommt. Papo kennt Leute auf den Verschiebebahnhöfen, die uns Bescheid sagen, wenn ein Transport zusammengestellt wird, aber der Bestimmungsort ist meist bis zur letzten Minute geheim. Also denk daran. Wenn du morgen kein Glück hast, versuch noch einen Passierschein zu den Dörfern zu bekommen, wegen der Tänzer. Streng deinen Grips an, Kleiner, und viel Glück.« Er schlug mir auf die Schulter, daß mir die Knochen krachten.

So leicht wollte ich mich nicht abspeisen lassen. »Ihr Männer seid euer Leben lang in der Armee gewesen; ihr seid mit Schußwaffen aufgewachsen. Ich war noch nicht mal bei den Pfadfindern – und ihr wollt mich allein in eine deutsche Festung schicken? Wenn mir nun ein Fehler unterläuft? Wenn ich mich verrate? Dann machen diese Bosnier Kebab aus mir.« Die drei Männer sahen sich an, als sei ich verrückt geworden. »Ihr seid hier sicher versteckt, während ich nachts keinen Schlaf finde vor lauter Angst, daß die Gestapo Samira oder Lohmann oder Steinbruch hochgenommen hat …«

Weiter kam ich nicht, weil der bärenstarke Uzi mich an der Kehle gepackt hatte und schüttelte wie einen Wischlappen. »Verflucht sei der Tag, an dem du uns unter die Augen gekommen bist. Was ist denn so kostbar an deinem Leben? Jeden Tag sterben gute Männer, und wenige hatten so eine Chance wie du, den Deutschen eins auszuwischen.«

Er schüttelte mich immer noch, als Ian dazwischenfuhr. Uzi lockerte seinen Griff. Der Schotte führte mich zu der Bank und setzte sich neben mich. »Daniel, das werden die schönsten Augenblicke deines Lebens. Du wirst noch ewig daran denken. Es wird dich stolz machen, und du wirst die Süße der Rache kosten. Ich glaube an dich. Du wirst mit den Deutschen zusammensitzen und ihnen zuhören und die Augen offenhalten und uns die nötigen Informationen liefern. Und wenn das vorbei ist, kommen du und Uzi und Papo und ich zusammen und trinken und sprechen von der herrlichsten Zeit, die wir je erlebt haben.« Er packte kraftvoll meine Hand und hielt sie fest, bis sich bestimmt etwas von seiner Stärke auf mich übertragen hatte.

Papo meinte, ich müsse ins Hotel zurück. Ich sollte nicht in die Lage kommen, daß ich Schwierigkeiten hätte zu erklären, wo ich war. Er würde nach meiner Rückkehr von diesem Ausflug nach mir schauen.

Ich kehrte ohne Zwischenfälle ins Hotel zurück. Ich fühlte mich so viel besser, daß ich mit dem Gedanken spielte, Dr. Ivić anzurufen und ihn einen Abend mit Himmel und Hölle für mich arrangieren zu lassen. Die Idee war verlockend, doch ich gab sie wieder auf. Abergläubisch wie ich bin, wollte ich die Ereignisse des kommenden Tages nicht ungünstig beeinflussen, indem ich mich in der Nacht davor unsittlich aufführte.

20. Februar 1944

PUNKT ZEHN UHR HIELT DER KÜBELWAGEN VOR dem Hotel. Der SS-Rottenführer öffnete mir den Schlag, und ich war nicht überrascht, Dr. Ivić bereits hinten im Wagen sitzen zu sehen. Er trug einen pelzgefütterten Mantel und eine bosnische Lammfellmütze, worin er ziemlich fesch aussah. Er freute sich sehr, nicht nur darüber, daß er beim Engagement von Unterhaltungskünstlern mein Agent sein sollte, sondern auch über die Einladung in das Kasino der Waffen-SS. Papo zufolge war Ivić nicht nur Mitglied der Ustascha-Partei, sondern auch ein bedeutender Kollaborateur der Deutschen. Diese Information schien zu stimmen.

Sobald wir Sarajevo hinter uns gelassen hatten, fuhren wir in die Berge hinauf, wo die Luft rasch dünner wurde. Während der Weiterfahrt wies Dr. Ivić mich auf Berggipfel und altehrwürdige bosnische Kirchen hin. Schließlich lag Sarajevo wie ein Spielzeugdorf unten im Tal. Wir hatten schon sechzig Kilometer zurückgelegt, ehe wir in Dobro Polje zum ersten Kontrollpunkt kamen. Ein gemischter Posten von deutschen Soldaten und Kroaten unterzog unsere Papiere einer akribischen Prüfung, und ich bemerkte, daß der kroatische Sergeant nach der Kontrolle von Dr. Ivićs Ausweispapieren zur Belohnung besonders zackig salutierte. Wir fuhren noch zwanzig Kilometer weiter bergauf. Bei Miljevina, wo wir von der Hauptstraße abbogen, trafen wir auf eine weitere Kontrollstelle, die dieses Mal jedoch von der Waffen-SS und Soldaten der Moslemdivision besetzt war. Hier sah ich diese jungen Männer zum ersten Mal genau so, wie Amina und Samira sie beschrieben hatten: in deutschem Feldgrau, aber mit einem roten Tarbusch, der nicht ganz so hoch war wie diejenigen, die ich als junger Mann getragen hatte. Die Männer kontrollierten ebenfalls unsere Papiere und winkten uns durch.

Wir folgten einer schmalen Straße, die mit dem Fluß Bistrič Versteck spielte. Nach einer halben Stunde deutete Dr. Ivić nach rechts. Ganz in der Nähe stand eine große Moschee, aber wir fuhren weiter. Dr. Ivić erläuterte, wir seien eben an Foka vorbeigekommen und befänden uns nun in einer Hochburg des streng konservativen Islam. Eine Viertelstunde später ragte eine große türkische Festung vor uns auf. Auf dem Wall konnten wir eine Hakenkreuzfahne sowie eine Flagge mit dem islamischen Halbmond und Stern flattern sehen. Wir waren in Ustikolina angekommen.

Wir fuhren in den weiten Hof dieser Bastion ein und wurden vom Offizier vom Dienst in Empfang genommen. Wir sollten uns im Wachraum in eine Liste eintragen, und dann begleitete er uns in das Offizierskasino. Dort wurden wir von Sturmbannführer Rabe sehr herzlich willkommen geheißen und seinen Offizierskameraden vorgestellt, unter anderem auch dem Kommandierenden Oberst, Standartenführer Heinz Jürgen Novak, den Samira uns bereits kenntlich gemacht hatte. Es waren auch mehrere bosnische Moslems zugegen, meist einfache Offiziere der Waffen-SS. Aus Rücksicht auf sie und um Achtung vor den Verbündeten zu zeigen, servierten die Deutschen im Kasino keinen Wein oder andere alkoholische Getränke. Es wurde türkischer Mokka in erlesenen alten Kupferfinjanen gereicht.

Beim Essen bat Rabe mich an seine Seite. Er wollte wissen, ob ich mit meinem Berliner Büro gesprochen und Nachricht von Samira habe. Ich hatte furchtbare Angst, diese so gutgelaunt gestellte Frage könnte in Wirklichkeit eine Falle sein, und hörte mich matt antworten, ich habe keinen Versuch unternommen, meinen Geschäftsführer Lohmann anzurufen. Rabe sagte, er habe achtundvierzig Stunden lang probiert, nach Berlin durchzukommen, aber keine Verbindung erhalten. Die Mahlzeit wurde mit Kaffee und einer Baklava abgeschlossen, die in der Küche meiner Mutter nicht bestanden hätte. Die Deutschen aßen zögerlich davon und lechzten erkennbar nach ihrem übelriechenden Käse und ihren süßen Kuchen mit Schlagsahnetürmen.

Nach dem Essen entschuldigte ich mich und fragte nach der Latrine. Ich wurde an das andere Ende eines langen, zugigen Ganges geschickt. Ian hatte gesagt, ich solle nach dem in jeder Militäreinrichtung vorhandenen Schwarzen Brett Ausschau halten; in der Regel finde man da eine Unmenge von Informationen. Er hatte mir auch aufgetragen, unter einem Vorwand in die Schreibstuben zu gehen, um dort womöglich einen Hinweis auf Truppenbewegungen zu entdecken. Auf dem Gang gab es tatsächlich mehrere Anschlagtafeln, doch sie waren alle mit Segeltuch verhängt. Ich hob gerade die Abdeckung der ersten an, da vernahm ich hallende Tritte und konnte das Tuch gerade noch rechtzeitig fallen lassen, während ein junger bosnischer Wachposten auftauchte. Als er an mir vorbeikam, murmelte ich »Toilette«, und er winkte mich weiter den Flur entlang.

Ich schlurfte langsam weiter durch den Flur, bis das Schild ADJUTANT mich innehalten ließ. Ein Adjutant war meiner Vermutung nach so etwas wie ein Assistent des kommandierenden Offiziers, und ich klopfte leise an die Tür. Es kam keine Antwort. Probeweise drückte ich auf die Türklinke, und die Tür ging auf. Ich machte sie hinter mir zu. In der Schreibstube herrschte peinliche Ordnung. Hunderte von Akten und Hauptbüchern standen auf rohgezimmerten Regalen, der Schreibtisch selbst war tadellos aufgeräumt. Mit klopfendem Herzen zog ich an der Schublade. Sie war abgeschlossen. Ich nahm eine Schere vom Schreibtisch und fing an, damit laienhaft auf das Schloß einzustechen. Wie ich rasch erkannte, würde es einen Riesenalarm auslösen, wenn man entdeckte, daß ich das Schloß aufgebrochen und die Schublade gewaltsam geöffnet hatte. Ich ließ davon ab, legte die Schere zurück und ging zur Tür. Ich öffnete sie und sah mich einem jungen deutschen Soldaten gegenüber, der einen Kasten mit Aktenordnern im Arm trug und eine Nickelbrille auf der Nase hatte. Er war ebenso überrascht wie ich, doch ich reagierte schneller. Blitzartig fiel mir der Name des Adjutanten wieder ein – er hatte die Einladung unterzeichnet. Da ich in Deutschland gelebt hatte, wußte ich auch, daß Untergebene, vor allem beim Militär, das Anschreien gewöhnt waren. Ich ließ es darauf ankommen.

»Ich bin Gast der SS. Wo ist Herr Schlüter, der Adjutant?« brüllte ich mit besonderem Nachdruck auf »SS« und »Schlüter«. Der arme Schreiber nahm Haltung an und bellte, starr geradeaus schauend: »Der Adjutant, in der Offiziersmesse!« und trat dann zur Seite, um mich vorbeizulassen. Hoffentlich nahm er an, ich sei bei der SS oder der Ustascha; auf jeden Fall war ich ihm so glaubwürdig vorgekommen, daß er keinen Alarm geschlagen hatte. Daß er die Begegnung routinemäßig melden würde, daran hatte ich keinen Zweifel. Doch es gab meiner Mission eine gewisse Dringlichkeit.

Frustriert kehrte ich in das Kasino zurück. Die Offiziere waren auf das Zinnendach mit Aussicht auf den Hof hinausmarschiert. Ich stand neben Dr. Ivić und ließ mir die benachbarten Gebirgszüge und die alte Moschee von Ustikolina rechts unter uns aufzeigen. Das Kuppeldach und das Minarett waren auffallend groß und gut erhalten. Um den Sockel lag dichtgedrängt ein echtes türkisches Dorf. Die auf die Straße überhängenden Gitterbalkone im ersten Stock sahen genauso aus wie die von den Türken in der Osmanischen Zeit in Damaskus gebauten. Ich konnte alte Frauen mit *yaschmak* sehen, der ihr Gesicht verbarg. Sie trugen Pluderhosen unter den Kleidern und an den Füßen *pantuklas*, Pantoffeln mit aufwärts gebogener Spitze. Es war ein Tableau aus vergangenen Zeiten.

Der schrille Ton eines Hornsignals zerriß meine Tagträumereien. Ein junger Offizier kam und bat Dr. Ivić und mich, zu den Offizieren zu kommen. Es waren Stühle aufgestellt worden, und auf kleinen Tischen standen Zigarren und Zigaretten. Die Offiziere lenkten den Blick in den Hof hinunter. Ich hörte eine Militärkapelle spielen, doch zu meiner Freude war das nicht der Dessauer oder der Radetzkymarsch, sondern eine wehmütige türkische Weise, die von bedrohlichen Trommelschlägen begleitet auf näselnden Hörnern gespielt wurde. Dergleichen hatte ich auch in meiner Jugendzeit nie gehört, denn in Syrien hatten beim Militär schon bald die Franzosen den Ton angegeben. Nun marschierte eine bosnische Militärkapelle durch das Haupttor in den Hof ein, dann folgten donnernde Stiefeltritte auf dem Pflaster. Eine Kompanie bosnischer Rekruten nach der anderen marschierte vor uns auf. Der Bataillonskommandeur wie der Kompaniechef waren offensichtlich Deutsche, während die einfachen

Offiziersgrade und Unteroffiziere allesamt Bosnier waren. Alle waren in Feldgrau mit rotem Tarbusch. Anstelle der deutschen Stulpenstiefel trugen die Männer Stiefel mit kurzen Gamaschen darüber; die Gewehre, das Lederzeug und die Bajonette waren deutsche Standardausrüstung.

Mir war das alles zwar zuwider, doch es war eine verteufelt gute Parade. Das war schließlich eine deutsche Spezialität. Ich zählte fast fünfhundert Mann und hörte dann auf, da ich nicht durch übertriebenes Interesse an den Vorgängen auffallen wollte. Rabe kam zu uns. Er war ungeheuer stolz auf seine Truppen. Auch er trug jetzt einen Tarbusch. Jetzt fiel mir zum ersten Mal das Abzeichen an der Mütze auf: eine Verbindung von Hakenkreuz und Halbmond, Symbol der unheiligen Allianz von Hitler mit dem Großmufti.

Die Parade ging zu Ende, doch die jungen Männer marschierten nicht ab, sondern stellten ihre Gewehre zu Pyramiden auf und setzten sich in ordentlichen Reihen an die Hofwände. Es sah aus, als sollte uns ein Fußballspiel geboten werden.

Dr. Ivić und ein bosnischer Offizier traten zu mir. Ivić war hocherfreut.

»Hauptmann Čengić sagt mir eben, daß der Imam der Moschee einen Auftritt einheimischer Tänzer arrangiert hat, Angehörige einer alten religiösen Bruderschaft. Sie stammen von den tanzenden Derwischen ab, von denen Madame Jovanka gesprochen hat. Er sagt, am Geburtstag des Propheten geißeln sie sich. Sie tanzen den ganzen Tag, während ihnen das Blut aus den Wunden strömt.« Er wurde vertraulich. »Ich glaube, da hat Sturmbannführer Rabe seine Hand im Spiel. So zeigt er sich für Ihre Freundschaft erkenntlich.«

Unterdessen kamen vereinzelte Dorfbewohner in den Hof. Ihrem Äußeren nach zu schließen waren das einflußreiche Persönlichkeiten, natürlich nur Männer. Junge Soldaten stellten Stühle für sie auf, während eine Gruppe moslemischer Geistlicher den Hof betrat. Es waren vier oder fünf, in knielangem Kaftan mit hohem Kragen. Ein weißbärtiger Mann, der das weiße Tuch des Hadsch um seinen Tarbusch geschlungen hatte, ging unter einem schwarzen Schirm. Das war sicher der Imam der Moschee. Ihm folgte ein älterer Mann, gleichfalls mit einem weißumschlungenen Tarbusch, doch er trug eine dunkle Brille und ging ungelenk am Stock. Ich hielt ihn für den Muezzin, den Geistlichen, der die Gläubigen von der Spitze des Minaretts zum Gebet ruft. Das sind häufig Blinde. Der Überlieferung zufolge verhindert das, daß sie sich an dem Anblick der Frauen in den darunterliegenden Harems weiden, aber ich weiß nicht, ob diese Geschichte stimmt. Meiner Meinung nach ist sie vom gleichen Schlag wie die Legende, daß die Sultane keine Gurken in den Harem bringen ließen, wenn sie nicht in Scheiben geschnitten waren: die eifersüchtigen Sultane wollten nicht, daß ihre Frauen und Konkubinen ihre Leidenschaft ohne persönliche Beteiligung des Sultans stillten. Oder der alte Spruch, die Haremswächter seien auf Verlangen der Sultane durch Kastration impotent gemacht worden. Diese Theorie wird selbst durch die Erzählungen aus *Tausendundeine Nacht* widerlegt: Da befriedigen die Eunuchen unentwegt die Damen, während die Sultane gewichtige Staatsangelegenheiten entscheiden.

Das Programm sollte beginnen. Die Soldaten hockten ruhig und geduldig da, die Dorfhonoratioren und Geistlichen saßen auf ihren Stühlen, die deutschen Offiziere waren orientalischen Sultanen und Emiren gleich oben an der Brüstung angetreten und warteten darauf, sich an einem von ihren anbetungsvollen und dankbaren Untertanen inszenierten »Potpourri« zu ergötzen. Nun marschierte eine kleine Kapelle herein, nach alter Sitte mit Turban, schwarzen Pluderhosen und aufwärts gebogenen Pantoffeln bekleidet. Sie brachten Trommeln, Hirtenflöten und einfache Lyren mit kurzem, stark gewölbtem Bogen mit. Sie setzten sich und begannen ohne die Leitung eines Kapellmeisters zu spielen.

Es war eine wahrhaft primitive Musik aus der osmanischen Vergangenheit, weinerliche Phrasen, die unablässig weitergingen. Westlichen Ohren tut diese Kakophonie zugegebenermaßen weh; ich konnte es den Deutschen am Gesicht ansehen. Aber ich hatte keine Schwierigkeiten, den Rhythmus in mich aufzunehmen. Das spürte ich wohl gleichzeitig mit den bosnischen Rekruten, die nun im Takt der Trommelschläge ohrenbetäubend zu klatschen begannen.

Da brüllten die Rekruten auf. Radschlagend kamen die Derwische in den Hof, einer nach dem anderen zum Tor herein, mindestens dreißig an der Zahl. In immer schnellerem Tempo kreisten sie in die Hofmitte; schließlich bildete sich eine innere Ordnung heraus, während sie sich weiter in zwei konzentrischen Kreisen drehten.

Der Rhythmus wechselte, und sie hakten sich unter, bildeten einen großen Kreis, der sich langsam in Bewegung setzte, während die Männer den Kopf immer schneller kreisen ließen, so daß es aussah, als säße der Kopf an einem Drehgelenk und nicht an einem Skeletteil auf dem Rumpf.

Auch ihr Äußeres war verblüffend. Sie hatten die Haare zu langen Zöpfen geflochten, die Strähnen fielen ihnen bis auf die Schultern und bedeckten die Augen. Sie trugen Pluderhosen und eine Schärpe um die Taille, sonst nichts.

Während sie tanzten, veränderte sich der Rhythmus ganz leicht, und sie begannen, mit den Füßen zu stampfen; sie lösten sich in kleinere Gruppen auf und beschleunigten die Schädeldrehungen. Ich spürte, wie die Tänzer allmählich von Hypnose ergriffen wurden. Anders wären diese körperlichen Anstrengungen nicht möglich gewesen.

Dr. Ivić sprach mit mir, aber ich konnte den Blick nicht von den Tänzern abwenden. »Das ist die Show für Sie, Herr Salazar. Ich verhandle mit dem

Imam um zehn von den Besten, und Sie haben das Kaukasus monatelang voll. Das hat noch niemand gesehen, und es ist erst der Anfang.« Gebannt nickte ich mein Einverständnis.

Als ich die moslemischen Geistlichen im Hof betrachtete, nahm allmählich eine Idee Gestalt an. Da diese Imams, Mullahs und Muezzins den Gläubigen den Koran vorlesen und auslegen, war anzunehmen, daß sie Arabisch lesen konnten. Das hieß nicht, daß sie es auch sprachen und verstanden; so wie römisch-katholische Gläubige die Messe und die Gebete auf Latein aufsagen und nicht die geringste Ahnung haben, was das heißt. Doch etwas sagte mir, daß die beiden Männer mit dem weißumwundenen Tarbusch Arabisch sprachen. Das weiße Tuch bedeutete, daß sie den Hadsch, die Pilgerfahrt nach Mekka, unternommen hatten, und es bestand eine geringe Chance, daß zumindest einer des Arabischen kundig war.

Die Nachbarschaft von Moschee und Festung ließ darauf schließen, daß die Geistlichen die Truppen betreuten. Bestimmt gingen die allahtrunkenen Soldaten samstags zum Beten in die Moschee. Es war anzunehmen, daß die Mullahs über alle bevorstehenden Truppenbewegungen voll im Bilde waren. So war es in Garnisonsstädten schon seit der Römerzeit – der Priester und die Prostituierten wußten immer zuerst, wann die Soldaten abzogen. Wie riskant es auch sein mochte, ich beschloß, mich zu ihnen zu gesellen und bei Gelegenheit den einen oder anderen anzusprechen. Was ich sagen würde und wie ich vorgehen sollte, wußte ich nicht. Ich wollte mich an die moslemische Philosophie halten: Es ist alles vorherbestimmt; der Mensch kann nichts ändern. Ich würde die Mächte des Schicksals mein Tun bestimmen lassen.

Ich sagte Dr. Ivić, ich wolle in den Hof, um mir die Tänzer aus nächster Nähe anzuschauen. Ich ging rasch von der Brüstung fort, damit ich sicher sein konnte, daß er mir nicht folgte. Ich bahnte mir einen Weg um die Soldaten herum und stand schließlich hinter den Geistlichen.

Der Tanz war noch orgiastischer geworden. Einige Männer drehten sich jetzt mit ausgestreckten Armen und wippendem Kopf um sich selbst und wirbelten, von den Trommelschlägen angetrieben, immer wilder im Kreis herum. Nach und nach taten die anderen es ihnen gleich, bis sie wirklich das waren, was ihr Name besagte: tanzende Derwische. Es nahm kein Ende; ich sah, wie die Deutschen unruhig wurden, aber die bosnischen Soldaten gingen immer mehr darin auf. Manche Tänzer drehten sich mit glasigen Augen und Speichel am Kinn wie die Brummkreisel. Verblüfft stellte ich fest, daß viele eine Erektion hatten, so daß sich die Pluderhosen bauschten. Hier und da rief jemand von den Soldaten: »*Allahu akbar*« – Gott ist groß.

Zwei junge Soldaten mit Mameluckenschwertern traten in den Kreis der Tanzenden und schwangen die Schwerter über dem Kopf. Die Musik brach ab, und die Derwische kamen langsam wirbelnd zum Stehen. Ein Weilchen standen sie schwankend da, dann folgten sie den Schwertträgern in einer Prozession um den Hof. Die Soldaten hoben die moslemischen Geistlichen hoch, setzten sie sich auf die Schultern und bildeten, den schwingenden Schwertern folgend, allmählich einen zügellosen, jubelnden, geschlossenen Kreis. Ein bosnisches Lied, religiös oder weltlich – es war mir unverständlich – wurde angestimmt, während die Männer weiter herumschlurften. Vergessen war der blinde Muezzin. Er war sitzen geblieben, ohne daß sich jemand um ihn kümmerte.

Ich gelangte zu ihm und führte ihn sacht an die vergleichsweise sichere Mauer. Dort würde er wenigstens nicht zertrampelt werden. »*Id moubarak, ya hajj*«, sagte ich. Ein gesegnetes Fest, o Pilger.

Er wandte mir seine dunkle Brille zu. »*Alaina wa alaik*«, antwortete er. Gesegnet seist du und die Deinen.

Ich beschloß, alle Vorsicht in den Wind zu schlagen. »Sie sprechen Arabisch, *ya hajj*, und ein sehr schönes dazu.«

Seine knochige Hand suchte die meine. Er hielt sie fest. »Je weniger ich sehe, desto mehr kommt mir in Erinnerung. Seit meiner Studienzeit in Kairo habe ich es kaum noch gesprochen.«

»Ihre Sprache und die Eleganz Ihrer Rede sagen mir, daß Sie ein gebildeter Mensch sind. Sie haben an der Al Azhar Universität studiert?«

»In der Tat, doch das ist vierzig Jahre her. Jetzt macht sich keiner mehr die Mühe, Arabisch zu lernen; sie plappern den Koran nach wie die Papageien.«

Der alte Mann hielt noch immer meine Hand fest. Ich hoffte, daß ich vom Wall aus nicht beobachtet wurde. Ich hatte dem Muezzin Gelegenheit gegeben, Arabisch zu sprechen, und er nutzte das weidlich aus. Er zeigte auf seine dunkle Brille.

»Es macht mir nichts aus, daß ich nicht sehen kann. Es gibt zu viel Häßliches heutzutage, zu viel Respektlosigkeit. Aber der Tanz der Derwische fehlt mir; bei jedem Fest hatte ich meine Freude daran. Nun gebe ich mich damit zufrieden, ihren Wind auf meinem Gesicht zu spüren, den Schrei der Flöte zu hören, und zitiere Rumi den Afghanen, der die Derwische um sich scharte.«

Er hob seine trüben Augen gen Himmel und deklamierte:

»Höre das Schilfgras, das einer Flöte gleich klagt
Und erzählt, wie es einst aus dem Schilfbett gebogen ward.
Der Dichter Rumi liebte Allah mit ganzer Seele!«

Wieder zitierte der Muezzin:

»Ich bin das Stäubchen im Sonnenstrahl, ich bin der Sonnenball,
Ich bin das Morgenglühn, ich bin der Abendhauch.

Sehen Sie, wenn Rumi zu den Derwischen sprach, wirbelten sie so lange herum, bis sie eins wurden mit Gott.« Er ließ meine Hand los.

»*Maschkour, ya hajj*«, sagte ich, um ihm für die Schönheit seiner Worte zu danken. Dank sei dir, o Pilger.

»*Allah yehfazak, ya ibni*«, antwortete er. Gott behüte dich, mein Sohn. »Und Sie, o Herr, woher sind Sie?«

Ich beschloß, ihm eine indirekte Antwort zu geben und dann mein Anliegen in Angriff zu nehmen. »Ich habe an der Universität studiert, aber ich bin als Gast der Deutschen hier.« Ich sprach ohne Pause weiter. »Sie sind sicher sehr stolz auf all die prächtigen jungen Männer, die in die Armee eingetreten sind?«

»Gott segne sie. Sie kämpfen den Dschihad gegen die Juden, *Inschallah!* Ich wünschte, Sie hätten ihr Lied verstanden.«

»In der Tat«, sagte ich.

»Es sind die Worte des Muftis Hajj Amin: O ihr Moslems! Tötet die Juden, wo immer ihr sie findet! Das wird Gott, der Geschichte und dem Glauben wohlgefällig sein! Damit rettet ihr eure Ehre! Gott ist mit euch!«

»Das ist mir aus dem Herzen gesprochen«, sagte ich zu dem alten Mann. »Dieses Fest wird also zu Ehren der Soldaten gegeben? Zu ihrem Abschied?«

»So ist es«, sagte er. »Sie reisen *itnain.*«

»Itnain« ist der zweite Tag der Woche. Auf arabisch heißt der Sonntag der erste Tag; demnach fuhren die Truppen am Montag ab: in achtundvierzig Stunden also. Jetzt kam die große Frage. Ich wog meine Worte sorgfältig ab. »Die Jungen sehen stark aus. Wenn ich ein Russe wäre, würde ich mir in die Hosen machen.«

Der alte Mann lachte. »Die Russen bleiben verschont. Die Jungen fahren nach Split. Dort hoffen sie, sich nach Libyen einzuschiffen. Sie wollen an der Spitze von Rommels Armee marschieren und Jerusalem von den Juden befreien.«

So einfach war das also. Ich verabschiedete mich.

»Bekhartikom, ya hajj«, sagte ich. Darf ich mich empfehlen, o Pilger.

»Ma es salame, ya khawaja«, antwortete er. Geh in Frieden, o Herr.

Ich schob mich durch die in Schlangen herumtanzenden Soldaten und gesellte mich wieder zu den anderen auf dem Wall. Anscheinend hatte man mich nicht vermißt.

Das ist sicher eine der längsten Eintragungen in diesen prahlerischen Erinnerungen. Jene aufregenden Tage sind mir wieder gegenwärtig geworden, und die Stunden flogen nur so dahin. Doch jetzt geht die Sonne unter, und mir tut die Hand weh. Ich halte mich mit einer Decke warm, die ich über den von Lohmann mitgebrachten dicken Pullover geworfen habe, und auch die Lagen von Zeitungspapier zwischen Unterhemd und Hemd sind eine Hilfe. Sie beschmieren meine Wäsche mit Druckerschwärze, halten mich aber einigermaßen warm. Im Februar ist es eisig kalt in Berlin, und es ist aussichtslos, gleichzeitig sauber und warm bleiben zu wollen.

21. Februar 1944

WIR FUHREN NACH SARAJEVO ZURÜCK; STURMBann-Führer Rabe kam mit uns mit. Er wollte wohl zu Madame Jovanka, um es sich von ihr nach Strich und Faden besorgen zu lassen. Plötzlich sprach er mich an.

»Ich habe Sie mit dem blinden Muezzin reden sehen. Wie haben Sie denn das gemacht? Er spricht doch sicher kein Deutsch?«

»Ich wollte näher an die Tänzer heran; man hatte ihn da alleine stehenlassen. Ich habe es mit den arabischen Ausdrücken versucht, die ich von den Mädchen gelernt habe: *Assalamu alaikum, marhaba* und dergleichen. Er hat sich sehr darüber gefreut. Und die Tänzer waren absolut sensationell. Ich will Dr. Ivić bewegen, in meinem Namen mit ihnen zu verhandeln. Ich bin allen zutiefst dankbar, und Ihnen besonders, Herr Sturmbannführer.« Sehr überzeugend kam mir das nicht vor, aber es fiel mir nichts Besseres ein.

Rabe nahm meinen Dank mit einem knappen Kopfnicken entgegen. Er starrte ins Leere, während Dr. Ivić und ich in unbehaglichem Schweigen verharrten. Wieder wandte Rabe sich an mich. »Ich habe monatelang Arabisch gelernt. Außer einfältigem Quatsch bringe ich nichts hervor: ›Gott ist groß‹, ›Bitte sehr‹, ›Friede sei mit dir‹, ›Möchten Sie eine Zigarette?‹, vollkommener Schwachsinn, und Sie als Kabarettimpresario – das ist wohl das richtige Wort – haben mit diesem alten Schwindler geplaudert wie ein Wasserfall.«

Mir brach trotz der Höhe der Schweiß aus. »Herr Sturmbannführer. Jetzt übertreiben Sie aber. Ich habe mit den Jahren ein paar Höflichkeitsfloskeln gelernt; der alte Mann war sehr glücklich, sie von einem Fremden zu hören.«

Rabe gab keine Antwort. Ich wußte nicht, ob er besänftigt war oder noch einen Vorstoß unternehmen würde. Die restliche Fahrt über saß er schweigend da. Als wir im Hotel eintrafen, fragte ich, ob die Herren mit mir in die Bar kommen würden. Rabe lehnte unter Berufung auf Armeeangelegenheiten ab.

Dr. Ivić gab ich für die Verhandlungen in meinem Namen freie Hand; ich brauchte zehn Tänzer, mehr nicht, und sie mußten spätestens Ende Dezember in Berlin sein. Wir würden uns wieder in Verbindung setzen. Er verabschiedete sich.

Gegen zehn kam Papo in mein Zimmer. Er rollte einen großen, mit einem reichlichen Abendessen gedeckten Serviertisch herein. Dadurch konnten wir jetzt fünf Minuten miteinander reden und in einer Stunde dann noch einmal, wenn er den Tisch abräumen würde. Ich setzte ihn rasch ins Bild. Die Truppen fuhren am Montag nach Split ab. Möglicherweise, um sich dem Afrikakorps anzuschließen. Ich sprach auch von dem peinlichen Zwischenfall im Auto, aber er lobte mich und sagte, er werde Ian und Uzi nach Feierabend Bericht erstatten.

Etwa eine Stunde später kam Papo zurück und teilte mir mit, er werde mir gegen acht mein Frühstück bringen. Bis dahin habe er Anweisungen von Ian und habe auch die Partisanen getroffen, die auf den Rangierbahnhöfen arbeiteten. Wahrscheinlich waren bereits Anordnungen zur Zusammenstellung eines Truppentransports bekannt. Wir rauchten gerade eine Zigarette zusammen, als es aufgeregt an meiner Tür klopfte. Papo zog sich in mein Badezimmer zurück und bedeutete mir zu öffnen. Das tat ich, und Rabe stürzte herein. Er war außer sich.

»Du Hundesohn!« schrie er. »Eben bin ich nach Berlin durchgekommen und habe mit deinem Hurentreiber Lohmann gesprochen. Er sagt, du hast Samira gefeuert! Wer hat dir das befohlen, du schmieriger Knoblauchfresser? Du hast doch gewußt, daß sie bei mir angestellt war, daß sie für die SS arbeitet!«

»Sturmbannführer Rabe, bitte, sie ist rauschgiftsüchtig; in meinem Klub kann ich sie nicht gebrauchen, und für Sie war sie ein Sicherheitsrisiko...«

»Das einzige Sicherheitsrisiko für mich bist du. Du hast mich wegen Samira angelogen, und das Ammenmärchen, das du mir heute nachmittag aufgetischt hast, glaube ich auch nicht. Du kommst jetzt mit mir ins Hauptquartier, und da werden sich die Sicherheitsbeamten mit dir unterhalten.«

»Ich schlage Ihnen ein Geschäft vor, Herr Sturmbannführer«, sagte ich. »Sie lassen mich in Frieden, sonst erzähle ich denen, daß Sie eine syrische Jüdin als Mätresse haben, die Ihnen den Arsch auspeitschen muß, damit Hauptmann Shawa Sie in Hundemanier ficken kann. Das dürfte Ihre Karriere bei der SS befördern.«

Rabe wurde bleich, in seinem Gesicht zuckte es. Ich beschloß, meine günstige Position auszunutzen.

»Ich weiß nicht, warum Sie sich wegen Samira so anstellen. Hier lassen Sie sich von Jovanka durchprügeln, und wahrscheinlich hat sie auch einen Kellner, der Sie in den Arsch fickt. Das werde ich der Gestapo auch erzählen.« Ich redete weiter. »Ich weiß, Standartenführer Novak wird entzückt sein, wenn er das alles erfährt. Nun lassen Sie mich in Ruhe meine Tänzer engagieren. Ich tue mehr für die deutsch-kroatische Freundschaft als Sie.« Ich war zu weit gegangen. Rabe hatte sein Holster aufgemacht und zog die Luger heraus. Er richtete sie auf mich und lud mit zitternder Hand durch.

»Keiner glaubt dir auch nur ein Wort, du kleiner Scheißer. Schau dich doch an. Du bist sowieso nur ein Mischling. Ich seh' zu, wenn die Jungs dich befragen. Wenn sie dir die erste Ladung Saft in die Eier jagen, wenn sie dir einen Druckschlauch in den Arsch schieben, dann wird dir die Frechheit schon vergehen. Und jetzt Hände hoch und marsch. Marsch!«

Er war so mit seiner Luger beschäftigt, daß er gar nicht hörte, wie Papo hinter ihm herankam.

Papo hatte sich die Schuhe ausgezogen und legte Rabe mit einer schnellen Bewegung meinen Streichriemen um den Hals, wobei er so kräftig an dem Leder zog, daß Rabe in die Knie ging und die Luger mit sanftem Plumps fallen ließ. Während ich fasziniert zusah, fiel Rabe auf alle viere; Papo setzte sich auf seinen Rücken und verdrehte wutentbrannt die ledernen Enden des Streichriemens. Rabe schaute auf und bedachte mich mit einem letzten traurigen, wissenden Blick. Dann brach er zusammen.

Papo drückte noch etwas länger zu und ließ dann den Riemen los. Er drehte Rabe mit dem Fuß um. Rabes Gesicht war purpurrot, die Augen blutunterlaufen. Papo zeigte auf einen sich ausbreitenden Fleck im Schritt von Rabes perlgrauen Reithosen. »Schau mal«, sagte er. »Dem Hundesohn ist es in die Hose abgegangen.«

Ich war fassungslos, als mir klarwurde, was sich da innerhalb weniger Minuten in meinem Hotelzimmer abgespielt hatte. Beim Gedanken an die Beseitigung der Leiche, die drohende Durchsuchung und die unumgänglichen Ermittlungen wurde mir fast speiübel. Papo nicht. Er sicherte die Luger und steckte sie mit einem Ersatzmagazin zusammen ein. Sein einziger Kommentar war, es sei schade um die

Uniform; die Partisanen hätten sie gut gebrauchen können, aber er hatte weder Zeit noch Platz, sie in Sicherheit zu bringen.

Er wies mich an, Rabe aufzusetzen und seinen Oberkörper mit aller Kraft nach vorne zu stoßen, so daß er ihn mit Hilfe von Rabes Gürtel und Hosenträgern fest zu einem U-förmigen Bündel verschnüren konnte, womit er den Körperumfang praktisch auf die Hälfte reduzierte. Meine Bemühungen machten ihn ungeduldig, und er setzte sich mit solcher Wucht auf Rabes Schultern, daß ich die Wirbel krachen hörte. Als Rabe ganz zusammengeschnürt war, machte Papo sich daran, das Geschirr vom unteren Brett des Serviertisches abzuräumen und alles oben aufzutürmen. Ich half ihm, Rabes Leiche auf die Platte direkt über den Rädern zu setzen. Er stand kaum über. Papo arrangierte das Tischtuch so, daß es Rabe gut bedeckte, legte die Uniformmütze unter Rabes Leiche und zeigte sich zufrieden.

»Was willst du mit der Leiche machen? Was soll ich sagen, wenn die SS kommt? Wann sehe ich dich?« Die Fragen sprudelten nur so aus mir heraus.

»Reiß dich zusammen. Das ist ein großes Hotel; wir haben neunzig Zimmer, davon mehr als die Hälfte mit eigenem Bad. Wir machen viel heißes Wasser. Im Keller sind große Heizöfen, und da wird er landen. Ich brauche nur ein bißchen *masal*. Ehe sie alles nach seinen Zahnplomben und Knöpfen durchsieben, bin ich in die Berge verschwunden, und du bist wieder in deinem Klub in Berlin. Wenn jemand nach Rabe fragt, sagst du, er war da und ist wieder fort. Was ja auch stimmt. Meinst du, du findest alleine in das Lagerhaus?« Ich nickte. »Dann sei um zehn dort.«

Er schob den Tisch zur Tür hinaus, und als er im Flur stand, sagte er laut hörbar: »Gute Nacht, der Herr, und vielen Dank.«

Ich machte die Tür zu und sah mich um. Es gab nicht einmal einen Blutfleck. Die ganze Episode hatte keine Viertelstunde gedauert. Ich ging ins Bett, aber natürlich konnte ich nicht einschlafen. Immer wieder durchlebte ich die entsetzlichen Ereignisse, die sich hier vor wenigen Minuten abgespielt hatten.

Wäre Papo nicht im Bad gewesen, dann wäre ich jetzt tot, von Rabe auf der Stelle hingerichtet, oder schlimmer noch, ich würde in irgendeinem Keller in Sarajevo von der SS verhört. Wenn sie mir einmal ein Geständnis entlockt hätten, was in meinem Fall nicht schwierig wäre, hätten sie mich bestimmt in das Gestapo-Hauptquartier in Berlin verfrachtet. Dort hätten sie kurzen Prozeß mit mir gemacht – unter Einsatz ihrer Gummiknüppel, ihrer Wasserschläuche, ihrer Elektroden. Mein Leben in Berlin hätten sie bald entwirrt, meine Rekrutierung durch Dr. Steinbruch, meinen Namenswechsel. Ich hätte Lohmann mit hineingezogen, Hilde, Frau Nowikow, Samira, alle, die noch vom Freundeskreis der

Landaus geblieben waren. Es war so entsetzlich, daß man gar nicht daran denken durfte.

Mir wurde auch klar, daß noch ein Gefahrenmoment in mein Leben getreten war: nicht die Deutschen oder die Ustascha diesmal, sondern meine eigenen Mitverschwörer Uzi und Ian und vor allem mein Landsmann David Papo. Die Routiniertheit und Kaltblütigkeit, mit der er Rabe getötet hatte, sagte mir, daß sie nicht zögern würden, mich umzubringen, wenn sie auch nur einen Moment lang das Gefühl hätten, meine mangelnde Einsatzfreude gefährde den Erfolg ihrer Mission. Mit diesen Überlegungen geißelte ich mich, als das Schrillen des Telefons mich auffahren ließ. Ich holte tief Luft und machte mich auf das Schlimmste gefaßt. Es war der Portier.

»Bitte entschuldigen Sie die Störung, Herr Salazar, aber Sturmbannführer Rabes Fahrer ist in der Halle und fragt nach ihm. Er dachte, er wäre vielleicht bei Ihnen zu Besuch.«

»Mein Gott, es ist ein Uhr nachts. Der Sturmbannführer war gegen elf Uhr hier, ist aber nur etwa fünf Minuten geblieben. Er hat mir nicht gesagt, wo er hinwollte.« Damit legte ich auf.

Am Sonntag morgen war ich um zehn am Eingang des Getreidespeichers. Ian und Uzi halfen mir hinein. Ich hatte ihnen Zigaretten und Brot mitgebracht. Ian sagte, ich solle mich setzen und zuhören.

»Die Sache sieht so aus. Papo war heute morgen

auf den Bahnhöfen; heute wird ein Zug bereitgestellt. Es ist nicht gerade der Flying Scotsman. Sie haben eine österreichische Lokomotive, Baujahr 1936, einen Zweite-Klasse-Waggon von der Reichsbahn für die Offiziere, einen Küchenwagen und bunt zusammengewürfelte deutsche, jugoslawische und österreichische Dritte-Klasse-Wagen, insgesamt neun.

Der Zug kann schätzungsweise achthundert bis elfhundert Mann samt Gepäck, Bettzeug und mobiler Kompanieausrüstung transportieren. Je nachdem, wie man sie hineinpfercht. Durch dich kennen wir die Marschrichtung; zur Küste hin gibt es nicht viel Auswahl. Etwa neunzig Kilometer von hier fährt der Zug auf einer hölzernen Talbrücke über einen schmalen Ausläufer des Jablaničkosees. Die Talbrücke ist etwa achtzig Meter hoch. Es soll sich da um ein technisches Wunderwerk handeln, das die österreichische Armee zur Zeit der Donaumonarchie errichtet hat. Die Brücke besteht ganz aus Holz; außer den Gleisen gibt es da oben keinen Stahl.«

Ian hielt inne, während Uzi ihm ein Stück Brot reichte. Ian nahm einen Bissen und sprach dann weiter.

»Im Laufe des Tages bringt Papo die Abfahrtszeit in Erfahrung; dann kommen seine Kumpel aus dem Wald heraus, und wir lassen alle zusammen den verflixten Zug entgleisen. Leider haben wir nicht das Zeug, ihn haushoch in die Luft zu jagen.«

»Und was ist mit mir?« wollte ich wissen. »Was soll ich jetzt machen?«

»Deine Arbeit ist getan, und du hast deine Sache verdammt gut gemacht. Du bringst die Geschäfte mit deinem Impresario hier zum Abschluß und nimmst den Zug nach Berlin zurück. Du mußt wieder auf deinen Posten. Du bist jetzt ein wichtiger Mann für uns.«

Mein Gott. Dr. Steinbruch hatte noch mehr mit mir vor. Dann fiel mir etwas noch Schlimmeres ein. »Du meinst, ich soll nach eurer Sabotage an dem Zug in Sarajevo bleiben? Ich soll hierbleiben, wenn die Suche nach Rabe richtig anläuft? Mein Freund Dr. Ivić ist einer der obersten Kollaborateure dieser Stadt. Der liefert mich persönlich der Gestapo aus, selbst wenn er dann seine Provision verliert.«

Uzi ergriff das Wort. »*Chawer*. Wenn sie jetzt feststellen, daß du nicht mehr da bist, fangen sie an, eins und eins zusammenzuzählen. Du mußt dich so normal wie möglich verhalten. Das gehört mit zu deiner Arbeit.«

Mir war sofort klar, daß dieser dickschädelige Kibbuzbauer meinen inneren Aufruhr nicht begreifen konnte. Von Traktoren und Sten-MGs verstand er etwas, aber das war auch alles. Ich wandte mich an Ian.

»Um Gottes willen, Ian, ich bin kein Held. Weißt du, was Rabe gesagt hat, bevor wir ihn umgebracht haben? Daß die Gestapo mir elektrischen Strom in den *zoub* jagt und einen Druckschlauch in den *tiz* rammt!« Beide lachten über die arabischen Vulgärausdrücke. »Wenn sie mich einbuchten, halte ich keine zwei Minuten durch. Nicht länger, als bis meine Hosen unten sind. Ich würde denen alles erzählen. Ich kenne mich. Bei dem einzigen Kampf meines Lebens habe ich ein Mädchen verprügelt.«

Die beiden Krieger sahen sich an.

»Ich treffe mich heute mit Ivić, aber wenn ihr ausrückt, dann nehmt mich mit. Genau wie Papo.«

Ian und Uzi standen auf und verschwanden hinter den Stapeln von Weizensäcken. Ich blieb allein mit den Schrecken, die meine rege Fantasie mir ausmalte. Sie würden bei einer schwerbewaffneten Partisaneneinheit in den Bergen relativ sicher sein, und ich sollte hierbleiben und mit der SS, der Ustascha und der Gestapo fertig werden!

Ian und Uzi beendeten ihren Kriegsrat und kamen hinter den Kornsäcken hervor. Ich sah, daß ich mich ihnen endlich verständlich gemacht hatte. Ian legte mir die Sache auseinander. Ich sollte mich von Dr. Ivić verabschieden, meine Rechnung im Bosphor bezahlen und ein Taxi zum Bahnhof nehmen. Bei Ivić würde mein Vorgehen keinen Verdacht erregen, denn bei dem chaotischen Zustand des Eisenbahnverkehrs war es ganz einsichtig, daß ich jeden sich bietenden Weg nahm, um aus Sarajevo abzuziehen.

Mein Gepäck sollte ich bei der Gepäckaufbewahrung lassen und nur Papiere und Fahrkarten mitnehmen. Nach dem Unternehmen an der Brücke würden Papos Partisanen versuchen, mich zu einem Eisenbahnknotenpunkt zu bringen, von wo aus ich mich über Zagreb, Ljubljana und Klagenfurt nach Deutschland zurück durchschlagen konnte. Ich sollte heute nacht zu ihnen stoßen.

Auf dem Weg zu Dr. Ivićs Büro machte ich in einem Café halt, wo ich ganz still saß und versuchte, mir über meine mißliche Lage Klarheit zu verschaffen. Daß meine Rückkehr nach Berlin und der bevorstehende Auftritt der Bosnier im Kaukasus für Ian so wichtig waren, sagte mir, daß Dr. Steinbruch noch weitere Aufträge für mich hatte – Aufträge, nach denen es mich nicht gelüstete, vor allem jetzt, da Samira nicht mehr in Deutschland war. Ich spielte mit dem Gedanken, über die Türkei nach Syrien zurückzukehren, doch Bulgarien war seit März 1941 von den Deutschen besetzt, und eine Reisegenehmigung, wie ich sie für Kroatien erhalten hatte, bekam man nur in Berlin. Ich wäre besser beraten, nach Berlin zurückzufahren, meine Besitztümer zu Geld zu machen und mich – mit Hilfe meines spanischen Passes – in das neutrale Portugal abzusetzen.

Ich trank meinen Kaffee aus und ging zu Dr. Ivićs Büro, wo wir die Einzelheiten bezüglich meines Engagements der Tanztruppe besprachen. Ich setzte die Honorare, Tagesgelder und Reisespesen großzügig an. Ich war fest entschlossen, mich für das alles an Dr. Steinbruchs Geheimfonds schadlos zu halten. Unser Abschied war mehr als herzlich, und ich glaube, Dr. Ivić mochte mich wirklich. Ich hatte auch Gelegenheit, seine Sekretärin kennenzulernen, eine wahrhaft eindrucksvoll aussehende Frau. Ich fragte mich, ob sie in seinem berüchtigten Duo Himmel oder Hölle darstellte.

Im Hotel erlebte ich einen schlimmen Augenblick. Als ich von Dr. Ivić zurückkam und den Portier um meinen Schlüssel bat, platzte ich in eine geflüsterte Unterhaltung zwischen ihm und zwei deutschen Zivilisten in glänzenden Lederjacken. Auf dem Weg zum Aufzug konnte ich geradezu spüren, wie sich ihre Augen in meinen Rücken bohrten, aber vielleicht war das auch nur Einbildung.

Gegen drei Uhr bezahlte ich meine Rechnung und nahm ein Taxi zum Bahnhof. Ich gab mein Gepäck auf, wobei ich mich zu meinem Bedauern von mehreren Schneideranzügen, Seidenhemden und Pyjamas trennen mußte. Nach einer Woche würde mein Koffer in dem Lagerraum hinter dem Verschlag des Gepäckaufsehers landen, um dort in Gesellschaft von Weidenkörben, Teppichrollen, Pappkartons und Lederkoffern – der Hinterlassenschaft von Flüchtlingen vor Krieg, Revolution, Frauen mit zu vielen Kindern und eifersüchtigen Liebhabern – vor sich hinzustauben. Ich trank Kaffee, machte einen gemütlichen Spaziergang in der Innenstadt und kaufte mir etwas Wurst und Brot. Um sechs war ich bei Ian und Uzi im Lagerhaus.

23. Februar 1944

IN DER NACHT SCHLIEF ICH RECHT GUT, DIE EHERNE Gemütsruhe der beiden Fallschirmspringer beruhigte mich. Wir hatten uns den ganzen Abend lang mit Geschichten aus unserer Vergangenheit unterhalten. Ian sprach von einer Welt, die Uzi und mir vollkommen fremd war, von seiner Kindheit in einem vornehmen Haus im schottischen Hochland, vom Jagen und Fischen mit Vater und Brüdern, von einer privaten Knabenschule mit den Schwerpunkten klassische Philologie und Rugby und von seinem Dienst in einem schottischen Regiment, ehe er zur Fallschirmjägerausbildung und den Kommandoeinsätzen überwechselte.

Uzis Leben war immer von Gefahr bestimmt gewesen. Schon mit fünfzehn hatte er an Spähtrupps gegen arabische Plünderer unter dem Kommando von Fawzi el Kauwakji, dem Militärführer der Mufti, teilgenommen. Sein Eintritt in die britische Armee war von Anfang an vom Gedanken der Rache an den Deutschen, den Kroaten und ihren bosnischen Verbündeten bestimmt, die den letzten Rest seiner Familie und Gemeinde abgeschlachtet hatten.

Im Vergleich dazu erschienen meine Geschichten von Tänzerinnen und den Verruchtheiten des

Nachtlebens banal. Ehe wir uns hinlegten, gab Uzi mir Rabes Luger, die Papo mitgebracht hatte. Er ließ nicht locker, bis ich ihre mechanischen Funktionen und die Bezeichnung der einzelnen Teile kannte; jetzt mußte ich nur noch im Ernstfall abdrücken.

Am Montag morgen fuhr noch vor Sonnenaufgang ein Lastwagen in den Hof. Papo und ein weiterer Mann, ein wortkarger Serbe, der uns die Hand gab, kamen uns abholen. Sie ließen schweigend die Heckklappe des Wagens runter, der bis auf eine Holzkiste mit drei Wänden an der Tür innen leer war. Zu fünft beluden wir den Laster in Rekordzeit mit den schweren Kornsäcken. Wir waren allesamt schweißgebadet; mir war schwindlig vor Anstrengung.

Nun wurde mir der Zweck der Kiste klar. Ian, Uzi und ich sollten darunterkriechen, da sie nunmehr von den Säcken verborgen war. Wir krochen mit den Füßen voran hinein, und Papo und sein Kamerad legten noch ein paar Reihen Säcke dazu, bis wir völlig verdeckt waren. Die Heckklappe wurde zugemacht, und der Laster fuhr los.

Es waren nur neunzig Kilometer bis zu der Talbrücke, doch wegen des Gewichts des Lasters und des Straßenzustands brauchten wir mehr als drei Stunden dorthin. Die ganze Zeit über wurden wir auf dem Stahlboden des Fahrzeugs hin und her geworfen, daß es uns fast die Nieren zerriß, und schlugen mit Nase und Stirn gegen die rohen Kistenbretter um uns herum. Wir wurden nur einmal angehalten. Undeutlich hörten wir Papos Stimme und möglicherweise die eines Soldaten oder Gendarmen, dann ratterten wir weiter.

Als der Laster vom Fahrdamm herunterpolterte, konnten wir hören und auch spüren, wie sich das ungeheure Gewicht der Säcke über uns verschob und verrutschte. Ich glaube, wir hatten alle entsetzliche Angst, zu Tode gequetscht zu werden. Mit einem starken Ruck blieben wir schließlich abrupt stehen. Schnell wurde das Heck heruntergelassen, die Säcke wurden fortgenommen, und hilfreiche Arme zogen uns heraus. Um uns herum standen etwa fünfzehn Mann, alle schwer bewaffnet, die uns die Hand gaben, wobei uns einige an sich drückten und andere uns ungeniert küßten. Wir waren endlich bei Papos serbischen Partisanen angekommen.

Wir standen in einem Graben tief unter dem Straßenniveau, und die Partisanen machten sich unverzüglich daran, das Fahrzeug mit Ästen und Binsen zu tarnen.

Wir hörten das Brausen von Wasser und folgten einem Partisanen im Gänsemarsch über eine Felsbarriere tief in das Unterholz. Plötzlich waren wir unter der Talbrücke. Die Streben ähnelten Telegrafenmasten, hundertfach zu einem äußerst kunstvollen geometrischen Muster verbunden. Es erinnerte mich an ein Gebilde, wie es leidenschaftliche Bastler, die aus Tausenden von Zahnstochern Brücken und Türme errichten, mit unendlicher Geduld zusammensetzen. Nur waren diese Masten in dem tosenden Wasser einer Schlucht verankert, das sich weiter unten in ein breiteres Gewässer ergoß. Das Brausen des eisigen Wassers war ohrenbetäubend. Das sollte uns später von Vorteil sein.

Wir scharten uns um einen Partisanen, der Muster in den Sand malte und langatmig auf Serbokroatisch redete. Ian und ich warteten auf Aufklärung. Uzi übersetzte. Der Truppenzug sollte um fünf Uhr fünfzehn aus Sarajevo abfahren, was ihn etwa gegen sieben Uhr, das heißt kurz vor Sonnenuntergang hierher bringen würde. Das Problem war, daß kurz vor sechs ein Richtung Sarajevo fahrender Güterzug erwartet wurde. Das bedeutete, daß wir praktisch jederzeit mit den Vorbereitungen beginnen, die Gleise jedoch erst nach Durchfahrt des Güterzugs unpassierbar machen konnten.

Sprengstoff hatten wir nicht. Unsere Bemühungen mußten sich auf die Entfernung der Bolzen, die die hölzernen Schwellen festhielten, und das Auseinanderziehen der Gleise beschränken, so daß sie sich unter dem Gewicht der Lokomotive verlagerten. Das Eigengewicht und die Schubkraft würden die Lokomotive von der Brücke schleudern, und sie würde den Zug mit sich ziehen. Um sicherzustellen, daß der Zug an der tiefsten Stelle der Schlucht hinunterrutschte, wollten wir nur ein Gleis tatsächlich zur Seite kippen. Uzi erläuterte, der verantwortliche Partisan sei Bauingenieur von Beruf und habe bereits ausgerechnet, an welcher Stelle der Zug entgleisen sollte, damit auch bestimmt alle elf Wagen abstürzten.

Man hatte beschlossen, der Ingenieur und ein paar ausgewählte Männer sollten auf die Brücke steigen und mit den Vorarbeiten beginnen. Erst nach Durchfahrt des Güterzugs würden alle anderen gebraucht, um die Bolzen herauszuziehen und die schweren Gleise zu lockern. Da die Brücke die höchste Erhebung darstellte, würde es keine Probleme damit geben, daß man uns von oben beobachten konnte; die Luftwaffe hatte andere Sorgen, als Sicherheitspatrouillen über dem jugoslawischen Eisenbahnnetz zu fliegen. Wir am Boden hatten jedoch die Aufgabe, auf den Verkehr und vor allem auf Militärpatrouillen zu achten. Fahrer in schnellen Wagen oder Lastautos würden die Männer auf der Brücke nicht bemerken, da die Gleise auf einer Höhe außerhalb ihres Gesichtsfeldes lagen. Unter dem Boden unseres Lasters wurden Bahnarbeiterwerkzeuge hervorgeholt, und Hacken und Vorschlaghämmer wurden nach oben gereicht.

Ian stieg mit den Serben auf die Brücke, während ich bei Uzi und zwei anderen Partisanen blieb. Wir versteckten uns unter den Bäumen und hielten die Waffen bereit. Ab und zu übersetzte Uzi die Partisanengeschichten von Massakern und Greueltaten an den Serben für mich; sie wiederholten die Zahl von 500 000 Märtyrern, und er sagte, das Gemetzel ginge noch immer weiter. Sie lebten für den Tag, an dem sie Pavelič und seinen Minister Artukovič aufhängen konnten. Ihr ganz besonderer Haß galt den bosnischen Moslems; in ihnen sahen sie Helfershelfer, die ihre kroatischen Meister an Grausamkeit noch übertrafen. Ihr eigener Staat, Serbien, war tatsächlich von den Deutschen besetzt, während Kroatien als Verbündeter der Deutschen relative Autonomie genoß. Diese Partisanengruppe lebte schon über ein Jahr von dem, was das Land hergab, und übte Rache an Deutschen, Kroaten und Bosniern gleichermaßen.

Gegen halb fünf Uhr nachmittags verspürte ich Schmerzen in der Nierengegend und einen unbezwingbaren Drang zum Wasserlassen. Da ich nie Soldat gewesen war, fehlte mir die Lässigkeit, mit der die Partisanen aus Sicherheitsgründen vor allen anderen Darm und Blase entleerten. Von einem idiotischen Bedürfnis nach Alleinsein getrieben, wanderte ich daher etwas weiter weg, um mich zu erleichtern. Ich kam auf eine laubverhangene Lichtung, die auf einer Seite zu einem Dickicht aus jungen Schößlingen abfiel.

Mit einer gewissen Bestürzung sah ich, daß ich Blut urinierte, was ich den schrecklichen Stößen zuschrieb, die meine Nieren auf dem Metallboden des Lasters hatten einstecken müssen. Aus irgendeinem Grund sah ich von meinem faszinierenden Urinstrahl hoch und erblickte etwas unterhalb von mir zwei uniformierte Männer mit Karabinern über der Schulter. Einer hatte einen Feldstecher in der Hand.

Ich sah den matten Glanz eines armeegrünen Motorrads mit Beiwagen neben ihnen. Sie zeigten auf etwas und schauten in die Ferne; ihr Verhalten ließ mich nicht erkennen, ob sie ein Wild entdeckt oder einen Partisanen gesehen hatten.

Zu meinem Entsetzen merkte ich, daß ich mich unmöglich zurückziehen konnte; sie würden mich bei der geringsten Bewegung erkennen. Ich mußte sie erschießen! Hoffentlich wußte ich noch, wie man die Luger abfeuert. Ich griff nach dem Holster, und unsere Blicke trafen sich; die Überraschung war ganz auf ihrer Seite. Ohne meine Hosen in Ordnung zu bringen, hob ich die Luger, entsicherte sie und drückte ab. Der Mann in Feldgrau setzte sich langsam und schwerfällig hin. Der in Schwarz wollte eben seinen Karabiner anlegen, da schoß ich ihn hoch oben in die Brust.

Der Knall hatte ein Echo ausgelöst, und Uzi und die Serben waren sofort bei mir. Ich hatte Blut an der Hose, und ihre erste Sorge war, ob ich verletzt sei. Ich brachte kein Wort heraus, sondern zeigte nur auf das Motorrad. Der Deutsche war tot. Der Ustascha-Mann saß da und glotzte blöde vor sich auf den Boden. Einer der Serben zückte blitzschnell ein Jagdmesser und erledigte ihn. Sie warfen das Motorrad ins Wasser und beseitigten die Leichen. Allmählich konnte ich mich verständlich machen; anscheinend hatte ich meine Feuerprobe bestanden.

Auf der Straße war nur vereinzelter Verkehr. Kurz vor sechs kamen die Männer von der Brücke herunter. Sie hatten die meisten Bolzen gelockert, waren sich aber ziemlich sicher, daß der Güterzug relativ gefahrlos passieren konnte. Wir mußten nicht lange warten. Die Schienen sangen, und die Brücke ächzte, während der Zug darüber hinweg ratterte. Das rollende Material war alt, die Lokomotive noch älter. Hoffentlich hatte der Truppenzug mehr Schubkraft.

Nun krabbelten wir alle die Felsen hoch, bis wir die Schienen auf der Brücke erreicht hatten. Ich versuchte, nicht hinunter zu schauen. Der Anblick des Wassers dort unten war furchterregend. Unter Anleitung des Ingenieurs rissen wir die gelockerten Bolzen heraus. Einige hatten da ein halbes Jahrhundert rostig festgesessen und verlangten übermenschliche Anstrengungen. Die Männer schwangen ihre Hacken und Vorschlaghämmer wie verrückt. Sie schlugen auf die Bolzen ein, sie zersplitterten die Schwellen, alle kämpften wir verzweifelt gegen die Uhr. Kurz vor sieben war das Gleis frei. Wir arbeiteten alle mit letzter Kraft, um es vom Totpunkt wegzuziehen. Wie einstmals die Sklaven stimmten wir Sprechchöre an, um dem gemeinsamen Bemühen mehr Kraft zu verleihen. Endlich löste sich das Gleis. Der Ingenieur inspizierte die Arbeit und schickte uns erst dann von der Brücke.

Glücklicherweise ging die Sonne unter und warf schwere graue und braune Schatten, die unser Werk verbargen. Dann hörten wir ein Summen auf den Schienen und danach das Mahlen der Kolben und das asthmatische Entweichen von Dampf. Schließlich tauchte die Lokomotive auf, ein schmales, hohes altes Modell, danach der Kohlentender und dann die Waggons. Als der Zug auf die Brücke fuhr, erhoben die Balken ächzend Protest.

Trotz gegenteiliger Befehle standen wir alle auf, jeder Blick war auf die Lokomotive gerichtet. Sie fuhr wohl nur mit einer Geschwindigkeit von fünfunddreißig Kilometern, als sie an die bewußte Stelle kam. Sie schien abzusacken, sich zu besinnen und noch ein paar Meter weiterzufahren, dann beschloß sie, von der Brücke auszuscheren. Die meisten Wagen folgten ihr gehorsam hinterdrein. Auf dem Weg nach unten schlug die Lokomotive auf halber Höhe auf die Streben auf. Ein entsetzlicher Ton von zischendem und kochendem Dampf kam aus dem Wasser herausgegurgelt, als die Lokomotive versank. Drei Wagen hatten sich losgekuppelt und blieben auf der Brücke stehen, wo wir die Soldaten in wahnsinniger Angst aus Fenstern und Türen klettern sahen. Inzwischen schwang die von dem Aufprall der Lokomotive tödlich geschwächte Brücke wie eine Strickleiter im Sturmwind. Als sie endlich nachgab, kamen die Streben wie Pfeile vom Bogen herausgeschossen, und die restlichen Waggons stürzten wie wild in den Fluß. Die Partisanen stimmten ein Gebrüll an, einen Urschrei der Blutrache.

Einen Moment lang beobachteten wir das Wasser. Noch immer stiegen Dampfwolken auf, Luftblasen wie von einem ertrinkenden Tier zersprangen auf der Wasserfläche. Die Luft entwich aus den Waggons, und langsam kamen Leichen nach oben getrieben. Nun tauchte zwischen den herumhüpfenden Explosionstrümmern eine erstaunliche Zahl von Überlebenden auf. Rucksäcke und Bettzeug, zersplitterte Balken und hölzerne Waggonteile trieben auf dem aufgewühlten Wasser umher. Hier und da klammerte sich ein armer Teufel verzweifelt an die Trümmer. Andere ließen, tödlich verwundet, einen roten Wasserstrom hinter sich, während sie in nutzlosen Kreisen um sich schlugen.

Plötzlich schoß eine Strebe, womöglich von der Verschiebung eines Wagens freigesetzt, wie ein Projektil aus dem Wasser. Diese schauerliche Szene zog die Partisanen an wie faules Fleisch die Fliegen. Sie hoben ihre Sten-MGs und Schmeisser und begannen mit wilder Entschlossenheit, die überlebenden Bosnier abzuknallen. Es waren nur noch wenige übrig, als Ian äußerst erregt ankam und ihnen bedeutete, das Feuer einzustellen. Die Partisanen ließen die Waffen sinken und warteten auf eine Erklärung. Sie kam, von Uzi übersetzt. Bei einer Katastrophe wie dieser seien ein paar Überlebende durchaus von Vorteil, sagte Ian. Sie würden in ihr Dorf zurückkehren, das entsetzliche Geschehen stark übertrieben darstellen und jedem versichern, daß auf diesem Dschihad für die Deutschen der Fluch des bösen Blicks lag. Die Serben lächelten und hörten auf.

25. Februar 1944

GESTERN ABEND KURZ VOR EINBRUCH DER DUNKEL-*heit kam unerwartet Lohmann. Er hatte getrunken und war guter Laune. Er holte ein kleines Päckchen aus dem Mantel und legte es mir auf den Tisch. Es war sein weißes Stofftaschentuch, das an den Enden zusammengeknotet war und eine ziemlich mitgenommene Mischung von pastellfarbenen Petits fours und allerlei Zuckerkeksen enthielt. Ich schaufelte sie mit den Fingern auf und wartete wie ein Kind zur Schlafenszeit auf den Anfang der Geschichte. »Die Liebe geht seltsame Wege«, war Lohmanns Einleitung zu seiner Erzählung. Er hatte die Hälfte seines Inventars verloren, 50 Prozent des Betriebskapitals waren dahin, aber er war dennoch glücklich.*

Ich weiß noch, daß ich sagte: »Bitte erklären Sie sich, Lohmann, ich kann Ihnen nicht folgen.« – »Ich komme eben von Juttas Verlobungsfeier«, war seine Erklärung.

Wie sich herausstellte, hatte Jutta in Ausübung ihres Gewerbes einen Geschäftsmann mittleren Alters fast eine Woche lang Tag für Tag bedient. Dieser Herr Sedlmeyer, ein Buchhalter aus dem bayerischen Bierbrauerflecken Aying, hatte sich nach zwei Einsätzen von Jutta vom Kunden zum Verehrer entwickelt. Er kam mit Blumen, Pralinen und sogar Seidenstrümpfen zum Stelldichein. Schließlich hatte er ihr einen Heiratsantrag gemacht. Zu-

gegeben, er war fünfundfünfzig und Jutta nur halb so alt, aber er hatte eine solide Praxis als Wirtschaftsprüfer und lebte, was in diesen gefährlichen Zeiten noch wichtiger war, in Bayern auf dem friedlichen Land, so weit von München entfernt, daß die Bombengeschwader der Royal Air Force kein großes Interesse daran hatten.

Herr Sedlmeyer hatte die Verlobung in seiner Pension gefeiert. Lohmann galt als Lieblingsonkel, der seine Nichte vor ihrer Abreise aufs Land unter die Haube bringen wollte. Lohmann freute sich aufrichtig für Jutta; er teilte ihr Glück und war froh, daß ihr sündiges Leben von so kurzer Dauer gewesen war. In der einbrechenden Dunkelheit konnte ich das Lächeln auf seinem Gesicht erkennen. Inge freute sich zwar auch über das Glück ihrer Freundin, hatte Lohmann aber unter Tränen zugeflüstert, sie hoffe, daß ihr das Schicksal ebenso hold sei. Lohmann hatte versprochen, sich nach einem geeigneten Kandidaten umzusehen.

Es waren noch andere Gäste auf der Feier gewesen: ein paar Mädchen aus dem Bekleidungsgeschäft, in dem sie früher angestellt waren, eine Tante von Inge und deren Tochter Ursula, Inges Cousine. Lohmann sagte, er habe ein Auge für lose Vögel und habe Ursula in ein Gespräch verwickelt. Sie arbeitete als Stenotypistin bei einer Versicherung und haßte diese Arbeit wegen der schlechten Bezahlung und der ständigen Tipperei, die ihren scharlachroten Nagellack ruinierte. Lohmann hatte sein Mitgefühl ausgedrückt und später Inge vorgeschlagen, ihre Cousine könne doch nach Juttas Abreise zu ihr ziehen und sich anlernen lassen. Inge hatte gelacht und gesagt, ihre Cousine brauche keine große Lehre; man müsse ihr nur vor Augen führen, daß sie es auch für Geld tun könne.

Lohmann kam meiner Mißbilligung zuvor. »Essen Sie weiter, Herr Saporta. Ich bin kein Mädchenhändler, der Jungfrauen nach Rio Bamba verfrachtet. Ich helfe nur zwei Mädchen, ihr einziges Gut in eine Sparanlage für eine ansonsten düstere Zukunft zu verwandeln. Und wenn ich es Inge und ihrer Cousine so gut einrichten kann wie Jutta, bin ich der glücklichste Mann der Welt.« Ich glaubte ihm und aß das Verlobungsgebäck auf.

Ich kehre zu dem Massaker unter der Eisenbahnbrücke zurück, von dem ich bereits erzählt habe. Nachdem Ian unterbunden hatte, daß auch noch die letzten Überlebenden getötet wurden, war keine Zeit mehr zu verlieren. Wir teilten uns in vorher verabredete Gruppen auf. Der serbische Kommandant küßte mich, Ian schlug mir wuchtig auf die Schulter, und Uzi packte mich im Genick. Grimmig sagte er: »Wenn du das überstehst, dann komm nach Palästina. Da können wir dich brauchen.« Ich hatte keine Gelegenheit mehr, mit Papo zu reden. Meine Gruppe nahm mich ins Schlepptau, und in Minutenschnelle waren wir allesamt in den umliegenden Wäldern verschwunden.

Ich weiß nicht genau, wie viele Tage ich mit ihnen verbrachte. Es waren alles Serben; zwei von ihnen sprachen etwas Deutsch. Ich kann nicht sagen, wieviel sie über meine Mission in der Festung der Waffen-SS wußten, aber offenbar war etwas zu ihnen durchgedrungen; außerdem hatte ich den Deutschen und den Ustascha-Mann erschossen, ehe sie uns verraten konnten. Kurz, sie behandelten mich mit viel Respekt und offensichtlicher Sympathie. Wir trafen mehrfach mit Serben aus der Partisanenbewegung zusammen. Sie gaben uns zu essen, geleiteten uns durch das ihnen vertraute Terrain und übergaben uns dann an andere aus dem nächsten Abschnitt. Ich wurde jedesmal von den Partisanen in die Arme genommen. Nur diese Lobhudelei hielt mich davon ab, gegen das mörderische Tempo unseres Gewaltmarsches zu protestieren. Ich muß auch gestehen, daß ihre Bewunderung mich durchaus freute, und gab mir alle Mühe, ihr Lob bescheiden hinzunehmen.

Im nachhinein kommt es mir absurd vor, daß ich so geehrt wurde. Die Geschichte meines Heldentums besteht darin, daß Dr. Steinbruch mich mit List und Tücke in seine antifaschistische Arbeit hineinzog; daß Ian und Papo mich auf ihre ungehobelte Art dermaßen einschüchterten, daß ich in die Nazi-Festung ging; daß ich einem alten blinden Muezzin die Informationen über die Abreise der Truppen entlocken konnte. Den Deutschen und den Bosnier hatte ich aus lauter Angst erschossen, mehr nicht. Wenn Heldentaten aus solchen Banalitäten bestehen, gibt es vielleicht auch Helden, die diesen Titel noch weniger verdienen als ich.

Jedenfalls übergaben die Partisanen ihren Helden

wohlbehalten einem Bauern, einem der Ihren, der mich in einem Lastwagen voller Schafe in die Provinzstadt Banja Luka fuhr, einen Eisenbahnknotenpunkt. Er setzte mich in einen Zug, der mich nach Zagreb brachte. Am Bahnhof ging ich in ein öffentliches Badehaus und erwarb an einer Marktbude einen anständigen, wenn auch bereits getragenen Anzug.

Meine Fahrkarten und Reisepapiere waren in Ordnung, und um meine Anwesenheit hier glaubhaft zu machen, hatte ich meine Verträge für die bosnischen Tänzer auf Dr. Ivićs Briefpapier. Ich kehrte über Graz, Prag und Dresden nach Berlin zurück. Unterwegs herrschte das Chaos, und wegen der vielen Truppentransporte wurden wir endlos umgeleitet. Auch die Menschen waren unruhig, da sie von einer bevorstehenden Katastrophe an der russischen Front gehört hatten. Ich konnte kein Erste-Klasse-Abteil bekommen; sie waren alle mit Offizieren besetzt.

Zwischen Prag und Dresden fand ich mich auf der hinteren Plattform eines Zweite-Klasse-Waggons eingepfercht. Alle Abteile waren voll, und selbst der Gang war verstopft, meist mit Soldaten, die auf ihrem Rucksack hockten. Als der Zug langsam in den weitläufigen Rangierbahnhof am Stadtrand von Dresden einfuhr, drang noch durch den Lärm des Zuges ein Dröhnen zu uns, dem das dumpfe Geräusch in der Nähe detonierender Bomben folgte. Der Zug kam ruckartig zum Stehen, so daß die Menschen im Flur gegeneinander taumelten, während andere aus den Abteilen strömten. So bildete sich eine kompakte, in den engen Gang eingezwängte Menschenmasse. Der Bombenhagel ging weiter, und ein paar Gleise weiter sahen wir einen Zug lichterloh brennen.

Ich hatte gehört, daß die Fahrgäste bei einem Luftangriff normalerweise unter dem Zug Schutz suchen, aber das war offensichtlich unmöglich. Die Bomben fielen weiter, und wir spürten Einschläge auf beiden Seiten der Strecke. Wir waren zu einer lebenden, atmenden, verängstigten Masse zusammengequetscht.

Ich merkte, daß ich gegen eine junge Frau in der Uniform einer Reichsbahnschaffnerin gedrückt wurde. Ich konnte ihren Kragenspiegel erkennen. Ich sah ihr ins Gesicht. Sie war von der reinen, makellosen Schönheit, auf die die Deutschen zu Recht stolz sind. Ihre Augen waren hellblau; das kurzgeschnittene dunkelblonde Haar quoll unter ihrem feschen Käppi hervor. Die Wimpern waren feucht von den Tränen, die ihr über das Gesicht strömten. Es waren keine Angsttränen, dazu war sie viel zu gelassen. Vielleicht waren es Tränen des Kummers, daß ihr junges Leben vorbei sein sollte, noch ehe sie es richtig gelebt hatte. Sie sah langsam zu mir hoch und schaute mir in die Augen.

Wie im Traum fragte sie: »Wie heißt du?« Sie sprach mich mit du an, als redete sie mit einem Kind oder einem vertrauten Menschen.

»Daniel«, antwortete ich.

»Wo kommst du her?« fragte sie und schüttelte dann den Kopf. »Ist auch egal, du brauchst es mir nicht zu sagen.« Sie hielt meine Arme umklammert. »Willst du so sterben? Wie ein Stück Vieh auf dem Schlachthof?« Ich schüttelte den Kopf. »Dann komm«, sagte sie.

Sie stieß einen älteren Feldwebel beiseite und machte die Toilettentür hinter sich auf. Sie zog mich mit hinein und schloß ab. Da waren wir nun, in der schmutzigen, abfallübersäten Kammer mit dem undurchsichtigen grauen Fenster. Wieder fielen Bomben, und jetzt ging eine Flakbatterie los. Sie legte mir die Arme um den Hals und küßte mich mit soviel Zärtlichkeit und Verlangen auf den Mund, wie man es sonst nur bei einem Ehemann oder Liebhaber tut. Sie hatte nichts Sinnliches oder Brutales an sich.

Ich ging darauf ein, und sie hauchte mir ihren Dank zu: »Danke, danke.« Als sie die Uniformjacke aufknöpfte, sah ich den schlichten goldenen Ehering an ihrem Finger. Sie bot mir ihren Busen dar, der so weiß war, daß ich das feine Netz blauer Adern sehen konnte, die sich zart durch die Rundungen zogen. Sie machte mir die Hose auf und streifte mit einer raschen Bewegung die eigene ab. Ich bemerkte kurz die dunkelgrauen Wollstrümpfe um ihre stämmigen Beine; dann hatte sie sich auf das Waschbecken gesetzt und mir die Beine um die Taille geschlungen. Wir liebten uns, während Bomben hochgingen und ganz in der Nähe etwas mit lautem Krach explodierte.

Plötzlich war die Luft totenstill. Die Bomber waren abgezogen, aber wir hielten uns weiter umarmt, küßten uns und streichelten uns übers Haar, bis der Zug auf einmal rückwärts aus dem Verschiebebahnhof fuhr. Sie zog sich an, umarmte mich und wünschte mir alles Gute. Als ich mich in den Gang hinausdrängte, war sie bereits verschwunden. Es war ein seltsames und unvergeßlich schönes Erlebnis gewesen.

26. Februar 1944

AM 4. DEZEMBER 1941 KAM ICH NACH BERLIN zurück und seufzte erleichtert auf, als der Zug in den Bahnhof einfuhr. Ich war drei Wochen fort gewesen.

Beim Aussteigen aus dem schmutzigen, stinkenden Zug schloß ich mich dem Strom der Soldaten und Flieger und wenigen Zivilisten an. Auf dem Bahnsteig wurden wir von der Feldgendarmerie angehalten. Der Grund war nicht schwer zu erkennen. Auf der anderen Seite des Bahnsteigs war wenige Minuten vor unserer Ankunft ein Lazarettzug eingefahren, und die Verwundeten durften den Bahnhof zuerst verlassen. Wir standen mit dem Rücken an unserem dreckigen Zug und betrachteten das Schauspiel der Krankenträger, die Verwundete und Verstümmelte aus dem Lazarettzug trugen. Viele humpelten mit Hilfe von Sanitätern an Krücken; ein paar Blinde mit verbundenem Kopf wurden von Krankenschwestern begleitet. Es war ein grausiger Anblick.

Plötzlich rempelten mich zwei Sanitäter mit einer Krankentrage an. Die jungen Soldaten wurden von einem Rollstuhlkontingent weiter vorne aufgehalten, und ich schaute unwillkürlich zu dem Mann auf der Trage hinunter. Sein Gesicht mit den

Schmissen erkannte ich sofort. Es war Herr Stemmler! Seine Beine waren oberhalb der Knie amputiert; ich konnte die blutigen, mit Gaze bedeckten Stümpfe sehen.

Im selben Moment sah Stemmler mich. Mit übermenschlicher Kraft setzte er sich auf. Seine rechte Hand kam hervorgeschossen und krallte sich in mein Jackett. Das ausgemergelte, stoppelbärtige Gesicht war haßverzerrt und lief vor Zorn purpurrot an.

»Saporta«, jammerte er auf. »Saporta, gib mir mein Käsebrot!«

Nur die Absurdität dieser Äußerung rettete mich vor der nun schauerlich interessierten Menge. Die Sanitäter waren der festen Überzeugung, ihr Schützling halluziniere, und sie versuchten Stemmler von mir loszureißen, doch der kreischte weiter »Saporta, mein Käsebrot!« und wollte mein Jackett nicht aus seinem eisernen Griff lassen. Ich ahnte schon, was jetzt kommen würde, und machte mich in wachsender Angst gewaltsam los. Ich hörte Stoff reißen und drängte mich, als ich endlich freigekommen war, rücksichtslos durch die geballte Menge.

Als ich oben am Ausgang angekommen war, hörte ich Stemmler aus vollem Halse schreien: »Das war Saporta! Ein Jude! Saporta, er ist entkommen!« Ich stürzte die Treppe hinunter und war mir dabei bewußt, daß mir ein Stück vom Jackett fehlte. Der weiße Futterstoff auf der Brust schien meine Verwundbarkeit so nachdrücklich kundzutun, als wäre es der gelbe Davidsstern, der »Jude« in die Welt hinausposaunte.

Eine Stunde später war ich in meinem Büro im Kaukasus.

27. Februar 1944

HEUTE WAR LOHMANN KURZ NACH ZWÖLF UHR *mittags da, was für ihn eine ungewöhnliche Zeit ist. Er sah mir beim Essen zu, seufzte dann schwer und zog eine sorgsam gefaltete Zeitung aus der Manteltasche. Er gab sie mir ohne Kommentar. Hier ist der Artikel in ganzer Länge.*

RÖHM-PUTSCH: NEUE ENTHÜLLUNGEN

München, 21. Februar

Fast zehn Jahre nach dem vereitelten Putschversuch der SA unter Führung des Verräters Stabschef Ernst Röhm gab die bayerische Staatsanwaltschaft weitere Einzelheiten des Falls bekannt. Der Reichsführer SS hatte am 30. Juni 1934 an der Spitze seines persönlichen Wachverbands Röhm und seine Bande in verschiedenen Wirtshäusern am Wiessee verhaftet. Dabei stieß man auf eine homosexuelle Orgie in dem an Röhms Unterkunft angrenzenden Quartier von SA-Führer Edmund Heines. Die Verhafteten vom Wiessee wurden in das Münchner Gefängnis Stadelheim eingeliefert und dort am 2. Juli hingerichtet.

Einer von ihnen war italienischer Staatsbürger und ist nunmehr identifiziert worden. Es handelt sich um Mario Gambalonga, nach Angaben der Münchner Polizei etwa 25 Jahre alt. Interessanterweise war Gambalonga, ein Hermaphrodit mit sowohl männlichen als auch weiblichen Geschlechtsmerkmalen, einst der Star des Kaukasus Klub, eines bekannten Berliner Treffpunkts der jüdisch-dekadenten Intellektuellenkreise, die früher in der Reichshauptstadt den Ton angaben. Daß diese abstoßende Ausgeburt der Natur, diese obszöne Brut, bei deren Anblick der normale Mensch augenblicklich von Abscheu ergriffen wird, der Gefährte – wenn nicht Schlimmeres – von Elementen war, die die Führung der Nation anstrebten, ist ein anschaulicher Beweis – falls es eines solchen noch bedurfte – für die Entartung und den moralischen Verfall der Röhm-Bande.

Ich las den Artikel schweigend durch; was hätte ich sagen sollen? Daß Maria-Mario in Berlin wenigstens ein paar sorgenfreie, aufregende, ja umschwärmte Jahre genossen hatte; daß diese wenigen Jahre ein ganzes Leben in dem Ziegenverschlag aufwogen, das ihr Zuhause war? Daß sie vor einem frühen Tod als schwindsüchtige Einsiedlerin gerettet wurde und beim Tod ihrer Mutter primitiven und haßerfüllten Dorfbewohnern ausgeliefert gewesen wäre? Daß es besser für sie war, von der SS erschossen zu werden, nachdem sie Gott weiß welche Erniedrigungen über sich ergehen ließ? Will ich Gott spielen? Ich weiß, jetzt rationalisiere ich, um mein schlechtes Gewissen zu beruhigen.

Lohmann hatte dieses traurige Ende von Anfang an vorausgesagt. Lohmann, der einst ein Zuhälter und Dieb war, wußte, wie weit man gehen durfte. An diesem moralischen Urteilsvermögen hatte ich es bei meiner Ausbeutung von Maria-Mario fehlen lassen.

28. Februar 1944

ICH KOMME NOCH EINMAL AUF DEN 16. DEZEMBER 1941 zurück. Seit meiner Rückkehr aus Sarajevo waren zwölf Tage vergangen. Lohmann und ich waren mit den Vorbereitungen für Weihnachten und die darauffolgenden Silvesterfeiern beschäftigt. Die drei Wochen in Bosnien kamen mir jetzt wie ein Fiebertraum vor; ich konnte nicht glauben, daß ich das wirklich erlebt hatte. Dr. Steinbruch hatte ich noch nicht genauer über die Einsätze Bericht erstattet. Ich hatte ihm lediglich am Telefon angedeutet, es sei »alles wie erwartet gelaufen«. Ich wußte, daß er von einem öffentlichen Fernsprecher aus anrief, meinte aber mehr als die übliche Vorsicht in seiner Stimme zu hören. Wir verabredeten uns für den Abend des zwanzigsten Dezember in der Straße Unter den Linden, wo wir in der anonymen Menge der Weihnachtseinkäufer untergehen würden.

Beim Kaffeetrinken in der Küche des Kaukasus schilderte mir Lohmann noch einmal, wie er es geschafft hatte, Samira in den Zug nach Istanbul zu setzen. Ich war wie ein Kind, das sein Lieblingsmärchen gar nicht oft genug hören kann.

»Herr Salazar, als ich ihr das Kündigungsschreiben übergab, ist sie wahrhaftig zusammengebrochen. Sie hat wohl begriffen, daß Sie sie so aus

Deutschland herausschaffen und ihre Affäre mit Rabe beenden wollten. In mir sah sie, vielleicht wegen meines Alters und Aussehens, einen Beichtvater. Sie hat getobt. Sie hat gesagt, Rabe und Sie hätten sie beide nur benutzt wie ein Stück Vieh. Sie hat gesagt, sie weiß nicht, wen von Ihnen sie mehr haßt. Herr Salazar, ich habe ihr erzählt, was sie wahrscheinlich hören wollte. Ich habe mir die Freiheit genommen, ihr zu sagen, daß Sie sie lieben, daß ich zwar nicht weiß, was den Bruch herbeigeführt hat, als Mann aber überzeugt bin, daß Sie sie immer noch lieben.«

Dann erzählte Lohmann mir etwas, das er bislang verschwiegen hatte.

»Ich wollte ihr die Entscheidung über die Abreise nicht selbst überlassen. Ich wollte sie im Zug sitzen sehen, weil ich beschlossen hatte, daß sie fährt – nicht weil sie sich plötzlich zum Fahren oder auch zum Bleiben entschloß. Das Risiko war zu groß. Ich fürchte, ich habe mich bei Fräulein Samira nicht gerade beliebt gemacht.«

Er hielt inne. Ich bat ihn fortzufahren.

»Ich wußte, wie sehr sie mittlerweile von ihrem ungarischen Rauschgifthändler abhängig war. Ich hatte sie immer im Foyer herumlaufen und auf ihn warten sehen. Ich habe ihn mir im Hof geschnappt und gesagt, wenn er Fräulein Samira Kokain oder sonstwas verkauft, breche ich ihm alle Knochen im Leibe; statt dessen kaufte ich es ihm selber ab. Ihm war das egal, Hauptsache, er macht sein Geschäft.

Ich habe ihm eine Wochenration abgekauft. Am nächsten Abend sah ich sie wie einen Tiger im Käfig hin und her laufen. Der Ungar ließ sich nicht blicken. Ich habe sie ins Büro gebeten, ihr die Päckchen gezeigt und gesagt, wenn sie im Zug sitzt, kann sie die alle haben. Eine Kleinigkeit habe ich ihr gleich gegeben und sie am nächsten Tag in das Schlafwagenabteil gesetzt. Sie wollte ihr Rauschgift haben. Ich habe gesagt, sobald sie über die ungarische Grenze sind, hat der Schlafwagenschaffner »eine Schachtel Pralinen« für sie. Ich hatte dem Mann fünfundzwanzig Mark gegeben für seine Verschwiegenheit. Sie hat mich beschimpft, aber ich bin auf dem Bahnsteig stehengeblieben, bis der Zug abfuhr.«

Ich hörte mir Lohmanns Darstellung über Samiras Abreise mit gemischten Gefühlen an. Ich war ihm zutiefst dankbar dafür, daß er Samira aus Deutschland fortgeschafft hatte. Er war stolz, »Fräulein Samira dem Sturmbannführer aus den Klauen gerissen« zu haben. Lohmann konnte ja nicht wissen, daß Rabe in den Heizkesseln des Hotels Bosphor gelandet war. Aber der Preis war zu hoch. Ich hatte sie eigenhändig zu einer unsäglichen Beziehung mit Rabe gezwungen – weiß der Himmel, was sich da abspielte, wenn Hauptmann Shawa Nawa bei ihren »Liebesspielen« mitmischte. Ich war für ihre Rauschgiftsucht verantwortlich und habe, was noch verwerflicher ist, wohl jede Unschuld zerstört, die ihr nach den Jahren als Bauchtänzerin in den Nachtklubs der arabischen Welt noch geblieben war. Jeglichen Glauben an ihre Mitmenschen habe ich auch geopfert. War es das wert? Wahrscheinlich nicht. Ob der Tod von ein paar hundert Rekruten wirklich den Kriegsverlauf ändert? Zur Besänftigung meines Gewissens rede ich mir ein, daß ein Krieg durch Tausende von scheinbar unbedeutenden Gefechten und aus dem Augenblick heraus entstandenen kühnen Taten gewonnen wird.

An diesem schicksalhaften Morgen sprachen wir darüber, wie der Krieg weitergehen würde. Keine zwei Wochen zuvor hatten die Amerikaner als Folge des japanischen Angriffs auf die amerikanischen Marinestellungen von Pearl Harbor den Achsenmächten den Krieg erklärt. Außerdem hatten die Japaner Blitzangriffe gegen die Briten in Hongkong und Singapur sowie in Indonesien gegen die Niederländer geführt. Sie hatten beachtliche Anfangserfolge zu verzeichnen. Lohmann zufolge gingen die Meinungen darüber auseinander. Die Optimisten glaubten, der Kriegseintritt eines so bedeutenden Verbündeten wie Japan werde den Sieg der Achse beschleunigen, wobei sich die siegreiche deutsche und japanische Armee irgendwo im asiatischen Rußland miteinander verbinden würden. Bei den Pessimisten, zu denen auch er gehörte, fanden sich die, deren historisches Gedächtnis bis ins Jahr 1917 zurückreichte. Sie konnten sich noch erinnern, wie aus Amerika zunächst unerfahrene Landser eintrudelten, was sich dann aber rasch zu einem

Strom ausgeruhter, wohlgenährter und einsatzfreudiger Truppen auswuchs. Diese amerikanischen Divisionen hatten den erschöpften Franzosen und Briten Verstärkung gegeben und damit den bislang glorreichen Deutschen den Sieg entrissen. Lohmann meinte, die Geschichte würde sich wiederholen. Er hoffte, wenn der Tag der Abrechnung käme, würden die Yankees und nicht die Russen Deutschland besetzen. Das war eine der seltenen Gelegenheiten in unserer Beziehung, wo ich meine Ansichten lieber für mich behielt. Sicher, ich verdankte ihm mein Leben, aber er war doch ein tief in seinem Land verwurzelter Deutscher, und es hätte ihn unnötig gekränkt, wenn ich ihm meine Hoffnung offenbarte, daß die Russen hier blutige Rache üben würden.

Lohmann schenkte uns gerade Kaffee ein, als entsetzlich an unsere Haustür gehämmert wurde. Er wußte sofort, was hinter diesem Ungestüm steckte. Umgehend nahm er die Sache in die Hand. Als erstes griff er sich meine Tasse und Untertasse und warf sie in das Spülwasser im Becken. Dann leerte er den Aschenbecher mit den Kippen von meinen Simon Arzt Zigaretten.

Er steckte mich in einen Abfalleimer und kippte die anderen Eimer über mich aus, so daß ich mit einer dicken Müllschicht bedeckt war. Erst dann machte er auf. Ich hörte, wie die Gestapo Türen knallte und Möbel zerschlug und, so stellte ich mir vor, mein Büro durchwühlte. Sie kamen in die Küche, Lohmann gleich hinterher.

»Wo ist das Judenschwein?« bellte der Befehlshaber.

»Welches Judenschwein?« wollte Lohmann wissen.

»Saporta, dem dieses Bordell hier gehört.«

Lohmann war empört. »Einen Saporta kenne ich nicht, und ich arbeite nicht für Juden. Ich bin langjähriger Parteigenosse; ich hab' mich schon auf der Straße mit den Kommunisten geschlagen, als Ihnen noch die Muttermilch am Kinn klebte. Mein Herr Salazar ist Spanier. Er hat ein Bild von General Franco in seinem Büro hängen. Sehen Sie selber nach.«

Der Mann schlug einen versöhnlichen Ton an. »Er hat eine Menge Leute an der Nase herumgeführt, Ihr Spanier. Wann haben Sie ihn zuletzt gesehen?«

»Heute ist Dienstag der sechzehnte; montags haben wir geschlossen, also war es am Sonntag dem vierzehnten gegen drei Uhr morgens. Seitdem ist er nicht mehr dagewesen. Waren Sie schon in seiner Wohnung?«

Diese Frage konnte Lohmann gefahrlos stellen, da ich ja unter dem Abfall saß.

»In dem Zuhälternest, meinen Sie? Nichts als Seidenhemden, und mehr Parfüm im Badezimmer als in einem französischen Puff.«

»Na, Sie kennen doch diese Leute«, sagte Lohmann. »Er schläft viel in der Gegend rum, meistens Schauspielerinnen. Er kennt eine Menge kleiner Leute in großen Häusern.« Lohmann lachte, und die Gestapo lachte mit.

»Wenn ich Ihnen sonst noch etwas sagen kann, fragen Sie nur«, bot Lohmann an.

Die Gestapo war besänftigt. »Kommen Sie morgen um neun ins Staatspolizeiamt, Prinz-Albrecht-Straße acht, Zimmer zwozwölf. Wir nehmen Ihre Aussage zu Protokoll. Heil Hitler!«

»Heil Hitler!« bellte Lohmann, und ich hörte, wie er die Hacken zusammenschlug.

Lohmann folgte ihnen in den Hof hinaus, und als er sich vergewissert hatte, daß sie fortgefahren waren, hatte er mich in Minutenschnelle aus dem Mülleimer geholt, zur Hintertür herausgebracht und in ein Taxi gesteckt. Er kannte das Vorgehen der Polizei gut genug, um zu wissen, daß es relativ gefahrlos war, wenn man der Polizei zur Tür hinaus folgte, aber später würden sie wiederkommen, um das Kaukasus zu versiegeln; da war er sich ganz sicher. Lohmann ließ uns von dem Taxi an einem U-Bahnhof in Zehlendorf absetzen. Wir gingen ein paar Straßen weiter zu der Wohnung seiner Tante, wo ich den Tag über blieb. Nachts holte Lohmann mich ab und brachte mich in diese Dachstube, und seitdem bin ich hier.

Lohmann hat sich dann weisungsgemäß in der Prinz-Albrecht-Straße gemeldet. Dazu kleidete er sich sorgfältig an: dunkler Mantel, am Revers sein übergroßes Goldenes Parteiabzeichen, Melone und eine Ausgabe des ›Völkischen Beobachters‹ lässig in die Manteltasche gesteckt. Er hatte seinen aus den zwanziger Jahren stammenden Mitgliedsausweis der Nazipartei in der Brieftasche und wäre wohl auch dann heil von diesem Ort ohne Wiederkehr wegspaziert, wenn ihm das Glück nicht wieder einmal hold gewesen wäre.

Als er das Zimmer suchte, auf das man ihn bestellt hatte, sprach ihn ein Mann Mitte Fünfzig in Zivil mit kurzem Hindenburg-Haarschnitt an. Lohmann kannte ihn als relativ unbedeutenden Anwalt, der aber, wie er selbst, langjähriger Parteigenosse war. Er hatte sich in der Weimarer Republik mit der Verteidigung von Braunhemdenschlägern einen Namen gemacht, die wegen Trunkenheit, Raufereien, Einschlagen von Schaufensterscheiben und schwerer Körperverletzung verhaftet worden waren. Wie er Lohmann erzählte, war er jetzt Staatsanwalt – ein Posten, der den Amtsinhaber berechtigte, die Enthauptung des Angeklagten zu verlangen, was dann in der Regel auch geschah. Dieser Mann war außer sich vor Freude über das Zusammentreffen und erbot sich, als Lohmann ihm den Zweck seines Besuches mitteilte, ihn zu Zimmer 212 zu begleiten, wo er die Beamten gut kannte.

Die Anwesenheit des Staatsanwalts wirkte Wunder; Lohmann wurde mit einigen Höflichkeitsfloskeln entlassen. Er sagte, er sei nicht überrascht gewesen. Dazu waren seine Referenzen viel zu gut, und was seinen Chef anging, konnte man ihm nichts zum Vorwurf machen oder als Komplizenschaft auslegen.

29. Februar 1944

DIES IST DIE GESCHICHTE MEINES LEBENS, DAS AM *16. Dezember 1941 zum Stillstand gekommen ist. Ich habe sie eben überflogen. Sie setzt sich aus Schwulst und Schändlichkeiten zusammen, doch ist da auch der nicht unbescheidene Stolz auf mein Durchhaltevermögen sowie das Gefühl, etwas erreicht zu haben; schließlich konnte ich, ein zum Kabarettbesitzer gewordener Gewürzhändler, der Kriegsmaschine der Nazis einen bedeutenden Schlag versetzen.*

Vor allem hoffe ich, daß meine Liebe und Zuneigung zu meiner Familie, die so große Hoffnungen in mich gesetzt hatte, gebührenden Ausdruck gefunden hat.

Ich denke an Mario, Chayim Spiegel und Samira und sage dem Ewigen, unserm Gott »chatanu« – *wir haben gesündigt – und* »paschanu« – *wir haben gefrevelt.*

Sollten diese Seiten je gefunden werden, so möchte ich dem Leser sagen, urteilen Sie gnädig über mich.

In meinem Fensterchen sehe ich die feinen Umrisse des Neumonds vor dem dunkel werdenden Himmel. Es scheint mir angemessen, jetzt den Segen zu wiederholen, den ich bei Neumond immer an der Seite meines Vaters sprach.

Es erneuere ihn der Heilige für uns und sein ganzes Volk, das Haus Israel,
zum Leben und zum Frieden, zur Wonne und zur Freude, zum Heil und zum Trost. Amen.

Und nun lege ich diese Seiten fort. Erst in der Stunde der Erlösung hole ich sie wieder hervor, falls diese mit Gottes (und Lohmanns) Hilfe je kommt.

22. *April 1945*

MEIN LETZTER EINTRAG STAMMT VOM 29. FEBRUAR *1944. Das ist nun über ein Jahr her. Ich bin noch am Leben, aber ich habe dafür bezahlt. Doch ist jetzt nicht der rechte Zeitpunkt, Schmerzen und Qualen aufzuzählen.*

Heute morgen kam Lohmann in heller Aufregung an. Die Russen stehen vor der Stadt. Jetzt wird den Berlinern klar, daß die rachgierigen Russen und nicht die gutmütigeren Anglo-Amerikaner in die Hauptstadt einmarschieren werden.

Erschwerend kommt hinzu, daß der Führerbunker, wo Hitler, Goebbels und der gesamte Stab sich verschanzt haben, noch in Betrieb ist. Die Berliner wissen das, und die Russen auch. Sie lassen bestimmt nichts unversucht, um sich diese Beute zu schnappen. Lohmann hat offenkundig Angst – er weiß noch, wie es im Ersten Weltkrieg war.

»Wenn der Iwan in die Stadt einmarschiert und wir können die erste Woche überstehen, dann sind wir aus dem Schneider. Die Russen setzen eine Militärregierung ein, und es herrscht Ordnung. Aber in der ersten Woche läßt man den Soldaten freien Lauf, da können sie tun und lassen, was sie wollen – so haben es auch die Franzosen 1918 gehalten. Sie haben ihr Kolonialheer im Rheinland losgelassen. Die Sene-

galesen haben alles zwischen acht und achtzig vergewaltigt.«

Ob diese Geschichte stimmt, weiß ich nicht, aber ich habe sie von den Deutschen oft erzählt bekommen.

Lohmann hat mir eine magere Ration dagelassen und mir eingeschärft, sparsam damit umzugehen.

25. April 1945

Nach zweitägiger Abwesenheit war Lohmann endlich wieder da. Er kam nach Einbruch der Dunkelheit, und wir sprachen darüber, was eine neue Entwicklung zu bedeuten hat. Seit heute früh ist mir ein neues Geräusch aufgefallen: als würden am Himmel riesige Bettlaken zerrissen oder Güterzüge über mich hinwegdonnern. Das ist natürlich die russische Artillerie. Ab und zu höre ich es krachen, wenn die Granaten einschlagen.

Wie Lohmann berichtet, ist die Stadt jetzt vollkommen eingekreist. Was wir da hören, ist die Aufführung einer russischen Artillerie-Symphonie, die Berlin in Schutt und Asche legen soll.

»Lohmann«, sagte ich. »Meinen Sie, es wäre sicherer, wenn ich aus der Dachstube herauskomme und mein Glück auf der Straße versuche? Ich kann mir nicht vorstellen, daß die Gestapo unter diesen Umständen noch nach mir sucht.«

»Herr Saporta. Sie kennen Ihre Deutschen immer noch nicht. Berlin ist zur Hälfte zerstört, aber es wird noch Post ausgetragen. Die Polizei lädt immer noch Leute wegen unerlaubter Abfallbeseitigung vor. Die Richter der Volksgerichtshöfe tagen noch und verurteilen Defätisten und Verräter zum Tode. ›Ordnung muß sein‹, selbst mitten im Chaos.«

»Ich verlasse mich darauf, daß Sie mich hier heraus-

holen, sobald Sie es für ungefährlich halten. Ich muß gestehen, daß ich jetzt, wo das Ende so nahe ist, noch mehr Angst habe.«

»Machen Sie sich keine Sorgen, Herr Saporta. Lohmann holt Sie hier raus. Bald machen wir das Kaukasus für die russischen hohen Tiere auf, warten Sie's nur ab.«

Und damit ging er.

28. April 1945

DAS SPERRFEUER DER ARTILLERIE NIMMT ZU, UND *außerdem hören sich die Einschläge jetzt anders an, was darauf hindeutet, daß die Haubitzen in den Stadtkern gerückt sind.*

Wenn ich aus meinem Dachfenster schaue, sehe ich große Wolken von grauem Staub. Nachts kann ich es überall brennen sehen.

Am sechsundzwanzigsten war Lohmann nicht da. Am siebenundzwanzigsten auch nicht. Er ist früher schon länger ausgeblieben, aber jetzt ist die Lage gefährlicher, und ich selbst bin innerlich auch nicht sehr gefestigt; meine Nerven sind gefährlich strapaziert.

Außerdem habe ich nichts mehr zu essen außer einem unglaublich harten Brötchen, aber das werde ich mir mit Spucke aufweichen.

Den Nachmittag habe ich verschlafen. Ich hatte meinen immer wiederkehrenden Traum von Damaskus: am Busen der Familie geborgen, im Wolkenkuckucksheim von meines Vaters Balkon. Aber beim Aufwachen holte die Realität mich wieder ein. Mein Vater, alaw ha schalom, *ist tot. Meine Mutter, meine Schwestern und Brüder in alle Welt zerstreut. Es gibt keinen Balkon, auf den ich zurückkehren könnte. Nirgendwo.*

Meine Sorge um Lohmann wächst mit jeder Stunde. Ist er verhaftet worden? Hat eine russische Granate ihn getötet? Liegt er verwundet unter einem Trümmerhaufen?

Ich lausche angestrengt nach dem tröstlichen Geräusch seiner Schritte, doch ich höre nichts als das wuusch *einschlagender Artilleriegranaten.*

29. April 1945

KEIN LOHMANN SEIT DEM FÜNFUNDZWANZIGSTEN. *Seitdem auch ohne Essen. Für mich ist klar, daß ihm etwas zugestoßen sein muß. Auch wenn ich auf die Straße hinauslaufe, wo soll ich ihn denn finden? Bei seiner Tante in Zehlendorf? Unsinn. Ich weiß, wenn es irgendwie ginge, wäre er hier. Was das heißt, ist klar. Er ist tot, schwer verwundet oder verhaftet worden. Verhaftung bedeutet heutzutage gewöhnlich Hinrichtung.*

Jetzt erkenne ich mehr denn je, wieviel mir Lohmanns Freundschaft in diesem fremden Land bedeutet. Das hat nichts mit dem Essen zu tun, mit dem er mich am Leben hält. Er strahlt soviel Kraft und gesunden Menschenverstand aus, daß es mir Frieden gibt und meinem Dasein Halt verleiht.

Mein Plan sieht also so aus. Ich bleibe in meiner Dachstube, bis das Schießen aufhört. Der Beschuß ist jetzt so heftig und die Einschläge sind so nahe, daß es nur noch Tage dauern kann bis zum Ende. Wenn ich nicht gleich im Granatenhagel umkomme, versuche ich mein Glück auf der Straße. Sollte ich von einer wildgewordenen Nachhut der Nazis erschossen oder von rachsüchtigen Russen umgebracht werden, ma'alesch, *dann ist es nicht zu ändern.*

Ich habe keine Angst, meinem Vater Ezra zu folgen. Ich sehne mich danach, ihm die Hand zu küssen, bei ihm zu sitzen, und der Duft von Mimosen und Jasmin hüllt uns ein. Ich würde ihm das Buch meiner Leistungen und Versäumnisse vorlegen.

Ob er mein grausames Verhalten gegen Chayim Spiegel als Opfer im Namen einer größeren Sache ansieht? Oder ob er es mit seinen sanften Augen als Verrat eines Juden an einem anderen betrachtet? Was hält er wohl davon, wie ich Samira behandelt habe? Samira, mit der ich unter der Hochzeits-Chuppa hätte stehen können; Samira, die ihm die Enkelkinder geschenkt hätte, die er sich so sehnlich wünschte. Wie lautet dein Urteil, o Vater?

Und dann die bosnischen Bauernburschen, die von der Eisenbahnbrücke in den Tod stürzten und im eisigen Gewässer ertranken. Ob mein Vater mich als Soldat ansieht, der für eine edle Sache kämpft, oder als Meuchelmörder mit einer fragwürdigen Rolle in einem schmutzigen Spiel? Einen Dunkelmann, durch den tausend rotwangige Jungen zu Tode kamen? Wie lautet dein Urteil, o Vater?

Das sind die unzusammenhängenden Gedankengänge eines wirren Geistes. Ich bin ganz schwach vor Hunger, mein Kopf ist leer. Wenn ich mich auf die Couch lege, gleite ich vom Schlaf in Tagträume hinüber, absonderliche Fantasien von meiner Kindheit und den späteren Jahren. Ich bin mit meiner Mutter bei Tante Regine zu Besuch; es sind noch andere Gäste da, wir trinken Tee und essen Kuchen; ältere Jungen hänseln mich, ich habe Angst, ich mache in die Hosen, ich spüre, wie sich der dunkle, heiße Fleck in meinem Schoß ausbreitet. Dann bin ich mit Cousin Eli zusammen; wir besuchen die scharmutas, *aber ich weiß nicht genau, mit wem ich mich paare, Frau Landau, Hilde, Latifa, Samira?*

Samira. Immer wieder träume ich von Samira. Es ist stets der gleiche Traum. Wir tauchen Seite an Seite aus einem braunen Einerlei auf. Sie steht, ist mit einem Sommerkleid und weißen Strümpfen bekleidet und hat einen Blumenkranz im Haar. Sie schaut ernst und sittsam drein und hat die rechte Hand auf meine Schulter gelegt. Ich sitze auf einem Stuhl; ich trage einen Nadelstreifen-Anzug; ich kann die Schaftstiefel erkennen. Auf meinem Kopf sitzt der Tarbusch, und in der rechten Hand halte ich eine Gebetskette aus Bernstein. Ich frage mich, warum das, was nie geschah, so normal wirkt, so ganz und gar wie ein Bestandteil meines Lebens? Plötzlich fällt es mir ein. Es ist das Hochzeitsbild meiner Eltern, das goldgerahmt bei uns im Wohnzimmer hing, nur sind es Samira und ich, die hier auf ewig verbunden werden.

Für heute mache ich Schluß. Ich bin äußerst erregt; ich spüre, daß ein Kapitel meines Lebens, vielleicht das letzte, zu Ende geht.

30. April 1945

HEUTE FRÜH HÖRTE ICH KLEINE ZÖGERNDE *Schritte auf dem hölzernen Dachboden. Dann ein leises Klopfen und eine Stimme.*

»Herr Saporta. Herr Salazar! Helfen Sie mir herein. Hier ist Hilde.«

Ich drückte gegen den schweren Schrank, und Hilde kam durch den Spalt zwischen dem Schrank und der Holzlatten-Trennwand herein. Ich hätte sie auch mit ihrem Kopftuch und dem schmutzigen Regenmantel sofort erkannt. Sie kümmerte sich nicht um meinen bärtigen, bleichen, stinkenden Zustand. Ehe sie eine Erklärung für ihr Kommen abgab, mußte ich unbedingt die zwei Scheiben Brot mit Ersatzmarmelade essen und die Literflasche dünnen Milchkaffee austrinken, die sie aus der Manteltasche zog.

Sie erzählte, wie sie hierhergekommen war. Der Hausmeister des ehemaligen Speiselokals in der Kantstraße hatte sie bei ihrer Herrschaft abgeholt. Sie waren sofort in die Kantstraße gegangen. Dorthin hatte Lohmann sich geflüchtet. Er war angeschossen worden, einmal in den Arm und einmal in die Seite; er blutete stark. Sie hatte versucht, die Blutung zu stillen, fürchtete aber, daß sein Arm zerschmettert war und er in einen Schock fallen könnte. Lohmann muß eindeutig dringend ärztlich versorgt werden.

Wie Hilde sagt, war Lohmann von einer Streife des Volkssturms angehalten worden. Diese Streifen bestanden aus älteren Männern oder aber schwerbewaffneten, bisweilen erst vierzehnjährigen Halbwüchsigen, die einberufen worden waren, um den Einmarsch der Russen aufzuhalten. Die Jungen maßten sich Autorität an, indem sie mutmaßliche »Defätisten« kurzerhand erschossen. Einer hatte Lohmann angehalten und ihm befohlen, seine Aktentasche zu öffnen. Die Aktentasche war voll mit Lebensmitteln vom Schwarzmarkt – zum größten Teil für mich bestimmt. Lohmann war in den Flur eines ausgebombten Hauses geflohen, aber der Junge hatte bereits sein Gewehr abgenommen und eine Salve auf ihn abgefeuert. Lohmann hatte hinter der verkohlten Haustür Zuflucht gesucht, und als der Junge hinter ihm herkam und den Flur betrat, hatte Lohmann ihm einen Backstein ins Gesicht geknallt. Lohmann hatte noch die Kraft, den Jungen mit dem guten Arm in den Flur zu zerren und in den Keller hinunterzuwerfen.

Er hatte eine primitive Aderpresse angelegt und sich nach Einbruch der Dunkelheit in die Kantstraße durchgeschlagen. Dort war Hilde mit Hilfe des Hausmeisters zu ihm gelangt. Als Lohmann mit Hilde alleine war, hatte er ihr von mir erzählt und seine Angst ausgedrückt, daß ich da oben in der Dachstube verhungerte. Sie sollte versuchen, mich bis zur Stunde der Kapitulation am Leben zu erhalten. Das waren seine Anweisungen.

Dann ließ Hilde meine Angst um Lohmanns Sicherheit durch ihre eigenen Befürchtungen noch größer werden. Sie schilderte mir nämlich, wie es auf den Straßen von Berlin aussah. Einheiten der russischen Armee waren jetzt keinen Kilometer mehr von uns entfernt. Flüchtlinge aus anderen, bereits von den Russen besetzten Bezirken brachten furchtbare Geschichten mit. Russische Artilleriegeschütze feuerten aus kürzester Entfernung, zerstörten ein Gebäude nach dem anderen und legten es in Schutt und Asche. Ab und zu verschonten sie ein Haus, wo zum Zeichen der Kapitulation weiße Bettlaken über dem Balkon hingen. Als Panzer und Artillerie jedoch weiter vorgezogen wurden, durchkämmten Infanteriezüge die noch erhaltenen Wohnungen, durchsuchten die nicht eingebrochenen Keller und holten Gruppen verschreckter Menschen ins Freie. Frauen und Mädchen egal welchen Alters wurden von den Männern mehrfach vergewaltigt; sie standen Schlange, um sich an ihnen zu vergnügen. Männer im waffenfähigen Alter und solche, die noch Reste einer Militäruniform trugen, wurden kurzerhand erschossen.

Hilde hatte furchtbare Angst, die Russen könnten Lohmann trotz seines Alters hinrichten, wenn sie ihn fänden, da sie annehmen würden, seine Verwundungen stammten von einem Nachhutgefecht der Nazis gegen die Russen.

»Du mußt mich zu ihm bringen, Hilde«, sagte ich. »Ich kann mich auf russisch genügend durchsetzen, um ihn zu beschützen.«

»Das ist unmöglich, auf den Straßen wimmelt es nur so von Volkssturm-Streifen, und seien Sie mir nicht böse, Herr Saporta, so wie Sie aussehen und ohne richtige Papiere werden Sie am nächsten Laternenpfahl aufge-

knüpft.« Schließlich willigte sie ein, mich nach Einbruch der Dunkelheit abzuholen, da wir dann größere Chancen hätten, zu Lohmann zu kommen.

Nun ist Hilde schon einige Stunden fort. Ich habe es endlich geschafft, mir die Schuhe über den geschwollenen Füßen zuzubinden. Ich habe den Mantel angezogen, in dem ich vor über drei Jahren hierhergekommen bin.

Ich sehe die Dinge jetzt ganz klar, und ich habe keine Angst mehr. Ich muß folgendes tun:

Zu Lohmann gelangen und dafür sorgen, daß er medizinisch versorgt wird und daß ihm nichts passiert. Dann muß ich nach Istanbul fahren, Minassian aufsuchen und herausfinden, ob er etwas von Samira gehört hat. Sollte er mich enttäuschen, fahre ich in das Bahsita-Viertel von Aleppo und gehe dort von Tür zu Tür, bis ich Moshe Zechariah finde, den rituellen Schlächter, und frage ihn, wo seine Tochter ist.

Ich bete zu dem Herrn in der Höhe, daß er mein Flehen erhört. Nicht um mich zu belohnen und auch nicht, um meine Schuld zu tilgen. Nur um Samira wieder Liebe und Schutz für das ganze Leben zukommen zu lassen, wie ich es ihr geschworen habe.

Diese Erinnerungen lege ich in die Schublade des groben Holztisches hier. Mag der Leser sie mit Mitleid oder Verachtung lesen; mag er sie weitergeben oder fortwerfen. Es ist geschrieben. Es liegt nicht mehr in meiner Hand.

Ich höre Hildes Schritte. Und nun gehe ich: »Con el pie derecho y el nombre del Dio.«

Daniel Saporta, Sohn des Ezra
Berlin, 30. April 1945

Aus der ›Los Angeles Times‹ vom 19. Mai 1990:

BAUTRÄGER AUS L. A. ERHÄLT TAGEBUCH ZURÜCK
Ein Dokument schlägt Brücken über Epochen und Kulturen

Bei einer Feierstunde in Beverly Hills erhielt der angesehene Bauträger Daniel Saporta, 79, aus der Hand von Reinhard Dinkelmayer, Direktor des Goethe-Instituts, ein Tagebuch zurück. Saporta hatte das Tagebuch in der Berliner Dachstube zurückgelassen, wo er sich von 1941 bis zur Einnahme der Stadt durch die Alliierten im Jahre 1945 vor der berüchtigten Gestapo versteckt hatte.
Nach dem Fall der Berliner Mauer und der Wiedervereinigung der Stadt wurden zahlreiche verlassene Gebäude im Ostsektor für unbewohnbar erklärt. Abbrucharbeiter entdeckten die Tagebücher und übergaben sie der Polizei. Da man den Inhalt als kulturell wertvoll ansah, ließ man sie dem Goethe-Institut zukommen, einer deutschen Stiftung mit Zweigstellen in aller Welt.
Der aus Damaskus, Syrien, stammende Saporta nahm zusammen mit seiner Frau Samira, einer ehemaligen Tänzerin, und den beiden ebenfalls als Bauträger tätigen Söhnen Alan und Barry an der Zeremonie teil.
Saporta nahm das Tagebuch mit den Worten entgegen, er wolle bei dieser Gelegenheit seinen ehe-

maligen Angestellten Otto Lohmann ehren; er war Geschäftsführer des »Kaukasus«, eines Berliner Nachtklubs, den Saporta früher betrieben hatte. Lohmann habe ihn am Leben gehalten und sei zudem wahrscheinlich bei dem Versuch, ihn zu schützen, zu Tode gekommen, sagte Saporta.
Bevor er im Jahre 1982 in den Ruhestand trat, war Saporta Leitender Direktor der Shop-Rite Discountmärkte und ein Vorreiter des Einkaufszentrums-Konzepts. Er ist Vorsitzender der Gemeinde B'nai Sefarad und nimmt rege am kommunalpolitischen und kulturellen Leben teil.